彭毅 著

楚辭詮微集

臺灣學生書局印行

自序

《楚辭》和《詩經》同屬一個抒情言志的文學傳統。只在文體形式上有異而已。不過，《詩經》是編選的總集，雖或經修改潤色，本來卻非出一人之手，除極少的篇什之外，無法知其作者，不易探索個別作者的內心世界。我們只能從一般性的或整體性的角度來理解《詩經》中的情感與精神世界。《楚辭》雖然也是編輯成書，但大都著明作者，即令或有考證上的問題，而像〈離騷〉、〈九章〉等篇是屈原之作則無疑。因此，《楚辭》的特質實爲其作者之自我呈現，它也因而成爲後世文學專集之首。

如就這一特質言之，班固說屈原「露才揚己」（〈離騷傳序〉）毋寧是眞實的贊語。透過豐富的想像力與創造力，以華美的意象、驚采絕豔的辭藻、展現出一個涅而不緇、可與日月爭光的靈魂，一個高潔好修、堅貞不移的自我。這自鑄偉辭之「才」與志潔行廉之「己」正是詮解《楚辭》時最應重視的。

歷代注釋、研究《楚辭》者何啻汗牛充棟。近年因楚地文物之大量出土，楚文化研究之盛，尤其有助於《楚辭》之了解。不過，就文學研究而言，原典應是最直接的研究對象，理解和探討文本的意蘊應是首要的工作；進而才能發掘作者之深度自我。其他只能是輔助性的，或者為不同的目的所作的研究。

本書收輯的幾篇關於《楚辭》的論文，非一時之作；大抵儘量扣緊《楚辭》文本而試圖給予詮釋和推闡。下面簡述其要：

〈屈原作品中隱喻和象徵的探討〉是以〈離騷〉和〈九章〉為主，討論其表現藝術及屈原之自我影像。分析他運用芳草、鸞鳳、……乃至歷史神話作為託喻的技巧，從而指出其中超出傳統「比興」之說的「象徵」意涵。特別對他運用神話所構設的超現實之境在文本中的作用予以分析說明。並論及這種表現方式其實和緩了屈子激烈而深邃的情感，形成「優遊婉順」、「溫而雅」的風格。再進而討論基於其人格所塑造的「金相玉質」之美。

〈楚辭天問隱義及有關問題試探〉〈天問〉一篇因其體製特殊，辭意隱晦，形成許多難以解決的問題。本文認為〈天問〉並不是對宇宙神秘和神話傳說所提出的客觀問題，而是由一個深陷於現實困境中痛苦的心靈，透過強烈的感情和主觀意識所激發出的懷疑與問題。其形式體製雖或出於民間而本篇應出一人之手，所謂文義不次，或由錯簡、或因作者故意，全篇實為完整一貫之作。自其中蘊涵的情感、價值意識、時代與文化背景等等考察，〈天問〉作者應依《史記・屈原列傳》定為屈原；並沒有可信的理由能推翻這一舊說。本文旨在以釐清相關問題而發掘作者自我之深度與廣度，因附帶涉及作者的考辨。

〈楚辭九歌的名義問題〉「九歌」之名，異說紛紜。本文爬梳整理，廓清糾結，而以〈離騷〉和〈天問〉中提到的「九歌」為本，綜合數家之見，以為「九歌」是古代樂曲之名，是大祭天神之用的。楚人承之作爲國家祀典的樂章。「九」指音樂曲調變奏之數，與歌辭章數無關。它也不是民間的祭歌。

〈析論楚辭九歌的特質〉本文直接從〈九歌〉歌詞的本身來探討。除〈東皇太一〉但言陳設之盛，以邀神降外；〈雲中君〉等八篇都具有神話的故事性及諸神的性質。分析這些歌辭藝術與祀典的儀式活動，細密地考察各篇的特色與其情感基調，進而推論〈九歌〉應爲楚之國家祀典，本於其宗教信仰與神話以衆巫歌唱、樂舞的活動來達到神降的效果。其歌辭之綺靡雅麗，應該不是原始的民歌。經過仔細的比較和辨析，它們的作者是屈原的可能性大增。無論是王逸說的屈原之作或是朱熹說的屈原改作，都有可能。後人的懷疑不一定是對的。

〈楚辭遠遊溯源—中國古代文學裡遊仙思想的形成〉是研究〈遠遊〉一篇的思想。先辨別它與〈離騷〉、〈九章〉乃至〈九辯〉中的非現實之遊的異同，以標示〈遠遊〉之「遊」的特殊性。再以它與《山海經》、《老子》《莊子》中文意相近之處列舉比較。見出《遠遊》實融合了古神話及老莊中的超現實思想而形成一種「遊仙」思想，成爲中國遊仙文學中的濫觴。

〈屈原作品中所呈現的儒者情懷〉試從「好修」，「怨」與「不忍」之情來探討屈原所具的儒者襟懷及其道德自我。

《楚辭》多篇幾乎都涉及到《山海經》中的神話，因此把近來研究《山海經》神話性質和內容的一篇〈諸神示相—《山海經》神話資料中的萬物靈跡〉也收在這裏作爲附錄。

由於這些論文原來都是分別發表的，各篇的附注頗不一致，今略加修改，而仍保留原來各自爲注的方式，故不免重複疊見，然亦便於翻檢。

這幾篇論述，不過是個人研讀《楚辭》的一得之見，雖再經修訂，疏漏謬誤之處在所難免。今承幾位年輕朋友的熱心和好意，又蒙學生書局惠爲出版，十分感謝！書端題署是輯臺靜農先生字，並以所繪秋蘭爲封面。用誌紀念吾師之意。

彭　毅

一九九九年二月十六日

楚辭詮微集

目次

壹、屈原作品中隱喻和象徵的探討

一、引言——比興與隱喻、象徵

在中國古代的文學裡，一般把《詩經》看做是北方文學的代表，而認爲《楚辭》是南方新興的文學，同時又因爲強調《楚辭》是「書楚語、作楚聲、紀楚地、名楚物」❶這些特色，所以看起來，它們之間似乎成了平行的關係，彼此各不相涉。然而在事實上並非如此。從一個較大的角度來看，「楚語」不過是漢語系統中的一種方言，在語音系統上既無根本的差異，在語法結構上更沒有任何的區分，尤其是跟其他漢語都使用同一種書寫語言的文字，因此《楚辭》和《詩經》同樣受制約於一種表現工具。這使得《楚辭》無法置身於一個大的文學傳統之外，並不僅是《楚辭》裡一些做助詞用的字眼兒〈如兮、思〉曾在《詩經》中出現過而已❷。從另一方面來看，《楚辭》的作者基本上是意圖表現其自我，這跟《詩經》裡

❶ 見陳振孫《直齋書錄解題》（台北：廣文書局　一九六八）引黃伯思《翼騷・序》（已佚）。（卷十五，頁九〇六）

❷ 參看游國恩《楚辭概論》第二章〈楚辭與北方文學〉（台北：九思出版社　一九七八　頁三——二一）。

大部份的篇什——特別是〈國風〉和〈小雅〉，並無二致。從他們對於理想的執著、挫折的憤懣、讒佞的斥責、希望的幻滅等等，顯示出不同的個人的影像。這許多作品莫不是出於「心之憂矣，我歌且謠」❸的基型——透過語言符號來抒發其內心的鬱結。所以無論是用華美的或質樸的文辭，幻想的抑或事實的陳述，都是緊密地跟自我、跟人生聯繫在一起。在這一基礎上，《楚辭》和《詩經》之間，具有內在的承續關係是很清楚的。當然我們並不否認在表現形式上二者之間顯著的差異，本文的目的毋寧是想討論《楚辭》中所獨具的藝術技巧，不過卻認爲《楚辭》仍然是整個文學傳統中的一環，唯有在這一前提下，我們才易於對它作更多的瞭解❹。

除去《楚辭》的地域性的特色之外，最容易發現到《楚辭》作者的自我意識特別強烈。事實上在《詩經》裡有些篇什，像〈邶風・柏舟〉、〈小雅・正月〉之類，這種表現也並不遜色，只是因爲《詩經》是一些代表作品的總集，而絕大多數不知道作者爲誰，因此看起來

---

❸《詩經・魏風・園有桃》（屈萬里先生《詩經釋義》台北：中華文化事業出版委員會出版　一九五五頁七八）。

❹古人認爲《楚辭》是傳統的一部份，多從內容方面說，如王逸〈離騷章句後敘〉說它「依託五經以立義」（見洪興祖《楚辭補注》台北：藝文印書館　一九八六　卷一，頁八七）；劉勰《文心雕龍・辨騷篇》說它「取鎔經義」（范文瀾《文心雕龍注》台北：開明書局　一九五八　卷一，頁二九）；這當然也有道理，卻不是純就文學發展的觀點來說的。

作者的個人影像似乎不夠明顯。而在《楚辭》中除了少數的幾篇，作者都是以剖白其自我作爲中心，尤其是大體可以認定的屈原的作品更是如此❺。班固稱屈原「露才揚己」❻，這話雖然是用貶責的口吻說的，卻抓住了屈原作品的兩點特色：「露才」指出屈原在文學藝術上突出的成就；「揚己」顯示他的作品是以表現主觀的自我情志爲主。而兩者之間具有密切的關連，也是必然的。因此本文試圖透過屈原作品主要技巧的分析，來展現他所反映於其中的自我影像，討論的範圍也限於「屈賦」中重要的幾篇，而非涉及全部的《楚辭》。在屈賦裡一個顯而易見的現象，就是對於譬喻的運用，王逸早就注意到這一點，在〈離騷章句序〉中特別提出來：

> 〈離騷〉之文，依詩取興，引類譬喻。故善鳥香草以配忠貞；惡禽臭物以比讒佞；靈修美人以媲於君；虙妃佚女以譬賢臣；虬龍鸞鳳以託君子；飄風雲霓以爲小人。其辭溫而雅，其義皎而朗，凡百君子莫不慕其清高，嘉其文采，哀其不遇而愍其志焉❼。

王逸所謂「依詩取興」，有人解釋成依《詩經》「思無邪」之旨而取興❽。不過這可能是指

❺ 近人對屈原作品多有考辨，意見不一，然至少如〈離騷〉、〈九章〉應爲屈原之作無疑。

❻ 見班固〈離騷序〉，洪興祖《楚辭補註》（同注❹，頁八八）引。

❼ 《楚辭補注》（同注❹），頁一二。

❽ 見朱自清《詩言志辨》（台北：開明書店 一九六四） 頁八七。

〈離騷〉沿用了《詩經》「興」的表現方式之意。而王逸所謂「興」，從下句「引類譬喻」及所舉的例子來看，只是「譬喻」的意思。這頗近於《鄭箋》的意見❾，而跟一般《詩經》傳注裡對於「興」體複雜的解說不同。後來朱熹承襲王逸這種觀念來注《楚辭》，由於他對於「興」不同的瞭解，而稱這些爲「比」❿。他曾經說：

> 詩之興多而比賦少，騷則興少而比賦多⓫。

因此，無論是王逸或者朱熹，都不過是把屈賦中這類現象看成簡單的比喻。但是實際上，屈賦中運用譬喻的方式並不這樣簡單，這是劉勰早就注意到的。《文心雕龍．辨騷篇》說：

> 虯龍以喻君子，雲蜺以譬讒邪，比興之義也⓬。

---

❾ 《詩經》注、《毛傳》說「興也」，《鄭箋》大多數說「興者喻」。如〈葛覃〉《傳》云：「興也，覃、延也。」《箋》云：「興者，葛延蔓於谷中。喻女在父母之家，形體浸浸日長大也。」（《毛詩注疏》（台北：藝文印書館 十三經注疏本，卷一，頁三〇。）

❿ 朱熹《楚辭集注 離騷序》附注云：「比則取物爲比」，「興則託物興詞」。（台北：藝文印書館一九五六）卷一，頁二。

⓫ 同注❿，頁三。

⓬ 范文瀾注《文心雕龍注》（仝注❹）卷一，頁二九。

又〈比興篇〉說：

> 楚襄信讒，而三閭忠烈，依詩製騷，諷兼比興⑬。

這兩處劉勰都用「比興」來說明，而「比興」的意義則需依據劉勰自己的解說。他在〈比興篇〉中曾說：

> 故比者，附也；興者，起也。附理者，切類以指事；起情者，依微以擬議。起情故興體已立；附理故比例以生。比則畜憤以斥言；興則環譬以託諷。蓋隨時之義不一，故詩人之志有二也。（同上）

劉勰認爲「比」的產生是由於「理」的作用；「興」的產生則起自「情」的觸發。前者具體而明顯，後者隱微而含蓄。不過，二者在本質上並無差異，都是以某種「類似」的關係來表現要敘說的事物。而所謂「理」中可以有「情」，「情」中也可以有「理」，不是截然能夠劃分的。因此〈比興篇〉贊語中說「詩人比興，觸物圓覽，物雖胡越，合則肝膽。」（同上，頁二）這樣在詩人的創作中，比興可以交互出現，也可以同時存在。所以「虯龍以喻君子，雲蜺以譬讒邪」，可以同具「比興」之義，而不含有「興」的「比」反而是淺直顯露缺乏意

⑬ 同注⑫，卷八，頁一。

趣。因而他對後世「興義銷亡」而「比體雲構」深致其不滿。劉勰對於「比興」的解說是否有當於《詩經》比興的原意，不是本文要討論的問題。主要的是他這一觀念指出《屈賦》中不僅僅如王逸、朱熹所謂的「興」或「比」，特別能見出《屈賦》運用譬喻的特色來，正可以作爲本文分析《屈賦》的依據。不過，爲了避免這些術語上的糾纏，我們將逕直採用現代常用的「隱喻」一辭來代替。「隱喻」的意義雖然也極複雜，大致可以概括劉勰所謂「比興」的意思⓮。至少在下文中我們使用「隱喻」一詞，是以劉勰所謂的「比興」之義爲主。而由於《屈賦》中反覆使用一些「隱喻」，造成了「象徵」的作用。同時屈原又有意的擴大和延伸了「隱喻」的表現方式，像借用神話或歷史故事來託喻，這便是運用了「象徵」的技巧。下文討論隱喻之後，我們將進一步討論他這種象徵的運用。希望透過對《屈賦》隱喻與象徵的考察，發現其中蘊含的意義，進而展現出屈原的藝術技巧和他的自我影像。

⓮ 參看亞里斯多德《詩學》「隱喻指所給予事物之稱謂係屬於其他事物者；此種轉移，或由「類」到「種」，或由「種」到「類」，或以比論爲據。」（姚一葦譯《詩學箋註》（台北：國立編譯館一九六六）第二十一章，頁一六八。）隱喻則是從不同的事物中，觀察他們的同處。「切類指事」、「依微擬議」便是這個意思。又劉勰對「比」「興」的區分，很像以「比」爲「認知性的隱喻」（附理）；「興」爲「喚起性的隱喻」（起情）。（這兩個名詞參見張寶源譯《論巧喻》（台北：黎明文化公司一九七三）第二章。）

二、《屈賦》隱喻素材的暗示性

在屈原的作品裡運用隱喻的繁富，可說是歷來文學作品中少見的。尤其是〈離騷〉一篇，幾乎全部是由不同的隱喻組織而成，直接陳述的語句被減少到最低限度，這眞是曠古絕今的偉構。對於那些是隱喻，實在沒有舉例的必要，只是從構成這些隱喻的素材方面，頗能看出一些作者的意念來。下面把這些隱喻略加分類，每類各舉一、二例，以見一班。

1.以植物爲隱喻素材的，如：

户服艾以盈腰兮，謂幽蘭其不可佩。〈離騷〉

擣木蘭以矯蕙兮，糳申椒以爲糧。播江離與滋菊兮，願春日以爲糗芳。〈九章・惜誦〉

2.以動物爲隱喻素材的，如：

鸞鳥鳳凰日以遠兮，燕雀烏鵲巢堂壇兮。〈九章・涉江〉

魚葺鱗以自別兮，蛟龍隱其文章。〈九章・悲回風〉

3.以自然現象爲隱喻素材的，如：

悲回風之搖蕙兮，心冤結而內傷。〈九章・悲回風〉

何芳草之早殀兮，微霜降而下戒。諒聰不明而蔽壅兮，使讒諛而日得。〈九章・惜往日〉

4.以人物爲隱喩素材的，如：

衆女嫉余之蛾眉兮，謠諑謂余以善淫。〈離騷〉

玄文幽處兮，矇瞍謂之不章。離婁微睇兮，瞽以爲無明。〈九章·懷沙〉

5.以器用爲隱喩素材的，如：

固時俗之工巧兮，偭規矩而改錯。背繩墨以追曲兮，競周容以爲度。〈離騷〉

同糅玉石兮，一概而相量。〈九章·懷沙〉

6.以歷史神話爲隱喩素材的，如：

晉申生之孝子兮，父信讒而不好。行婞直而不豫兮，鯀功用而不就。〈九章·惜誦〉

願寄言於浮雲兮，遇豐隆而不將。因歸鳥而致詞兮，羌迅高而難當。高辛之靈晟兮，遭玄鳥而致詒。〈九章·思美人〉

7.其他如：

蘇糞壤以充幃兮，謂申椒其不芳。〈離騷〉

腥臊並御，芳不得薄兮。〈九章·涉江〉

上面舉出來這些隱喻素材的類別並不重要，主要的是可以讓我們注意到這許多素材本身的屬性就暗示出豐富的意義來。無論這些隱喻是經由理智反省來的，或者是情感觸發來的，作者在運用它們的時候，必定注意到這些素材的客觀質性。它們的質性應該是被人普遍認識的，因爲只有如此，才能將讀者導引至作者顯示其意念的方向。這就是劉勰所謂「比類雖繁，以切至爲貴」⑮的「切至」之意。因此，對於素材質性精確的把握，是產生預期效果的充要條件。屈賦最善於透過這些素材質性的暗示作用，以達到取喻的目的。例如植物類中的「菊」，是獨在秋天百卉凋零之後才盛開的⑯。「夕餐秋菊之落英」（〈離騷〉），自然就暗示出作者人格的高潔和孤介。又如「木蘭」，去皮不死，有辛香的氣味⑰；「宿莽」，拔心不死，或冬生不死⑱。於是「朝搴阰之木蘭兮，夕攬洲之宿莽」（〈離騷〉），可暗示出作者堅貞不移的操守來。相反的，像「薋」是蔓生的疾藜，多刺；「葹」則形似鼠耳，蔓

⑮ 同注⑬，頁二。

⑯ 吳仁傑〈離騷草木疏〉：「菊性介烈，不與百卉盛衰，須霜降後乃發。」（台北：商務印書館　叢書集成簡編本　一九六六　卷一，頁四。）

⑰ 王逸注「朝搴阰之木蘭兮」句云：「木蘭，去皮不死。」（同注⑦，頁一八。）吳仁傑引陶隱居云：「狀如楠，皮甚薄而味辛香。」（同注⑯，卷三，頁三七。）

⑱ 朱熹《楚辭集注》：「草冬生不死者，楚人名曰宿莽。」（同注⑩，卷一頁四。）　蔣驥《山帶閣注楚辭》：「宿莽，拔心不死。」（台北：廣文書局　一九六二　卷一，頁二。）

生，也是多刺，常鉤人衣⑲，所以「資菉葹以盈室」（〈離騷〉），便暗示出當道攀扯，暗中傷人的小人充斥朝廷，是君子難處的。動物類中像「鴆」，是羽有毒，可殺人的惡鳥；雄鳩則多聲。這在「吾令鴆爲媒兮，鴆告余以不好。雄鳩之鳴逝兮，余猶惡其佻巧。」（〈離騷〉）的隱喻裡，讒佞害人和小人多言的寓意是很明顯的⑳。又如自然現象的中的雲、雨、霰、雪都是遮蔽光明的，在「山峻高以蔽日兮，下幽晦而多雨；霰雪紛其無垠兮，雲霏霏而承宇」（〈九章・涉江〉）中，就不僅是對外境的描述，屈原內心的幽闇以及對於整個時代和政治環境闇暗的感覺，都藉以反映出來㉑。再像「妒佳冶之芬芳兮，嫫母姣而自好，雖有西施之美容兮，讒妒入以自代」（〈九章・惜往日〉），以「西施」、「嫫母」之美醜特點作爲隱喻的素材來顯露賢佞；「懷瑾握玉兮，窮不知所示」（〈九章・懷沙〉），則用美玉暗喻自己材質之美；「陰陽易位，時不當兮」（〈九章・涉江〉）、「變白以爲黑兮，倒上以爲下」（〈九章・懷沙〉），就又拿陰陽、白黑、上下等秩序觀念的錯亂來表現是非混淆、賢者失位的事實。《屈賦》中廣泛的使用這些素材，利用它們被人普遍認識的質性跟自己投射其上的意念相配合，這樣既造

⑲ 見《楚辭補注》卷一，頁三九。

⑳ 參看王逸章句。又《補注》引（文選）五臣注云：「忠賢，讒佞所疾，故云不好。」（同注⑲，頁六〇）。

㉑ 參「雲霏霏而承宇」注，王逸章句下引或曰：「日以喻君，山以喻臣，霰、雪以興殘賊，雲以象佞人。山峻高以蔽日者，爲臣蔽君明也。下幽晦以多雨者，群下專擅施恩惠也。霰雪紛其無垠者，殘賊之政害仁賢也。雲霏霏而承宇者，佞人並進滿朝廷也。」（同注⑲，卷四，頁一二八。）

成了「驚采絕豔」㉒的效果，也從不同的點面顯示出作者的自我影像。

把《屈賦》中的隱喻略作歸納，就可以發現它們的作用是表示善惡之間的衝突。善惡的問題才是《屈賦》所關切的基本課題。因此，無論用那一種素材，都不免於用善惡對照的二分方式。物的本身，原無所謂善惡的，這自然是出之於作者主觀的價值判斷，經由想像把人和物的某種類似之點連結在一起。這種強烈的主觀意識，求諸《詩經》中卻不多見。像青蠅之譬讒人（〈小雅・青蠅〉）、碩鼠之擬貪吏（〈魏風・碩鼠〉），是不多見的例子。《詩經》的作者大致是以較客觀的態度，運用事物的特性作譬喻。屈原則把一切外在世界都變成他的內在世界的映像。客觀的外在世界對他幾乎是不存在的。其所以如此，是由於屈原信而見疑、忠而被謗，自身遭遇到最不公平的處罰，沈痛冤抑，不能自解；而對於世俗之溷濁，是非之不明，產生強烈的反感。這種濃摯的好善惡惡之情，成爲他觀察外物的基礎。他直接掌握住的是物作爲「善」或「惡」的表徵，而不是存在物的客體。雖然他不是無視於物的客體性，而就整個隱喻世界來看，是要顯示屈原內在自我的世界。香草之爲善，臭木之爲惡，…正代表了他內心強固的道德意識。同時他大量地使用植物作爲隱喻的素材，是非常值得注意的。有人把這一現象解釋成屈原女性化的傾向㉓，固然言之成理。但較直接的理由可能是楚地山

㉒《文心雕龍　辨騷篇》語。（同注⑫）

㉓見游國恩《楚辭論文集》中〈楚辭女性中心說〉一文。（台北：九思出版社　一九七七）頁一九一。

川秀麗，佳木葱蘢，外在的自然環境之美，深植於作者心靈之中，發而爲文，就非常自然地採用了它們作爲素材；另外我們也可以認爲屈原在人世間飽受挫折，心煩慮亂之餘，有一種渴望遁入和平寧靜的植物世界中的意識。並不必是取植物柔弱的意義。

《屈賦》中最具有特色的是他運用歷史神話作爲隱喻的素材，這是在《詩經》中不曾出現過的。《詩經》中固然也有神話的記載，如〈大雅・生民〉姜嫄履上帝之跡，但那只是敘事，而非譬喻。其他歷史的事蹟也與譬喻無關。屈原運用這類神話或歷史，則完全不是出於紀事的目的，在背後隱含著複雜的寓意，同時也常將他自己參入到神話或歷史中去。如〈九章・涉江〉云：

世溷濁而莫余知兮，吾方高馳而不顧。駕青虬兮驂白螭，吾與重華遊兮瑤之圃。登崑崙兮食玉英，吾與天地兮同壽，與日月兮齊光。

在這類超乎現實的素材之中，屈原暗示出他對於理想的追求，對於自我人格和志節的信念，他同樣是主觀地來役使這些歷史或神話，甚至把歷史人物像重華（舜）一起跟他自己進入神話世界之中。這種方式，固然把自我提昇到一個遠出塵俗之上的境界，卻也把神話與人世間的隔絕感沖淡了。歷史故事或人物從時間上給人非現實的感覺，尤其是屈原喜歡引用遠古的事蹟，但其眞實性到底不同於神話。因此，在這種交織互用的情形下，歷史人物或事件，成爲《屈賦》中神話與現實之間的過渡或階梯㉔。而無論是哪一種神話世界，莫不是屈原根植在現實世界上構設出來的，其中蘊藏的意義跟一般所謂「隱喻」又複雜得多，這在後文中我們將作進一步的討論。

二、《屈賦》隱喻的意象塑造

在《屈賦》中這些隱喻的第一個作用，便是塑造成許多華美的意象。隱喻與意象的區分，並不是很明顯的。如果我們把意象認爲是經由語言文字在心靈中所想像出來的圖畫，這同樣是使用隱喻的一個目的。不過隱喻重在暗示的意義；意象重在引起讀者的感受，這感受並不一定是圖像，可謂是某種具體的經驗。

《屈賦》裡用隱喻塑成的意象，極少是孤立的。它們常常是用許多隱喻的素材堆砌起來，而將這些素材放置在動態的背景上，構成爲一個整體的意象。像〈離騷〉「扈江離與辟芷兮，紉秋蘭以爲佩。」就是用「扈」和「紉」兩個動詞，使「江離」、「辟芷」跟「秋蘭」變成美麗的服飾，這讓讀者不是分別地接觸到各種香草，而是在心目中重新組織成一個完整的服飾意象，這意象便使得上文「紛吾既有此內美兮，又重之以脩能」的意念，成爲具

㉔ 如〈離騷〉中的「就重華而陳辭」有「啓九辨與九歌」至「覽民德焉錯輔」一段，是以昏世與治世對比，暗示楚國當時的晦暗。「陳辭」以後，遂「駟玉虬以乘鷖兮，溘埃風余上征」一組神話。歷史距

體而可感知的畫面。又像：

余既滋蘭之九畹兮，又樹蕙之百畝。畦留夷與揭車兮，雜杜衡與芳芷。冀枝葉之峻茂兮，願俟時乎吾將刈。雖萎絕其亦何傷兮，哀眾芳之蕪穢。〈離騷〉

在這一段裡「蘭」、「蕙」、「留夷」、「揭車」、「杜衡」、「芳芷」這些花木，固然可以喚起人繽紛多彩的意象。「滋」、「樹」、「畦」、「冀」、「刈」、「萎絕」、「哀」是其意象化了的過程，藉以展現出作者的努力、希望和幻滅來。因此，隱喻要暗示的意義，便包含在這一整體意象之中。而使這一意象生動感人的是作者所注入的深厚的情感，「既」、「又」、「雖」、「亦」等字眼兒顯示出屈原的殷勤、熱望和微婉的情意，進而把個人的失望普遍化成對於「眾芳」的深沈的悲哀。在這類意象裡，都躍動著作者的生命，所以它們不僅僅是「隱喻」，而是活生生的有機形象。

儘管是無生命的東西，屈原也把它們轉化成為活的意象，如「固時俗之工巧兮，偭規矩而改錯，背繩墨以追曲兮，競周容以為度。」（〈離騷〉）「刓方以為圜兮，常度未替。」「章畫志墨兮，前圖未改。」（〈懷沙〉）「知前轍之不遂兮，未改此度。車既覆而馬顛

現實稍遠，故可借為進入神話世界的過渡橋樑。而「朝吾濟於白水」一組神話最後用高辛、少康，正是由神話世界返回現實的階梯。

兮，蹇獨懷此異路。」（〈思美人〉）無論是規、矩、繩、墨、方、圜、車、轍、路等隱喻，都是以動態的方式呈現，它們被造成為具體的意象，喚起讀者的想像和感受，而不再只是單純的物體或觀念。

由於《屈賦》運用隱喻的素材極為廣泛，所造成的意象也是多方面的。從心理因素來看，包括有味覺、嗅覺、觸覺、聽覺、和視覺等各種意象。這種種意象，並非能截然分開，為了便於瞭解，姑且分別舉例以明。在味覺方面的，如「朝飲木蘭之墜露兮，夕餐秋菊之落英。」「折瓊枝以為羞兮，精瓊靡以為粻」（〈離騷〉）、「擣木蘭以矯蕙兮，糳申椒以為糧。播江離與滋菊兮，願春日以為糗芳」（〈惜誦〉）、「登崑崙兮食玉英」（〈涉江。〉）、「吸湛露之浮源兮，漱凝霜之雰雰」（〈悲回風〉）。嗅覺方面的，如「佩繽紛其繁飾兮，芳菲菲其彌章。」「蘇糞壤以充幃兮，謂申椒其不芳。」「芳菲菲而難虧兮，芬至今猶未沬」（〈離騷〉）、「腥臊並御，芳不得薄兮，」（〈涉江〉）、「紛郁郁其遠蒸兮，滿內而外揚」（〈思美人〉）。聽覺方面的，如「恐鵜鴂之先鳴兮，使夫百草為之不芳。」「雄鳩之鳴逝兮，余猶惡其佻巧。」（〈離騷〉）、「鳥獸鳴以號群兮，草苴比而不芳。」（〈悲回風〉）「邑犬群吠兮，吠所怪也。」（〈懷沙。〉）觸覺方面的，如「朝搴阰之木蘭兮，夕攬洲之宿莽。」「攬茹蕙以掩涕兮，沾余襟之浪浪。」（〈離騷〉）「懷瑾握玉兮，窮不知所示。」（〈懷沙〉）「令薜荔以為理兮，憚舉趾而緣木。因芙蓉而為媒兮，憚搴裳而濡足。」（〈思美人〉）而《屈賦》中出現最多的，當然是視覺方面的意象。各類香草、禽獸、人物等等莫不是通過視覺的聯想而形成意象，所以這裡不再舉例。不過，造成這類意象的鮮明和生動則常是屈原藝術技巧之所在，如「步余馬於蘭皋兮，馳椒丘且焉止息。」「飄風屯其相離兮，帥雲霓而來御。紛總總其離合兮，斑陸離其上下」（〈離騷〉）、「燕雀烏鵲巢堂壇兮」（〈涉江〉）、「鳳凰在笯兮，雞鶩翔舞」（〈懷沙〉）、「青黃雜揉，文章爛兮。精色內白，類可任兮」（〈橘頌〉），都是把各種隱喻的素材，配置在適當的場景上，造成一幅幅精美的視覺圖畫。從屈原所塑造的這許多種意象中，顯示出他是一個感覺極爲敏銳的人，從而也可以見出他的想像力之豐富來。下面我們將討論他所塑造的服飾的意象。

《屈賦》中的服飾意象，本來是視覺意象的一部份。因爲它們最具有特色，所以再作整體的考察。除上文引「扈江離與辟芷兮，紉秋蘭以爲佩」兩句外，有關服飾的意象，還有：

擥木根以結茝兮，貫薜荔之落蘂。矯菌桂以紉蕙兮，索胡繩之纚纚。謇吾法夫前修兮，非世俗之所服。進不入以離尤兮，退將修吾出服。製芰荷以爲衣兮，集芙蓉以爲裳。不吾知其亦已兮，苟余情其信芳。高余冠之岌岌兮，長余佩之陸離。芳與澤其雜柔兮，唯昭質其猶未虧。

佩繽紛其繁飾兮，芳菲菲其彌章。

溘吾遊此春宮兮，折瓊枝以繼佩。及榮華之未落兮，相下女之可詒。

民好惡其不同兮，惟此黨人其獨異。户服艾以盈要兮，謂幽蘭其不可佩。（以上〈離騷〉）

余幼而好此奇服兮，年既老而不衰。帶長鋏之陸離兮，冠切雲之崔嵬。被明月兮，珮寶璐。〈涉江〉

在這些有關服飾的意象裡，除去「戶服艾以盈要」是指斥黨人的陋服；〈涉江〉中自構成一種高華燦爛的意象之外；其他都是用芳潔的植物編織成的。產生出豔麗的視覺效果。綠葉紫莖的蘭蕙，白花綠莖的薜荔，碧綠的芰荷，朱紅的芙蓉，纚纚的胡繩，璀璨的瓊枝……，這些植物的本身已足以喚起人華美的感受，而或裁製爲衣裳，或折以爲佩飾，又結合爲種種鮮明的服飾意象。以植物爲服飾是在〈九歌〉中就曾經出現過的，像〈少司命〉「荷衣兮蕙帶」、〈山鬼〉「若有人兮山之阿，被薜荔兮帶女蘿。」又「被石蘭兮帶杜衡，折芳馨兮遺所思。」不過這類服飾是神人所服，只增強了神話的氣氛，予人以美好的聯想而已，並沒有什麼特殊的意義。在〈離騷〉〈九章〉中就顯然暗示出強烈的道德意義，它們的基本作用是隱喻，強調的是組成服飾的植物的質性，而不是單純的描繪和形容。所謂「謇吾法夫前修兮，非世俗之所服。」「進不入以離尤兮，退將修吾初服。」「余幼而好此奇服兮，年既老而不衰。」已經明白說出來這些「服」是代表一種超乎世俗的道德理想，以及對於這種理想的愛好和堅持。屈原爲什麼喜歡用服飾的意象來表現他的道德意識？可能的理由是在屈原心靈的深處，把「道德」（善）跟「美」視爲同一。服飾表現一種對美的愛好，組成服飾的香草則不僅是美的，同時具有善的質性，這樣「美」和「善」便混然不分。這兩個方向都是屈原所努力以求的，〈離騷〉中多次出現的「修」字最能看出來這種意義。「修」字本來有「修習」和「修飾」兩重意思㉕，《論語》中的「修己」㉖和《孟子》的「修身」㉗等都是道德意義的「修」，而「行人子羽修飾之」㉘，則是修飾使美的意思。在〈離騷〉中我們卻無法把這兩層意義截然分開，像「前修」是指前賢而言，但是法前修之所服，就不僅是道德的意義。而如「好脩」一詞在〈離騷〉中總共出現過五次：

余既好脩姱以鞿羈兮，

民生各有所樂兮，余獨好修以爲常。

汝（女嬃指屈原）何博謇而好修兮，紛獨有此姱節。

苟中情其好修兮，又何必用夫行媒。

豈其有他故兮，莫好修之害也。

這些「好修」的「修」字，根據其上下文都兼含有美和善的意義，而用「好」字指出對這兩

㉕《禮記 學記》「藏焉修焉」注：「修，習也。」（台北：藝文印書館 十三經注疏本 頁六五一）又說文：「修，飾也。」（台北：廣文書局 一九六九頁 四二九）

㉖見《論語 憲問篇》，（台北：藝文印書館十三經注疏本 卷十四，頁一二三）。

㉗見《孟子 盡心上》，（台北：藝文印書館十三經注疏本 卷十三上，頁二二八）。

㉘同注㉖，頁一二八。

方面不懈的追求。同時〈離騷〉開始說：「紛吾既有此內美兮」（五臣注：「內美謂忠貞」）、〈哀郢〉的「憎慍惀之修美兮」，都顯示出屈原把「美」和「善」視爲同一的態度。因此他大量地採用服飾的意象，使這些美的意象中透露出因內而符外的道德意識來。服飾意象以外，直接與「好修」有關的則以飲食方面的意象爲多，上文味覺類中曾經舉出。不只這些，《屈賦》中的觸覺、聽覺等意象，往往也是針對「好修」的，這足以說明屈原意圖使全部的「生活」與美、善融而爲一。而這兩方面的追求，不僅使他成爲一個在道德人格上完美的典型，同時也創造了瑰偉的文學藝術。

四、《屈賦》隱喻在文義中的位置與效用

屈賦中這些隱喻在構成生動精美的意象之外，從文學語言的意義層面來看，它們還有另外一種作用，可以說是文義結構上的作用。這種情形在《詩經》中是同樣有的，不過《詩經》裡的「興」或「比」大多數在篇章之首，居於篇中的極少，其形式也很明顯，而且篇幅較短，所以不像《屈賦》中的變化複雜。同時《屈賦》中的這些隱喻，運用得又極其靈活自然，幾乎無法找出一定的律則來。只是爲了瞭解上的方便，下面姑且指出幾種易見的現象。

(一)用隱喻來承接上下文

在文學的語言中，隱喻的出現不可能是孤立的，它自然在語句中佔有一個位置。這一「位置」最常見的用途，就是把上下文連結在一起，使具有完整而獨特的意義。所以有人把隱喻比作一個「卯釘」，將上下文的文義格式相接合㉙。這種現象在《屈賦》中俯拾皆是。像「攬茹蕙以掩涕兮」（〈離騷〉）這個句子裡，作爲隱喻素材的「茹蕙」，一方面接合了「攬」跟「掩」兩個動作，一方面使這兩個簡單的動作具有了深度的意義—暗示出在失望悲哀之餘仍然不曾放棄對道德理念的堅持㉚。又像「時曖曖其將罷兮，結幽蘭而延佇。」（〈離騷〉）在嘆息時世昏昧與延佇長立之間，本來沒有什麼必然的關連，而用了「結幽蘭」的隱喻（自我的芳潔），才使上下兩句對照的意義顯露出來，結合成一個文義整體。這類隱喻的作用，在較長的句子裡可以看的更清楚，如：

> 彼堯舜之耿介兮，既遵道而得路；何桀紂之猖披兮，夫唯捷徑以窘步；惟夫黨人之偷樂兮，路幽昧以險隘。豈余身之憚殃兮，恐皇輿之敗績。〈離騷〉

在這段話裡，如果把二、四、六句抽掉，上下文將不能銜接。這中間「路」的隱喻，代表了不同的政治作風，也暗示出他們的優劣以及當前的政治危機，用這些隱喻才能把上下文串聯

㉙ 見衛姆塞特（顏元叔譯）《西洋文學批評史》（台北：志文出版社一九七二）頁五九三引李查士的意見。

㉚ 《楚辭補注》引五臣云：「蕙，香草，以喻忠貞之心。」（同注❹，頁四六）朱熹也說：「言心悲泣下而猶引取柔而大香草以自掩飾，不以悲故失仁義之則也。」（同注❿，頁一四）。

起來，便構成爲一個緊密的文義格式，而不再是分離的各不相屬的意見。具有這種作用的隱喻，在《屈賦》中數量最多，不再舉例。

㈡用隱喻來補足或強調上下文

前文中曾經言及《屈賦》中直敘的方式已經被減少到最低限度，而這些少有的直敘句前後，還常常伴隨著隱喻構成的修飾，如〈離騷〉：

> 紛吾既有此內美兮，又重之以修能。扈江離與薜芷兮，紉秋蘭以爲佩。汩余若將不及兮，恐年歲之不吾與。朝搴阰之木蘭兮，夕攬洲之宿莽。

「扈江離與薜芷兮，紉秋蘭以爲佩」這兩句，雖然並沒增加新的文義，卻把上文「紛吾既有此內美兮，又重之以修能。」僅僅是理智的敘述，轉化成爲美的意象，使讀者產生不同的感受。詩人用這種方式，避免了理智敘述的偏枯，以內蘊的情感調和渲染了表現的氣氛。這樣便不是文中的疣贅，而正是其藝術技巧的奧妙所在。至於「汩余將不及兮」四句，後兩句的隱喻則是補充上文的不足，所指的是及時努力具體的行爲，本身具有新義，跟「扈江離與薜芷兮，紉秋蘭以爲佩」不是重複的㉛。像這樣來運用隱喻，在《屈賦》中的實例極

㉛ 蔣驥認爲這句仍是喻「修能之實」。（同注⑱，卷一，頁二一。）

多，不再贅言。有時《屈賦》也先用隱喻，然後以直敘的方式來說明。如〈抽思〉：

昔君與我成言兮，曰黃昏以爲期。羌中道而回畔兮，反既有此他志。憍吾以其美好兮，覽余以其修姱。與余言而不信兮，蓋爲余而造怒。

前四句是用男女婚期之不成爲喻，後四句是補敘「君」的難測心理及其反常的態度，這裡隱喻的使用，增加了對言而不信的傷感情緒。從《屈賦》的整體來看，大致是以直敘跟隱喻互相交疊的形式出現，在文義上既互相補足，在結構上更緊密的聯接在一起，這使得作者的意念既能充分表達，賦予讀者的感受也是具體而深刻的。

(三)用隱喻作爲章節之間的轉折

作爲章節間轉折的隱喻，往往是較長的一段話，而且在意義上是獨立完整的。它們介在兩個章節之間，有承上起下的作用。像〈離騷〉中「余既滋蘭之九畹」至「哀衆芳之蕪穢」這幾句(見本文第二節引)，一方面總結上文自己好修而見棄的悲哀；一方面又引起下文雖遭讒人嫉妒也不肯隨俗浮沈的決心。〈離騷〉分章節本來很困難，各家意見也不一致，有人把這幾句屬於下文，接「衆皆競進以貪婪兮」；有人則將它屬於上文，緊連著「余既不難夫離別兮，傷靈修之數化。」㉜正可以看出來這一長喻，在章節的轉折上具有特殊的作用。又如〈離騷〉「朝吾將濟於白水」至「好蔽美而稱惡」的一段神話(見第五節引)，有人將它按置在上文「跪敷衽以陳辭……好蔽美而嫉妒」之中作爲一整體的神話，而有人卻將它獨立出來㉝。無論這一段是指求賢君或求賢臣而不遇，總不外乎是承上一節神話繼續求索之意，而引起下文命靈氛爲卜而遠行的理由。在文義結構上，這一作用是非常明顯的。

㈣用隱喻的重疊形成結構特色

《屈賦》中的隱喻往往是一組事物或者一段話，它們的重疊出現，構成了一種特殊的表現方式。這種情形一類是隱喻本身的重疊，如：

> 玄文處幽兮，矇瞍謂之不章。離婁微睇兮，瞽以爲無明。變白以爲黑兮，倒上以爲下。鳳凰在笯兮，雞鶩翔舞。〈九章・懷沙〉

這些隱喻在意義上並沒有不同，但不同的隱喻重疊出現，無形中加強了喻義共指的方面，因

㉜ 如龔景瀚《離騷箋》、吳汝綸《古文詞類纂點勘》把「余既滋蘭之九畹」以下幾句屬下文；而葉樹藩《文選評註》則將其屬上文。（見劉永濟《屈賦通箋》〈離騷評文第五〉「離騷節旨諸家異同表」（台北：學生書局 一九七二）頁三六。）

㉝ 如張惠言《七十家賦鈔》、姚鼐《古文辭類纂評註》及吳汝綸都把「朝吾將濟於白水……」的一組神話與「跪敷衽以陳辭……」的一組作爲一個段落；而葉樹藩跟戴震《屈原賦注》、梅曾亮《古文辭略》則分爲兩節神話。（同注㉜，頁二八。）

而成爲全文結構的一個重心。另一類是同樣的隱喻在全篇中重疊出現，如上文所舉的服飾類的隱喻，在〈離騷〉中每作間隔(不規則的)出現，總共大約有十二、三次，這種重疊的現象，形成了一種迴旋往復如同連環式的結構，這些隱喻所暗示的意念便緊密地扣接起來。像〈離騷〉這樣長的篇幅，既無生動故事的敘述，也無情節的發展，必然予人以散漫的感覺，但是讀過之後，並不覺得其散漫，而自始至終有一種迫人的張力。基本上，固然是作者濃摯的感情貫注其中；而在表現上這類重疊出現的隱喻，實在有聯繫和統整讀者印象的作用。這並不必是作者有意的安排，卻自然產生了結構組織的效果。

五、《屈賦》中象徵之作用

在上文中一直用「隱喻」的觀念來說明《屈賦》中的一些現象及特色。因爲《屈賦》中沒有像《詩經》「鬒髮如雲」(〈鄘風・君子偕老〉)或者「心之憂矣，如匪澣衣」(〈邶風・柏舟〉)那種明白說出的比喻，所以無法只採取《毛傳》，王逸或朱熹等所謂的「比」的簡單意義，而用了劉勰「諷兼比興」的觀念，同時把他的「比興」看做是「隱喻」。從這一線索可以知道「荃不察余之中情兮」(〈離騷〉)、「蓀詳聾而不聞」(〈抽思〉)的「荃」「蓀」是喻楚君的；也可以瞭解「鳳凰在笯兮，雞鶩翔舞」(〈懷沙〉)、「背繩墨以追曲兮，競周容以爲度」(〈離騷〉)這類隱喻的意義。因爲它們所比喻的人物或事理都比較單純。但是對於較抽象而複雜的比喻就不容易確指了。像：

昔三后之純粹兮，固衆芳之所在。雜申椒與菌桂兮，豈惟紉夫蕙茝。〈離騷〉

王逸、朱熹都認爲這兩句是喻「衆賢」；而林雲銘卻認爲是「喻逆耳之言亦能受也。」[34]在意義上雖然沒有大的差別，而譬喻所指的就有歧義了。至如像「余既滋蘭之九畹兮」至「哀衆芳之蕪穢」（見本文第二節引）則歧義更多。王逸、朱熹都就屈原自身之修行仁義爲說，而王夫之、林雲銘[35]等則以爲喻屈原爲君培植賢才；奚蘇嶺曾調和兩說，以首二句爲喻屈原自己之修身不倦，次二句喻己收羅人才以待進用，是兩層[36]。這就有了三種不同意見。因此類譬喻在實際上是「發注」以後也無法「見」得全的[37]。尤其歷史神話類的比喻，它們的歧義更加繁多，甚或無法肯定它們要比喻的是什麼。在這種情形之下，無論是用傳統的「比」義，或者以「隱喻」的觀念，都不足以說明這些現象。因此，嘗試用「象徵」這個觀念來解釋它們。

---

[34] 林雲銘《楚辭燈》云：「椒桂帶辛辣氣，以其香猶用之，不但用純香之蕙茝而已，喻逆耳之言亦能受也。此既有君德而能用賢者。」（台北：廣文書局　一九六三　卷一，頁二。）

[35] 見王夫之《楚辭通釋》（台北：廣文書局　一九六三）頁五。林雲銘，同注[34]，頁三。

[36] 奚蘇嶺《楚辭詳解》，見陳本禮《屈辭精義》（台北：廣文書局　一九六四）卷一，頁六引。

[37] 《文心雕龍?比興篇》云「觀夫興之託喻……明而未融，故發注而後見也。」同注[12]，卷八，頁一。

所謂「象徵」跟「隱喩」並沒有多少嚴格的區分。事實上，「象徵」可以說是「隱喩」的擴大和延伸，不過比「隱喩」本身暗示出更多的意義。同時在一篇或一部作品裡，如有許多類似的「隱喩」反覆出現，自然就構成一種「象徵」作用。像這樣對於「雜申椒與菌桂兮，豈惟紉夫蕙茝」兩句，就不必僅僅是比喩「衆賢」，因爲在同時也暗示出衆賢的芳潔德性。更不必執著著林雲銘的解釋—喩逆耳之言，而是暗示賢者有不同的類型，「三后」均能包容並舉。此外，讀者也許還可以作更多的聯想，這樣所含蘊的意義自然就豐富得多了。所以曖昧性與多義性是「象徵」的一種質性。其次，在《屈賦》中反覆出現的隱喩最多，像蘭、茝、蕙、椒、桂之類，並不僅代替君子或美德，而可以象徵屈原的一種人生理想，它們足以代表多重的意義。又如以「路」作爲隱喩的，在〈離騷〉裡就有下面這些句子：

乘騏驥以馳騁兮，來吾道夫先路。

彼堯舜之耿介兮，既遵道而得路。何桀紂之猖披兮，夫惟捷徑以窘步。惟夫黨人之偷樂兮，路幽昧以險隘。豈余身之憚殃兮，恐皇輿之敗績。

忽奔走以先後兮，及前王之踵武。

悔相道之不察兮，延佇乎吾將反。迴朕車以復路兮，及行迷之未遠。

步余馬於蘭皐兮，馳椒丘且焉止息。

濟沅湘以南征兮，就重華而陳辭。

朝吾將濟於白水兮，登閬風而緤馬。……吾令豐隆乘雲兮，求虙妃之所在。……夕歸次於窮石兮，朝濯髮於洧盤。……；覽相觀於四極兮，周流乎天余乃下。邅吾道夫崑崙兮，路修遠以周流。……朝發軔於天津兮，夕余至乎西極。……忽吾行此流沙兮，遵赤水而容與。……路修遠以多艱兮，騰眾車使徑待。路不周以左轉兮，指西海以爲期。

這些「路」或與「路」有關的意象，在全文中反覆出現，必然有它特殊的意義。「路」不僅代表政治作風（見前），同時也象徵屈原要追求的理想，以及在追求過程中所遭遇的種種困阨與挫折。有時候又暗示一種行爲的選擇和決定，或者對於岐路的困惑，甚至錯誤的發現等等。它具有複雜的象徵意義是可以斷言的。

另外，「象徵」不似「隱喻」常是兩種具體事物之間疑似的牽合，而是以實體代表抽象，以特殊代替普遍。《屈賦》中的草木和禽獸並不只配合一些君子小人，而是暗示這類人所普遍具有的德性。前面曾經指出這是比喻的暗示作用，事實上如稱之爲「象徵」作用，會更恰當些。再則比喻有的是一個個孤立的；「象徵」卻都是由許多複雜的意象構成的。它是一組事件，一個故事或神話。總之，它每在一個動態的環境中完成。其中滲入了作者的生命力，而不僅是僵硬的形相。這在上文討論隱喻對意象塑造作用時也曾涉及到。因此儘可把「余既滋蘭之九畹」以下整段看做是一個「象徵」，它確有多重的岐義[38]，但不必一定把滋蘭樹蕙等當作屈原修行仁義或者培植賢士，這不過在暗示他自己一切的辛勤和努力，縱無結果，願望亦遭破滅，還可承受，最悲哀的卻是所有的美善和理想都遭遇到毀棄的命運。在這一「象徵」中，充分顯露出他對現實深沈的悲憫和不容自已的傷痛之情。如此去瞭解，可以不固執在一個特定的比喻對象上，至少可以免除高叟說詩的固陋。康德曾經說：

> 象徵是一種想像力的表徵，它能引發無數的思想，然而卻沒有任何確定的思想（意指概念）足以表達這個象徵。因此，語言既無法與象徵全然相等，也無法使之完全可解㊴。

因此通過「象徵」的觀念，對〈離騷〉裡的幾組神話可以得到較多的瞭解，卻不必揣測神話裡某個人物是比喻誰的。如：

> 跪敷衽以陳辭兮，耿吾既得此中正。駟玉虬以乘鷖兮，溘埃風余上征。朝發軔於蒼梧兮，夕余至乎縣圃。欲少留此靈瑣兮，日忽忽其將暮。吾令羲和弭節兮，望崦嵫而勿迫。路曼曼其修遠兮，吾將上下而求索。飲余馬於咸池兮，總余轡乎扶桑。折若木以

㊳ 如戴震特別強調由「衆芳蕪穢」所引起的聯想，以爲含有〈離騷〉下文「蘭芷變而不芳」的意思，（《屈原賦注》（上海：商務印書館 一九三五）卷一，頁三。）其實這也可以包容在這一象徵的意義之內，而不必加以排斥。

㊴ 見陳梅英譯《幻想力與想像力》（台北：黎明文化公司 一九七三） 頁五〇。

> 拂日兮，聊逍遙以相羊。前望舒使先驅兮，後飛廉使奔屬。鸞皇爲余先戒兮，雷師告余以未具。吾令鳳鳥飛騰兮，繼之以日夜。飄風屯其相離兮，帥雲霓而來御，紛總總其離合兮，班陸離其上下。吾令帝閽開關兮，倚閶闔而望予。時曖曖其將罷兮，結幽蘭而延佇。世溷濁而不分兮，好蔽美而嫉妒。
>
> 朝吾將濟於白水兮，登閬風而緤馬。忽反顧以流涕兮，哀高邱之無女。溘吾遊此春宮兮，折瓊枝以繼佩。及榮華之未落兮，相下女之可詒。吾令豐隆乘雲兮，求虙妃之所在。解佩纕以結言兮，吾令蹇修以爲理。紛總總其離合兮，忽緯繣其難遷。夕歸次於窮石兮，朝濯髮於洧盤。保厥美以驕傲兮，日康娛以淫游。雖信美而無禮兮，來違棄而改求。覽相觀於四極兮，周流乎天余乃下。望瑤台之偃蹇兮，見有娀之佚女。吾令鴆爲媒兮，鴆告余以不好。雄鳩之鳴逝兮，余猶惡其佻巧。心猶豫而狐疑兮，欲自適而不可。鳳皇既受詒兮，恐高辛之先我。欲遠集而無所止兮，聊浮游以逍遙。及少康之未家兮，留有虞之二姚。理弱而媒拙兮，恐導言之不固。世溷濁而嫉賢兮，好蔽美而稱惡。

前人對這兩組神話或分爲兩節，或併爲一段（見前文），都企圖找出這組神話的託喻。最爲穿鑿附會的是王逸，把「靈瑣」解爲「楚王之省閣」；以「望舒」爲「月體光明以喻賢臣」；「飛廉」是「風爲號令以喻君命」；「鸞皇」「喻仁智之士」；「鳳鳥」爲「明智之士」；

「飄風」「以興邪惡之衆」；「雲霓」「以喻佞人」；……其他「虙妃」、「高辛」等等，莫不有所比喻。如此支離的解釋，就是執著於傳統「比」的觀念之故。後來的注家，雖不像王逸的瑣碎，多數也認爲這是比屈原之求賢君或求賢臣。如朱熹、蔣驥認爲這兩段是比求明主、賢伯；而王夫之、林雲銘、姚鼐、梅曾亮均以前一部份爲求君，「朝將濟於白水」以下爲求所以通君側之人；龔景瀚意雖稍異，以前部喻楚君，後部喻賢才遺佚；張惠言說：「以道誘掖楚之君臣」㊵。也是類似的說法。這種種解說並不必錯，只是拘執狹隘，限制了讀者對這類神話更多的聯想和感受。從基本上看，屈原所以構設如此的神話世界，主要的是因爲他個人的情志在現實中遭受到壓抑或挫折，無法得伸，所以才意圖遁入一個超現實的世界中㊶。這一超現實世界，雖然是現實世界的投影，而作者爲解除他在現實世界中所承受的悲痛，馳騁其想像，自然不會一一與現實世界相合，他只是把自己的思想情感，借用整個神話象徵出來。其中晦澀難解的地方，可能是他爲了增強其超現實性而有意製造的，而這種超現實性足以引起人的好奇與嚮往，藉此很容易地帶領著讀者進入其中。所以鸞皇、鳳鳥以及飛廉、雷師等等神話中的珍禽跟人物，都是助成此一超現實的工具，不必有個別的意義。因此

㊵ 以上諸家之說並參見《屈賦通箋》「離騷節旨諸家異同表」（同注㉜）。

㊶ 戴震注前節「託言往見古先哲王之在天者以自廣」；後一節「託言欲求淑女以自廣」。「自廣」就是自己尋求一種精神的解脫和逃避現實的意思，其說較他說爲通達。

在這兩組神話中，只要注意屈原主要的在展現他「上下求索」是追求一種理想，以及在追求過程中所幻設的安排㊷和遭受到種種阻礙或挫折㊸，以至終於幻滅的情感，而不必穿鑿求解。不過，因爲屈原對於現實的眷戀特別深切，他所創建的超現實世界，顯得不夠遙遠。所以如此，固然由於他借用歷史的事件作爲進入神話之境或返回現實的過渡或階梯：而主要的是他的自我一直進入神話世界成爲主角㊹，遂使神話世界完全成爲他主觀自我的投射。因此，對解除他在現實中的困境也並無多大幫助，〈離騷〉中最後的一組神話，尤其可以證明他眷戀現實的深情：

惟茲佩之可貴兮，委厥美而歷茲。芳菲菲而難虧兮，芬至今猶未沫。和調度以自娛兮，聊浮游而求女。及余飾之方壯兮，周流觀乎上下。靈氛既告余以吉占兮，歷吉日乎吾將行。折瓊枝以爲羞兮，精瓊爢以爲粻。爲余駕飛龍兮，雜瑤象以爲車。何離心之可同兮，吾將遠逝以自疏。邅吾道夫崑崙兮，路修遠以周流。揚雲霓之晻藹兮，鳴玉鸞之啾啾。朝發軔於天津兮，夕余至乎西極。鳳皇翼其承旂兮，高翺翔之翼翼。忽

㊷ 如駟虯乘鷖、發軔蒼梧至於縣圃、飲馬咸池、總轡扶桑……等。

㊸ 如「帝閽」、「蹇修」「鴆」、「鳩」……等。

㊹ 如「吾令羲和弭節」「鸞皇爲余先戒」、「吾令帝閽開關」、「吾令豐隆乘雲」、「吾令蹇修以爲理」……等。

吾行此流沙兮，遵赤水而容與。麾蛟龍使梁津兮，詔西皇使涉予。路修遠以多艱兮，騰眾車使徑待。路不周以左轉兮，指西海以為期。屯余車其千乘兮，齊玉軑而並馳。駕八龍之婉婉兮，載雲旗之委蛇。抑志而弭節兮，神高馳之邈邈。奏九歌而舞韶兮，聊假日以媮樂。陟陞皇之赫戲兮，忽臨睨夫舊鄉。僕夫悲余馬懷兮，蜷局顧而不行。

他堅執著自己的一貫作風，決心遠逝而去追求理想之境。可是他雖然把凡糗糧之精，車馬之盛，旌旗導從之從容，名山大川恣其遊覽，蛟龍鸞鳳惟吾指麾，寫得極其奇麗盛壯，但是仍然無能使自我常駐於這種超現實世界之中。這無論是構設的神話故事或是對歷史的嚮往，都不過成為他奮力想掙脫現實的象徵；同時這些想像的經歷，也正是象徵他的心理歷程。而其自我掙扎的一面，始終被籠罩在他主觀的情感之下，雖然徘徊往復，最後不得不被這種濃烈情感所屈服，終於返回現實之中，而欲「從彭咸之所居」。

從以上對象徵的探討，我們可以說屈賦不僅是大量地運用隱喻，更重要地是它們的象徵作用。尤其是〈離騷〉這一長篇偉構。除了開始介紹屈原自己的身世、名字與亂曰以下數語，可以說整體是由象徵手法組成的。此外，〈九章〉中的〈橘頌〉一篇，也可以視為作者理想人格的象徵；招魂中對上下四方各種鋪陳描繪，更富於象徵意義。在此不再贅述。

六、隱喻象徵對《屈賦》風格的影響

由於《屈賦》中大量地使用隱喻，又運用象徵方式來表現的結果，便形成了它獨特的風格。一種作品的風格雖然是由極複雜的因素形成的，如時代社會的意識，地域的特色，作者的內在自我，以至於整個的人格都有關係，而直接傳達給讀者的則是作者所用的語言中顯露出來的藝術特質。如果仔細分析《屈賦》的語言，應該涉及到它的句式、語法結構、節奏韻律、語彙（特別是顯而易見的「兮」字的使用）等等。但這樣牽連出來的問題太多，溢出了本文的範圍。所以這裡只就其使用隱喻和象徵兩點，來討論它們對屈賦風格的影響。

劉安〈離騷傳〉云：「〈國風〉好色而不淫，〈小雅〉怨誹而不亂，若〈離騷〉者，可謂兼之矣。」㊺這跟孔子稱「〈關雎〉樂而不淫，哀而不傷」㊻的意思近似，是指情感的表現溫厚適中而言。劉安的話，可以認爲是對《屈賦》風格的一種說明。在內容上，這當然出自屈原溫厚眞摯的情感；在表現上，他大量地採用隱喻則更助成了這種風格。

如果我們再反溯隱喻的質性，知道它是以此物暗指彼物，而隱喻的本身（此物）並不是作者所意圖敘述、描繪或指斥的對象，它在作爲表現媒介的語言之中，又站在居間的地位。作

㊺ 見班固〈離騷序〉引。（同注❻）
㊻ 見《論語》〈八佾〉篇，（同注㉖，卷三，頁三〇）。

者的情思是經過了它的折射再傳達出來的。於是在作者跟要說的對象（彼物）之間，造成一種距離；換言之，它代替承受了作者情感的衝擊。像《屈賦》中，作者不是直接指斥楚王或讒佞小人，而是指斥那些荃、蓀、蘭、蕙、蘅、菉、葹以及鴆、鳩、羿、桀之類。同時作者也並不直接炫耀自己，而用木蘭、蕙、茝、芰荷、芙蓉……等含蓄地暗示出他堅貞芳潔的人格和才能。因此，無論作者在原來的情感多麼深邃和激烈，而經過了選擇隱喻的思考活動，透過隱喻的緩衝，這種情感便不是直接的傾洩，而是被收斂凝聚在特別的語言裡，迂迴舒緩地展現出來。這樣從內容方面說，就是劉安所謂的不淫不傷的境界；從語言表現方面說，就是王逸所稱的「屈原之辭，優遊婉順」㊼和「其辭溫而雅」㊽。隱喻雖然不是《屈賦》語言的全部，但是對造成這種婉順溫雅的風格而言，卻有相當大的作用。

《屈賦》不僅是大量使用隱喻，同時更進一步運用象徵方式。在上一節中，已經提到象徵可說是隱喻的擴大和延伸，它們在本質上自然相當類似。隱喻之不用直接的方式來表現事物跟象徵之以暗示來傳達作者的情意是相同的。因而隱喻固然對《屈賦》溫雅婉順風格的形成有相當的作用，象徵的表現方式也產生同樣的效果。而象徵因為有更大的曖昧性和不確定性，比隱喻暗示的情意更不明顯。同時象徵往往是由一組事件或者一串活動組成之故，更增

㊼ 見王逸〈離騷章句後敘〉，（同注❹，頁八七）。
㊽ 見王逸〈離騷經章句序〉（同注❹，頁一二）。

加了《屈賦》優遊從容之致㊾。

> 悔相道之不察兮，延佇乎吾將反。回朕車以復路兮，及行迷之未遠。

這段話的象徵意義是透過一串活動過程來完成的。「過程」展緩擴大了基本意念的呈現，使得原來可能只是簡單的意念變的複雜而豐富，而不致像直敘的方式那麼迫促。這種象徵的反復運用，其影響於全篇的風格是必然的。另外，象徵本身因爲不是直接訴說現實，所以跟現實世界之間有很大距離，尤其是一些歷史或神話的材料，更是超越於現實之外，作者透過這樣的象徵世界，暗示出的意念或情感，就不會給人強烈的壓迫感。雖然我們可以體會到作者隱藏著熾烈之情，卻被這些象徵所造成的距離給沖淡了。像「跪敷衽以陳辭」到「好蔽美而嫉妒」，本來深藏著追求幻滅的悲哀和對讒佞的譴責，而整個背景是放置在神話世界的遨遊之中，解消了現實世界的緊張情緒，因而顯現出來的風格是優游從容的。

不過，一部偉大的作品，它的風格常不是單純的，而富有多樣性。劉安和王逸所見的是《屈賦》風格的一面，劉勰則見到另外的一面。《文心雕龍辨騷篇》說：

> 〈騷經〉〈九章〉，朗麗以哀志；……〈遠遊〉〈天問〉，瑰詭而惠巧。〈招魂〉

㊾ 班固〈離騷序〉：「其文宏博麗雅，爲辭賦宗，後世莫不斟酌其英華，則象其從容。」（同注❻，頁八九）。

〈招隱〉耀豔而深華；……故能氣往轢古，辭來切今，驚采絕豔，難與並能矣。

是以枚賈追風以入麗，馬揚沿波而得奇，……中巧者列其豔辭。

贊曰：驚采風逸，壯志煙高，……金相玉式，豔溢錙毫㊿。

又〈定勢篇〉：

效騷命篇者必歸豔逸之華51。

又〈時序篇〉：

屈原聯藻於日月，宋玉交彩於風雲。觀其豔說，則籠罩雅頌52。

這些話裡，指出《屈賦》的風格有麗、奇、豔、逸等等。尤其是「豔」字一再出現，應該是劉勰所認爲的《屈賦》的一大特色。這豔字的意義可能很多，至少是指意象的豐富和辭采之華麗兩者。而這兩點跟隱喻和象徵也有密切的關係。前文已經討論過隱喻對意象塑造的作用，《屈賦》中一大部份華美的意象是由隱喻構成的；同時在象徵世界裡更充滿了壯麗的動

㊿同注⑫，頁三〇。
51同注⑫，卷六，頁二四。
52同注⑫，卷九，頁二二。

態意象。像「揚雲霓之晻藹兮，鳴玉鸞之啾啾」、「鳳皇翼其承旂兮，高翺翔之翼翼」、「駕八龍之婉婉兮，載雲旗之委蛇」，這只有在非現實的世界裡，作者才能憑藉其才華，馳騁其想像，作這樣「驚采絕豔」的描繪。

劉勰所謂的「奇」，跟象徵的表現技巧也有相當的關係。劉勰在〈辨騷篇〉中曾經舉出《楚辭》異乎經典的地方，有兩點是：「至於託雲龍，說迂怪，（駕）豐隆，求宓妃，（憑）鴆鳥[53]，媒娀女，詭異之辭也；康回傾地，夷羿彈日，木夫九首，土伯三目，譎怪之談也。」這些都是悖乎傳統經典的內容和表現方式的，它們是用傳說或神話構設出來的超現實世界。把想像的領域從現實中解放出來，打破了時間和空間的限制，用異乎尋常的，非理性的詭異的變形，顯示出種種新異的經驗。這些經驗的本身就是奇特的，表現在篇章裡，自然會造成一種奇逸的風格。

然而，無論是婉順、溫雅、朗麗、華豔，或者奇逸……，都只是從不同的方面所見到的《屈賦》的風格顯像，它們並不是互相抵牾的，也不是各自分離的，實際上，它們融合而成一個和諧的整體。王逸「金相玉質」[54]的話，正可以形容《屈賦》風格的精純和完整。追根溯源，這樣的風格乃是出於作者的主觀自我，是作者自己為了表現他內在的心靈世界，才選

[53] 「駕」、「憑」二字據唐寫本增（同注[12]）。

[54] 同注[4]，頁八八。

擇了這樣的語言，大量採用了隱喻和象徵的表現方式，整個是「因內而符外，沿隱以至顯」[55]的結果。因此，我們可以說《屈賦》的風格也就是作者人格世界的外現。劉安所說「蟬蛻穢濁之中，浮游塵埃之外，皭然涅而不淄，推此志、雖與日月爭光可也。」[56]，是對屈原人格的最高讚頌。而這種人格的光輝，充溢散發在《屈賦》裡，所謂「朗麗以哀志」，所謂「聯藻於日月」的表現特色，都莫不以此爲基礎。

七、結論

在本文的開始，我們曾經指出：從一個大的文學傳統來看，《楚辭》跟《詩經》之間是有承續關係的，在它們使用共同的語言文字之外，我們偏重於二者內在文學精神的類似。當然在表現技巧上，《楚辭》也不能完全抹去《詩經》所投射下的影子，劉勰就說過《屈賦》是「依詩製騷，諷兼比興」[57]。不過在經過以上的討論之後，可以發現《屈賦》所用的隱喻和象徵的技巧，實在遠超越《詩經》的「比」或「興」的方式，尤其是象徵的運用，是在《詩經》中幾乎還不曾如此出現過的。在這方面《屈賦》獨創的部份，顯然多於它所因襲的

---

[55] 《文心雕龍　體性篇》云：「夫情動而言形，理發而文見，蓋沿隱以至顯，因內而符外者也。」（同注[12]，卷六，頁八。）

[56] 同注[4]洪興祖補注　頁八八。

部份。劉勰也承認《楚辭》的獨創性，說它「雖取鎔經意，而亦自鑄偉辭。」58卻沒有指明《屈賦》這種較「比、興」進一步的表現方式，實際上更是富有創造性的。

除了受《詩經》的影響之外，有人認爲《屈賦》的作風是受到時代的影響。劉勰在〈時序篇〉就曾說：「故知煒燁之奇意，出乎縱横之詭俗也。」59近人更具體的指出《屈賦》的隱喻與春秋戰國時的「隱語」有關60。像淳于髡說齊威王罷長夜之飲61、齊客以「海大魚」說靖郭君62、成公賈以鳥說荊莊王63等等，都是以「遯辭以隱意，譎譬以指事」64的諷諫方法，認爲這跟《屈賦》慣用比興的作風初無分別。在戰國君王好「隱」，辯士們喜歡鋪陳揚厲的風氣之下，屈原受到他們的影響是極可能的65。不過，「隱語」與「隱喻」在實質上並

---

57 同注37，頁二。

58 同注12。《文心雕龍・事類篇》又說：「觀乎屈宋屬篇，號依詩人，雖引古事，而莫取舊辭。」（卷八，頁九。）

59 同注52。

60 見游國恩〈論屈原文學的比興作風〉一文第二節「屈賦比興作風的來源」。同注23，頁二一〇。

61 見史《記・滑稽列傳》（台北：藝文印書館 四史本）卷一二六，頁一三〇九。

62 見《戰國策・齊策》（台北：里仁書局 一九八〇）頁三〇四。

63 見《呂氏春秋・重言篇》（台北：世界書局 一九五五）頁二一七。

64 見《文心雕龍・諧隱篇》（同注12，卷三，頁五一。）

65 根據《史記》卷八十四〈屈原列傳〉說他嫻於辭令，接遇賓客，應對諸侯，出使齊國，可見他是個有口辯之才的人。（同注61，頁一〇〇四。）

不是一回事。前者往往是依附於故事或事件，說明某種道理，而近似寓言；後者則根植於語言的本身，只是一種使語言藝術化的方式。「隱語」的目的在諷諫，需要的是一種詼諧的機智；「隱喻」不必作爲諷諫之用，需要對觀察事物的相似處有特別敏感的能力。二者雖然都以「暗示」來表現，但在本質上卻不一定有必然關係。《詩經》的時代並沒有「隱語」的流行，詩人同樣會使用「隱喻」。所以《屈賦》的比興作風，也就不必是受了隱語的影響。同時就《屈賦》擴大了隱喻，運用神話象徵的技巧方面來看，它受到地域性的影響遠大過時代風氣。

戰國時代的楚國，雖然已經與中原文化有了密切的接觸，但因爲地理環境的關係，依然保持著特異的文化色彩。最顯著的是楚地的風俗非常迷信，宗教性的祭祀和祈禱普遍在民間流行。《漢書．地理志》說：「楚人信巫鬼，重淫祀。」[66]王逸〈九歌章句序〉也說：「昔楚國南郢之邑，沅湘之間，其俗信鬼而好祀，其祀必作歌樂鼓舞以樂諸神。」[67]這些原始的宗教信仰，激發了人的想像力，增強了人對神秘的，超現實世界的嚮往，產生了種種神話。這在楚地的藝術和文學上都反映了出來。現在我們還可以看到從長沙、信陽等地出土的漆畫和雕刻，這些藝術品充滿了怪異的氣氛，所雕畫的都是奇形怪狀的人物和動物，所用的色彩

---

66 王先謙《漢書補注》（同注61）卷二五下，頁五六四。）

67 《楚辭補注》卷二，頁九八。

（像純黑與純紅交用）幽秘奇麗。其中鳳夔人物帛畫上的龍鳳和巫女，顯然表示一個神話。梁思永解釋說：龍象徵死亡，鳳象徵生命，巫女在爲生命祈禱❻❽。像這種詭異的作風，是在中原文化中極少見到的，而表現在文學上，最早的則爲〈九歌〉。近人多數認爲〈九歌〉是民間祭神的歌曲，其原始的歌詞可能出於巫者之手，後來又經過屈原寫定或改寫❻❾。但它極可能是楚國的國家祀典❼⓪，無論如何，〈九歌〉顯示出一個豐富的神話世界，伴隨著靈巫歌舞的祭祀儀式，其中的神祇翩然蒞臨，倏然遠逝，幻設出優美動人的境界，他們不僅是被崇拜的對象，也是被愛悅慕戀的對象，透過「巫」的媒介，人神之間的距離縮小了，人的精神便不自覺的被帶入他們的世界裡。這些正象徵楚民族原始的心靈，渴望從困窘的現實世界中得到解放，遁入美好的未知世界的要求。劉勰在〈物色篇〉中說：「若乃山林皋壤，實文思之奧府。……然屈平所以能洞監風騷之情者，抑亦江山之助乎！」❼❶地理的因素固然重要，而這種地域性的文化特色，尤其是沈潛在《屈賦》的深處，成爲它一切表現的基調。

但是，無論是傳統、時代、地域或文化，雖然曾給予屈賦相當程度的影響，卻不必是決

---

❻❽ 見文崇一《楚文化研究》（台北：東大圖書公司 一九八〇）頁一五七。

❻❾ 朱熹《楚辭集注》云：「蠻荊陋俗，詞記鄙俚，而其陰陽人鬼之間，又或不能無褻慢荒淫之雜。原既放逐，見而感之，故頗爲更定其詞，去其泰甚。」（同注❶⓪，卷二，頁一。）

❼⓪ 參看本書〈楚辭九歌的名義問題〉一文。

❼❶ 同注❶❷，卷十，頁二。

定性的，最重要的還是應求諸屈原的創作才能跟自我意識。隱喻本來是語言的一部份，也自然會出現在文學作品中，而富有想像力的天才，始能創造出生動而適切的隱喻來。所以追溯《屈賦》中的一些隱喻產生，應該直接訴諸作者的創造心靈。像蘭、蕙、芷、荷、桂、椒、薜荔、杜衡……等等楚物，也曾在〈九歌〉中就出現，但是這些香草完全沒有《屈賦》中所暗示的道德意義。同時〈九歌〉裡的神話世界跟《屈賦》的神話也大異其趣。因爲後者是通過了作者主觀意識來構設的，神話不過是他現實世界的投影，或者是他理想自我的象徵。神話本身的客體性，已經被作者主觀的象徵意義所吞沒了。因此，我們可以說《屈賦》全部是作者內在自我的表現；而隱喻跟象徵正是其表現自我的一種最適切的方式。

【原載台北：《文學評論》第一集，頁二九三—三二五，一九七五年六月。】

貳、《楚辭・天問》隱義及有關問題試探

一、前言

《楚辭・天問》向來被認爲是最難懂的一篇。因爲它的全文是由一百七十多個問題組成的，正面的陳述極少，文辭又非常簡古，問意的本身就隱晦難曉，而所涉及的神話和史實，有的也已經湮滅，加上簡編的脫亂，傳寫的訛謬，遂使這一篇曠古絕今的偉構，包圍在重重迷霧之中。雖然經過古今注家的努力，可索解者已經不少，同時「連蹇其文，濛澒其說」❶，令人支離困擾的地方也隨之增多。而由於這樣特殊奇怪的文體跟《楚辭》他篇極不相類，在中國文學裡再也找不出相同的一篇來，因而成爲文學史上「問題」最多的作品。不是懷疑它的作者，否定它的文學價值，就是把它當成卜筮文學或民間唱本，……這類任意揣測的意見，更增加了了解它的障礙。追根溯源這些意見的產生，很多跟王逸的〈天問章句序〉有關係。

王逸云：

❶ 王逸《楚辭章句・天問後敘》。見洪興祖《楚辭補注》，（台北：藝文印書館 一九八六）卷三，頁一九九。

〈天問〉者，屈原之所作也。何不言問天？天尊不可問，故曰天問也。屈原放逐，憂心愁悴，彷徨山澤，經歷陵陸，嗟號旻旻，仰天歎息。見楚有先王之廟及公卿祠堂，圖畫天地山川神靈，琦瑋僪佹，及古賢聖怪物行事。周流罷倦，休息其下；仰見圖畫，因書其壁，呵而問之，以渫憤懣，舒瀉愁思。楚人哀惜屈原，因共論述，故其文義不次序云爾❷。

這段話揭開了後世聚訟〈天問〉問題的序幕。王逸提出的幾點是：㈠〈天問〉的作者。㈡〈天問〉篇題的意義。㈢〈天問〉寫作的動機和心理背景。㈣〈天問〉文義不次的原因。這四點是互相關聯在一起的，當然最重要的前提是作者是不是屈原。這本來不應該有問題的，但是〈天問〉的文體太特殊了，跟屈原其他作品都不一樣；加上近人勇於懷疑的精神，這問題便常被提出來。其次是這篇東西爲什麼叫做「天問」？王逸的解釋頗有幾分迷信，實際上篇中並沒有多少「尊天」的意思，王逸的說法自然就成了問題。再則，即使本篇是屈原作的，那麼他爲什麼寫出這樣一篇奇怪的東西來？王逸說他見楚先王之廟及公卿祠堂上的壁畫，有沒有可信的根據？古代這種廟堂上會有壁畫嗎？縱然是有，屈原能不能就直書其壁呵而問之呢？王逸既沒有說清楚，又沒有任何直接的證據，這當然也會引起人的懷疑。最奇怪

❷ 同注❶，頁一四五。

的是王逸又說：這是楚人哀惜屈原，所以「因共論述」。那麼，〈天問〉的完成就不是出於屈原一人之手，王逸別有依據，還是從〈天問〉「文義不次」而想像出來的？因此，近人所以認爲〈天問〉有許多的問題，王逸可以說是始作俑者。民國以前的人極少（不是沒有）懷疑〈天問〉作者的問題，主要的是不同意王逸對於「天問」的解釋和王逸認爲「文義不次」的說法。不過因爲仍相信是屈原之作的緣故，對於〈天問〉寫作的動機一點，便易於解釋。民國以後，懷疑〈天問〉作者的人很多，遂增出了許多問題。更有的把〈天問〉當作研究神話或者考證古史的資料，對於了解〈天問〉的本身，就愈來愈困難。

本文嘗試要做的，便是想突破重重難關，先通過古今注家爲〈天問〉的注解和箋釋，求得一種相應的了解，然後再廓清這許多環繞〈天問〉的問題。因爲我們認爲無論〈天問〉的作者是誰，對於本篇直接的了解是最重要的。這樣做雖然困難，卻也比較客觀。同時本文著重在對〈天問〉整體的把握，雖然它可能有簡編的脫亂，或者根本沒有全部完成，還是把它看作是完整的一篇。而唯有這樣做，才不致於陷入一些枝枝節節的問題裡去，轉更迷惑。這樣去了解的一個前提，便是得承認它的全文是有次序自成文理的。這就要先討論王逸的第四個問題。而古人把這個問題總是跟〈天問〉解題連在一起討論的，因此本文一併在第二節中來討論它們。從許多注家的意見裡，發現他們都極重視〈天問〉裡「天」的觀念。這自然是一個值得深究的問題。因爲〈天問〉既是問些關於天的問題，其中天的意義如何，應該首當解決。而這與產生此種觀念的時代和歷史背景，有密切的關係，所以本文分別詮釋和追溯其兩種天的觀念。然後從〈天問〉所使用的反詰問句和提出的問題性質，以及作者對於神話的偏愛，發現其中所蘊藏著的情緒和主觀意識。這是了解〈天問〉的一個要點。經過本文具體的分析之後，作者的創作動機和心理背景，已經清楚的呈現出來，而作者影子也愈來愈明晰了。這樣就可以進而討論其他的問題。特別是關於〈天問〉這種體製的來源，它是偶然創造的？還是受到民間歌辭或者傳統文學的影響？這一問題裡，也自然牽涉到它的作者問題—這是本文最後要處理的。站在對〈天問〉整體的了解這一基礎上來看它的作者，雖然仍不易有肯定的結論，卻自然地廓清了許多誤會。而在這些討論的過程中，也就逐漸地釐清了〈天問〉這一篇的性質，它是不是文學作品？有沒有文學價值？有關這一類的問題，是不難回答的。

一、〈天問〉題義

〈天問〉的題義，王逸認爲就是「問天」。這種倒裝的用法，從古代語法來看，是不成問題的。而解釋爲「天尊不可問」，就是他主觀的臆測了。荀子的〈天論〉又何嘗有天尊不可論的意思呢？王逸下文解釋爲什麼要問天？倒是很重要的看法。他說：「屈原放逐，憂心愁悴，彷徨山澤，經歷陵陸，嗟號昊旻，仰天歎息」，有了這樣沉痛的經驗，再遇上壁畫，所以才借著呵壁來「以渫憤懣，舒瀉愁思」。王逸這一意見，是從屈原的經歷聯想出來的。呵壁之說，頗成問題（見本文第五節），不過「舒瀉憤懣」，一直被認爲是〈天問〉的用心所在。洪興祖《補注》加以發揮說：

〈天問〉之作，其旨遠矣。蓋曰遂古以來，天地事物之憂，不可勝窮。欲付之無言乎？而耳目所接，有感於吾心者，不可以不發也；欲具道其所以然乎？而天地變化豈思慮智識之所能究哉？天固不可問，聊以寄吾之意耳！楚之興衰，天邪？人邪？吾之用捨，天邪？人邪？國無人莫我知也，知我者其天乎？此〈天問〉所爲作也❸。

這同樣認爲屈子的目的不在問天，而在寄其憂憤之思。後來屈復《楚辭新注》❹、陳本禮《屈辭精義》❺也都依據這種說法。

王夫之則不贊成王逸之說：

逸又云：「不言問天，而言天問，天高不可問」，說亦未是。原以造化變遷，人事得失，莫非天理之昭著。故舉天之不測不爽者，以問憯不畏明之庸主具臣。是爲天問，而非問天。篇內言雖旁薄，而要歸之旨，則以有道而興，無道則喪，黷武忌諫，耽樂淫色，疑賢信姦，爲廢興存亡之本，原諷諫楚王之心，於此而至，欲使其問古以自

❸ 見《楚辭補注》卷三，同注❷頁一四五—一四六。
❹ 屈復《楚辭新注》（台北：新文豐出版社 叢書集成續編一一九冊，一九八六）卷三，頁四三。
❺ 陳本禮《屈辭精義》（台北：廣文書局 一九六四）卷二，頁一。

問。（中略）抑非徒渫憤舒愁也已❻。

王夫之特別注意篇中有關天理和歷代興衰之由的問題，這自然是很重要的一點。但是，他認為屈子此篇的目的是為諷諫楚王，未免求之過深，尤其把「天問」解成「為天問」，又說「使其問古以自問」，實在迂曲難通。不過他說「非徒渫憤舒愁」，則並未完全否認王逸的說法。王夫之改變了作者發問的對象這一點，可能給戴震一些暗示。戴震《屈原賦注》云：

問，難也。天地之大，有非恒情所可測者，設難疑之。而曲學異端，往往騖為閎大不經之語，及夫好詭異而善野言，以鑿空為道古，設難詰之，皆遇事稱文，不以類次，聊紓憤懣也❼。

戴震把問題分為兩種：一是非常可測的，大概如天命反側之類，問者只表示他的懷疑，並不是一定有要問的對象。一是問那些曲學異端所造作的閎大不經或詭異無憑之語，故意來難為他們。前者戴氏認為作者只是要表示懷疑，不必是問天，是有道理的。而後者則頗拘泥，他不了解這同樣可以只表示懷疑，不一定有發問的對象。在這裡戴氏也不否認王逸的「舒瀉憤懣」之說。

❻ 見王夫之《楚辭通釋》卷三（台北：廣文書局 一九六三）頁四六。
❼ 戴震《屈原賦注》（上海：商務印書館 一九三五）卷三，頁二三。

近人劉永濟《屈賦通箋》總評王、戴二氏之說云：

按二氏釋「天問」二字雖異，而王氏推原篇旨數語自精，與戴氏天地非恆情可測意亦相同。但謂以問庸主具臣，則不如設難疑之可信。曰天問者，蓋舉天之不測者爲問難，意仍側重人事之臧否，非欲其問古以自問也❽。

劉氏的折衷，大抵不誤。而游國恩〈天問題解〉則云：

蓋〈天問〉之義與《素問》略同。全元起曰：「素者，本也；問者，黃帝問岐伯也。方陳性情之原，五行之本，故曰『素問』。」（中略）〈天問〉者，舉凡天地間一切顯象事理以爲問，猶今人曰自然界一切之問題云爾。（中略）屈子以〈天問〉題篇，意若曰：宇宙間一切事物之繁之不可推者，欲從而究其理耳。故篇內首問兩儀未分，洪荒未闢之事；次問天地既形，陰陽變化之理，以及造化神功，八柱九天、日月星辰之位，四時晝夜開闔晦明之原；乃至河海川谷之深廣，地形四方之徑度；崑崙增城之高；冬暖夏寒之所，皆天事也。天事之外，旁及動植珍怪之產；往古聖賢凶頑之事；理亂興衰之故，又天道也。蓋天統萬物，凡一切人事之紛紜錯綜，變幻無端者，皆得

---

❽ 劉永濟《屈賦通箋》（台北：學生書局 一九七二）頁一〇一。

攝於天道之中，而與夫天體天象天算等廣大精微，不可思議者，同其問焉。此〈天問〉之義也❾。

游氏從〈天問〉內容上分出「天事」與「天道」，統括全篇的要點，比上列諸家之說較爲具體完備。但是他把「天事」「天道」的地位平列，認爲這是屈子「欲從而推究其理」，就成爲一種客觀的哲理思考，這是因爲他過於強調屈子的天文知識，又世爲羲和之官，「故能致疑於幽邈不測之天道如此」❿。而忽略了〈天問〉的重點本來是在歷史人事方面，同時把作者的心理因素也看得太輕了。

以上王逸、王夫之、戴震、游國恩四家，對於〈天問〉題義的解釋都各有所見，同時也都涉及到「天」。不過王逸只注意到呵而問的對象，類似人格神的上帝；王夫之則注意到昭著的「天理」；戴震所謂「非恆情可測」的「天」，意思不十分清楚，可能指「不可測的命運」，也可能指「天命靡常」；游恩國的「天道」則與王夫之的「天理」應該相近；他的「天事」所指的則是自然現象。實際上，這幾種觀念在〈天問〉篇中都曾出現，將在下文討論。

總括言之，〈天問〉乃是從宇宙人生的存在上來問許多問題，這些問題都與「天」（包

❾ 見游國恩《讀騷論微初集》（台北：商務印書館 一九七二）頁一七五—一七六。

❿ 見前引書中〈天問題解〉附注（頁一七七）。並參其〈屈賦考源〉一文（頁六—二六）。

括上面諸家所言的幾重意義）有關。既不是「問天」，也不是「爲天問」。同時在題義中，可以涵有作者爲什麼要問這些問題？王逸指出發問的心理背景，實在是最應注意的。只是王逸先認定作者是屈原，他的結論可能是由作者的生平聯想出來的，而不是從作品內容中分析所得——這將是本文的工作。

至於〈天問〉的文義是不是沒有次序？後人也有與王逸不同的意見。王夫之《楚辭通釋》卷三云：

> 按篇內事雖雜舉，而自天地山川，次及人事，追述往古，終之以楚先，未嘗無次序存焉。固原自所合綴以成章者。逸謂書壁而問，非其實矣⑪。

林雲銘亦云：

> （上略）皆逐段中錯綜襯貼，反擊旁敲，原不分其事蹟之先後，點染呼應，步步曲盡其妙，看來只是一氣到底，次序甚明，未嘗重複，亦未嘗倒置，無疑無闕，亦無謬可闢，世豈有題壁之文，能妥確不易若此者乎⑫。

林氏從文章家的觀點來立論，甚至不相信有倒置訛脫之處，不免於過分的主觀。所以蔣驥

---

⑪ 同注❺。

⑫ 見林雲銘《楚辭燈》（台北：廣文書局 一九六三）卷之二，頁四六。

《山帶閣注楚辭》的〈楚辭餘論〉中就曾有批評他的話：

〈天問〉一篇，……蓋寓意在若有若無之際；而文體結撰，在可知不可知之間。故首原天地，次紀名物，次追往昔，終之以楚先，綜其大指，條理秩然。……王叔師以爲楚人論述，固非篤論。或又於原意中，句櫛而字比之，其甚者如王蕫齋本，一句一字，必欲牽附懷王以明諷諫。林西仲（雲銘）本，每段以一事爲主，其餘皆屬點襯，牽意牽合，自謂得其序次之妙，是猶李定舒亶之徒，羅織詩文以傅爰書，而不顧其冤苦，不亦甚乎⑬？

蔣氏雖然批評了王夫之和林雲銘，不過也不同意王逸「楚人因共論述」的話，認爲〈天問〉大致是「條理秩然」的。劉永濟《屈賦通箋》亦云：

今考篇中文義，實間有不次序之處，特非全篇皆然⑭。

因爲劉氏相信呵壁之說，「壁畫原無聯貫，故爲文亦不甚次序。」⑮其實無次序之處，可能

⑬ 蔣驥《山帶閣注楚辭》（台北：廣文書局一九六二）〈楚辭餘論〉卷上頁三十。
⑭ 同注❽，頁一〇〇。
⑮ 同注⑭。

是錯簡或脫漏之故。所錯漏的不致像屈復《天問校正》想像的那麼利害而已⑯。大體上〈天問〉全文是自然現象→神話→傳說和歷史爲次序的。雖然神話時時會羼入自然現象或歷史中，這不過是〈天問〉的一個取材上的特色——顯示出作者是從主觀的態度來看自然現象和歷史的，這並不影響全文一貫的順序。而從這一系列的追問之中，可以見出作者的疑問，正是從渺茫的宇宙開始，經過與人銜接的神話，再落回到人文歷史之中，反映出歷史中所問的天道觀念，才是最重要的。

三、〈天問〉中兩種天的觀念

〈天問〉裡問到天的問題，可略分爲兩種：一是屬於自然現象的天體；一種是牽連著人事的「天道」。現在我們分別來討論這兩種觀念。

〈天問〉開始就是關於自然現象的問題：

> 曰遂古之初，誰傳道之？上下未形，何由考之？冥昭瞢闇，誰能極之？馮翼惟像，何以識之？明明暗暗，惟時何爲？陰陽三合，何本何化？圜則九重，孰營度之？惟茲何功，孰初作之？斡維焉繫？天極焉加？八柱何當？東南何虧？九天之際，安放安屬？

---

⑯ 同注❹。

隅隈多有，誰知其數？天何所沓？十二焉分？日月安屬？列星安陳？出自湯谷，次于蒙汜，自明及晦，所行幾里？夜光何德，死則又育？厥利維何，而顧菟在腹？何闔而晦？何開而明？角宿未旦，曜靈安藏⑰？

這些疑問是在宇宙生成之前及生成之後天體的構造的問題。也是人在面對浩渺難測的宇宙現象時，自然會引起的疑問。但是從「遂古之初，誰傳道之？」這句話，已暗示出這些問題的提出，並不是作者憑空無端來問的，他是根據已有的「天」的知識而發的問題，像「九重」、「斡維」、「天極」、「八柱」、「九天」、「隅隈」、「十二(辰)」、「角宿」、「曜靈」……等術語，是天文方面共有的「知識」，不會是一人的獨創。這些「知識」可能要追溯到極為久遠的傳說。而在現存的文獻中，春秋以前的經典裡，似乎還沒有對天體這樣詳細的構想。因此把天視為自然現象的觀念，固然可能與人類同其久遠，而發展成一套定型的知識，卻必然是較晚的事，同時與特殊的文化背景也有關係。

從〈天問〉最後所問的幾則春秋末期的問題來看，它無疑是戰國時代的作品⑱。而〈天

---

⑰《楚辭補注》卷三（頁一四六）。「顧菟在腹」句下原有「女歧無合，夫焉取九子？伯強何處？惠氣安在？」四句，不似問天之語。姑依臺靜農師《楚辭天問新箋》（台北：藝文印書館　一九七二）移置（頁一八）。

⑱聞一多《楚辭校補》云、「本篇雖非必屈原所作，然所問人事至春秋而止，是作者至早亦當為戰國初

問〉被列入《楚辭》，產於楚地，是歷來沒有疑問的。因而從楚文化的特殊背景上，可以發現這種天文知識的蛛絲馬跡。根據文獻的記載，中國古代主天文曆法的多爲楚之祖先。他們是顓頊、重黎和羲和《國語．周語下》云：

> 星與日辰之位，皆在北維，顓頊之所建也⑲。

重黎是顓頊的曾孫。《國語．楚語下》云：

> 顓頊受之，乃命南正重司天以屬神，命火正黎司地以屬民。……故重黎氏世敘天地，而別其分主者也⑳。

又《尚書》堯典云：

> 乃命羲和，欽若昊天，歷象日月星辰，敬授人時㉑。

（僞孔傳曰：「重黎之後羲和氏，世掌天地四時之官。」）這些雖然夾雜有神話和傳說，

人。」（香港：維雅書屋《聞一多楚辭研究論著十種》頁二二九）

⑲《國語》卷三，（台北：臺灣商務印書館 一九五六）第一冊頁四十五。

⑳同注⑲，卷十八，第二冊頁七十四。

㉑《尚書注疏》卷二，（台北：藝文印書館十三經注疏本）頁二一。

不盡可信。不過楚人往往引以自傲，如屈原〈離騷〉就自述爲「帝高陽之苗裔」（高陽即顓頊），其間必有相當關聯。又戰國時，楚人甘公曾著《天文星占》八卷㉒；楚將唐昧亦精天文㉓。再從晚近出土器物中，也可以看出來楚人好尚天文。饒宗頤《長沙楚墓時占神物圖卷考釋》云：

觀長沙出土漆器以至弩機，其上所繪圖案，多爲星雲紋，或以點取象星宿，俱爲楚人愛好天文之表徵㉔。

由於楚民族有了豐富的天文知識㉕，才成爲〈天問〉作者發問的憑藉。此外，《莊子·天下篇》有云：

南方有倚人焉，曰黃繚，問天地所以不墜不陷，風雨雷霆之故。惠施不辭而應，不慮

㉒《史記·天官書》云「在齊甘公」，而《正義》引劉向〈七錄〉云「楚人」。（台北：藝文印書館四史本一九五五）頁五二七。
㉓見《史記·天官書》，（同注㉒）。
㉔見《東方文化》第一卷第一期（香港：香港大學出版一九五四）。
㉕以上意見參看游國恩《讀離騷微初集·屈賦考源》一文（見注❾）及史景成〈山海經新證〉（台北：《書目季刊》第三卷第一、二期）。

而對㉖。

這些問題跟〈天問〉開始問的很近似，而黃繚也是楚人。戰國策載，魏王使惠子於楚，楚中善辯者如黃繚輩，爭爲詰難㉗，可能指同一回事。由此見出楚人對天地形成普遍有濃厚的興趣，而對於惠子「說而不休，多而不已」的詭辯頗不滿意㉘，其不滿之故，想必是因爲他們在這方面已經有了相當豐富的知識。同時在這種環境裡，產生像〈天問〉這種作品也是極自然的。不過，〈天問〉的作者顯然不像是爲了增加天文學上的知識而提出問題的。他用了好多「誰」和「孰」來追問天體的創造者，其目的不爲天文知識可知。這倒像《莊子・天運篇》提出的問題：

> 天其運乎？地其處乎？日月其爭於所乎？孰主張是？孰綱維是？孰居無事推而行是？意者其有機緘而不得已邪？意者其運轉而不能自止邪㉙？

㉖ 郭慶藩《莊子集釋》（台北：河洛圖書出版社　一九七四）頁一一一二。

㉗ 見錢穆《先秦諸子繫年》一一六條引徐廷槐云：「《戰國策》載魏王使惠子於楚，楚中善辯者如黃繚輩爭爲詰難。」（台北：東大圖書公司　一九八六　頁三五七）

㉘ 見《莊子》〈天下篇〉，同注㉖。

㉙ 同注㉖，頁四九三。

〈天運篇〉的時代，雖然較晚㉚，這些問題的性質卻與〈天問〉相類。只是跟〈知北遊篇〉假託冉求問孔子言：「未有天地，可知邪」一樣，他們在提出這種問題的時候，已經預設了答案，都歸之於《莊子》的「自然」思想㉛。〈天問〉的作者則並未有預設的答案。另一方面〈天問〉的作者也不像荀子一樣，對天持着完全客觀的態度。荀子的〈天論篇〉認爲「天行有常，不爲堯存，不爲桀亡。」把「列星隨旋，日月遞炤，四時代御，風雨博施。」㉜看成永恆不移的自然現象，有一定的秩序。而〈天問〉「出於湯谷，次於蒙汜；自明及晦，所行幾里？」「夜光何德，死則又育？」「厥利惟何，而顧菟在腹？」則暗含有把「日月」人格化的意味，神話的氣氛一經羼入，天體就不只是物質的意義了。因此，我們可以看出來〈天問〉這種自然之天的觀念，並不是純淨的。

上面〈天問〉裡這種自然之天的觀念非常清楚，以下我們要討論的是另外一種比較不容易把握的。因爲它不是客觀實在物體，又往往隱含在問題的背後，所以不易發現。這要先從

㉚〈天運篇〉有云「丘治詩書禮樂易春秋六經。」錢穆《莊子纂箋》引黃震云：「六經之名始於漢。」（自印本，頁一一二）然如王夫之所言，外篇「乃學莊者雜輯以成書。」（見《莊子解》卷八，頁一。廣文書局本）則〈天運〉全篇不必盡出於漢，而其爲《莊子》後學所作則無疑。

㉛〈天運〉篇下文云：巫咸祒曰：「來，吾語汝。天有六極五常，帝王順之則治，逆之則凶。……」郭嵩燾云：「言天之運自然而已。」（同注㉖，頁四九七。）

㉜王先謙《荀子集解》（台北：世界書局一九五五）頁二〇六。

在問句裡已經明說的「天」談起：

皇天集命，惟何戒之？

天命反側，何罰何佑？

何感天抑地，夫誰畏懼？

「天」能發出命令，予人賞罰，又能被感動，這自然不同於八柱支撐起來，陳屬有日月列星的天體，而是具有意志和人格的上帝。因此這個「天」和本篇用的「帝」字意義，差不多是相當的。「何親就上帝，罰殷之命以不救？」王逸注就說「上帝，謂天也。」其他像：「帝降夷羿，革孽下民。」「何獻蒸肉之膏，而后帝不若？」「稷維元子，帝何竺之？」「厥嚴不奉帝何求？」王逸也都注爲「天帝」。這幾句除末句所指不明外，另外的都不成問題。不過本篇還有幾處用到「帝」字，如

1.順欲成功，帝何刑焉？

2.登立爲帝，孰道尚之？

3.緣鵠飾玉，后帝是饗；

4.帝乃降觀，下逢伊摯；

5.不勝心伐帝，夫誰使挑之？

6.既驚帝切激，何逢長之？

7.彭鏗斟雉帝何饗？

這幾處王逸把「帝」字解釋成堯、湯、桀、紂或伏羲等人帝，而不以爲是「天帝」。其實這幾句話的「帝」，也都可以解釋爲「天帝」。像第一句，柳宗元〈天對〉就說：「盜堙息壤，招帝震怒；賦刑在下，而投棄予羽。」㉝是用《山海經》「鯀竊帝之息壤以堙洪水，帝令祝融殺鯀于羽郊」的神話㉞。這帝自然是指「天帝」而言。洪興祖《補注》亦從之。第二句根據下文當指女媧事。《山海經‧大荒西經》郭璞注：「女媧，古神女而帝者。」㉟這「帝」也非人間帝王。第三句的「后帝」，王夫之《楚辭通釋》、陳本禮《屈辭精義》都解爲「上帝」；劉永濟《屈賦通箋》亦云：「此篇兩用后帝，皆指天帝而言，與《左氏文二年傳》：『皇皇后帝』注合。」第四句的「帝」字，表面看來似指湯而言。但這爲了強調伊尹的重要，仍可能是指「天帝」。王夫之即解釋爲「天降觀四方。」「降觀」意同《詩‧商頌‧殷武》之「天命降監」，又〈大雅‧大明〉「天監在下」之意㊱。這是把天和人合在一

㉝見柳宗元《注釋音辯唐柳先生集》（台北：商務印書館四部叢刊初編本）卷一四，頁七七。

㉞見郝懿行《山海經箋疏》（台北：藝文印書館影阮氏瑯嬛僊館本）卷十八〈海內經〉，頁四七八。

㉟見《山海經箋疏》卷十六，頁四二一。臺靜農先生《天問新箋》云：「女媧以神女而帝天下，其時尚無人類，有誰傳道其爲帝於天下耶？」（同注⑰，頁二〇）

㊱參見《天問新箋》頁六七。

起的說法，很像〈離騷〉「皇天無私阿兮，覽民德焉錯輔」一句的意思。第五句「不勝心」的意義不明，前人解說亦多未安。第六句蔣驥《山帶閣楚辭注》云：「帝亦謂嚳也。」其實與上句「帝何竺之」之「帝」應同指「天帝」而言，即《詩經・大雅・生民》「上帝不寧」之帝[37]。第七句與第三句類似，只是或「獻鵠於天，欲求天帝之饗而不得；彭鏗斟雉於天，天帝受之，故乃得久長。」[38]這樣看起來，這些「帝」字如果都是指「天帝」，全文一致就容易了解得多。近人〈天問注解的困難及其整理的線索一文〉「天問釋帝」一節中，就主張〈天問〉的「帝」都應釋爲「天帝」。同時舉出像堯、舜、禹、啓、湯、稷、昌、武發、桀、紂、羿等人帝，無論善惡，均指呼其名。所以凡稱帝的乃是指的「天帝」，兩者不相混淆。他對於「不勝心伐帝」和「既驚帝切激」兩句的解釋，雖然尚有問題，但是這一看法，卻是很可取的[39]。無論如何，〈天問〉裡這些「帝」字和上面舉出的三條「天」的觀念類似。

---

[37] 《天問新箋》曰：「按王逸以帝爲紂，誤。……蔣驥以驚帝之帝爲帝嚳是也。」（頁八四）又劉永濟〈天問通箋〉云：「俞樾以驚帝即詩生民『以赫厥靈，上帝不寧。不康禋祀，居然生子。』言后稷始生之時，赫然若有神靈，上帝亦爲震動不寧，不康禋祀也。屈子之意，謂后稷之生，既驚帝切激，則上帝宜不佑之，何反使其子孫享國長久乎？」（同注[8]，頁一四〇）

[38] 林庚《詩人屈原及其作品研究》第十四篇〈天問注解的困難及其整理的線索〉一文。（台北：盤庚出版社）頁二二五。

[39] 同注[38]。頁二一五—二二九。

「天」或「皇天」的指謂，可能較普泛，而「帝」字則指特定人格神的意味重。實際上，都指超越人間的主宰而言。

《楚辭》裡像〈九歌〉中提到的神祇，如湘君之類，可能是楚地獨有的神靈。而〈天問〉裡的「天」或「帝」，卻顯然同周或者中原文化有關，因爲這些「天」、「帝」往往是伴隨夏商周的傳說或史實出現的，〈天問〉作者已經完全接受了這一神祇，視爲當然。他的疑問也不是基於文化上的差異。因此我們可以略微追溯「天」「帝」在經典中的觀念。

在商朝的卜辭中，已經把「上帝」跟殷先王的「帝」分得很清楚㊵，同時甲骨文中也有了「天」字㊶。這最高權威的神祇主宰一切的觀念，想必來源甚早。殷人原始宗教的信仰最篤，生活中的大事，都受到上帝的支配。到周初「皇天上帝，改厥元子茲大國殷之命」（《尚書·召誥》）之後，逐漸產生了兩種對於「天」或者「上帝」的觀念。一種是承殷商的餘緒，對於上帝絕對的敬畏和信仰，如《詩經》㊷：

㊵ 陳夢家《殷墟卜辭綜述》云：「上帝所管到的事項是⑴年成，⑵戰爭，⑶作邑，⑷王之行動。」（台北：大通書局　一九七一　頁五七一）陳氏以這中間雖然也有先王管事的，但在卜辭中，這一類的事，上帝管的多，先王管的少；而且在卜辭中，可以將二者分得很清楚的。（並參看頁五八〇）

㊶ 見傅斯年〈性命古訓辨證〉（《傅孟眞先生集》中編　台灣大學出版　一九五二）頁九〇。近人對甲骨文中有無「天」字多存疑。

㊷ 見《毛詩注疏》（台北：藝文印書館十三經注疏本）（下文引《詩》並同，頁碼略。）

皇矣上帝，臨下有赫。監觀四方，求民之莫。〈大雅・皇矣〉

惟此文王，小心翼翼。昭事上帝，聿懷多福。厥德不回，以受方國。〈大雅・大明〉

敬之敬之，天維顯思。命不易哉！無曰高高在上，陟降厥士，日監在茲。〈周頌・敬之〉

在他們心目中的上帝，「無異人王，有喜悅，有暴怒，忽眷顧，忽遺棄，降福降禍，命之訖之」[43]；上帝皇天儼然「如在其上，如在其左右」，這種把上帝人格化的觀念，本來是原始宗教中所共有的，周人也並不例外。不過周人更進一步重視人自身的修德和應盡的責任，不能完全倚賴天命，否則即有所謂「墜命」，像夏、商兩代的失敗，都是由於人謀不臧，才使得上帝降罰[44]。

（夏）弗克庸帝、大淫泆，有辭；惟時天罔念聞，厥惟廢元命，降致罰，乃命爾先祖成湯革夏，俊民甸四方。《尚書・多士》

在昔殷先哲王，迪畏天，顯小民，經德秉哲，自成湯咸至於帝乙。……在今後嗣王酣身，

[43] 同注[41]，頁一〇八。

[44] 下引《尚書》文並見屈萬里先生《尚書釋義》（台北：中華文化出版事業委員會出版 一九五六）頁碼略。

……誕惟縱淫泆於非彝，用燕、喪威儀，民罔不盡傷心。惟荒腆於酒，……故天降喪于殷，罔愛于殷，惟逸。天非虐，惟民自速辜。《尚書·酒誥》

而文王因爲能夠畏天、恤民、勤政、節儉，所以才能「受命」而有天下。

惟乃丕顯考文王，克明德愼罰，不敢侮鰥寡，庸庸、祇祇，威威，顯民。用肇造我區夏；越我一二邦，以修我西土。惟時怙，冒聞于上帝，帝休。天乃大命文王，殪戎殷，誕受厥命。《尚書·康誥》

如果周的後代不知修德，同樣會失去天的眷顧㊺，所以說「天命靡常」㊻，上天並不常興一家一姓；「其命匪諶」㊼，天命依人事而變易，不可常賴。這種思想，也可能來源相當早㊽，

㊺《尚書·君奭篇》云：「殷既墜厥命，我有周既受。我不敢知曰，厥基永孚于休；若天棐忱，我亦不敢知曰，其終出于不祥。……不知天命不易、天難諶，乃其墜命，弗克經歷嗣前人恭明德。……」（同前注）

㊻見《詩經》〈大雅·文王〉。

㊼《詩經》〈大雅·蕩〉：「蕩蕩上帝，下民之辟。疾威上帝，其命多辟。天生烝民，其命匪諶。」

㊽《尚書·君奭》：「又曰『天不可信』，我迪惟寧王德延。」既謂古有是言，當是傳自先世。傳斯年認爲是商代之「老成人」，或是也。（見注㊶，頁九九）。

但是到周初更被發揮強調，這顯示原始的宗教思想逐漸退化，而人文精神日益抬頭。天雖然依舊保持其尊嚴的地位，而天命既視人力爲轉移，其權威性自然就減弱了。這在《詩經·大雅》有些詩篇裡已可看出此中消息，如「上帝板板，下民卒癉」、「天之方難，無然憲憲；天之方蹶，無然泄泄」、「天之方虐，無然謔謔」、「天之方懠，無爲夸毗」、「敬天之怒，無敢戲豫；敬天之渝，無敢馳驅」（〈板〉）；「天方艱難，曰喪厥國。取譬不遠，昊天不忒。回遹其德，俾民大棘。」（〈抑〉）「瞻仰昊天，有嘒其星，大夫君子，昭假無贏。大命近止，無棄爾成」（〈雲漢〉），雖然敬畏天威，但已警覺到人本身修爲的重要。到東周時代，〈小雅〉裡出現的天，其權威性幾乎喪失殆盡，如

> 昊天不傭，降此鞠訩；昊天不惠，降此大戾。……昊天不平，我王不寧。〈節南山〉
>
> 民之方殆，視天夢夢。〈正月〉
>
> 天命不徹，我不敢傚。〈十月之交〉
>
> 浩浩昊天，不駿其德。降喪饑饉，斬伐四國。昊天疾威，弗慮弗圖。舍彼有罪，既伏其辜；若此無罪，淪胥以鋪。〈雨無正〉

人竟敢對天怨誹，可見天的權威性已被懷疑。因此，天命也就不能左右人事。人對於所不能解決的問題，無法歸之於天，於是只有委之於「命運」。「命運」非天所定，乃是盲目的，機械的。春秋時代如宋公說的「死亡有命」（《左昭二十一年傳》）或子夏所聽到的「死

生有命」（《論語．顏淵篇》），大抵就是指命運之命而言。而在政治上，則認爲命之轉移在潛行默換中，有其必然之公式。《左傳》中所載論天命之思想，多有在此義範圍中者。如宋司馬子魚云：「天之棄商久矣，君將興之，弗可赦也已。」（《左僖二十二年》）這是說一姓之命，既已終了，就不可復興。又秦繆公云：「吾聞唐叔之封也，箕子曰：『其後必大』。晉其庸可冀乎？」（《左僖十五年》）這是說其命未終者，人也不能終之。這種思想跟民間的迷信有關，是導致後來陰陽家五德終始之說的濫觴[49]。

到戰國時代，在原始宗教思想日趨淡薄之際，墨子出而倡導「天志」，尊崇天的權威性。但是墨子卻主張「非命」，不承認人的貧富、壽夭、治亂、安危是被預定的。墨子大體是承襲《詩》《書》中天命的思想，不過更重視人爲的努力，天僅僅是主持賞善罰惡而已。[50]儒家尤其是孟子，則從古代宗教中人文精神的傾向，發展爲以道德取代宗教的思想。「盡心知性以知天」（《孟子．盡心篇上》）的「天」，成爲德化的「天道」，不復具有人格神的意味，而「立命」的主張也消除了人對天命的迷信，以及對命運所抱持的無可奈何的態度[51]。只是孟子這種思想，對政權轉移的解釋上，影響不大。

---

[49] 自「命之轉移在潛行默換中」以下，參看〈性命古訓辯證〉（同注[41]，頁二六）。引《左傳》文並見藝文印書館十三經注疏本，頁碼略。

[50] 參看孫詒讓《墨子閒詁》（台北：世界書局 一九五五）〈天志〉、〈非命〉諸篇。

[51] 參看朱熹《孟子集注》（臺灣大學影吳縣吳志忠校刊本）卷十三，頁一。

從上文概略的追溯，可以發現〈天問〉裡對於「天」這方面的觀念，並不是孤立產生的。它的後面有相當複雜的背景，而〈天問〉本身也幾乎具有同樣的複雜性。〈天問〉作者顯然不相信殷商時代那種「天」有絕對權威而決定一切的觀念，那些「帝降」、「帝饗」的話，不過是爲遷就歷史傳說藉以發問而說的，並不表示他對天帝的崇信，就像「帝降夷羿，革孽夏民」之句，非常近似《詩・節南山》「昊天不傭，降此鞠訩？昊天不惠，降此大戾」的意思。而「天命反側，何罰何佑？」暗示罰佑之無常，跟《詩・雨無正》「舍彼有罪，既伏其辜，若此無罪，淪胥以鋪」相類，都是對於天的權威表示懷疑。然而這並不就是說〈天問〉的作者已經完全否定了天的存在，像「何獻蒸肉之膏，而后帝不若？」「何親就上帝，罰殷之命以不救？」這種問句裡，仍然對於上帝的公正有相當的信念。所以產生這種矛盾的現象，主要的是因爲這些問題的基礎是建構在作者的情緒上，而非理智。他不像墨、孟、莊、荀諸家對天作哲理的探索，也不是爲成一家之言。只是在失望跟懷疑的情緒下，在自我無從解脫的困境之中所逼迫出來的問題。這樣自然使得〈天問〉的內容複雜起來，對於天的態度也就難於一致了（詳說見下節）。

在上文中我們指出來〈天問〉裡兩種對天的觀念，一種是自然現象的天；一種是作爲超越主宰的天。前者從人所處的空間宇宙來觀察；後者則從人在時間之流的歷史事件中來探索，重點其實都在「人」而非在「天」。對於天體的構成，作者雖然曾問「惟茲何功？」「孰初作之？」但這並不暗示說是上帝所創造的[52]，「天帝」所主宰的似乎都是人間的事，所以不能用後者將前者統攝起來。林雲銘云：

> 其從天地未形之先說起，以有天地方有人，有人方成世界。自此以後，茫茫終古，治亂紛紜，皆非人意計所能及，恐無時問得盡也。寄慨遠矣53！

這大致可以說明爲什麼〈天問〉中有這兩種「天」的觀念的緣故。附帶提到的是〈天問〉這種從天地未生說到人事的問題，跟鄒衍陳述其學說的方式有幾點類似。《史記》卷七十四〈孟荀列傳〉云：

> 鄒衍……乃深觀陰陽消息，而作怪迂之變，終始大聖之篇，十餘萬言。其語閎大不經；必驗小物，推而大之，至於無限。先序今，以上至黃帝，學者所共術，大並世盛衰，因載其禨祥度制，推而遠之，至天地未生，窈冥不可考而原也。先列中國名山大川，通谷禽獸，水土所殖，物類所珍，因而推之，及於海外，人之所不能睹。稱引天

---

52 從「陰陽三合，何本何化？」之問來看，作者毋寧認爲天地的形成是出於自然。在傳統的經傳之中，並沒有上帝創闢天地的觀念。（至三國徐整的《三五歷記》，才有盤古開天闢地的神話。這或許與民間或苗人傳說有關。）柳宗元〈天對〉云：「冥疑玄釐，無功而作。」（同注33）雖是後人之說，跟〈天問〉作者的意見應無不同。

53 見《楚辭燈》（同注12）卷之二，頁四十六。

地剖判以來，五德轉移，治各有宜，而符應若茲。……其術皆此類也。然其要歸，必止乎仁義節儉，君臣上下六親之施，始也濫耳❺❹。

鄒衍是通過系統化的推理，來闡明其五德終始的學說，這自然與〈天問〉不同。不過他提到「天地未生」、「人所不能睹」的靈物，以及歷代盛衰三者，同樣是〈天問〉的主要內容。我們不必來確定〈天問〉跟鄒衍之說的成立孰先孰後，也姑且不去肯定誰受誰的影響，只就二者內容類似上來看，顯示出在這個時代裡，人在反省問題的時候，會共同的注意到某些方面，這是早期的經典裡不曾有的。

四、〈天問〉中的心理情緒和主觀意識

在上文中說明了〈天問〉裡兩種「天」的觀念，以及它們產生的背景。這一節將嘗試分析〈天問〉中所潛伏著的作者的心理情緒和主觀意識。

〈天問〉中不甚連屬的問句，最容易被認爲只是些單純的問題，而忽略了作者爲什麼會提出這些問題來？對問題背後可能隱伏著的心理狀態跟情緒以及其中的主觀意識，也往往不予注意，這是〈天問〉令人（特別是現代人）誤解的主要原因。〈天問〉整個的基調是建築在

❺❹ 同注❷❷，頁九三九。

懷疑上，而同時也蘊含著失望、憤慨、歎惋、譴責或者頌讚種種情緒。因爲這些疑問句，多數是帶有反詰語氣，而這種語氣的本身，就易於顯示出強烈而複雜的情緒。試看《詩經》中這些句子：

豈無膏沐，誰適爲容？……焉得諼草？言樹之背。〈衛風·伯兮〉

相鼠有體，人而無禮；人而無禮，胡不遄死？〈鄘風·相鼠〉

不稼不穡，胡取禾三百廛兮？不狩不獵，胡瞻爾庭有縣貆兮？〈魏風·伐檀〉

何辜于天？我罪伊何？……天之生我，我辰安在？〈小雅·小弁〉

無父何怙？無母何恃？〈小雅·蓼莪〉

〈伯兮〉的惆悵和失望；〈相鼠〉和〈伐檀〉的嚴厲譴責；〈小弁〉的憤激；〈蓼莪〉的彷徨，這些都由於使用反詰的語氣，使情感的表現比正面敘述更爲強烈。〈天問〉全篇都是用「誰」、「何」、「焉」、「胡」、「安」、「孰」等等疑問稱代詞組成的，如果作者不是在一種極端強烈情緒激盪之下，是不可能採用這種表現方式的。因此，整體看來，無論是〈天問〉中涉及到的自然現象、神話或歷史傳說，都應該放在情緒化的反詰之中來看，不能個別抽離出來當作客觀的神話或歷史事件去了解。否則，那只是作神話或古史的研究，而非爲研究〈天問〉。

〈天問〉開始就透露出作者深邃的懷疑心理，只有對事物徹底感到絕望的時候，人才會對亙古長存的宇宙也會發生疑問。這是因爲他平素所信賴的價值觀念遭遇到挫折，使得內在世界的崩潰，才波及到他所存在的客觀宇宙的眞實性產生動搖的思想。一個平常人，自然不會有這樣敏銳的感覺，即使有也不可能這樣來表現。但是〈天問〉的作者卻具有豐富的天文上的知識，而透過了這些知識來表示他懷疑的感覺。因而表面上看起來，像是對天體知識的探究，事實上卻只是他的懷疑心理的投射。從他所提出的問題絕大多數是無從回答的一點來看，他只是爲了懷疑而問，並不是想求得答案。天地未闢之前，本來是無能知道的，他偏要問「何由考之？」「誰能極之？」「何以識之？」「惟時何爲？」傳道之言既不可信，這些問題也就永遠不會有答案。其所以要問，不過是顯示他極度的懷疑心理而已。而「圜則九重，孰營度之？惟茲何功，孰初作之？」也明明不是爲了解天體而提出的客觀問題，同時更不像是爲求知宇宙生成的奧秘，要追溯出一個構設天體的最高主宰出來；他只是要提出令人（包括他自己）無法回答的問題，藉以發抒其陷於困窘中的心境。

至於像「斡維焉繫？」「天極焉加？」「八柱何當？」「東南何虧？」這幾個連續而迫促的問題，極可能暗示作者對於天體本身的完足與堅實的懷疑。用「繫」和「加」表示其脆弱及可分離性。《管子》中就說：「天或維之，地或載之，天莫之維，則天以墜矣。」[55]而支撐天體的八柱又是植基於有虧陷的地上[56]，顯然是極不牢固的。下文又有「康回馮怒，地

[55] 見《管子・白心篇》。戴望《管子校正》（台北：世界書局 一九五五）卷十三，頁二二五—二二六。

[56] 《天問新箋》：「淮南子天文訓云：『地不滿東南，故水潦塵埃歸焉。』是即本文所謂天既有柱以支持之，而東南皆水潦塵埃，天柱何能植其基耶？」（頁六）

何故以東南傾？」這雖然是用了神話[57]，卻足見在作者心目中天地崩陷是可能的。在正常的情形下，天地的牢固性當然不會被人懷疑，只因作者在某些基本的信念發生了動搖，才對天地的信心也喪失了。

另外，在上文已經提到，如「出於湯谷，次于濛汜；自明及晦，所行幾里？夜光何德，死則又育？厥利維何，而顧菟在腹？」這類問句的內容乃是取之神話，日月甚至是被人格化了，這更不是以客觀的態度來探究對於天體的知識。如果不僅僅是單純的好奇，便是有意的來製造難題，只要能構成一個無可徵驗，無從解答的難題[58]，就不去理會它的來源是什麼了，這正可透露出作者原來是基於一種主觀的意識來設計問題的。

天體之後，應該是問到關於「地」的問題，〈天問〉原文亦大致是如此。不過中間卻攔入了一段鯀治水的問題，照常理這應該跟下文「禹之力獻功」一段相銜接。但是從協韻上看「鯀何所營？禹何所成？」跟下句「康回憑怒，何故以東南傾？」顯然是一韻（耕部）[59]，不

---

[57] 王逸章句引《淮南子》言：「共工與顓頊爭爲帝，不得，怒而觸不周之山，天維絕，地柱折，故東南傾也。」（同注[1]，頁一五五。）

[58] 日出湯谷的神話見《山海經・海外東經》（同注[34]，頁三三一）。而日行幾里之說，《春秋元命苞》曰：「日左行，周天二十三萬里。」（《御覽》卷三引）；《淮南子・天文訓》曰：「（日）行九州七舍，有五億萬七千三百九里。」（台北：世界書局 一九五五 頁四五）這些當然是附會的妄說，〈天問〉以前的古籍裡，並沒有日行若干里的說法。

[59] 見江有誥《楚辭韻讀》（台北：廣文書局 一九六六）頁一三。

應分開，而這一句下文如接「禹之力獻功」句則又不順，在文義上毋寧與「九州安錯」句相接爲妥適。由此可見，作者實在是故意把鯀治水的事跟下文禹的事分別作問。他的目的，就是爲彰顯鯀治水的功績。因爲洪水平治之後，才有九州的畫分，才有地上種種靈異以及人類的生存，否則一片汪洋，什麼都無從存在了。所以在大地的問題之前，先提出鯀的問題。有關於鯀的傳說，經傳中都認爲鯀是治水無功被堯殛死[60]，而〈天問〉作者很顯明的不同意這一點。問句裡「不任汩鴻，師何以尚之？僉曰何憂？何不課而行之？」幾句話，雖是本於〈堯典〉，下文卻不據〈堯典〉而根據了另外的資料來發問：

> 鴟龜曳銜，鯀何聽焉？順欲成功，帝何刑焉？永遏在羽山，夫何三年不施？伯禹愎鯀，夫何以變化？纂就前緒，遂成考功；何續初繼業，而厥謀不同？洪泉極深，何以寘之？地方九則，何以墳之？應龍何畫？河海何歷？鯀何所營？禹何所成？

這段問話，舊注多據經史爲說，又以帝爲堯（見前文），所以跟原意全不相符。主要的就是因爲不了解〈天問〉作者不滿意經史的傳說，而是取自《山海經》的神話。《山海經・海內經》云：

> 洪水滔天，鯀竊帝之息壤，以堙洪水，不待帝命。帝令祝融殺鯀于羽郊。鯀復生禹，

---

[60] 如《尚書・堯典》：「殛鯀于羽山。」（台北：藝文印書館十三經注疏本）頁四〇《左傳昭公七年》：「昔堯殛鯀于羽山。」（藝文十三經注疏本）頁七六二一。

帝乃命禹卒布土以定九州。

郭璞注引《開筮》云：

滔滔洪水，無所止極。伯鯀乃以息石息壤以塡洪水。

又：

鯀死三歲不腐，剖之以吳刀化爲黃龍也。

《初學記》卷二十二引《歸藏》云：

大副之吳刀，是用出禹㊶。

根據這類神話有關鯀的奇蹟來看，〈天問〉的問題原來是對鯀的稱美，所以開始就說：能從「鴟龜曳銜」中想出治水之法，鯀是何等聖智㊷？這是充滿了情感的問句。而鯀既如此聖智，又是順從衆人的欲望，竊息壤以堙洪水，功在下民，何罪之有？僅僅以不待天帝之命，

㊶ 並見《山海經箋疏》引。（同注㉞）卷十八，頁四七八—四七九。

㊷ 《天問新箋》云：「意謂鯀因雉之飛止與龜之曳尾而行，以定其障洪水之法，何其聖智而致此，意在稱美，非若前人所謂責其不聽帝命也。」（聽，讀爲聖。本劉永濟〈天問通箋〉說。）（頁三九）

就令祝融殺之羽郊。處罰如此嚴苛，實在不公平！「帝何刑焉」？這反詰句裡蘊含的憤慨之情極爲顯明。由於鯀之無辜被刑，因而有三年不施（腐）的神異，不但生了禹，並且再生而化爲黃龍，這自然是對於有功德者的酬庸，在「夫何三年不施？」「夫何以變化？」的問句裡，隱藏著歎美之意。同時〈天問〉作者對於傳說中將治水之功盡歸於禹的說法，深致不滿，所以下面就問：禹不過繼續其父之業，何以謂厥謀不同？在他認爲應龍助禹的治水神話，都是靠不住的，這些本來都是鯀先經營的，禹的貢獻並不算大，用「鯀何所營？禹何所成？」這種反詰的句子，把不滿之意也有力的傳達出來了。如果這些解釋不誤[63]，可以看出這些問句裡的情緒是激烈的，〈天問〉作者對於鯀實在有深厚的同情。而有關鯀的事蹟，雖然是傳聞異辭，而作者寧可採信於神話，卻不取經史，這不能不謂是出於主觀的意識。〈天問〉後文又有「阻窮西征，巖何越焉？化爲黃熊，巫何活焉？」似乎也是問鯀的事[64]；

---

[63] 以上的解釋略本《天問新箋》頁三六—四三。

[64] 王逸章句云：「言鯀死後，化爲黃熊，入於羽淵，豈巫醫所能復生活也。」（同注[1]，頁一七〇）《左昭七年傳》云：「昔堯殛鯀于羽山，其神化爲黃熊，以入于羽淵，實爲夏郊，三代祀之。」（同注[60]）《國語・晉語八》同。這跟上文《山海經》郭璞注引開筮化龍事，可能爲一事之分化，或根本爲另一神話，然爲鯀事無疑。而上二句，據唐蘭〈天問阻窮西征解〉云：「『阻窮西征，巖何越焉？化爲黃熊，巫何活焉？』似是一事。古代神話殆謂鯀屍剖而生禹，其屍體遂化爲黃熊而西征，被阻於窮山，卒越巖而西，求活於諸巫也。」（見《天問新箋》頁四四引。）

而「咸播秬黍，莆雚是營；何由並投，而鯀疾修盈？」則似在問：「鯀播種秬黍，營植莆雚，功在萬民，何由與四凶投棄而惡如是之巨乎？」65都有爲鯀辨誣的意味。〈天問〉作者對鯀這種特殊的情感，想必是有意義的。

洪水故事之後是關於「地」的問題：「九州安錯？川谷何洿？東流不溢，孰知其故？東西南北，其修孰多？南北順橢，其衍幾何？」這仍然是些令人無從回答的問題。更直得注意的是此下作者並不問地上實有的山川或動植物，而轉到神話方面發問：

崑崙縣圃，其尻安在？增城九重，其高幾里？四方之門，其誰從焉？西北辟啓，何氣通焉？

崑崙在這裡並不指〈禹貢〉中所提到的崑崙山，而是神話中的山名，縣圃則在崑崙之上。《山海經．海內西經》：

昆侖之虛在西北，帝之下都。昆侖之虛方八百里，高萬仞。上有木禾，長五尋，大五圍。面有九井，以玉爲檻。面有九門，門有開明獸守之。百神之所在。有八隅之巖，赤水之際，非仁羿莫能上岡之巖。

---

65 見《天問新箋》頁四五—四六。

又云：

> 崑崙南淵深三百仞。開明獸身大類虎而九身，皆人面，東嚮立崑崙上。開明西有鳳凰、鸞鳥，皆戴蛇、踐蛇，膺有赤蛇。開明北有視肉、珠樹、文玉樹、玗琪樹、不死樹。鳳凰鸞鳥皆戴瞂。又有離朱、木禾、柏樹、甘泉、聖木……服常樹，其上有三頭人，司琅玕樹[66]。

《淮南子》〈地形篇〉云：

> （崑崙虛）中有增城九重，其高一千里百一十四步二尺六寸。

又：

> 崑崙之丘，或上倍之，是謂涼風之山，登之而不死；或上倍之，是謂縣圃，登之乃靈，能使風雨[67]。

〈離騷〉有：「邅吾道夫崑崙兮，路修遠以周流。揚雲霓之晻藹兮，鳴玉鸞之啾啾。」又

---

[66] 同注[34]，卷十一，頁三五三—三五五。

[67] 《淮南子・地形訓》（同注[58]）頁五六—五七。

「駟玉虬以乘鷖兮，溘埃風余上征。朝發軔於蒼梧兮，夕余至乎縣圃。」又〈九章・涉江〉云：「世溷濁而莫余知兮，吾方高馳而不顧。駕青虬兮驂白螭，吾與重華遊兮瑤之圃。登崑崙兮食玉英，與天地兮同壽，與日月兮齊光。」又〈悲回風〉云：「馮崑崙以瞰霧兮[68]」，從這些提到崑崙縣圃的地方，可以知道這是一座歡樂的神山，是理想的樂土，象徵人在挫敗憂煩之際，精神上得以逃遁的處所。但是在〈天問〉裡把它的存在都否定了。在大地上找不到這樣的處所，實在是暗示作者的精神正陷於無可逃避的困境之中。至於

> 何所冬暖？何所夏寒？……？何所不死？長人何守？……黑水玄趾，三危安在？延年不死，壽何所止？

這些現實世界中，無從尋覓的地方，不過是作者的自我掙扎，企圖脫出困境的象徵。而這些問句裡的否定意味，則透露出這種掙扎的無望。在急促的問句裡，內心焦慮的情緒充分的宣洩了出來。

> 日安不到？燭龍何照？羲和之未揚，若華何光？……焉有石林？何獸能言？焉有虬龍，負熊以遊？雄虺九首，儵忽焉在？……靡萍九衢，枲華安居？靈蛇吞象，厥大何如？……鯪魚何所？鬿堆焉處？羿焉彃日？烏焉解羽？

---

[68] 王逸注：「遂處神山觀濁亂之氣也。」（同注[1]，頁二六四）

作者提出這些問題的目的，當然不是想知道這些靈異的動植物何在？這明明是經驗世界中不存在的事物。那麼所以要問，也只在顯示絕望的情緒而已，本來神話的設計，多數爲獲得一種非現實的補償或滿足，是人在智窮力竭，不得已而設計出來解決問題的一種方式。但是〈天問〉的作者，卻進一步連這種無可奈何的方式也加以懷疑。除非他已陷入絕望的深淵，否則何至把可用來自欺的生路也給阻斷！通常都把〈天問〉看成保存中國古代神話的重要文獻，而忽略作者的興趣並非在神話的本身，他只是在役使神話。這些神話在整篇的架構中，自有一致的作用，跟自然現象或歷史傳說一樣，同樣是問號之下的資料，不應該看作是孤立的、個別的神話故事。

照前引林雲銘的意思說：「有天地方有人」，在討論人的歷史問題之前，先追溯人的來源，也是應該的。

> 厥萌在初，何所億焉？……登立爲帝，孰道尚之？女媧有體，孰制匠之？

這幾句本來在堯舜事蹟的問題之間，從上下文來看，顯然是錯簡，臺靜農先生《天問新箋》認爲這是女媧創造人的神話。並引姜亮夫的意見，釋「萌」爲「民」[69]，這就成爲對人類源

---

[69] 姜亮夫《屈原賦校注》云：「下言女媧生人，則此「萌」即民字，古萌民通用。此言生民之初，誰所億度而能知之，與下言女媧有體爲一事。」（台北：華正書局　一九七四　頁三三〇）《天問新箋》云：「《呂氏春秋・高義》「比于賓萌」，注「萌，民也。」」（頁二〇）

始所發的問題。在還沒有人類的時候，是誰傳道女媧登立爲帝的事[70]？如果是女媧創造了人類[71]，那麼，女媧的形體又從何而來[72]？這裡的疑問不僅表示對人類源始的茫不可知，對於神話的本身也同樣不予信任。問誰製作女媧之體，看似無理，卻最能表現出一種極度懷疑的心理。所以有這種心理，或經由人事上的刺激，而對人類存在的深悲情緒之下所產生的。

洪水既平，人類誕生之後，人類活動的歷史事件，便成爲〈天問〉作者發問對象。不過古代的神話、傳說和史實常常是糾結在一起的。〈天問〉中有時似乎故意的使神話和史實重疊互見，所以並不能把三者清楚地分開。只是這一部份是以歷史爲主，而大體依夏商周的順序來問的，應無問題。作者重點不在追逼出無從置答的問題，而似在探索造成這些歷史事件的根本原因。但是同樣由於作者無意建構他的歷史哲學，而仍然以個人的情緒和主觀的好惡爲基礎。所以使許多問題，不僅無法有一致而客觀的答案，更暗示出作者自己的困惑與矛盾

---

[70] 《山海經·大荒西經》郭璞注：「女媧，古神女而帝者，人面蛇身，一日中七十變。」（同注[34]，頁四二二）

[71] 許愼《說文解字》云：「媧，古之神聖女，化萬物者也。」（段玉裁注本，台北：廣文書局一九六九頁六二三）。應劭《風俗通義》曰：「俗說天地開闢，未有人民，女媧摶黃土作人，劇務、力不暇供，乃引繩於泥中，舉以爲人。故富貴者，黃土人也，貧賤凡庸者，絙人也。」（北京：中法漢學研究所出版一九四三）佚文卷一，頁八三。

[72] 本《天問新箋》頁二一。

的心理。這在上文討論天的觀念的時候，已經略微提到了。因爲或有簡編的錯亂，或史實的湮滅，這一部份不可解的地方特別多。下面我們將選擇問意較明的部分先作分析。

〈天問〉中問到堯舜的事蹟很少，而且又雜錯在夏史之間[73]，只有關於舜父及象危害舜的事，而表示出對象的譴責[74]。這或許是由於古史渺茫，難於發問之故。而對於夏的史事則發問的非常多。我們在前面已把鯀的事蹟列入神話，夏的歷史應是自禹開始。先秦古籍中記載關於禹的事蹟，無論是儒家的經典或者諸子（如《墨子》、《莊子》），對禹都是推崇讚美的居多。孔子說：

> 禹，吾無間然矣！菲飲食而致孝乎鬼神；惡衣服而致美乎黻冕；卑宮室而盡力乎溝洫。禹，吾無間然矣[75]！

眞是把禹頌讚到極點。而墨子也有所稱道：

---

[73] 「舜閔在家」數問，承接桀伐蒙山跟妹嬉事，下文又接「厥萌在初」的問題，是很明顯的錯簡。而王夫之云：「桀伐之而得妹嬉，寵之生亂。舜三十未娶，堯不告其父母，妻以二女，終以刑於化成天下。當其始也，桀惡未著，舜德未彰，湯何以億之而知其可殛？堯何以億之而知其必興？……」（同注[6]，頁五六）也可作爲一解。

[74] 即所謂「舜服厥弟，終然爲害；何肆犬體，而厥身不危敗？」

[75] 《論語・泰伯篇》（台北：藝文印書館十三經注疏本）卷八，頁七三。

禹之湮洪水……禹親自操橐耜，而九雜天下之川。腓無胈，脛無毛，沐甚雨，櫛疾風，置萬國。禹，大聖也，而形勞天下也如此⑯。

可見禹的節儉勤勞，是儒墨一致的看法。然而〈天問〉作者僅一句「禹之力獻功，降省下土四方。」似並未否定他治水的勤勞，而下面的問題卻是：

焉得彼嵞山之女，而通之於台桑？閔妃匹合，厥身是繼；胡維嗜欲不同而快鼂飽？

問句裡不滿的意味非常明顯，一是指禹的好色，一是指禹的貪欲。並且認爲如果爲了憂無繼嗣（閔妃匹合）之故，跟塗山女通淫，情尚可原；卻爲何縱恣口腹之欲⑰？〈天問〉所本的可能是經傳以外的傳說⑱。如果不是他對傳統的記載已經發生了懷疑，如果不是他有了主觀的成見，他是不必在這方面發問的。對於禹的貶抑跟對於鯀的同情是互有關聯的。在他認爲鯀的失敗並非其過，禹的成功不過是因人（父）成事。由於這一心理的作祟，影響他選用的史料。如果說他不知道經傳中對禹的讚美是不可能的，像問鯀的事，就曾本於《尚書·堯

⑯《莊子·天下篇》（同注㉖頁一〇七七）引墨子稱道禹之言。
⑰參看《天問新箋》頁四七－四八的解釋。
⑱《呂氏春秋·當務篇》云：「禹有淫湎之意。」（台北：世界書局　一九五五　頁一一〇）又〈音初篇〉（頁五八）亦載有禹與塗山女婚事。

典》（見前文）。所以這裡所問的並不代表他對於禹眞正的評價，極可能因心理上的不平衡才產生抑揚過度的現象。

接著是關於啓、益之爭的問題：「啓代益作后，卒然離蠥；何啓惟憂，而能拘是達？皆歸射𥷚，無害厥躬；何后益作革，而禹播降？」這裡的事件也不見經傳。據游國恩考證的結果，這幾句的大意是說：「言益雖攻啓而囚之，終爲啓所滅，何其國祚櫟絕不長，而禹之統緒獨繼繼繩繩，流播於後乎？」79在這詰問裡，對於益的失敗，啓的成功，深表訝異。因爲在作者心目中，啓是一個淫樂不賢的人。

啓棘賓商80，九辯九歌；何勤子屠母，而死分竟地？

前兩句是見於《山海經・大荒西經》的神話81，謂啓獻美女於天帝，並執棘而舞，因竊得天帝之樂而下。《墨子・非樂篇》也有啓「淫益康樂，野于飲食」的話，可見其不賢。並且出生之時分裂母身82。這樣一個人能夠成功，是作者深感困惑的。如果說政權的轉移是基於天

79 見《讀騷論微初集》（同注9）頁一九八。

80 朱駿聲《說文通訓定聲》壯部，以商爲「帝之誤字」。（台北：世界書局 一九六二）頁八一一。

81 《山海經・大荒西經》云：「西海之外，赤水之南，流沙之西，有人珥兩青蛇，乘兩龍，名曰夏后開（即啓）。開三嬪于天，得九辯九歌以下。」（同注34）卷十六，頁四三八。

82 《漢書・武帝紀》「見夏后啓母石」應劭注曰：「啓生而母化爲石。」顏師古注曰：「啓，夏禹子也。其

命，天命又因人之修德與否而易移。那麼，啓不賢而得位，則天命何在？關於啓的傳說，見於《孟子》的則與此絕異。孟子說：「啓賢，能敬承繼禹之道。」（《孟子・萬章篇》）禹死，雖薦益於天，而民之朝覲謳歌者不之益而之啓。所以啓自然取得政權。孟子中的說法有理想化的成分。作者不取孟子一系的傳說，並不必是爲求史實眞相的緣故，用神話來證明啓之不賢，同樣不夠堅強。不過這反映出作者的主觀意識裡，本來有賢德與否應該與后位之得失有關的念頭；然而事實上居然無關，才是他覺得迷惑要問的。

在羿的傳說裡，可注意的是作者問「帝降夷羿，革孽夏民」，上帝似乎是有意使羿變革夏祚而憂患萬民。上帝何以如此？是令人不解的。及羿淫佚遊畋，射了封豨，「獻烝肉之膏」於上帝，何以上帝竟然「不若（順）」？上帝的態度前後顯然是矛盾的。照前者，上帝有縱容爲惡的嫌疑；依後者，則上帝又似有公正之心。於是上帝是否可以信賴，就成爲難以決定的問題。這是作者的一大疑團，而這一疑團在〈天問〉中反覆的出現。至於「何羿之射革，而交呑揆之？」則含有「恃力者亡」的意思。跟下文澆雖多力，「覆舟斟尋」，而少康「何道取之？」所暗示的意義是相同的。作者在這類地方，雖然是詰問，卻是寓有他所肯定的觀念。不過這類觀念是隱藏在懷疑情緒的背後罷了。

母塗山氏女也。禹治鴻水，通環轅山，化爲熊。謂塗山氏曰：「欲餉，聞鼓聲乃來。」禹跳石，誤中鼓，塗山氏往見，禹方作熊，慚而去。至嵩高山下，化爲石。方生啓，禹曰：「歸我子。」石破北方而生啓。事見《淮南子》。」（台北：藝文印書館四史本 頁九五）

對於夏之失國，作者提出的問題是：

桀伐蒙山，何所得焉？妹嬉何肆，湯何殛焉？

前兩句感慨和歎惋的語氣十分明顯。桀因爲伐蒙山，得到琬、琰二女，才使得妹嬉失寵，而與伊尹間夏[83]，終至滅亡。一方面致慨於得失之無憑，一方面歎息女色之禍國，桀之無德，至於「時日曷喪？予及汝偕亡！」[84]而作者獨提出女禍一端來發問，可見這正是他特別重視的前提。（湯誅妹嬉句下，又攔入了堯舜、女媧等等事件，是否爲簡編的錯亂，今不得而知。）而下文：

緣鵠飾玉，后帝是饗；何承謀夏桀，終以滅喪？

應該就是指妹嬉之「肆」而問的。這「肆」不但是與伊尹「承謀夏桀」，並且指妹嬉有大的野心[85]。以「緣鵠飾玉」來饗祭上帝，希望能得到夏祚。然而上帝並沒有同意，所以爲湯所

---

[83]《天問新箋》頁六四引《古本竹書紀年》。案《竹書紀年》「桀十四年伐岷山，…岷進女子于桀二人，曰琬曰琰。后愛二人，…而棄其元妃于洛，曰妹喜氏，以與伊尹交，遂以亡夏。」（台北：新文豐出版社叢書集成新編本 一九八五）卷上，頁一七。

[84] 見《尚書・湯誓》（同注[44]，頁四一。）

[85]《天問新箋》引《列女傳・夏桀末妹嬉傳》云：「末嬉美於色，薄於德，亂孽無道，女子行丈夫心，佩劍帶冠。」案丈夫心，可能就是指她有野心篡夏。（《列女傳》，見四庫全書本、卷七，頁一，四四八—六四。）

誅，終於滅喪。下文緊接著問：

帝乃降觀，下逢伊摯；何條放致罰，而黎服大說？

在這裡作者對於上帝的信心，似乎又恢復了，用欣悅的口吻來稱道伊尹。在夏商移祚之際，作者不稱湯之德（如《孟子·滕文公篇》所言），而特別提出伊尹，視爲上帝所選授86。以下數問也是關於伊尹的問題：

成湯東巡，有莘爰極？何乞彼小臣，而吉妃是得？水濱之木，得彼小子；夫何惡之？

媵有莘之婦？

初湯臣摯，後茲承輔；何卒官湯，尊食宗緒？

這裡面顯然有把湯之成功，歸諸伊尹賢能的意味。並且對伊尹賢能以低賤的地位（小臣），竟能「尊食宗緒」，欣羨仰慕之情，溢於言外，同時「任賢勿貳，湯之所以興」87，恐怕也是作者感慨之所寄吧？

86 王夫之《楚辭通釋》卷三云：「天降觀四方，乃授伊尹佐湯。致放伐於鳴條，而群黎九服大說。」（同注6，頁五七）以帝謂上帝而不指湯，甚是。

87 同注6，頁六二。

〈天問〉所問商代王亥、王恒、及上甲微諸王的事，經過近人的考證，雖然大致可解，而史闕無徵者仍多，暫不討論。而作者對於商紂的滅亡，發問特詳。

> 彼王紂之躬，孰使亂惑？何惡輔弼，讒諂是服？比干何逆，而抑沈之？雷開何[88]順，而賜封之？何聖人之一德，卒其異方？梅伯受醢！箕子詳狂！

紂王惑於妲己，惡輔弼而信諂佞，明載於史策，本無可疑，作者不過是用反詰的方式表示他的憤怒和譴責。對於紂的倒行逆施，予以痛斥；對於梅伯、箕子則有惋歎、仰讚之意。這兩種不同的情緒，在問句裡是清楚可見的。

由於紂的惑亂，乃有周的興起：

> 伯昌號衰，秉鞭作牧，何令徹彼岐社，命有殷國？遷藏就岐何能依？殷有惑婦何所譏？受賜茲醢，西伯上告；何親就上帝，罰殷之命以不救？師望在肆昌何識？鼓刀揚聲后何喜？

這段問話裡，先說「天帝傳達天命於岐社，命之代殷享有天下」[89]，又說「上告於天」又說

---

[88] 「何」原作「阿」，從劉永濟說改。見《屈賦通箋》（同注8，頁一一三）。

[89] 見《天問新箋》（頁八五——八六）。

「親就上帝」，可見周之代商，是受命於上帝，然就人事而論，「殷有惑婦」正是所以滅亡的主要原因；姬昌於屠肆中識得師望之賢，則又是周所以興之故。這兩點跟上面夏之亡於女禍，商之興於賢臣，可說如出一轍。興亡之道，本有多端，而問者念念於茲，這應該不是偶然的。如果我們再做一次整體的歸納，就可以看到因女色禍國的並不只夏桀、商紂而已。

1.浞取純狐，眩妻爰謀；何羿之射革，而交吞揆之？

2.惟澆在户，何求於嫂？……女歧⑩縫裳，而館同爰止？

3.桀伐蒙山，何所得焉？妹嬉何肆，湯何殛焉？

4.該秉季德，厥父是臧；胡終弊于有扈，牧夫牛羊？干協時舞，何以懷之？平脅曼膚，何以肥之⑪？

5.殷有惑婦何所譏？

---

⑩ 王逸注：「女歧，澆嫂也。」（同注❶，頁一七三）

⑪ 姜亮夫《屈原賦校注》云：「以文義審之，言舞、言懷、言曼膚、言肥，疑皆為王亥所由見弊之事。按郭璞《山海經·大荒東經注》引《竹書》云：『殷王子亥，賓于有易而淫焉。有易之君綿臣，殺而放之。……』此當為王亥見殺之由，蓋緣於有淫行。此四句蓋即指此事而言。」（同注⑲，頁三三九又「有扈」即「有易」。（見《天問新箋》引王國維說。頁七二一七三）

6.周幽誰誅？焉得夫褒姒？

7.伯林雉經，維其何故[92]？

這些史例，貫串在一起來看，就可以知道：作者對於女色禍國，實在懷有根深蒂固的成見，所以在篇中一再的提示出來，這背後極可能有作者現實經驗的基礎，而不只是隨著史實漫然發問的。

從上文對於禹的貪欲、啓的佚樂、羿澆恃力、紂信讒佞等所作的斥責，可以看出作者在關心興亡的原因之外，善惡和道德的問題，也是他發問的核心。因爲作者有強烈的道德意識，所以對歷代的君主讚可者不多，商湯、周文以外甚至對於武王，都頗有微詞：

「武發殺殷何所悒？載尸集戰何所急？」「到擊紂躬，叔旦不嘉；何親揆發，定周之命以咨嗟？授殷天下，其德[93]安施？」

對於成王、昭王、穆王同樣有不滿之言，如

---

[92] 王逸注云：「謂晉太子申生爲後母驪姬所譖，遂雉經而自殺。」（同注[1]，頁一九三）晉獻公惑於驪姬，盡逐群公子，晉國幾瀕於亡，見《左傳僖公五年》。

[93] 德原作「位」，據劉永濟校改。（同注[8]，頁一一一）然劉說爲湯事實誤。此言武王受（授、受古通）有殷之天下，果施何德乎？

「反成乃亡，其罪伊何？」[94]

「昭后成遊，南土爰底？厥利維何，逢彼白雉？」

「穆王巧梅，夫何爲周流？環理天下，夫何索求？」

降而至秦伯之逐弟[95]、吳光之爭國、堵敖之弑上[96]，都是其德有缺，比較起來，倒是比干、梅伯、箕子等人，才是具有「聖人」之德的。而「驚女采薇鹿何祐？北至回水萃何喜？」則充滿了對伯夷叔齊「視死如歸，欣然就義」[97]的讚歎之情。〈天問〉裡常常有一些對比的句子來強調善惡的對立，如：

「舜服厥弟，終然爲害；何肆犬體，而厥身不危敗？」

---

[94] 劉永濟以此指成王事，是也。然從劉師培說以「反」爲「及」之誤，（同注[8]，頁一一二）則非。此殆謂周公反政成王，而致出亡，有何罪乎？（以上說見張亨〈楚辭校補〉《中央研究院歷史語言研究所集刊》第三十六本下冊一九六六）。

[95] 「兄有噬犬弟何欲？易之以百兩卒無祿。」王逸注：「兄謂秦伯也。噬犬，齧犬也。弟，秦伯弟鍼也。言秦伯有齧犬，弟鍼欲請之。」又「秦伯不肯與弟鍼犬，鍼以百兩金易之，又不聽，因逐鍼而奪其爵祿也。」洪興祖補注以「兩」，音亮，車數也。（同注[1]，頁一九六）

[96] 見劉永濟《天問通箋》「吾告堵敖以不長」通訓。（同注[8]，頁一四六）

[97] 見丁晏《楚辭天問箋》（台北：廣文書局一九七二）頁一五七。

「比干何逆，而抑沈之？雷開何[98]順，而賜封之？」

「驚女采薇鹿何佑？北至回水萃何喜？兄有噬犬弟何欲？易之以百兩卒無祿。」

在這種善惡並列之下，褒貶抑揚之意，最爲明顯。因爲有了這種強烈的道德意識，所以才對於許多無德而能成功的史事發生感慨。「何后益作革，而禹播降？」「眩弟並淫，危害厥兄；何變化以作詐，後嗣而逢長？」[99]這進而便是對於「天命」所以發生懷疑的基本原因。

對於「天命」之所以懷疑，不僅是因爲它不能滿足人的理性要求，同時也不能符合人的道德意識，因此必須把「天命」和「修德」的觀念銜接起來，才能解釋政權轉移的原因，這在上一節討論「天命」的歷史背景的時候，已經提及。〈天問〉裡對於商之受命：

簡狄在臺嚳何宜？玄鳥致貽女何喜？

及周之受命：

---

98 王逸《楚辭章句》本「何」作「阿」，注云：「一云雷開何順。」聞一多《楚辭校補》曰：「阿，當從一本作何，上文曰『比干何逆而抑沉之』，『何順』與『何逆』對文以見意。朱本作何順，柳集同。」（同注18，頁二二五）

99 《天問新箋》以此爲上甲微兄弟事。（頁七七）

稷惟元子，帝何竺之？投之於冰上，鳥何燠之？何馮弓挾矢，殊能將之？既驚帝切激，何逢長之？

何令徹彼岐社，命有殷之國？

何親就上帝，罰殷之命以不救？

雖然也都是用反詰的語氣，但卻並不是否定「天命」，因爲自桀紂之「無道」轉移到商、周，跟作者的道德意識不發生衝突，所以像下面的問句。

皇天集命，惟何戒之？受禮天下，又使至代之？

臺靜農先生《天問新箋》據《尚書·西伯戡黎》，以爲這是祖伊諫紂與周之代殷事，並云：

本文前兩句謂皇天既集命於紂，何祖伊猶戒之者，以天命之將終也。下兩句謂紂既受理天下，何皇天復使異姓代之者，以紂之淫虐人民，已自絕於天矣[100]。

照這樣解釋，這一問句同樣不表示對「天命」的懷疑，只不過是用反詰的方式來令人警覺「天命靡常」，無德則終而已。另外在「周幽誰誅」之後，緊承著問：

---

[100] 同上注，頁八〇。

天命反側，何罰何祐？

也是指出周興雖得天之祐，至幽王而衰，乃得天之罰[101]，還是天命無常的意思。因此，〈天問〉作者在探究歷代興亡的原因的時候，對於天命的看法，大致仍是沿襲西周以來的人文精神，實際上把重點按放在君主自身的修德與否，而不在天命。所以反覆強調近色聽讒之禍，任賢貴德之福。雖然在充滿了懷疑的情緒之下，在沉陷於彷徨的困境之際，而這一根本的價值觀點，他還是牢牢地守住的。

〈天問〉篇末提到「荊師作勳夫何長？」[102]又說：「吳光爭國，何[103]久余是勝？」上句說「楚屢勝吳」，下句言「何以公子光弒立之後，吳乃屢勝楚[104]」？明明是暗示國之勝衰，實由人謀，且又寄寓警戒勸勉之意。同時由「何久余是勝」的「余」字，可見作者是楚人應無疑問，因此對楚國的國勢，才有如此深切的關懷。而「悟過改更，我[105]又何言？」流露出

---

[101] 參見《天問新箋》頁九七。

[102] 王逸《楚辭章句》作「荊勳作師夫何長？」據聞一多《楚辭校補》「勳」「師」二字互易。（同注[18]，頁二二八）

[103] 何字據聞氏《校補》增。（同注[18]，頁二二九）

[104] 同注[103]。

[105] 聞氏《校補》以爲「當從一本刪我字。」（頁二二八）恐不可從，蓋其純以客觀問題視之故耳。

無可奈何的歎息之意，令人更不能忽略作者這些疑問的提出，是有他現實的心理背景爲基礎，絕不是以純粹客觀的態度來質問自然現象與歷史陳跡之作。

從以上對〈天問〉概略地討論和分析，可以發現在這些自然現象和神話歷史的問題背後，實在隱伏著作者某些主觀意識和心理情緒。只要我們去追問：作者爲什麼會提出這麼多問題來？就自然會覺察到這一點。不過由於本篇文辭簡古，問意隱曲，很容易使人忽略了作者的心情及意向。如果不去深入的探討，則作者的豐厚內蘊，將必難以被發覺出來的。

五、〈天問〉體製的來源問題

〈天問〉這種純以問句形式組成的體製，在中國文學史上再也沒有出現過，所以想探究它的來源，恐怕跟回答〈天問〉中的問題一樣困難，只是古今涉及這個問題的意見頗多，如果不加以釐清，將無法討論下一節的問題。首先還得從王逸的〈天問章句·序〉開始。本文第二節已經引述，他認爲〈天問〉之作是屈原在放逐的時候，經過楚先王廟及公卿祠堂，仰見上面的圖畫，因書其壁，呵而問之。又因爲楚人共論述之故，所以文義不次序。照王逸的意見，〈天問〉這種體製的產生，只是偶然的，並非前有所承。不過，王逸此說牽連著好幾個問題。第二節我們已經引用王夫之和林雲銘的意見，反對他「文義不次序」的說法。從第四節的討論來看，他這文義不次序的說法，實在很難成立。這樣連帶著就要問：這可不可能是呵壁之作？進一步古代到底有沒有壁畫這回事？現在我們從第二個問題來討論。

古代廟堂中到底有沒有壁畫？可考據的只有兩條路：一是歷史文獻；一是地下發掘出的考古資料。丁晏《楚辭天問箋・敘》，曾經蒐集了不少歷史文獻中的例子：

> 何以知其爲呵壁？壁之有畫，漢世猶然。漢魯殿石壁及文翁禮殿圖，皆有先賢畫像。武梁祠堂有伏戲、祝誦、夏桀諸人之像。漢書成帝紀甲觀畫堂畫九子母；霍光傳有周公負成王圖；敘傳有紂醉踞妲己圖，後漢宋宏傳有屏風畫列女傳；王景傳有《山海經》禹貢圖。古畫皆徵諸實事。故屈子之辭，指事設難，隨所見而出之，故其文不次也[106]。

劉永濟〈天問通箋〉也相信古代是有壁畫的。並且引王延壽〈魯靈光殿賦〉爲證云：

> 又按王延壽〈魯靈光殿賦〉曰：「圖畫天地，品類群生。雜物奇怪，山神海靈。寫載其狀，託之丹青。千變萬化，事各繆形。隨色象類，曲得其情。上紀開闢，遂古之初。五龍比翼，人皇九頭。伏羲鱗身，女媧蛇軀。鴻荒朴略，厥狀睢盱。煥炳可觀，黃帝唐虞。軒冕以庸，衣裳有殊。上及三后，婬妃亂主。忠臣孝子，烈士貞女。賢愚成敗，靡不載敘。惡以誡世，善亦示後。」皆賦殿壁圖畫之文。賦中所言，既可見漢代

106 同注97，頁一。

壁畫習尚，與屈子時正同，而賢愚四句，尤與屈子之意類，亦足爲〈天問〉乃呵壁之作之證[107]。

劉氏所引魯靈光殿壁畫的內容跟〈天問〉的內容，儘管非常接近，但是無論是丁晏或者劉氏，都只能找到漢代的文獻，漢人誠然有壁畫的風尚，古人是不是也會有這種風尚就是問題了。根據《淮南子·主術篇》的記載：

文王周公觀得失，徧覽是非，堯舜所以昌，桀紂所以亡者，皆著（高誘注：「著，猶圖也。」）於明堂[108]。

又《孔子家語·觀周篇》亦云：

孔子觀乎明堂，睹四門墉，有堯舜之容，桀紂之象，而各有善惡之狀，興廢之誡焉。又有周公相成王，抱之負斧扆，南面以朝諸侯之圖焉[109]。

《淮南子》是漢人所作，《孔子家語》或以爲是王肅僞造[110]，時代仍是漢，所以也不能

---

[107] 同注[8]，頁一〇〇。
[108] 同注[58]，頁一四九。
[109] 王肅注《孔子家語》（台北：世界書局一九五五）卷三，頁二五。
[110] 參看張心澂《僞書通考》（台北：明倫出版社一九七〇）頁六一〇—六一八。

令人相信。明堂的問題很複雜，王夢鷗先生認爲明堂就是周人的「祖廟」，本來只叫做「廟」。取容貌之貌，漢人皆能明了這個音訓。並且說：

> 大概周人的廟裡，還繪有祖先的畫像；這不但可從《逸周書・王會解》的記載揣摩出來，而《孔子家語・觀周篇》還有直接的表述。周人崇拜祖宗的地方有畫像，故稱爲「貌」而書作「庿」⑪。

王先生從字源上推論，頗有可能。不過《孔子家語》既晚出，《逸周書》也沒明言那些記載是畫像，因此仍然不能百分之百的確定古代廟堂之上一定有畫像。另外從考古發掘的材料上，也沒有戰國時候的壁畫的證據。現在能看到的石刻畫像，最早也只是漢代的。所以從文獻上或實物上都無法證明先秦一定有壁畫。但是同樣的我們也舉不出任何反證說：古代沒有壁畫。因此，這便是一個不能論定的問題。即使有反對的意見，也只是出於主觀的不相信而已。既然這一問題不能決定，姑且照王逸的意見，再看有沒有書其壁而呵之的可能。陳本禮《屈辭精義》最贊成此說：

> 此屈子題圖之作，非渺茫問天詞也。時當戰國，《齊諧》志怪之書，《山經》瑣語之說，書多荒誕不經，楚人不考其實，輒將琦瑋僪佹之事，畫於先王之廟，公卿畫於先

⑪ 王夢鷗《鄒衍遺說考》（台北：臺灣商務印書館　一九六六）頁九二。

公之祠，以爲殿壁觀瞻，而不知褻神瀆祀，莫此爲甚。三閭一腔忠憤，無可寄託，故各按諸圖而題之，以寓其褒貶不平之慨[112]。

陳氏並在〈天問〉每一組問句下，注明那是題的什麼圖。這種主觀的態度，自難令人信服。不過壁畫之有題贊倒是有的，漢武梁祠畫像旁即有。如

伏羲倉精，初造王業，畫卦結繩，以理海內。（伏羲女媧圖）

祝誦氏無所造爲，未有耆欲，刑罰未施。（祝誦圖）

神農氏因宜教田，辟土種穀，以振萬民。（神農圖）

帝堯放動，其仁如天，其智如神，就之如月，望之如雲。（帝堯圖）[113]

從這種題辭推想呵壁之事或有可能，但是這也不能證明〈天問〉一定是題壁之作。因爲這種畫像跟題贊，並不是分別完成的。題贊也只是從正面來申述畫意，〈天問〉的性質則與此完全不同。即使我們相信作者曾見有壁畫，也很難說是他想到問題就直接題在壁上，而楚人共論述之，這實在是過於想像之詞。王夫之，林雲銘所以反對書壁之說（見第一節引）也是爲此，我們所以要辯駁這一點，主要的是認爲：〈天問〉這種體製不必跟題贊有什麼關係。至於說

---

[112] 同注5，卷二，頁一。

[113] 見施淑女《九歌天問二招成立背景與楚辭文學精神的探討》（台北：台灣大學文史叢刊 一九六九）引容庚《漢武梁祠畫像考釋》（頁四四）。

作者曾受到壁畫的刺激，而產生創作的動機，則未嘗沒有可能。然而是否眞的如此，並不是重要的事。

由於〈天問〉體製的怪特，王逸的說法既不能饜人之意，近人便提出很多揣測，想解釋這種體製的來源，日本學者藤野岩友氏據論衡「俗信卜筮，謂卜者問天，筮者問地」的話，認爲〈天問〉是「祝辭系統」的「占卜型文學」，以長篇卜問的方式構成，它是當代懷疑思想的產物[114]。從問句的形式上看，這似乎有道理。但是試看以下四組卜辭：

1. 乙卯卜，㱿貞：王從望乘伐下危，受㞢（又）又（祐）？（丙二一一）
   乙卯卜，㱿貞：王勿從望乘伐下危，弗其受又（祐）？（同上）
2. 己巳卜，㱿貞：我受年？（丙伍伍）
   貞：我不其受年？（同上）
3. 癸卯卜，㱿貞：㞢于河，三羌，卯三牛，燎二牛？（丙一二四）
   癸卯卜，㱿：燎河一牛㞢三羌，卯三牛？（同上）
4. 丁亥卜，㹜貞：其田□，叀辛，湄日亡災，不雨？（甲一六五〇）
   貞：翌日戊，王其田盂，湄日亡災？（同上）[115]

---

[114] 見前揭書（同注[113]）頁四六引。

[115] 見《殷虛文字》（台北：中央研究院歷史語言研究所出版、〈丙編〉一九五九；〈甲編〉一九六一）（此甲文資料由金祥恒先生惠示）。

它們都是希望神明能給一種指示，以作爲卜問之人行事的依據，而且往往是從兩種相反或不同的情況裡選擇一種。雖然在問，卻止於決疑。《論衡》所謂的「問天」「問地」，也是乞靈於天地神明的意思。相反的，〈天問〉所提出的問題，並非祈求任何神明給予指引，也不是希望獲得解答。它的發問性質跟卜辭完全不同。不能因爲都是問句，就把它們牽合在一起。倒是〈卜居〉這類作品，或可勉強稱之爲「占卜型文學」，〈天問〉卻不是的。另外星川清孝氏則認爲〈天問〉是一種「傳承史詩」，其主題是當代知識界流行的關於宇宙及歷史的問題[116]。稱〈天問〉爲「史詩」，並沒有多少意義，因爲這跟西方的史詩形式及內容都不相合，也不能解釋這一體製來源的問題，同時如何能證明它是「傳承」的？上一節我們已經討論過〈天問〉的主觀意識，它顯然是一人之作，不可能是歷代傳承下來的[117]。

陸侃如氏在他的《中國詩史》的意見之外，又提出一個看法，他否認題壁的可能[118]，以爲〈天問〉跟盛行於粵湘桂等省的〈天仙記〉唱本體裁相同，推測它可能是二千年前民間流

---

[116] 同注[114]。

[117] 可另參看施書頁四六。

[118] 陸侃如云：「既說『彷徨山澤，經歷陵陸』了，怎麼又見『先王之廟及公卿祠堂』呢？難道廟及祠堂是在山澤陵陸間的嗎？既說是『先王之廟及公卿祠堂』了，怎麼能任意『書其壁，呵而問』呢？」（見施書頁四四引。）按陸說只是懷疑而已，並沒有提出什麼證據來。在《中國詩史》（台北：明倫出版社一九六九）中，他原認爲〈天問〉是屈原的作品，其中可能雜有後人寫的。（頁一二三）

行的唱本[119]，這種揣測的證據非常薄弱。倒是施淑女女士拿〈天問〉跟《荀子》的〈成相篇〉相比，認爲它是一種吟唱的「瞽史之歌」，是極有想像力的說法，也有比較詳細的說明。她說：

> 現在試把《荀子・成相篇》和〈天問〉比較，就其內容言，二者基本態度是相同的。都是著重陳述歷代的興亡治亂。(中略)除了〈成相篇〉較〈天問〉少掉自然現象和部分的神話傳說以外，二者在歷史的、時間的回溯的特性是完全相同的。(中略)這樣看來，我們可以說〈天問〉和〈成相〉雜辭是一類的東西，它的來源應該是古代宮廷中瞽矇及工師諷誦的流變[120]。

但是，這一猜想的困難是：除去施文已經指出的兩者內容上並不全同之外，在形式上也有絕大的差異。〈天問〉全篇是問句，而〈成相篇〉及〈佹詩〉都非問句形式，並且成相篇是以三字或七字句爲基礎組成，如

> 請成相，世之殃。愚闇愚闇墮賢良，人主無賢，如瞽無相何倀倀！請布基、愼聖人，愚而自專事不治。……論臣過，反其施，尊主安國尚賢義[121]。

[119] 見施書頁四四引。
[120] 施書頁四八—四九。
[121] 同注[32]，頁三〇四。

這非常近於後世民間的彈詞調子。但是跟以四字句爲主的〈天問〉在基調上全不相類。施說還有一個最大問題是：她認爲本篇不是楚人作的。把「荊勳」等句解釋成含有鄙棄和非難意味的話[122]，又不徵引「吳光爭國，（何）久余是勝？」是很奇怪的。同時把內容方面的雜亂，作爲非出一人之手的證據，以牽就它是由許多對楚人有成見的瞽史，共同編造之說。所以雖然費了很大的工夫，來證明瞽史的職掌和淵博的知識，卻沒有任何積極的證據，足以證明瞽史和〈天問〉這種文體間的關係。

臺靜農先生《天問新箋序》云：

王叔師謂〈天問〉爲屈子呵壁之辭，楚人哀之，因共論述，故其文意不次云爾。予不謂然，〈天問〉自有文理，其不次序處，由錯簡故。其文體，殆出於民間體製，今西南苗族之開天闢地歌，一問一答，實類乎〈天問〉[123]。

這是一種比較合理的推測，試看苗人〈開天闢地歌〉[124]：

[122] 施書頁五六。
[123] 《天問新箋》頁一。
[124] 見Samnal R.Cark著〈苗人中開天闢地之傳說〉。李茂郁譯（《新中華復刊》第三卷第六期）

誰闢天與地？
誰造諸昆蟲？
誰造斯人類？
誰創男與女？
　吾說吾不明。
×××
天地如何分？
昆蟲何由生？
人鬼如何造？
男女何由成？
　吾說吾不明。
×××
造天成何狀？
造地成何形？

凡非闢天地。
繫里造昆蟲。
繫里造人鬼。
創造男與女。
　何以汝不明？
×××
天王本智慧，
唾涎在掌中，
合掌霹靂響，
天地因以分。
野草變昆蟲。
岩石成人鬼，
男女於以別。
　何以汝不明？
×××
天如日光帽。
地如一沙盤。

吾固能歌吟。　造天爲一團，
眞情吾不明。　造地成一塊。
何以汝不明？

×××　×××

誰將天撐上？……
天浮如此高？……
誰將地坼下，……
地如此低深？……
吾唱吾不明。……

這一傳說詩，還有一千餘行。下面繼續敍彼等生存於天地之間後，天地如何被分開，並曾試用各種樹木與金屬柱支撐天，最後乃決定以銀柱支撐，以銀柱將天支上之後，日月星辰之位置，亦已固定。苗人無文字，這是自古口傳下來的。原來也是韻文，五言一行[125]，詩節長短

[125] 苗語亦如漢語，爲單綴音，無動詞及其他語尾變化之繁贅。同時，苗語亦極易以漢字表出，此並非謂表其語音，乃係表其語意。（見〈苗人中開天闢地之傳說〉一文）又有藍田師範學院《史地教育特刊》羅榮宗〈苗族開闢傳說〉一文，亦譯此歌，唯作《楚辭》體。（見臺靜農先生〈屈原天問篇體製別解〉。載《臺灣文化》二卷六期　一九四七）

不一，一節問，一節答。這種問句的形式跟〈天問〉是非常接近的，內容上和〈天問〉首段也相似。同時部份苗族（湘西）與楚地接壤，這類歌詩傳入楚地非常可能，如盤古伏羲之神話。事實上，原始民族多有此類開天闢地的傳說，如雲南爨人的〈宇宙源流〉[126]，麼些族的洪水故事[127]等等。原始的楚民族也可能有之，不過已經亡佚而已。

我國文學體製，率多出自民間，尤其是《楚辭》裡的〈九歌〉，或出於民間祭神之曲，〈招魂〉和〈大招〉，也與民間風尚有關[128]。從這一通例來看，〈天問〉體製受到民謠影響的可能性是非常大的。只是除了苗人的〈開天闢地歌〉外，找不到其他更直接有力的證據。同時開天闢地歌是一問一答的形式，而〈天問〉則有問無答。這是不是楚民族歌謠原有的形式，是無從知道的。在內容上，〈天問〉也用了許多天文上的術語，不類〈開天闢地歌〉之

---

126 丁文江編《爨文叢刊甲編》（《中央研究院歷史語言研究所專刊之十一》一九三六）載〈宇宙源流〉，其內容分為〈天文論〉、〈地理論〉、〈論人道〉、〈治國論〉、〈婚姻傳〉、〈慎終追遠〉、〈父母劬勞〉、〈論聖臺〉。茲引其〈地理論〉如下：「太初勿始候，上帝自然在。次吩咐三言，濁氣下凝結。地載他來組，地國廣而堅。他成自然成，后土如仰盂。五帝各司令，地國掌權衡。」

127 見李霖燦編《麼些經典譯注六種》（台北：中華叢書委員會印行 一九五七）。

128 《儀禮・士喪禮》：「復者一人以爵弁服簪掌于衣，左何之，扱領于帶。升自前東榮中屋，北面招以衣曰：皋，某復。」（台北：藝文印書館十三經注疏本卷第三十五，頁四〇八）又緬甸卡蘭人及麼些人「哥來秋招魂的故事」中，都有長篇的招魂辭（見施書頁六三——六六引）。這說明原始民族有招魂的儀式及招魂辭。

質樸。而且從全篇看來，〈天問〉所關切的問題複雜得多。所以它即使受到民歌體製的影響，卻必定經過作者大幅度的更動。無論從那一方面看，〈天問〉已經不是原始民歌的型態了。

此外，〈天問〉大多數是用四言的句子，這是跟《詩經》最接近的地方。同時在句法上也有很多相似之點，像下面對照的例子：

馮翼惟像，何以識之？　　彼姝子者，何以畀之？〈鄘風．干旄〉

黑水玄趾，三危安在？　　天之生我，我辰安在？〈小雅．小弁〉

焉有虯龍，負熊以游？　　焉得諼草，言樹之背？〈衛風．伯兮〉

有扈牧豎，云何而逢？　　既見君子，云何不樂？〈唐風．揚之水〉

天命反側，何罰何佑？　　控于大邦，誰因誰極？〈鄘風．載馳〉

除去這類反詰詞使用的類似之外，其他句法結構上也多相同。《詩經》中雖然沒有像〈天問〉這樣整篇設問的，但是卻有整首詩以反詰爲基調寫成的，如〈召南．行露〉：

誰謂雀無角？何以穿我屋？誰謂女無家？何以速我獄？雖速我獄，室家不足。

誰謂鼠無牙？何以穿我墉？誰謂女無家？何以速我訟？雖速我訟，亦不汝從。

〈魏風．伐檀〉：

……不稼不穡，胡取禾三百廛兮？不狩不獵，胡瞻爾庭有縣貆兮？彼君子兮，不素餐兮！

……不稼不穡，胡取禾三百億兮？不狩不獵，胡瞻爾庭有縣特兮？彼君子兮，不素食兮！

……不稼不穡，胡取禾三百囷兮？不狩不獵，胡瞻爾庭有縣鶉兮？彼君子兮，不素飧兮！

〈小雅・何草不黃〉：

何草不黃？何日不行？何人不將？經營四方。

何草不玄？何人不矜？哀我征夫，獨爲匪民。

……

當然，即使有這些類似，我們也不能說〈天問〉是出自《詩經》。而這類反詰的句式，在《楚辭》〈九歌〉跟〈離騷〉中同樣大量出現過。〈離騷〉中並有這樣連續的問句：

兩美其必合兮，孰信修而慕之？思九州之博大兮，豈惟是其有女？曰勉遠逝而無狐疑兮，孰求美而釋女？何所獨無芳草兮，爾何懷乎故宇？世幽昧以眩曜兮，孰云察余之善惡？

無論《詩經》或〈離騷〉，雖然都曾連續使用反詰句去構成一個或數個章節，而跟〈天問〉通篇一貫的問句，還是有差別的。所以從體製上看，〈天問〉到底是受了傳統文學的影響抑或是民間歌辭的影響，並不是可以十分確定的事。

在第四節中，我們曾經提到用反詰句最能表達比較強烈的情緒，這也是人的一種自然的表現方式，《詩經》或民歌會用反詰，《楚辭》當然也能用，反詰本身並不是只爲某人或某個時代所特設的。由此看來，如果我們認爲：〈天問〉的作者是在一種激動的情緒之下，而出自自發的呼號，也未嘗不可以。因爲在這時候用反詰的句式，最能夠宣洩出他強烈的感受跟複雜的情緒，因而自然的就採取了這一方式，而且連續的運用，乃是出於情理上的不容自已。他只是要率直的表現一個困境中的自我，初無意於創造或模仿任何文體。所以〈天問〉這種奇異的體製有沒有來源，都不過是後人的猜測。這恐怕是文學史上永遠無法解決的問題。

六、〈天問〉作者的問題

在上面的幾節，特別是第五節中，我們實際上已經涉及到〈天問〉作者的問題，不過尚未作正面的討論而已。〈天問〉作者本來不成問題，王逸的〈天問章句序〉已經明說「〈天問〉者，屈原之所作也。」而王逸之前，司馬遷〈屈原列傳贊〉中也說：

> 余讀〈離騷〉、〈天問〉、〈招魂〉〈哀郢〉、悲其志[129]。

所以歷來沒有人懷疑過這一點。最先提出疑問的，蓋爲羅苹《路史・夷羿傳・注》：

> 鉏，今澶之衛南。窮石，即有窮之地，今壽之安豐，地有窮谷、窮水。杜預而來，皆以爲西郡刪丹，妄矣。按汲書羿、桀皆居斟尋，則宜在此，與鉏相近，豈得遠出西塞因夏民乎！〈天問〉云：「阻窮西征，巖何越焉？」此謂羿也，蓋亦因誤。予有以知〈天問〉非屈原作，注爲鯀阻羽山，尤妄[130]。

羅氏之說顯屬臆測，故劉永濟云：「惟羅苹《路史・夷羿傳・注》，論羿遷窮石，非遠出西塞之刪丹。（郭注《山海經》云：「窮石，今之西郡刪丹。」按刪丹在張掖。）引此篇「阻窮西征」謂〈天問〉亦因誤，疑非屈子作。其說以後人誤說疑前人，殊不可解[131]。」實則「阻窮西征」據唐蘭說乃是鯀事，而非羿事[132]。羅說全無的據。

民國以來，懷疑〈天問〉非屈原作者日多。胡適在〈讀楚辭〉中說：

---

[129] 同注[22]，頁一〇一〇。

[130] 見《屈賦通箋》頁一二五引。

[131] 《屈賦通箋》卷四，頁九九。

[132] 見注[64]。

這二十五篇之中，〈天問〉文理不通，見解卑陋，全無文學價值，我們可斷定此篇爲後人雜湊起來的[133]。

胡氏可能是受了王逸「楚人因共論述，故文義不次序」一語的暗示。王逸本是想像之辭，已經被許多人駁斥，胡氏之說並沒有其他的證據，也難以成立。鄭振鐸雖然反對胡適把屈原看成是一個「箭垜式」的人物[134]，卻也不相信〈天問〉是屈原作的。

（上略）既是楚人所「論述」，可見未必出於屈原的手筆。且細讀〈天問〉全文，平衍率直，與屈原的〈離騷〉、〈九章〉諸作的風格完全不同。我們不能相信的是，以寫〈離騷〉、〈九章〉的作者，乃更會寫出「簡狄在臺嚳何宜？玄鳥致貽女何喜？」那麼一個樣子的句法出來。（中略）她在古時，或者是一種作者所用的歷史、神話、傳說的備忘錄也難說。（中略）體裁乃是問答體的，本附有答案在後。後人因爲答題過於詳細，且他書皆已有詳述，故刪去之。僅存其問題，以便讀者記誦。這個猜測或有幾分可能性罷[135]！

[133] 見《胡適文存》（台北：遠東圖書公司 一九五三）第二集，頁九四。

[134] 見注[133]。參看鄭振鐸插圖本《中國文學史》（台北：明倫出版社 一九六九）頁五五。

[135] 鄭振鐸《中國文學史》（同上）頁六一—六二。

鄭氏也是受到王逸誤說的暗示。不過他舉出〈天問〉跟〈離騷〉〈九章〉在文章上的風格差異，倒是不錯的。但是這種文章風格的不同，能否作爲作者不同的證據，卻成問題。像上一節所據的《荀子》〈成相篇〉跟他的〈勸學〉、〈天論〉等篇，無論風格、句法都不相類。文學史上許多的文學家，往往有風格不同的作品，一點也沒什麼奇怪。所以除非另有證據，這樣下論斷是不夠的。至於把〈天問〉說成一種備忘錄，尤其妄誕，〈天問〉大多數的問題在於無法回答，怎麼會有了詳細的答案？這個猜測眞是一點可能也沒有。

像這類主張〈天問〉不是屈原作的意見（陸、施二說，已見上節），仔細檢查起來，都沒有充份的證據，不再一一置辯。現在問題是：〈天問〉本身並不像〈離騷〉一樣有涉及到作者的地方，如果我們不相信司馬遷和王逸的話，而主張〈天問〉是屈原之作，也不容易找到直接的證據。從上面幾節的討論看起來，下面的三點大概是可以確定的。

㈠〈天問〉的作者是一個人。從〈天問〉自有文理，其所表現的情緒及主觀意識來看，本篇絕非出於衆手，也不是雜湊起來的作品。

㈡〈天問〉的作者是戰國時人，從〈天問〉所問止於春秋之末看，這一定是戰國時的人寫的。聞一多已經這樣說過[136]。

㈢〈天問〉的作者是楚國人。從〈天問〉所問終於楚事，對楚國所流露的情感，以及

---

136 見注18。

「吳光爭國，(何)久余是勝？」所用的「余」字，它的作者是楚國人則無疑問。

此外，我們如果說〈天問〉的作者是一個對天文、神話、傳說及歷史等，有非常豐富的知識的人。他對於歷代興亡特殊的關切以及對於楚國的警惕勸勉之言，顯示他是屬於楚國的貴族，或是曾經參與朝政的人。它的懷疑、怨憤和心理上的不平衡，透露出他在現實上曾經遭遇到極大的挫折。同時〈天問〉的文辭雖然比較質直，而一口氣能夠問出這麼多問題來，涉及的範圍既廣，思理又深，作者必定是一個有大才力的人。這幾點也應該是能被肯定的。因此我們可以說：〈天問〉的作者跟屈原是非常符合的。至少這幾點沒有跟屈原矛盾的地方。這自然還夠不上確定的條件。現在再進一步拿〈天問〉跟已知的屈原的作品相比較，然後再來看有甚麼樣的結果。

屈原的作品，一般都認爲沒有問題的是〈離騷〉和〈九章〉的〈惜誦〉、〈涉江〉、〈哀郢〉、〈抽思〉、〈懷沙〉五篇[137]。從形式上看，〈天問〉跟它們都不同，這是不必要再比較的。下面試從取材、意識、情感這些內容方面，作一相互對照。

---

[137] 這只是指從來沒有人懷疑過的而言。像〈橘頌〉、〈悲回風〉、〈惜往日〉、〈思美人〉四篇，吳汝綸（《評點古文辭類纂》）、劉永濟等或疑其有僞，亦不必然。游國恩仍以此四篇爲屈原所作（見《讀騷論微初集》頁一三二〈九章辯疑〉）。今不及詳辨。

(一)取材

一位作家的取材，就像他愛用的某些字眼兒一樣，往往有個人的偏好。這雖然不完全是完全可以肯定的，卻有許多顯明的例子，如杜甫喜歡寫社會景象和時事；王維則好以自然景物入詩；李白詩裡多有超現實的仙人；李賀詩中獨有森森鬼物。這跟作家的內在世界自然有相當的關連。所以如果不偏執在一些細微末節上，大體觀之，從選材上未嘗不能看出作品與作家之間的關係來。〈天問〉的題材是自然現象、神話、傳說和歷史。這在〈離騷〉和〈九章〉中，雖然沒有對天體的描繪，卻同樣涉及到某些自然現象，而神話傳說和歷史，更是它們的主要素材，試看下面的例子：

攝提貞於孟陬兮，惟庚寅吾以降。（〈離騷〉） 出國門而軫懷兮，甲之朝吾以行。（〈哀郢〉）	（天何所沓？十二分焉？）
指九天以爲正兮。（〈離騷〉）	（九天之際，安放安屬？）
望孟夏之短夜兮，何晦明才若歲？曾不知路之曲直兮，南指月與列星（〈抽思〉）	（何闔而晦？何開而明？日月安屬？列星安陳？）
思九州之博大兮。（〈離騷〉）	（九州安錯？）
夕歸次於窮石。（〈離騷〉）	（阻窮[138]西征，巖何越焉？）

[138] 唐蘭〈天問西征新解〉云：「窮者，窮山也。……亦即窮石。〈離騷〉所謂「夕歸次於窮石。」……」

路不周以左轉兮。（〈離騷〉）	（康回馮怒，地何故以東南傾[139]？）
吾令羲和弭節兮，望崦嵫而勿迫。飲余馬於咸池兮，總余轡乎扶桑。折若木以拂日兮，聊逍遙以相羊。（〈離騷〉）	（出自湯谷，至於蒙汜，自明及晦，所行幾里？羲和之未揚，若華何光？）
朝發軔於蒼梧兮，夕予至乎縣圃。邅吾道夫崑崙兮，路修遠以周流（〈離騷〉）吾與重華遊兮瑤之圃，登崑崙兮食玉英。（〈涉江〉）	（崑崙縣圃，其尻安在？增城九重，其高幾里？）

從這些對照中，可以看出來〈離騷〉〈九章〉和〈天問〉，在天地和神話方面共同使用到的素材。不過問題還不在於用同一種素材，而是兩者對於天文和神話共同的興趣。所以，雖然有些天文的素材不見於〈離騷〉〈九章〉，或者神話素材不見於〈天問〉，都沒有關係，兩者都有選用這方面素材的傾向才是重要的。這就可以說兩者的作者一定都是對天文有豐富的知識，對神話又特殊喜愛的人。在歷史或傳說方面，這種素材的類似，更爲明顯。（下文僅舉〈離騷〉〈九章〉中所見，〈天問〉中有關這一方面的，大致已見第四節中，不另列出。）

（見《天問新箋》頁四四引）

139 王逸注：「康回，共工名也。《淮南子》言：共工與顓頊爭爲帝，不得，怒而觸不周之山，天維絕，地柱折，故東南傾也。」洪興祖《補注》取《列子》說同此，云：「天傾西北，……地不滿東南。」（頁一五五）

> 昔三后之純粹兮，固眾芳之所在。……彼堯舜之耿介兮，既遵道而得路。何桀紂之猖披兮，夫惟捷徑以窘步。
>
> 鯀婞直以亡身兮，終然殀乎羽之野。
>
> 濟沅湘而南征兮，就重華而陳辭：啓九辯與九歌兮，夏康娛以自縱。不顧難以圖後兮，五子用失乎家巷。羿淫游以佚畋兮，又好射夫封狐。固亂流其鮮終兮，浞又貪夫厥家。澆身被服強圉兮，縱欲而不忍。日康娛而自忘兮，厥首用夫顚隕。夏桀之常違兮，乃遂焉而逢殃。后辛之菹醢兮，殷宗用而不長。湯禹儼而祇敬兮，周論道而莫差。
>
> 鳳凰既受詒兮，恐高辛之先我。……及少康之未家兮，留有虞之二姚。
>
> 湯（禹）嚴而求合兮，摯（咎繇）而能調。……（說操築於傅巖兮，武丁用而不疑。）呂望之鼓刀兮，遭周文而得舉。（甯戚之謳歌兮，齊桓聞以該輔。）（以上〈離騷〉）
>
> 晉申生之孝子兮，父信讒而不好。行婞直而不豫兮，鯀功用而不就。（〈惜誦〉）
>
> （接輿髡首兮，桑扈贏行。忠不必用兮，賢不必以。伍子逢殃兮，）比干菹醢。（〈涉江〉）
>
> 重仁襲義兮，謹厚以爲豐。重華不可遌兮，孰知予之從容。……湯禹久遠兮，邈而不可慕也。（〈懷沙〉）

此〈離騷〉〈九章〉中這些歷史人物和事蹟，除加括號（ ）者外，都是在〈天問〉中提到過的。這樣大量的雷同，不會是偶合；兩者對於歷史有共同的興趣是很明顯的。只是在運用這些材料上，〈離騷〉和〈九章〉是正面的陳述和褒貶，〈天問〉則用反詰來暗寓評論而已。同時，這裡面有個值得注意的地方，就是在第四節中，我們曾討論過〈天問〉作者對於鯀的同情。認爲他不取經傳而取神話，是有意替鯀辯誣的。〈離騷〉和〈惜誦〉中都提到了鯀，說他「婞直」，對鯀的稱讚和婉惜之意十分清楚。尤其是在〈惜誦〉中鯀的婞直跟申生被讒對列，顯示出鯀治水不成，只因性情「婞直」，而不是眞的有過失。兩者對于鯀的態度顯然是一致的。關於這一點，前人曾指出來過。張惠言《七十家賦鈔》〈天問注〉云：

> 「鯀婞直以亡身」，〈離騷〉用以自況，是不以爲小人也。蓋言鯀亦有治水之才，禹亦祗纂鯀之緒[140]。

蔣驥《楚辭餘論》卷上亦云：

> 〈天問〉於鯀，多惋惜之辭，〈離騷〉、〈惜誦〉至以自比，而但惜其婞直亡身，原之意中，固不謂鯀以治水無功見殛也[141]。

---

[140] 張惠言《七十家賦鈔》（台北：世界書局 一九六四）卷一，頁十，〈天問〉注。

[141] 見《山帶閣注楚辭》〈餘論上〉頁三十六。

這當然也可以解釋：〈天問〉的作者跟〈離騷〉〈九章〉的作者，湊巧而有相同的觀點。但是因爲這不同於一般的歷史事件，兩者對鯀有一種同樣的特殊感情，那麼其心理背景也必然一致。這樣的巧合，就不是很容易的事了。如果說屈原因爲鯀之被放，實爲婞直忘身，與自己的遭遇相同，感慨特深，所以才在〈離騷〉、〈九章〉、〈天問〉中反覆地提到這一事例，借此來宣洩他的不平，這也正是屈原的「揚己」[142]本色，張、蔣二氏的看法是非常合於情理的。

在取材中，當然我們也會注意到〈天問〉中沒有〈離騷〉裡香草美人那些隱喻素材，這跟上面的說法並不衝突。我們主要的是指出作者所喜愛的素材，會經常在他的作品裡出現，並不是說每一篇的素材都得完全相同。事實上，〈哀郢〉、〈懷沙〉等篇中，也沒有使用草木的隱喻，這要看作者表現上的需要而定的。

(二)意　識

這是指作品中一些主要的觀念而言。作者的取材和表現的方式，固然可以千變萬化，而作者的某些意識，卻不是容易改變的。這一方面的一致性，對判定兩種作品間的關係上很有

---

142 班固〈離騷序〉稱屈原「露才揚己」（見《楚辭補注》卷一，頁八八。）

幫助。尤其是像屈原具有執著性格的人，更會堅持自己的觀念[143]。游國恩曾經討論過「屈賦中的四大觀念」[144]，他指出「宇宙觀念」、「神仙觀念」、「神怪觀念」和「歷史觀念」四種，探討它們的來源。本文借用他的一部份的意見，從空間、歷史和道德三種意識來討論。

1.空間意識

從上文取材的舉例來看，〈離騷〉〈九章〉的作者跟〈天問〉作者同樣具有豐富的天文知識。由於各篇的重點不同，選材多少有異，無法作具體的比較。不過，兩者的空間意識，還是可以約略看出的。〈天問〉的天體構成很清楚，天是圓形的，有九重（圜則九重），由八根柱子撐著，八柱就是八座大山，西北方是不周山[145]。大地分為九州，是橢圓形的（東西南北，其修孰多？南北順橢，其衍幾何？）日月星辰懸在天上；地上有崑崙山，最高峰是縣圃。而〈離騷〉裡顯示的天體形狀跟〈天問〉中是一樣的。從「路不周以左轉兮，指西海以為期」的話，可

143 蔣驥《楚辭餘論》卷上謂〈離騷〉「通篇以好脩為綱領」。（頁四）〈離騷〉云：「余雖好脩姱以鞿羈兮，謇朝誶而夕替。既替余以蕙纕兮，又申之以攬茝。亦余心之所善兮，雖九死其猶未悔。」足見屈原的執著與堅持。

144 見《讀騷論微初集》〈屈賦考源〉。（頁四）

145 《山帶閣注楚辭》云：「《章句》八山為柱，余意即《淮南子》八極也。東北，方土山。……西北，不周山。」（卷三，頁四）又〈天問〉：「西北辟啓，何氣通焉？」《天問新箋》云：「即〈地形訓〉所謂「北門開以納不周之風也。」（頁二七）

見〈離騷〉作者所想像的天體也是圓的[146]。同用「九天」一詞，也必視為「九重」。「思九州之博大」則對大地之觀念亦無別。而作者所幻設的活動則是：往觀四荒、覽觀四極、周流上下。濟沅湘、發蒼梧、至縣圃、望崦嵫、濟白水、登閬風、歸次窮石、濯髮洧盤、行流沙、遵赤水、路不周、指西海，這廣大的活動範圍所及，也就是屈原空間意識所及，跟〈天問〉中的空間意識是完全一致的。當然，這種空間意識並不是屈原所獨有的。任何人，特別是楚人都可能有，它不過是根據傳說或神話被構設出來的，但至少可以證明在這兩種作品中，作者的主要意識之一是不相衝突的。

2.歷史意識

上文已經舉出〈離騷〉〈九章〉和〈天問〉中，都大量的使用歷史素材。其所以要這樣選材，是出於作者的歷史意識。所謂歷史意識，是一個人不拘隘於短促的存在過程中，與過去能銜接為一體的感受。因此，過去並未死亡，而活在人的意識中。但這必然是經過了選擇和評判的過去。所以歷史意識並不等於歷史材料。換言之，是對於歷史上的「成敗、存亡、禍福、古今之道」[147]有清楚的認識和感受。從本文第四節的分析中，我們可以看出〈天問〉

---

[146] 洪興祖《楚辭補注》云：「〈遠遊〉曰：『歷太皓以右轉』太皓在東方，自左之右，故下云：『遇蓐收乎西皇』也。此云：『路不周以左轉』不周在西北海之外，自右之左，故曰『指西海以為期』也。」（頁八一）因為不周山為西北之天柱，至此非「轉」不可，則天為圓形可知。

[147] 見班固《漢書·藝文志》（台北：藝文印書館四史本　頁八九二）。

所問的問題，最主要的就是歷代的興衰之故。作者雖然受到情緒的影響，對許多歷史上的成敗表示懷疑，而他的一些主要觀念還是灼然可見的，如得賢則昌；近讒則亡，淫佚失國，恃力終喪等等。再看〈離騷〉中所排比的史實（見本節取材一項所引），更是直接說明了其中得失成敗之由。《史記．屈原傳》論及〈離騷〉就說：

上稱帝嚳，下道齊桓，中述湯武，以刺世事。明道德之廣崇，治亂之條貫，靡不畢見[148]。

啓的康娛自縱，羿的淫佚游畋，浞的貪心，澆的強圉縱慾，夏桀之常違，后辛之暴虐，莫不是自取滅亡之道，而湯禹、武丁、周文、齊桓則均以得賢而興國。兩兩相比，〈天問〉與〈離騷〉中的歷史意識，可以說是完全一致。所不同的是在〈離騷〉中對於這些治亂興亡之理，還有非常堅定的信念，所以會說「皇天無私阿兮，覽民德焉錯輔。」在〈天問〉中就常常會流露出對於「天命反側」的懷疑來。但是這並無關乎它們的歷史意識，只展示了兩文情緒上的差異而已。這留在下文討論。

3.道德意識

在〈天問〉和〈離騷〉〈九章〉裡，作者的道德意識常常跟歷史意識交錯在一起，並不是釐然可分的。不過歷史意識含有時間的因素，重在歷代遞嬗之由；而道德意識則是無關乎

[148] 同注[22]，頁一〇〇四。

時間的價值判斷。在本文第四節對〈天問〉的分析中，我們曾經提及作者對於梅伯、箕子之德的讚揚，以及或用對比的方式來顯示善惡的對立，都透露出他對於道德問題的關切。如果作者不是一個有強烈的道德意識的人，是不可能如此的。而這種道德意識，也正是〈離騷〉和〈九章〉中的基石。王逸〈離騷章句・序〉云：

> 〈離騷〉之文，依《詩》取興，引類譬喻。故善鳥香草以配忠貞；惡禽臭物以比讒佞；靈修美人以媲於君；虙妃佚女以譬賢臣，虯龍鸞鳳以託君子；飄風雲霓以爲小人[149]。

已經明白的指出來〈離騷〉所用隱喻的目的，都是爲了表現善惡對立之故。如

> 户服艾而盈腰兮，謂幽蘭其不可佩。
> 蘇糞壤以充幃兮，謂申椒其不芳。〈離騷〉
> 鸞鳥鳳皇日以遠兮，燕雀烏鵲巢堂壇兮。露申辛夷死林薄兮，腥臊並御芳不得薄兮。〈涉江〉
> 堯舜之抗行兮，瞭杳杳而薄天，眾讒人之嫉妒兮，被以不慈之僞名。〈哀郢〉
> 變白以爲黑兮，倒上以爲下。鳳皇在笯兮，雞鶩翔舞。〈懷沙〉

149 同注1。頁十二。

這些句子更是以善惡二分方式，造成強烈的對比效果，正是代表了他內心中強固的道德意識。而從一些用植物組成的服飾的意象中（如「扈江離與辟芷兮，紉秋蘭以爲佩」等等），也能看出他對於一種超乎世俗的道德理想的堅持[150]。

他曾經這樣表示過：

「謇吾發夫前修兮，非世俗之所服。」「進不入以離尤兮，退將修吾初服。」〈離騷〉

「余幼而好此奇服兮，年既老而不衰。」〈涉江〉

因此可以肯定的說：〈天問〉和〈離騷〉〈九章〉的作者，具有同樣強烈的道德意識。雖然在〈離騷〉中是透過隱喻和作者自我的影像來展現，而〈天問〉多借對歷史人物的詰問來顯示，兩者的一致性是不必懷疑的。

這三種意識如果分別來看，自然是很多作品中都可以有的；但是綜合起來看，它們會同時出現在一篇裡的可能性就不大了。〈天問〉和〈離騷〉〈九章〉這些意識的相同，最好的解釋是它們的作者是一個人。

㈢情　感

〈天問〉一篇，因爲問的都是關於自然現象、神話、傳說和歷史，或有人把它看成是一

---

[150] 參看本書〈屈原作品中隱喻和象徵的探討〉一文第三節。

種純客觀性的作品，忽略了發問者的用心和他在問句裡所蘊含的情感。本文在第四節開始，就曾指出來用這種反詰句的本身，就是充滿了複雜情緒的語言。它可以表現失望、憤慨、歎惋、驚異甚至讚美……種種不同的情緒。而這正是〈天問〉作者在這許多問題裡面所隱藏著的。作者並不眞想知道天體是誰創造的？有沒有石林或者能言之獸？也並不爲追問歷史眞象，他只是借這些來宣洩極度的絕望和懷疑的情緒。而從歷史的問題裡，可以看出來他最關切的是國家盛衰興亡的問題。他對於君主的信讒和女禍的斥責，對於天命無常的警懼，都暗示出作者這種情感的根源，是來自他對楚國的忠愛，這在篇末已作了明顯的表示。而這種忠愛之情，在現實上飽受挫折，使他的精神陷入彷徨和困境之中。所以才藉這一百七十多個問題，把滿腔鬱憤盡情的發洩出來。現在我們再來看〈離騷〉和〈九章〉幾篇，《史記・屈原傳》稱：

> 屈平疾王聽之不聰也，讒諂之蔽明也，邪曲之害公也，方正之不容也，故憂愁幽思而作〈離騷〉。〈離騷〉者，猶離憂也。夫天者，人之始也。父母者，人之本也，人窮則反本。故勞苦倦極，未嘗不呼天也。疾痛慘怛，未嘗不呼父母也。屈平正道直行，竭忠盡智，以事其君。讒人間之，可謂窮矣。信而見疑，忠而被謗，能無怨乎？屈平之作〈離騷〉蓋自怨生也[151]。

---

[151] 同注[148]。

王逸〈九章章句・序〉云：

> 屈原放於江南之野，思君念國，憂心罔極，故復作〈九章〉[152]。

這種情感的基礎，差不多跟〈天問〉完全相同。所不同的，只是表現方式和強烈的程度而已。在〈離騷〉裡，屈原雖然是憂愁幽思，但是對於未來尚未絕望，他還能藉著隱喻和象徵的技巧，來表現他修身潔行的志節和對楚國眷戀不能自已的情感。縱然對讒佞的嫉惡，對於楚王不足與行美政的失望，對於公正和理想還抱持著極大的信心。所謂「屈平既嫉之，雖放流，睠顧楚國，繫心懷王，不忘欲返。冀幸君之一悟，俗之一改也。其存君興國，而欲反覆之，一篇之中，三致意焉。」[153]但是這種希望終於破滅了，他完全陷入痛苦的絕望之中。在〈九章〉裡，便不再用〈離騷〉這種「言隱而諷，志疑而不激[154]」的方式，而以「直而激，明而無諱」[155]的語氣來發抒自己。從這種情感的變化來看，如果〈天問〉的作者也是屈原的話，它應該是在〈離騷〉之後，與〈九章〉中某些篇是同時的作品。不論是文辭的質直和情感激憤

---

[152] 王逸以〈九章〉爲屈原放逐江南之作。（注❶，頁二〇二）蔣驥《楚辭餘論》（卷下，頁一）則以爲九章雜作於懷襄之世。無論九章作於何時何地，王逸所云「思君念國，憂心罔極」是不錯的。

[153] 同注[148]。

[154] 同注❻，卷四，頁六五。

[155] 同上注。

的強度，都是跟〈懷沙〉等篇比較接近的。

上面我們從取材、意識和情感三個角度，來考察〈天問〉跟〈離騷〉〈九章〉之間的關係。發現它們在內容上接近的程度，遠大過於形式上的差異。這雖然仍不能確切地來證明〈天問〉是屈原作的，卻是相當有利的證據。至於想推翻最古老的司馬遷之說的，也只是臆測。既然如此，我們沒有理由說它一定不是屈原之作。而以屈原的遭遇，我們正可以解釋〈天問〉的創作動機和其中的情感基礎。

七、結語

上文中我們探討了在〈天問〉問句之後隱微的意義，以及自王逸以來環繞〈天問〉的幾個問題。這樣是從作品的自身尋求解決有關問題的線索，雖然不一定能圓滿的解決了這些問題，卻導致對作品本身更多的了解，至少可以不必再懷疑〈天問〉是不是一篇文學作品。上文已經指出來它不是從哲學家的立場，像莊子、荀子甚至陰陽家，來討論天的問題；也不是從歷史家的立場，來探究歷史的眞象；它不是爲追索神話的根源；也不是用理智的態度來批評這一切。它不是以占卜的方式希求決疑；也不是出自衆手的民間歌辭。它是由一個對於宇宙和人生的問題，懷有深切關注的人所寫成的；它是由一個深陷於現實之困境中的人發出的疑問；它是一個充滿了豐富而深厚感情的人的聲音。那些質直的文句，是因爲在情感的重負之下，使他無暇於雕飾，或不願意雕飾，而更能適切地來表現出他情感的強度。有時候他也會不自覺地顯露出藝術修養的本能，像韻腳⑯和句法⑰的變化，語勢的拗折和風格的奇矯等。但這並不是重要的事。重要的是作者心靈的廣度和深度——宇宙的浩邈、歷史的興替、神話的幽奧，都在這一心靈的涵攝之下。——以及情感的沈重和劇烈。因此，這不僅是一篇有價值的文學作品，而且是一篇偉大的獨一無二的傑構。

【原載國立臺灣大學《文史哲學報》第二十四期，一九七五年九月】

---

⑯ 據江有誥《楚辭韻讀》〈天問〉全文韻腳共有八十八個韻部，除兩處韻部不用外，其餘全無連用同一韻部者。雖原文可能有錯簡的，也足以表示〈天問〉的韻腳是富於變化的。（同注59）

⑰ 〈天問〉雖以四言最多，也有五言的，常交互使用。在每四句爲一問的形式中，何、孰、胡、安、焉、誰等等疑問詞，被按放在兩句中的任一位置。同時也偶而出現一句一問或一句兩問的，非常富於變化。

叁、《楚辭・九歌》的名義問題

一、前言

《楚辭》〈九歌〉由於絕豔的辭采，華美的意象和綺靡的風格❶，成爲古典文學中一朵奇葩。其中所幻設的神話世界，更是充滿了楚人豐富的想像和浪漫的精神。然而對於這樣珍異的一篇傑作，竟然不知道它何以名爲「九歌」，毋寧是令人遺憾的事。因爲「九歌」兩字，既不是這一篇的篇首，又不能從內容上直接加以解釋，同時它全篇共十一章，也不符合「九」之數，於是這「九歌」之名，就成爲難解的問題。從欣賞或批評的角度來看，這名稱的問題並不重要。但是卻牽涉到「名」跟它所指謂的「實」間的關係，或者說它所顯示的「實」的性質。進而影響到對「實」的了解。因此，這仍然是一個值得注意的問題。而古今學者對於這一問題發生興趣的極多，異說紛紜，蔚爲大觀。只是這些意見往往出於主觀的臆

❶ 劉勰《文心雕龍・辨騷篇》云：「〈九歌〉〈九辯〉，綺靡以傷情。」又總評《楚辭》云：「故能氣往轢古，辭來切今，驚采絕豔，難與並能矣。」（范文瀾《文心雕龍注》，台北：台灣開明書店 一九五八卷一，頁二九）

斷，缺乏積極的證據。我們認爲多數學者忽略了《楚辭》本身，如〈離騷〉和〈天問〉中提到的「九歌」之名，也忽略了原始「九歌」的音樂特質和祀神的功能，轉而走入膠著的死巷中，把本來很簡單的問題複雜化了。一個比較合理的推測是「九歌」不過爲古代的樂曲之名，是大祭諸神之用的，楚人承襲了來，作爲國家祀典的樂章。這是綜合數家意見的結果。但是爲了廓清這一問題，我們必須把前人的意見一一爬梳整理，檢討他們的得失，然後才能提出我們這一解說的理由來。下面將分作兩大部份來討論：一是對舊說的整理；一是個人意見的依據。對諸家舊說又以類相次，分成若干項目，以便討論。

二、〈九歌〉名義諸說的檢討

歷來《楚辭》的注家，都多少涉及〈九歌〉名義的問題，近人更有用專篇來討論的。這許多意見，大部份集中在「九歌」之名的「九」字上。只有少數的學者，注意到「九歌」之名的來源。本文將可能蒐集到的資料，大致區分爲四個大類：㈠由删除或者合併〈九歌〉中的若干章以湊成「九」數的；㈡以〈九歌〉首尾二章性質各別，不入「九」數的；㈢專從「九」之數名爲說的；㈣「九歌」爲襲用舊名的。在這四類中，再視實際的需要略爲劃分，以求醒目。

(一)由刪除或者合併〈九歌〉中的若干章以湊成「九」數的

這一大類的意見最多，基本上引出這類解釋的，一是王逸，一是朱熹，王逸的《楚辭章句》，雖然不曾從這一角度來解釋「九歌」（見後）他的一條注文卻是引起這類意見的濫觴。其〈禮魂〉「成禮兮會鼓」注云：

> 言祠祀九神，皆先齋戒，成其禮敬，乃傳歌作樂，急疾擊鼓，以稱神意也❷。

王逸提出「祠祀九神」的說法後，許多學者就認爲「九歌」的「九」是所祀的神的數目，因而從〈九歌〉內容上，謀求湊合九神之數。而朱熹則從篇數的不合上指出：

> 篇名〈九歌〉，而實十有一章，蓋不可曉❸。

顯然他認爲〈九歌〉應該只有九章❹，不過朱子的態度還很審慎，沒有隨便加以解釋，後來的學者就不同了。因爲「九神」和九章恰好相符，所以多數這類意見是混在一起說的。在此

❷ 見洪興祖《楚辭補注》（台北：藝文印書館 一九八六）卷二，頁一四三。

❸ 朱熹《楚辭集注》（台北：藝文印書館 一九五六），〈楚辭辨證上〉頁一九。

❹ 〈九歌〉分「章」，有的稱爲篇（如下文所引的楊慎、劉永濟等），不過大多數稱章。因就其上下文可以了解，不另作說明。至於本文行文皆稱之爲章，以別於總稱〈九歌〉爲篇。

不另分別，只分爲刪除說或合併說兩種。

(1)刪除說

用刪除〈九歌〉中的兩章來符合「九」數，是最簡易的辦法。各家的理由雖不盡同，要刪除哪兩章的意見也不一致，不過都是在認定了〈九歌〉不應是十一章之後，從中找出性質較特別，跟其他九章不相類的兩章來，予以刪除。他們有的並沒有論據，有論據的也多半成問題，現在分別討論如下：

A刪除〈國殤〉和〈禮魂〉兩章的

〈國殤〉和〈禮魂〉兩章原來是在〈九歌〉篇末，這兩章又不像其他九章，每章都描寫所祭祀的一個特定的神。它們是祭祝的對象都不夠明確，故首先遭到刪除。

a宋姚寬《西溪叢語》云：

《離騷》〈九歌〉章句，名曰九，而載十一篇，何也？……或云：〈國殤〉〈禮魂〉不在數。若除〈國殤〉、〈禮魂〉只二十三篇。韓文公云：「屈原《離騷》二十五」王逸云：「〈漁父〉以上二十五」，合〈國殤〉〈禮魂〉也。劉淵林注〈魏都賦〉引〈九章〉之辭曰：「蔀也必獨立。」引〈卜居〉之辭曰：「橫江潭而漁」。今閱二篇又無是二句，信有闕文。……蕭統《文選》載〈九歌〉，無〈國殤〉、〈禮魂〉。晁無咎謂〈大招〉古奧，疑原作。今起〈離騷經〉、〈遠遊〉、〈天問〉、〈卜居〉、〈漁父〉、〈大招〉，而云〈九章〉〈九歌〉又十八則，原賦存者廿四篇耳。〈惜誓〉……抑固二十五篇之一，未可知也。若《文選》去〈國殤〉、〈禮魂〉，以〈大招〉、〈惜誓〉補，則二十五篇似爲足矣❺。

姚寬引或說以爲刪去〈國殤〉和〈禮魂〉就可湊成九數，主要的理由是蕭統《文選》所載的〈九歌〉中，沒有這兩篇。但是《文選》不過是選本，〈九歌〉十一章中也只選了六章。除〈國殤〉、〈禮魂〉外，〈大司命〉、〈東君〉、〈河伯〉都沒選入，難道這三篇也不屬〈九歌〉嗎？何況王逸本明明有這兩篇（觀章句可知），不從王本而從後出的《文選》，實在沒有道理。而姚說在刪除〈國殤〉、〈禮魂〉之後，發現跟王逸所云屈原的作品共廿五篇又不相合，就再拿〈大招〉、〈惜誓〉兩篇補足，尤其牽強。雖然《漢書・藝文志》也著錄「屈原賦二十五篇」，但到底指哪二十五篇是不容易決定的問題，在這裏無法討論。不過，王逸所說的二十五篇中，顯然是沒有〈大招〉和〈惜誓〉兩篇❻。姚寬這種截長補短的辦法是

---

❺ 見姚寬《西溪叢語》（台北：商務印書館　叢書集成簡編本　一九六六）卷上，頁六。

❻ 王逸〈大招章句〉云：「〈大招〉者，屈原之所作也。或曰景差，疑不能明也。」（洪氏注云：「屈原賦二十五篇，〈漁父〉以上是也。〈大招〉恐非屈原作。」）又〈惜誓〉章句云：「〈惜誓〉者，

不能成立的。實際上，他自己也並不能完全肯定，所以引為「或說」。而他主要的意見，見後文第三大類。

b 明陸時雍《楚辭疏》云：

〈國殤〉、〈禮魂〉不屬〈九歌〉，想當時所作不止，而後遂以此二者附歌之末耳❼。

c 清李光地〈離騷經九歌解義後敘〉云：

按〈九章〉止九篇，則〈九歌〉亦當盡於此。其辭所寄託，皆感遇抒憂，信一時之作也。後兩篇或無所繫屬而以附之者❽。

這兩種說法都把〈國殤〉和〈禮魂〉兩章看成附錄，不屬〈九歌〉之內，只是想當然，並沒有確實的理由。李書甚至解〈九歌〉至〈山鬼〉而止，不列〈國殤〉和〈禮魂〉。《四庫全書總目提要》已經批評他太「拘泥」，《提要》的理由是：

至〈國殤〉、〈禮魂〉二篇，向在〈九歌〉之末。古人以九紀數，實其大凡之名，猶

不知誰所作也。或曰賈誼，疑不能明也。」（全注❷卷十，頁三三五、卷十二，頁三七三）

❼ 陸時雍《楚辭疏·讀楚辭語》（台北：新文豐出版社，一九八六）頁八五。

❽ 見《榕村全集》（台北：文友書店，一九七二）第十七冊，頁九八一五。

> 〈雅〉〈頌〉之稱什。故篇十有一，仍題曰九。光地謂當止於九篇，竟不附載，則未免拘泥矣❾。

《提要》從九爲虛數之說，並不見得確當（見後文），而李書竟然隨意不列此二章，實在是很武斷的。

d 近年凌純聲先生在〈國殤禮魂與馘首祭梟〉一文中云：

> 〈九歌〉是濮獠民族常祀上帝、天神、地祇的九神，故名之爲九歌，而附以〈國殤〉與〈禮魂〉的臨時祭鬼大典。且九歌祀九神，或〈國殤〉祀人鬼，都爲東南亞及太平洋區的文化特質❿。

因此，他贊同陸時雍的附錄之說，認爲比較合理，故又云：

> 〈九歌〉爲祭神祀典，〈國殤〉、〈禮魂〉雖祀人鬼，亦是祭典之一，故附於〈九歌〉之後⓫。

---

❾《四庫全書總目提要》（台北：商務印書館景印四庫全書 一九八三）卷一四八，頁一八（四—一〇）。

❿ 見中央研究院民族研究所集刊第九期 頁四一二。

⓫ 同注❿，頁四二三。

凌先生早在〈銅鼓圖文與楚辭九歌〉⑫一文中，已經提出他這種意見來，而這裏說得更爲清楚。他是用考古學、民族學和民俗學的方法來研究〈九歌〉，見解非常新穎。尤其在方法上打破了傳統以書注書的方式，最值得稱道。只是把〈國殤〉看成原始民族馘首祭梟的習俗，頗有問題。凌文中雖曾詳辨，卻終乏直接的證據。尤其〈國殤〉既然是「死於國事者」（王逸注），顯然不同於一般部族間的戰爭。而其中所用的兵器和車戰的場面，也遠非一般部落所能及。如果說這是屈原記事之賦⑬，這種記事也太過想像化了。因此，〈國殤〉應該是國家祀典中所有，跟原始民族的祭梟並不相干。縱然濮獠民族有他們的祭神和祭鬼的儀式，跟〈九歌〉所載的不必是一回事。總之，這種研究在方法學上的貢獻，實在大過於所獲得的結論。其實，〈九歌〉之名並不能肯定是爲祀九神而設，〈國殤〉和〈禮魂〉也沒有必要降格爲附錄。

B刪除〈國殤〉而以〈禮魂〉為亂辭的

近人劉永濟《屈賦通箋》〈國殤〉解題云：

按此歌之辭，乃弔爲國戰死之士甚明。……《文選》無此與〈禮魂〉，後人或謂昭明

⑫ 見中央研究院院刊第一輯（一九五四）頁四〇三。

⑬ 凌氏在〈銅鼓圖文與楚辭九歌〉中云：「著者假設，〈九歌〉是屈原記事之賦，歌的內容記祭神祀典：有迎神、送神、神言、巫祝、樂舞、陳設、祭品、並及觀者。」（同注⑫，頁四一一）

偶不取耳。姚寬謂『歌名九而篇十一者，亦猶〈七啓〉〈七發〉非以章名之類。』然觀叔師〈禮魂·注〉，明云「祠祀九神」。則〈九歌〉之作，初爲九神。〈國殤〉人鬼，不應類及。陸時雍《楚辭疏》謂……。考此篇無歌舞致神之辭，但敘其死事之烈，豈屈子招爲國戰死之魂之辭，而太史公當日所見者歟？昭明不取，或所見《楚辭》，本無此篇耳。

其評文第五又云：

按此篇諸家無異說。今細翫之，蓋弔爲國戰死者之辭，與前九篇賦巫迎神之事不類。首敘其戰之勇，次言死之烈，終閔其情，壯其志，故余疑屈子之〈招魂篇〉也。

劉氏又箋〈禮魂〉云：

洪氏考異曰：「禮一作祀；魂一作䰟，或曰：以禮善終者。」王夫之謂「此章乃前十祀之所通用，而言『終古無絕』，則送神之曲也。舊說謂以禮善終者，非是。以禮善終者，各有子孫以承祀，別爲孝享之辭，不應他姓祭非其鬼，而篇中更不言及所祭者，其爲通用明矣。」……按王叔師雖無說，而首句注曰：「祠祀九神，皆先齋戒，成其禮敬，乃傳歌作樂，急疾擊鼓，以稱神意。」且此篇歌辭特簡，意亦空泛，通用之說，亦殊近理。……蓋他篇賦祀事，此篇則總攝其意而終之，即前九篇之亂也。

《昭明文選》無此者，豈因篇體短局刪之也邪⑭。

劉說以〈國殤〉不見於《昭明文選》爲據，顯承姚寬之說。姚說的問題上文已經討論過，劉說自然也不能成立。同時，劉說既先從《文選》刪〈國殤〉，對《文選》也不載〈禮魂〉卻解釋爲昭明因其「篇體短局」而刪之，這種自相矛盾的說法，都是以主觀的態度任意去取的緣故。至於認爲〈國殤〉就是太史公見到〈招魂〉，更是毫無證據的想像之辭了。蘇雪林先生批評他說：

劉永濟先生強定爲〈招魂〉，自矜創見，尤爲可笑。〈招魂〉那篇文字現仍編刊屈賦內，它承替〈國殤〉了，又教什麼來承替他自己呢⑮？　助祟

所以劉氏刪去〈國殤〉而以〈禮魂〉爲亂辭的說法，並不能解決〈九歌〉有十一章的問題。

C刪除〈河伯〉和〈山鬼〉兩章的

清錢澄之《屈詁》云：

---

⑭ 劉永濟《屈賦通箋》（台北：學生書局　一九七二）頁六九、九二及六九—七〇。

⑮ 見蘇雪林〈楚辭國殤新解〉。蘇又云：「王逸《楚辭》章句更在《昭明文選》之前，章句〈九歌〉爲十一篇，則《昭明文選》刪去〈國殤〉、〈禮魂〉，我們只能說他是『偶有不取』，不能斷定他所見《楚辭》本無此篇。」（《屈原與九歌·國殤與無頭戰神》（台北：廣東出版社　一九七三）頁二六一。）

> 楚祀不經，如河非楚所及，〈山鬼〉涉於妖邪，不宜祀，屈原仍舉其名，改爲之詞，而黜其祀。故無贊神之語，歌舞之事，則祀神之歌，正得九章⑯。

錢氏主張刪除〈河伯〉的理由是黃河不在楚國境內，按照古禮諸侯只祭境內的山川，所以楚不應該祭到〈河伯〉。錢氏此說的根據是《左傳》，《左哀六年傳》云：

> 楚昭王有疾，卜曰：「河爲祟」。王弗祭，大夫請諸郊。王曰：「三代命祀，祭不越望。江漢雎漳，楚之望也，禍福之至，不是過也。不穀雖不德，河非所獲罪也。」遂弗祭⑰。

但是這並不能構成一個確定的證據。游國恩〈論九歌山川之神〉一文曾云：

> 楚境北至於河，故河亦嘗所望祀，觀於昭王之疾，大夫請祭，可知矣。雖昭王一時弗從，而其俗已甚盛，故民間亦相與僭祀，而〈九歌〉遂有〈河伯〉之篇也⑱。

游氏所謂「民間僭祀」之說，是先認定〈九歌〉爲民歌的設想之辭，姑且不論。而對於《左

---

⑯ 錢澄之《屈詁》，（見國立中央圖書館藏清楊浚輯《五家楚辭注合編》）九歌卷，頁三十八。（清侯官楊氏手鈔本）

⑰ 《左傳注疏》（台北：藝文印書館 十三經注疏本）卷第五十八，頁一〇〇七。

⑱ 游國恩《楚辭論文集》（上海：上海文藝聯合出版社 一九五五）頁一三四—一三五。

傳》這一記載，他的解釋就跟錢氏不同，認爲這恰好反證出楚國原來習慣上已經在祭河的。孫作雲〈九歌非民歌說〉也承游氏之說謂：

至于《左傳》〈哀六年〉載楚昭王有疾，卜曰「河爲祟」，大夫請祭河，而王不肯祭，那也是有法解釋的，楚國的國境北至于河，祀河本來是可以的，昭王雖一時不肯祭，但就大夫請祀之言推測，可知楚國是可以祀河的。楚國正式祭河，必在昭王以後，所以〈九歌〉諸神中有〈河伯〉⑲。

戰國時楚的領土已經擴大到黃河，縱然春秋時不祭，依諸侯祀地望之禮，戰國時代也必然是祭的。所以錢氏這一依據並不可靠。至於說「〈山鬼〉」涉于妖邪，不宜祀，就完全是個人迂腐的觀念，不成其爲理由了。同時〈九歌〉中「無贊神之語，歌舞之事」的，並不止這兩篇，〈湘君〉、〈湘夫人〉也是如此，何以不並刪之呢？因此，錢氏的主張雖然跟前引諸家要刪掉〈國殤〉、〈禮魂〉的不同，卻同樣是沒有根據的臆說。

(2)合併說

⑲ 孫作雲〈九歌非民歌說〉載《語言與文學》（清華大學中國文學會編　中華書局出版　一九三七）頁一五三—一七八。

有些學者爲了求符合〈九歌〉的九數，不採上面刪除的辦法，而是從〈九歌〉中找出性質相近的幾章來，予以合併。這種解決〈九歌〉十一章的方式，看似與刪除說相反，實際上他們的動機並無任何差別，都是爲湊成九數而已。所以無論是合併〈山鬼〉、〈國殤〉、〈禮魂〉爲一，或者是合併〈大司命〉、〈少司命〉爲一，〈湘君〉、〈湘夫人〉爲一，都沒有充份的理由和證據。仔細檢查起來，他們的意見也是很難成立的。

A 合併〈山鬼〉、〈國殤〉、〈禮魂〉為一章的

a 明黃文煥《楚辭聽直》最早把〈山鬼〉、〈國殤〉和〈禮魂〉合一爲章[20]。

b 林雲銘《楚辭燈》云：

> 至於〈九歌〉之數，至〈山鬼〉已滿，〈國殤〉、〈禮魂〉似多二作。五臣云：「九者陽數之極，取簫韶九成之義」，涉於附會荒唐。姚寬謂如〈七啓〉〈七發〉之類，不論篇數。但〈九章〉文恰符其數，亦非確論。蓋〈山鬼〉與正神不同，〈國殤〉、〈禮魂〉乃人之新死爲鬼者，物以類聚，雖三篇，實止一篇，合前共得九，不必深文可也[21]。

---

⑳ 黃文煥《楚辭聽直》，有台北新文豐出版社楚辭彙集影本，唯少其「合論」部份。此本游國恩《楚辭概論》（台北：九思出版社 一九七八）頁六九。

㉑ 見《楚辭燈》（台北：廣文書局 一九六三）卷之二，頁二。

林氏把〈山鬼〉、〈國殤〉和〈禮魂〉都視爲「鬼」，所以「類聚」成一章，以符合九數。但是照林氏的辦法，〈九歌〉中可以類聚的還有，不應只類聚這三篇，日人青木正兒就批評他說：

然若由「類聚」論之，〈湘君〉與〈湘夫人〉，〈大司命〉與〈少司命〉，則更相似，以「實止一篇」之論法計之，〈九歌〉成爲七篇矣㉒。

c 朱冀〈離騷辯〉云：

夫鬼屬常祀之末，即今郡屬厲壇，春秋設祭，祀土穀正神之餘，遍及無主群厲。可見此風相沿至今。余於千百年之下，而遙揣千百年以上之情事，大抵舊時樂歌，泛列祀鬼一章，合前祀神八章，故有〈九歌〉之目。所以有十一篇者，當自大夫之創見，蓋于祀鬼一章中，特分〈山鬼〉、〈國殤〉、〈禮魂〉三項，以抒寫其胸中之寄托耳。篇目雖三，合而成一㉓。

朱冀雖然非常不滿意林雲銘的《楚辭燈》，攻擊林氏甚力，但是這種合併〈山鬼〉、〈國殤〉、

㉒ 見青木正兒〈楚辭九歌之舞曲結構一文〉。（孫作雲譯。《國聞週報》第十三卷第三十期）

㉓ 朱冀《離騷辯》（台北：新文豐出版社 一九八六）頁二三六。

〈禮魂〉爲一的方式，實在是承襲林雲銘的意見。只是朱氏的理由稍有不同而已。他竟以後人祀鬼的儀式揣想古人，已經夠妄誕，而把「〈山鬼〉」跟「無主群厲」視爲同類，完全不從內容上考察，尤其疏略。至於說這是屈子創見，特以抒寫其胸中之寄托，更是不著邊際了。難怪王邦采批評他說：「惜其拘牽臆鑿諸病，更甚於前人。」㉔

B合併〈大司命〉〈少司命〉，而以〈禮魂〉為亂辭的

清張詩《屈子貫》曰：

或云：二司命宜合爲一篇，末一篇乃前十篇亂辭也㉕。

張氏引或說而沒提出具體的理由。以〈禮魂〉爲亂辭是王夫之《楚辭通釋》的意見。（見前引劉永濟文）

C合併〈湘君〉〈湘夫人〉為一，〈大司命〉〈少司命〉為一的

a王邦采《屈子雜文箋略》云：

㉔ 王邦采《屈子雜文箋略》，光緒庚子廣雅書局刊、民國九年番禺徐紹棨重印，第五帙。（中央研究院傅斯年圖書館藏）

㉕ 見張壽平《九歌研究》（台北：廣文書局　一九七〇）頁十六引。

歌曰九而篇十一，……當是〈湘君〉、〈湘夫人〉只作一歌，〈大司命〉、〈少司命〉只作一歌，則〈九歌〉仍是九篇耳㉖。

王說僅自篇目上著眼，並沒有更具體的理由。

b 蔣驥《山帶閣注楚辭》云：

〈九歌〉本十一章，其言九者，蓋以神之類有九而名。兩司命，類也；〈湘君〉與〈湘夫人〉，亦類也。神之同類者，所祭之時與地亦同，故其歌合言之㉗。

蔣氏跟林雲銘的「類聚」之說觀點是一樣的，只是他合併〈湘君〉、〈湘夫人〉，〈大、少司命〉，看起來比較合理而已。至於說「神之同類者，所祭之時與地亦同。」卻不必然，青木正兒就有不同的解釋（見下文）。

c 清顧成天〈九歌解〉也主張〈湘君〉、〈湘夫人〉合而爲一；〈大司命〉、〈少司命〉併爲一章㉘。

㉖ 同注㉔。

㉗ 見《山帶閣注楚辭》（台北：廣文書局　一九六二）〈楚辭餘論〉卷上，頁一九。

㉘ 顧成天〈九歌解〉，未見。據姜亮夫《楚辭書目五種》（台北：泰順書局　頁一六六）著錄有永嘉夏承燾藏本。

《四庫全書總目提要》云：

> 其說以〈湘君〉、〈湘夫人〉爲一篇，〈大司命〉、〈少司命〉爲一篇，併十一篇爲九，以合〈九歌〉之數，說尚可通。至於每篇所解，大抵以林雲銘《楚辭燈》爲藍本，而加以穿鑿附會㉙。

顧氏之說，不得其詳，看朱彝《九歌解》的序言㉚，恐怕也只是湊合篇數，說雖「尚可通」，仍不過是在九數上作文章而已。

d 清劉夢鵬《屈子章句》則直接刪除〈湘夫人〉和〈少司命〉之名，稱〈湘君前後篇〉，〈司命前後篇〉㉛。

㉙《四庫全書總目提要》（同注❾）卷一四八，頁十八，（四—一二）。

㉚姜亮夫引〈九歌解〉朱彝〈序〉云：「……九之名諒非徒然爾。……而屈子〈九歌〉，自〈東皇太一〉以下，〈禮魂〉以上，離爲十一篇，不可合并，學者不得其解，妄爲「九者陽之盡」也，輒以否極之義釋之，謬矣。予少讀是書而疑之，欲合〈湘夫人〉于〈湘君〉，〈少司命〉于〈大司命〉，以符九者之數，而不敢自信。或以〈禮魂〉爲祀神之歸宿，猶賦之有「亂」也，去一得十，亦與九數未恰相當。同里顧子……先出〈九歌解〉示予，予既卒業，歎顧子之能先得我心也。」（同注㉘，頁一六八引）

㉛劉夢鵬《屈子章句》（台北：新文豐出版社 一九八六）卷二，頁一一〇。

《四庫全書總目提要》批評他說：

至於篇章次第，寔亂尤多，如二卷〈九歌〉〈湘君〉、〈湘夫人〉，〈大司命〉、〈少司命〉本各自標題，而刪除〈湘夫人〉、〈少司命〉之名，稱〈湘君前後篇〉。六卷〈九章〉內刪〈抽思〉、〈橘頌〉之目，統爲〈哀郢〉，又移置其先後，均不知何據㉜。

e日人青木正兒〈楚辭九歌之舞曲結構〉云：

按〈湘君〉與〈湘夫人〉，〈大司命〉與〈少司命〉，皆爲重複同性質之神，故不如專董理此種重複，以求其成九篇之數爲易。故解決此問題之關鍵，其或秘藏於此四篇中耶？

又云：

以余之見，此四篇蓋分春秋二祠；而各奏其中一曲。即〈湘君〉、〈大司命〉用於春祠；〈湘夫人〉、〈少司命〉用於秋祠，或若是者乎？若然，當其實際演奏時，等於四篇中選二篇，而結果則春秋各用九篇矣。其他諸篇乃春秋二祀所通用也㉝。

青木正兒的說法跟蔣驥的意見很接近，不過青木更分別爲春秋二祠各用其一曲，設想尤爲詳

㉜ 同注㉙，卷一四八，頁二一（四—十二）。

㉝ 見注㉒。

密而已。然而這仍然是出於揣測，沒有任何直接的證據可以證明篇中涉及時令的字句跟春秋二祠有關。同時青木氏舉〈大司命〉之「涷雨」應屬「夏月」謂：「果然，則可或屬於春祠，或屬於秋祀。」這樣既不能一定，又如何能與〈少司命〉之爲秋祀相區別呢？

總之，無論是採刪除的方式或者合併的方式，都只是機械的從篇目上著眼，用削足適履的辦法來求符合「九」的數字。對於朱熹提出的問題，並不能有滿意的回答。

(二)以〈九歌〉首尾二章性質各別，不入九數的

自王夫之以〈禮魂〉一章爲送神之曲，是前十章所通用；青木正兒又提出〈九歌〉的舞曲結構之後，有些學者就注意到〈九歌〉的整體性，不再從篇目的刪除或合併上來解釋〈九歌〉的名義。不過因爲他們仍然把王逸「祠祀九神」的注看得很重，丟不開〈九歌〉之「九」跟「九神」間的關係，所以雖然對〈九歌〉作了更多的解釋，最後還是跳不出王逸注的圈子。近人聞一多和姜亮夫二家，便都主張〈九歌〉之「九」是指〈東皇太一〉和〈禮魂〉之外中間的九神。他們所持的理由，不過稍有出入罷了。現在分別討論如下：

(1)以〈東皇太一〉為主神，地位高於其他九神，然從藝術觀點，則以中間九章為本位，故名〈九歌〉。

聞一多在〈什麼是九歌〉一文中，曾經分別討論見於經典和神話傳說中的「九歌」之名

（下文將徵引到他的意見），然而他卻丟開這些討論，而從祭禮上判定諸神的地位，再從藝術價值的區別上來推測〈九歌〉名義。其說雖辯，卻顯然建立在一個非常不牢固的基礎上。聞文先討論〈東皇太一〉〈禮魂〉何以是迎送神曲云：

> 前人有疑〈禮魂〉爲送神曲的，近人鄭振鐸、孫作雲、丁山諸氏，又先後一律主張〈東皇太一〉是迎神曲。他們都對，因爲二章確乎是一迎一送的口氣㉞。

除去這內在的理由外，聞氏更舉《漢書·郊祀歌》、唐宗廟樂章、宋明堂歌等一般祭歌形式的沿革爲旁證㉟。同時辯證了中間九章本身的迎送和整體的迎送並不衝突㊱。因此，他確定〈東皇太一〉是迎神曲，〈禮魂〉爲送神曲，並云：

> 除去首尾兩章迎送神曲，中間所餘的九章，大概即《楚辭》所謂〈九歌〉㊲。

聞氏將首尾兩章看成迎送神曲，雖無確實的證據，還有可說，而以中間的九章爲〈九歌〉，

㉞見〈什麼是九歌〉一文第三節。（載《神話與詩》，台中：藍燈文化公司 一九七五 頁二六六）

㉟同注㉞。

㊱蔣驥《山帶閣注楚辭》其《楚辭餘論》卷上曾批評王夫之說：「《通釋》又以〈禮魂〉爲第十章送神通用之曲，不知十章中迎送各具，何煩更爲蛇足也。」（同注㉗，頁二九）聞一多認爲首尾兩章是指全曲的迎送，中間各章自具迎送是另一回事，兩者不相衝突。

㊲同注㉞，頁二六七。

則是非常可怪之論了。因爲聞氏又主張被迎送的神，只有東皇太一。東皇太一是上帝，其他諸神的地位皆在其下。而這中間九神的任務則只是爲娛樂上帝的：

> 祭禮既非爲九神而設，那麼他們到場是幹什麼的？漢郊祀歌已有答案：「合好效歡虞太一，……〈九歌〉畢奏斐然殊。」郊祀歌所謂「九歌」，可能即《楚辭》十一章中之九章之歌，九神便是這九章之歌中的主角。原來他們到場是爲著「效歡」以「虞太一」的。……九神之出現祭場上，一面固然是對東皇太一「效歡」，一面也是以東皇太一的從屬資格受享[38]。

以「東皇太一」居於主神的地位，爲被迎送的主角，是聞說的主要前提。但是這卻沒有足夠的證據，從〈九歌〉本身既看不出這一點來。聞氏所引《漢書・郊祀歌》，也不能證明什麼，因爲第一，郊祀歌中的〈九歌〉不過是泛言衆樂，不必是《楚辭》〈九歌〉；第二，從郊祀歌上下文看，「合好效歡虞太一」的，只是「千童羅舞成八溢」的舞蹈，並不是其他諸神。聞氏斷章取義，只爲符合他憑想像設計出來的禮儀而已。同時，如照這一設計，〈九歌〉應該是針對「東皇太一」這主神而命名的；然而這是不合「九」數的。聞氏便又構設出一套理論，來解釋何以拿中間九章命名的緣故：

> 因東皇太一與九神在祭禮中的地位不同，所以二章與九章在十一章中的地位也不同。

---

38 同注34，頁二六八。

……就宗教觀點上說，二章是作爲祭歌主體迎送神曲；九章即眞正的〈九歌〉，只是祭歌中的插曲。……就藝術觀點，九章是十一章中眞正的精華；二章則是傳統形式上一頭一尾的具文。《楚辭》的編者統稱爲「九歌」是根據藝術觀點，以中間爲本位的辦法。《楚辭》是文藝作品的專集，編者當然只好採取這種觀點❸❾。

聞氏這樣解釋，必得先承認〈九歌〉之名是《楚辭》編者所加的，但這顯然無從證明，如此則聞說已經不能成立。即使這是編者所加，聞氏又何從知道編者會有「宗教觀點」和「藝術觀點」之別？而編者的「藝術觀點」是依據什麼標準去判定首尾二章不如其他九章呢？所以，聞氏這種推論是先立足在主觀的想像上，完全沒有牢固的基礎，結果只是增出了許多枝節，對於問題的解決，絲毫沒有幫助。

(2)以〈東皇太一〉和〈禮魂〉只為迎送神曲，而無主神，所以不入九數的

姜亮夫的《屈原賦校注》，本來是認爲〈九歌〉爲古曲舊名，而屈子以古調翻爲新詞，其名不妨「虛擬諸夏以來之舊曲」的❹⓿。這跟聞氏〈九歌〉以中間九神爲名之說原不相同；該列入下文第四類中。只是在他討論〈九歌〉篇數的問題一節裏，卻仍然認爲〈九歌〉篇數與篇名不相應，而以「九」數是指中間九神而言。這就與聞說相近了。所以併在這裏討

❸❾ 同注❸❹，頁二六九。

❹⓿ 姜亮夫《屈原賦校注》（台北：華正書局一九七四）卷二〈九歌〉的解題第二節，頁一四二—一四三。

論。

姜氏先認定〈九歌〉是一整體之全曲，是由一人全盤設計的，用意周密而組織完整㊶，不像聞氏以首尾二章的藝術價值不如其他九章，這自然要比聞氏主觀的態度好得多。他解釋〈九歌〉篇數不相應的理由是：

〈九章〉〈九辯〉，篇名與篇數皆相同，而〈九歌〉獨十一。……按〈東皇太一〉，全篇皆歌禮備迎神之事。此舞中迎神之曲，而樂中之金奏也。故不頌神貌，神之特性不具，不作祝頌之語，但侈陳選日、供張、節鼓陳瑟、芳菲滿堂而已，此迎神之意也。故東皇一章有詞有曲，而舞容不具，故不入九數也。其〈禮魂〉一篇，則言成禮會鼓、傳芭代舞，絕無其他至義，而韻語短促，以曲言，蓋所以送上列九神者也；以樂言，則爲群巫大合唱；以舞容言，則爲全舞之合演，無主神，故亦不入九數㊷。

姜氏以〈東皇太一〉爲迎神曲，〈禮魂〉爲送神曲，也跟聞一多的意見無別。只是他認爲這兩章不入九數的理由是它們沒有主神，不同於聞氏以〈東皇太一〉爲全篇主神之說。同時，他又從樂舞上來解釋它們在全曲結構中的意義，不像聞氏貶抑它們的藝術價值，看起來似乎

㊶ 同注㊵，頁一九二。
㊷ 同注㊶，頁一九三。

比較合理。但是在〈東皇太一〉章中縱然「不頌神貌」，「神之特性不具」，「東皇太一」仍爲一神則無疑，這與〈禮魂〉無主神者並不相同，毋寧跟其他九神是一類的。而所以無神貌、無特性，正是因爲「東皇太一」是天神至貴者，難以描繪，不像其他諸神可以日月山川等特性來想像之故。因此，只憑這一點歌詞上的差別，就將它拒於九數之外，理由顯然不夠充分。至於說「舞容不具」，則不可解。〈東皇太一〉明有「靈偃蹇兮姣服」句，王逸注：「偃蹇，舞貌。」又云：「巫被服盛飾，舉足奮袂，偃蹇而舞。」何能說「舞容不具」？姜氏在「自〈九歌〉秩然之組織與發展之形式論其爲入樂之詩」一節中，曾云：「其中〈東皇太一〉爲迎神曲，〈禮魂〉爲送神曲，故二歌皆羌無故實；前者但陳祀壇供張與飾巫舞容，固迎神最適當之作也。」㊸本也注意及此章之舞容，現在竟拿「舞容不具」作爲不入九數的理由，豈不是自相矛盾？所以，姜氏同樣是以主觀的態度，想給〈九歌〉篇數與篇名不相應作一解釋而已。基本上，還是被王逸「祠祀九神」的注限制住了。

㈢專從「九」之數名爲說的

以上兩大類，大致是從〈九歌〉的內容，特別是祀神之數上，來解說〈九歌〉的篇名和章數不合之故。經過討論之後，可知這是行不通的路。除此之外，另有專從〈九歌〉的「九」

㊸ 同注㊵，頁一六四。

字上立說的。這可以大別爲兩種：一種是稱「九」爲「陽數」，而不涉及章數的問題；一種是視「九」爲虛數。前者顯然是無稽的附會，後者則過於簡單，最多只能解釋篇名與章數不合的現象，而不能顯示「九歌」特殊的意義，仍是不諦之論。玆分別說明如下：

(1)以「九」為陽數的

a 王逸在〈九歌〉章句中沒有解釋名義，而在〈九辯〉章句序中云：

> 九者，陽之數，道之綱紀也。故天有九星以正機衡；地有九州以成萬邦；人有九竅以通精明。屈原懷忠貞之性，而被讒邪，傷君闇蔽，國將危亡，乃援天地之數，列人形之要，而作〈九歌〉〈九章〉之頌，以諷懷王，明已所言與天地合度，可履而行也[44]。

王逸是用了《易經》卦象九爲陽爻的觀念，來解釋「九」字，主要的是從屈原的遭遇聯想出來的，〈九歌〉縱然是屈原所作的，從內容上也看不出他的被讒和諷諫之意。王說之爲附會可不辨自明。

b 《文選》五臣張銑注〈九歌〉竟然也附和王逸之說（呂向注〈九辯〉同）云：

---

[44] 同注[2]，卷八，頁二九九。

九爲陽數之極，（屈原）自謂否極，取以爲歌名矣㊺。

朱熹早已批評他是「衍說」㊻；林雲銘更斥爲「涉於附會荒唐」㊼。歷來幾乎沒有人相信這種解說的，不必要再討論。

(2)以「九」為虛數的

認爲〈九歌〉之「九」是虛數，並不表示非有九章不可，這種意見相信的人很多。最早見於宋姚寬，直到近人陸侃如諸家。

a 姚寬《西溪叢語》云：

〈離騷〉〈九歌〉章句名曰九，而載十一篇，何也？曰九以數名之，如〈七發〉〈七啓〉，非以其章名㊽。

姚寬這一說跟前文所引的「或云」不同。這裏他所謂「以數名之」，舉〈七發〉〈七啓〉爲

㊺ 見《六臣註文選》（台北：華正書局 一九八一）卷三十二，頁六一四及頁六二二。
㊻ 同注❸。
㊼ 同注㉑。
㊽ 同注❺。

證，大概是認爲「九」不過是個虛數，像〈七發〉〈七啓〉都有八章一樣，雖名爲七，並不限於七章。到明楊愼就說得更清楚了。

b 楊愼云：

> 古人說多止於九。《逸周書》云：「左儒九諫於王」；孫武子：「善攻者，動于九天之上；善守者，伏於九地之下」，此豈實數邪？《楚辭》〈九歌〉乃十一篇，〈九辯〉亦十篇，宋人不曉古人虛用九字之義，強合〈九辯〉二章爲一章，以協九數，茲又可笑[49]。

這種以「九」爲虛數的意見，經由汪中「釋三九」的討論之後，更易被人接受了，上文引〈四庫全書總目提要〉批評李光地〈九歌解〉，就也持這種說法。後來

c 馬其昶《屈賦微》云：

> 蓋〈九章〉九篇，〈九歌〉十一篇，九者數之極，故凡甚多之數，皆可以九約之，文不限於九也[50]。

---

[49] 見《楊升菴文集》（台北：商務印書館四庫全書本）卷四十三「九國」條。（一二七〇—三一〇）

[50] 見馬其昶《屈賦微・敘》（台北：廣文書局 一九六三）頁一。

d 陸侃如《中國詩史》中也說；

〈九歌〉名爲「九」而實是十一篇，因爲「九者虛數也」（汪中〈釋三九上〉，〈述學·內篇一〉）故不必拘泥51。

這種說法看起來很通達，免除許多無謂的糾纏。且如〈離騷〉有「雖九死其猶未悔」顯然「九」不能是實數。《楚辭》中還有「九畹」、「九衢」、「九逝」等等也都只是虛數。但是這只能是一種方便的解釋法，因爲我們無從證明它到底是不是虛數？同時這個「九」字是不是指〈九歌〉章數也是問題。而且何以「九歌」不能看成一個複合詞，而必須分開來解釋呢？因此，這未免是一種過於簡單的解釋，並不能令人滿意。

(四)以「九歌」爲襲用舊名的

在上列諸說之外，有些學者主張〈九歌〉是襲用《尚書》、《左傳》及《楚辭》（〈離騷〉、

---

51 見陸侃如《中國詩史》（台北：明倫出版社　一九六九）頁九八。又蘇雪林《屈原與〈九歌〉·〈九歌〉總論》頁一五五引陸書云：「我們須知，九是虛數，爲古書上的通例。〈離騷〉說「雖九死其猶未悔」，難道屈平死了九次？其他如「九天」「九畹」「九遊」「九重」「九子」「九則」「九首」「九衢」什麼東西的數目都是九，難道不能是八？不能是十？我們看了汪中的〈釋三九〉，便不必再來調和「九」與「十一」的差異了。」然今本陸書無此數句不知蘇氏依據的是什麼本子。

〈天問〉）中所載的古樂曲之名。最早提出這一說法的是宋洪興祖的《楚辭補注》，近人游國恩和李嘉言都遠承洪說。不過在解釋上，前者偏重《左傳》的資料，後者偏重《楚辭》的資料而已。至於上文所舉的聞一多和姜亮夫，雖也注意到這一意見，但他們後來的推論偏差甚大（已見上文），所以在這裏不再討論。

洪興祖《楚辭補注》云：

> 按〈九歌〉十一首，〈九章〉九首，皆以九為名者，取簫韶九成、啓九辯、九歌之義。〈騷經〉曰：「奏九歌而舞韶兮，聊假日以媮樂」，即其義也。宋玉〈九辯〉以下，皆出於此[52]。

洪氏這一說不取王逸、張銑的附會，也不從祀神之數上立說，而從古籍中所見的樂曲之名著眼，最為直接。朱熹〈楚辭辨證上〉也曾引用云：「或疑猶有虞夏〈九歌〉之遺聲，亦不可考。」表示不敢確信。而余蕭客《文選音義》則從洪說。近人游國恩認為洪說最妥，他說這證據就在《楚辭》本書之內：

> 按〈離騷〉云：「啓九辯與九歌兮，夏康娛以自縱。」又云：「奏九歌而舞韶兮，聊假日以媮樂。」〈天問〉云：「啓棘賓商，九辯九歌。」可見九歌相傳是夏代的樂歌了[53]。

---

52 同注2。

53 游國恩《楚辭概論》（台北：九思出版社 一九七八）頁六七。

這裏當然有個問題，《楚辭》裏縱然有此〈九歌〉之曲名，如何能證明它們跟〈九歌〉篇名之間的關係？下面分別來看游國恩和李嘉言的解說。

(1)依據《尚書》、《左傳》，認為僅僅是襲取舊〈九歌〉之名的

游國恩《楚辭概論》云：

我們試再從古書裡查考一下，便知最初的「九歌」是怎麼的來歷，而且是這麼一回事。《周禮．春官．大司樂》云：「九德之歌，九韶之舞，於宗廟中奏之。」什麼叫做「九德之歌」？《古文尚書．大禹謨》云：「水、火、金、木、土、穀，惟修；正德、利用、厚生，惟和。九功惟敘，九敘惟歌，……勸之以九歌，俾勿壞。」（按《春秋．文公七年左傳》，亦引此說。又昭公廿年及廿五年《傳》，也都說到「九歌」的名。又按《尚書》云云，本是大禹的話，而屈原以「九歌」爲啓樂，自然是很合的。）然則「九歌」在當初，乃是人民歌頌君主的政績的，即對所謂「六府」「三事」極其滿意而贊美他們的詩歌。他和漢魏以來，含有贊美性的「樂府」相似，或者竟是古代民眾文學之一也未可知[54]。

不過，游氏認爲《楚辭》〈九歌〉與舊有九德之歌，並不是一回事。因其不但篇數不合，連內容也絕對的不同。《楚辭》〈九歌〉是表現祭祀和戀愛的兩種揉合的作品，也全是迷信與

---

[54] 同注[53]，頁六八。

風俗的寫眞。這種新〈九歌〉與九德之歌中間，必有一段變遷史，現在則無從知道了。所以游氏又說：

> 或者那時南方民族單單竊取北方舊有的歌名，來作他們描寫風土的題目，實際上並不相干。那時南方民族的文化程度雖低，然而他的民眾文學卻極能向民俗一方面發展，因此楚國的「新九歌」便產生出來。「新九歌」與「舊九歌」既絕不相同，所以也不必限於九篇之數了[55]。

游氏依據《尚書》和《左傳》等的材料，將所載的〈九歌〉視爲贊美九種善政的詩歌，從這個方向了解的結果，便完全與《楚辭》〈九歌〉不相應。因爲兩者在內容上絕不相同。所以只好把它們一刀兩斷，認爲南方民族「單單」竊取了舊有的北方歌名。這跟姜亮夫「虛擬虞夏以來之舊曲」意思是一樣的。然而問題是這樣恰好可以證明兩者之間，並無必然的關係，又何必去竊取這一舊名？如果是「竊取」，其間就必然是有關係的。由於游說只從內容上的差異著眼，同時又先肯定了《楚辭》〈九歌〉是描寫風土的民歌，忽略了「九歌」的音樂性質和它在「宗廟中奏之」的作用，因而走入歧途，便不能自圓其說了。

(2)依據《楚辭》、《山海經》，認為楚〈九歌〉就是啓〈九歌〉的

---

55 同注53，頁六九。

李嘉言在〈九歌之來源及篇數〉一文中，引《楚辭》〈遠遊〉及〈離騷〉有「九歌」諸句後，並引《讀書雜志》中對於「啓九辯與九歌兮，夏康娛以自縱」的解釋（見後文），然後云：

據此，知啓從天上得到「九歌」之樂，下來便在荒野演奏起來，藉以淫佚自縱。〈大荒西經〉：「開（啓）上三嬪於天。」郭注：「嬪，婦也；言獻美女於天帝。」〈大荒東經〉郭注引《竹書紀年》：「殷王子亥賓於有易而淫焉。」據此，又可知「啓上三嬪於天」，（〈天問〉：「啓棘（急）賓商（帝）《九辯》《九歌》。」）與男女荒淫之事有關。啓因荒淫得「九歌」於天上，復藉「九歌」而荒淫於地下，則啓之「九歌」必係淫靡之樂，可以斷言。楚〈九歌〉既取啓「九歌」之義（洪興祖說），其內容又同爲「褻慢荒淫之雜」，則楚「九歌」縱非啓「九歌」的原來面貌，亦必相去不遠。這是我們最低限度的結論㊺。

李嘉言依據《楚辭》及《山海經》等材料，指出啓「九歌」與《楚辭》〈九歌〉間內容上的相似，要比游國恩的說法合理。雖然他以先承認洪說爲前提，反過來也可以給洪說支持。然而這種內容上的比較，並不是絕對可信的，因爲到底沒有啓「九歌」具體的內容可資

㊺ 見《國文月刊》第五十八期，一九四七。又收入羅聯添編《中國文學論文選集》（台北：學生書局 一九七八 頁一八二—一八三）。下同。

印證。李氏又云：

> 啓得「九歌」於天，這是神話，當然不可信。以楚〈九歌〉觀之，說他是很古的祀神樂章，應該是沒有問題的。

李氏既由甲證乙，現在又由乙證甲，這當然是不夠嚴謹的。啓「九歌」之爲祭神樂章，從《墨子》、《山海經》中所載都可以看出來，不必由楚〈九歌〉來證明的。這將在下文討論。李氏又云：

> 無論是啓之「九歌」或舜之「九韶」，九字應該是代表多數的意思，亦即王逸注〈遠游〉所謂「九成九奏」的意思。……明白了「楚辭」「九歌」就是啓的「九歌」，至少是啓「九歌」之遺；又明白了九即九奏九成，是代表多數的意思，然後可知「九歌」十一篇與其名九，實毫無關係。

李氏指出「九歌」之九與篇數毫無關係，是極好的意見，然而說「九」是多數，卻不盡然。總之，李氏已經接觸到了《楚辭》〈九歌〉可能的來源，卻還有一間未達，因爲他仍然偏重在內容上立論，而沒有從音樂性質和功能上作具體的說明。

游國恩和李嘉言二氏，因爲所依據的資料不同，從而所得的結論也不一致，不過他們對洪興祖的意見都提供了若干詮釋。然而，一方面因爲他們的詮釋過份強調了內容上的異同，一方面他們把經傳和《楚辭》、《山海經》這兩種資料分離來看，所以還留下一些值得討論的問題來。

三、〈九歌〉名義試釋

上文我們把有關〈九歌〉的名義的意見，都盡可能的分別討論過了，所徵引到的諸家異說，雖然不夠全備，主要的意見大致不外乎此。對他們考察的結果，就可以發現〈九歌〉的名義實在是個不易解決的問題。大部份的說法都不能夠使人滿意，尤其是那些對〈九歌〉章數削足適履的辦法。比較之下，第四大類的意見可能性最大，因爲《楚辭》〈九歌〉與古樂曲〈九歌〉之名既相雷同，應該不是偶然的。在內容上也許找不到直接的證據，而從它們的性質及功用上，或者能發現兩者之間的關係。並從而對《楚辭》〈九歌〉有更多的了解。現在我們嘗試從這一個方向作進一步的探討。下面將略分爲三個項目來討論：㈠《楚辭》及《山海經》中所見的〈九歌〉。㈡逸書、《左傳》、《周禮》中所見的〈九歌〉。㈢古〈九歌〉的性質和功能與《楚辭》〈九歌〉。

㈠《楚辭》及《山海經》中所見的〈九歌〉

在最早的古籍中所載的〈九歌〉，姑且可以大別爲兩個系統：一是見於《楚辭》和《山海經》的；一是見於《尚書》、《左傳》和《周禮》等書的。現在先討論前者。

a 見於《楚辭》的：

啓九辯與九歌兮，夏康娛以自縱。不顧難以圖後兮，五子用失乎家巷。〈離騷〉

奏九歌而舞韶兮，聊假日以媮樂。〈離騷〉

啓棘賓商，九辯九歌。〈天問〉

張咸池奏承雲兮，二女御九韶歌。使湘靈鼓瑟兮，令海若舞馮夷。〈遠遊〉

b 見於《山海經》的：

西南海之外，赤水之南，流沙之西，有人珥兩青蛇，乘兩龍，名曰夏后開。開上三嬪於天，得〈九辯〉〈九歌〉以下。此天穆之野，高二仟仞，開焉得始歌九招。〈大荒西經〉[57]

大樂之野，夏后啓於此舞九代[58]，乘兩龍，雲蓋三層，左手操翳，右手操環，佩玉璜。

---

[57] 見郝懿行《山海經箋疏》（台北：藝文印書館 影阮氏琅嬛僊館本）卷一六，頁四三八。

[58] 郝懿行云：「案九代，疑樂名也。《竹書》云：「夏帝啓十年，帝巡狩，舞九招于大穆之野。」〈大荒西經〉亦云「天穆之野，啓始歌九招。」招即韶也。疑九代即九招矣。又《淮南》〈齊俗訓〉云：「夏后氏，其樂夏籥九成」，疑九代本作九成，今本傳寫形近而訛也。」（同注[57]，卷七，頁二九九。）

在大運山北，一曰大遺之野。（海外西經）

《楚辭》和《山海經》中的記載孰爲先後，不易確定，它們同出於一個來源當無問題，這些資料裏都顯示啓跟「九歌」間密切的關係。王逸〈離騷〉《章句》以九辯九歌爲禹樂，並引《左傳》九德之歌爲證，顯然是錯的。洪興祖《補注》就引《山海經》爲說，並且認爲〈離騷〉中的九歌跟〈天問〉的九歌是一回事59。「啓九辯與九歌兮，夏康娛以自縱。」本來就相當於「啓棘賓商（帝），九辯九歌」之句。也就是「開上三嬪天，得九辯九歌以下」的記事。現在徵引兩則注解來說明。

王念孫《讀書雜志》「啓九辯與九歌兮，夏康娛以自縱。不顧難以圖後兮，五子用失乎家巷」條附王引之說云：

洪釋「九辯九歌」，戴（震）釋「康娛」皆郅確矣。其以夏爲夏后氏之夏，則與王注同。今案夏當讀爲下。……即〈大荒西經〉所謂「夏后開上三嬪于天，得九辯與九歌以下。此大穆之野，高二千仞，開焉始得歌九招」者也。郭注引《開筮》曰：「不得

---

59 〈離騷〉「啓〈九辯〉與〈九歌〉兮」洪興祖補注云：「《山海經》云：夏后上三嬪於天，得〈九辯〉與〈九歌〉以下。注云：『皆天帝樂名，啓登天而竊以下用之。』〈天問〉亦云：『啓棘賓商，〈九辯〉〈九歌〉』王逸不見《山海經》，故以爲禹樂。」（同注2，卷一，頁四一）

> 竊辯與九歌，以國於下。」亦其證也。自啓九辯與九歌以下，皆謂啓之失德耳。言啓竊九辯九歌於天，因以康娛自縱於下也。詒謀不善，子姓姦回，故下文有「不顧難以圖後」云云也。《墨子・非樂篇》引武觀曰：「啓乃淫溢康樂于野，飲食將將，銘莧磬以力，湛濁于酒，渝食于野。萬舞翼翼，章聞于天，天用弗式。」《竹書》：「帝啓十年，帝巡守，舞九招于大穆之野。」皆所謂「下康娛以自縱」者也。……[60]

歷來注家都把「啓九辯與九歌」講成贊美「啓」的，王逸又誤「夏康」爲「太康」，遂多不得其解。王引之讀「夏」爲「下」，才發千古之覆，證實這是指「啓」荒淫失德而言。李嘉言就依據此說，認爲啓「九歌」是淫靡之樂，這當然是可以的。但與〈天問〉二句合看，還可以發現更多的問題。臺靜農先生《楚辭天問新箋》「啓棘賓商，九辯九歌」句箋云：

> 按〈大荒西經〉云：……此即本文所述之事實。……棘者，《禮記・明堂位》：「越棘大弓，天子之戎器也。」《小爾雅・廣器》：「棘，戟也。」嬪，郭璞云：「嬪，婦也。言獻美女於天帝。」（〈大荒西經注〉）即古代殺人祭祀也。商，朱駿聲云：「帝之誤字」。（《說文通訓定聲・壯部》）此言啓以美女祭天帝，並執棘而舞，猶「朱干玉戚，冕而舞大武」也。（〈明堂位〉）又〈海外西經〉云：……足證舞時手有所執

[60] 見王念孫《讀書雜志》〈餘編下〉（台北：廣文書局 一九六三）頁一〇四二。

> 也。天帝祭後，因得九辯九歌，故郭璞云：「皆天帝樂名也。開登天而竊以下用之也。」
> 蓋啓在當時，不僅有地上之統治權，且假借神權，溝通天帝，因而成爲半神半人之人物。……[61]

據此，「嬪于天」是一種祭祀天的儀式，並不像李嘉言的了解也是荒淫之意。歸納這些資料和解釋，大致可以得到下面幾點：

第一、這一「九歌」是古樂曲之名，它的來源是啓自天帝那裏竊來的。這種神話，顯然不是事實，只是啓「假借神權溝通天帝」，以神化自己的地位而已。同時，這或者可以暗示九歌之樂是啓製作的─至少是啓那個時代製作的。

第二、這種樂曲既然跟祭祀天帝有密切的關係，它可能有特殊的功用，而不同於一般的音樂，〈大荒西經〉既云「三嬪于天」；《墨子》也說「章聞于天」[62]，所以聞一多云：「九歌韶舞是夏人盛樂，或許只是郊祀上帝時方能使用。啓曾奏此樂以享上帝，即所謂鈞臺之享。」[63]應該是合理的推測。

第三、這種樂曲異常優美，竟然使得啓康娛自縱，荒於政事，終於招致五子作亂內鬨之

---

61 《楚辭天問新箋》（台北：藝文印書館一九七二）頁五二。

62 孫詒讓《墨子閒詁》（台北：世界書局一九五五）頁一六二。

63 同注34，頁二六三。

禍。〈離騷〉「聊假日以媮樂」及〈遠遊〉所言，也都可以作爲樂曲之美的旁證。不過，這是不是可以解釋成跟《楚辭》〈九歌〉「褻慢淫荒之雜」有關，因爲沒有歌辭留傳下來，並不能十分肯定。

第四、據〈大荒西經〉「開焉得始歌九招」之句，「〈九歌〉」似乎就是「九招」，招即韶字(見《山海經箋疏》)。〈離騷〉「奏九歌而舞韶」，則韶是舞名。而〈遠遊〉「九韶歌」，那麼「韶」也是歌名。其間關係並不易辨解。不過〈海外西經〉既云：「夏后啓於此舞九代(成)」，墨子又說：「萬舞翼翼」，則「九歌」與樂舞之間必有密不可分的關係。而或稱「九」歌，或稱「九」招，或稱「九」代(成)，「九」字應跟樂曲有關，不當指歌辭的篇章數目。

這四點裏最值得我們注意的是第二點和第四點。下文再作討論。

(二)見於《左傳》及《周禮》的九歌

見於經典中的九歌，顯然是另成爲一個系統。這幾處的記載，雖然互有異同，基本上卻是一致的，它們都跟政教頌德有關。現在分述如下：

a《左文七年傳》云：

晉郤缺言於趙宣子曰：「……子爲正卿，以主諸侯，而不務德，將若之何？《夏書》

曰：「戒之用休，董之用威，勸之以〈九歌〉，勿使壞。」九功之德，皆可歌也，謂之九歌。六府三事，謂之九功。水、火、金、木、土、穀，謂之六府。正德、利用、厚生，謂之三事。義而行之，謂之德禮。無禮不樂，所由叛也。若吾子之德，莫可歌也，其誰來之？盍使睦者歌吾子乎」[64]？

郤缺所引的《夏書》，恐怕是這一「九歌」的系統裏最早的資料了。（這雖然又見於僞古文《尚書》〈大禹謨〉，自當據《左傳》所引。）既爲《夏書》所載，可能就是出於夏的製作。可惜這資料太簡略，無法從上下文中確定這「九歌」本身的性質和功用。郤缺的解釋也未必就是原意。不過既然說「勸之以九歌」，則「九歌」有獎勸或頌贊之意無疑。只是「九」字不見得如郤缺說爲「九功之德」。這從下面兩則記載裏可以看出來。

b《左昭廿年傳》云：

先王之濟五味和五聲也，以平其心，成其政也。聲亦如味。一氣、二體、三類、四物、五聲、六律、七音、八風、九歌，以相成也。清濁、小大、短長、疾徐、哀樂、剛柔、遲速、高下、出入、周疏，以相濟也。君子聽之，以平其心[65]。

---

64 《左傳注疏》，同注17，卷十九，頁三一八。

65 同注64，卷四九，頁八五九。

c《左昭廿五年傳》云：

> 為六畜、五牲、三犧，以奉五味；為九文、六采、五章，以奉五色；為九歌、八風、七音、六律，以奉五聲[66]。

這兩處提到的〈九歌〉，雖然也是跟政教有關，卻明顯地不是指「九功之德」而言。聞一多就根據這兩則解釋說：

> 《左傳》兩處以九歌與八風、七音、六律、五聲連舉，看去似乎九歌不專指某一首歌，而是歌的一種體裁。歌以九分，猶之風以八分，音以七分。……我們以為早的歌，如其是以九為標準的單位數。那單位必是句，——便是三章，章三句，全篇共九句[67]。

聞氏並參用唐立菴的意見，引用〈臯陶謨〉所載「元首起哉」為證，以為就是〈九歌〉。又云：

> 〈九歌〉既是表明一種標準體裁的公名，則神話中帶猥褻性的啓的九歌，和經典中教

66 同注64，卷五一，頁八八九。

67 同注34，頁二六四。

誨式的元首歌，以及夏書所稱而郤缺解爲「九德之歌」的九歌，自然不妨都是九歌了[68]。

聞氏把「九歌」看成一種「歌的體裁」，頗有問題。因爲古代是否像後世一樣有固定的詩體，是極可懷疑的。聞氏大概是受後世詩有固定體裁觀念的影響，才這樣去揣測的。同時所舉的〈元首歌〉一個孤證，既不能直接證明它就是「九歌」，也不能證明古代有這種固定的體裁。因此，聞說是站不住的，其下文的推論也就不能成立。縱然經典中的九歌和神話中的九歌有某種關聯，也絕不會是「標準體裁的公名」的關係。不過，聞氏專從形式上著眼，看出了九歌的「九」跟「八」風、「七」音、「六」律間的關係，認爲「歌以九分，猶之風以八分」，卻是一種非常可取的見解。因爲唯有從它們共有的性質上看，才能說明它們被並列在一起的理由。這「性質」當然不會是「頌德」方面的。在聞氏的猜測之外，最大的可能，我們認爲「九」是跟歌的曲調有關的數目。下面看《周禮》的記載再作討論。

d 《周禮．大司樂》云：

凡樂圜鍾爲宮，黃鍾爲角，大蔟爲徵，姑洗爲羽，雷鼓雷鼗，孤竹之管，雲和之琴瑟，雲門之舞，冬日至於地上之圜丘奏之。若樂六變，則天神皆降，可得而禮矣。凡

---

[68] 同注[34]，頁二六五。

> 樂函鍾爲宮，大蔟爲角，姑洗爲徵，南呂爲羽，靈鼓靈鼗，孫竹之管，空桑之琴瑟，咸池之舞，夏日至於澤中之方丘奏之。若樂八變，則地示皆出，可得而禮矣。凡樂黃鍾爲宮，大呂爲角，大蔟爲徵，應鍾爲羽，路鼓路鼗，陰竹之管，龍門之琴瑟，九德之歌，九磬之舞，於宗廟之中奏之，若樂九變，則人鬼可得而禮矣[69]。

這裏所謂「九德之歌」，應該是跟《左傳》郤缺說的「九歌」是一種，鄭《注》就以郤缺六府三事之說爲釋。孫詒讓《周禮正義》云：

> 《唐郊祀錄》引《三禮義宗》云：「宗廟之中，又別有九德之歌者，顯宗廟之祭。所歌之詞，皆是揚宗廟之德，故加以九德，彰明先祖之德，章成九功之義。」[70]

也是拿郤缺的「九功之德皆可歌也」來解釋的。雖然一是頌美當政者之德；一是頌揚先祖之德，其爲頌德則一。《周禮》較《左傳》爲晚出[71]，很可能是受了郤缺之言的影響，才直接稱爲「九德之歌」的。如果《周禮》原有所本，則此「九歌」既然用於天神、地祇、人鬼的禘大祭（鄭注：「此三者皆禘大祭也。」），可能跟它原始的功用有關。另則，此處「九德之歌」

[69] 孫詒讓《周禮正義》（台北：藝文印書館影楚學社本）卷四十三，頁四二五五。

[70] 仝上注，頁四二六七。

[71] 張心澂《僞書通考》謂是戰國前期作品。（台北：明倫出版社 一九七〇）頁三二二三。

與「九磬之舞」、「若樂九變」連言，正可以從而探索「九」字的意義。

《周禮正義》又云：

> 經云樂六變、八變、九變者，皆謂金奏升歌，下管閒歌，合樂與舞諸節，各如數而小成。如九德之歌即升歌之九終；九磬即舞之九變也㉗。

所謂「終」、「成」、「變」、「奏」都是指一個曲調奏完之後更奏的意思，則九終、九變自是就曲調之變奏而言。《尚書・皋陶謨篇》「簫韶九成」，孫星衍《尚書今古文注疏》云：「是知舜紹堯作樂名韶，以有九成，謂之九韶。」㉘周禮的「九磬」也就是尚書的「九韶」（或作「九招」，磬，招都是「韶」的假借字㉙。），「韶」有九成跟歌有「九終」，意義應該是一

---

72 見《周禮正義》卷四三，頁四二六三。孫氏又云：「鄭注云：『變猶更也。樂成則更奏也』者，說文部云：『變，更也。』《文選》〈東京賦〉薛綜注云：『凡樂一變爲一成，則更奏。』《玉海・音樂》引《三禮義宗》云：『凡樂九變者舞九終，八變者舞八終，六變者舞六終。』終，成也。賈疏云：『燕禮云終，尚書云成，此云變，孔注尚書云九奏而致不同者，凡樂曲成則終，終則更奏，各據終始而言，是以鄭云樂成則更奏也。』」（卷四二，頁四二四七。）

73 《尚書今古文注疏》（台北：廣文書局一九六二）卷二，頁九五。

74 《周禮正義》云：「段玉裁云：『經典舜樂，字皆作韶，惟此作磬。考《說文》革部，鞀或作鞉，或作鼗，籀文作磬，從殸召聲。是則《周禮》爲古文假借字也。』案段說是也。後主及保氏注並作大

樣的。孫詒讓雖然沒有直接說「九德之歌」的「九」是「九終」之義，（因爲他還丟不掉那個「德」字）。但這暗示非常強烈。證以孫星衍對「九韶」的解釋，「九歌」之「九」，非是曲調的「九終」之義不可。這樣就可以說明上引《左傳》昭公廿年及廿五年兩則記載，爲什麼以「九歌」與「八風」、「七音」、「六律」並列的緣故。原來奏樂和歌、舞在古代祭禮中，是互相配合的。《周禮・大司樂》云：

以六律、六同、五聲、八音、六舞大合樂以致鬼神示，以和邦國，以諧萬民，以安賓客，以說遠人，以作動物。乃分樂而序之，以祭以享以祀。乃奏黃鍾，歌大呂，舞雲門，以祀天神；乃奏大蔟，歌應鍾，舞咸池，以祭地示；乃奏姑洗，歌南呂，舞大磬，以祀四望；乃奏蕤賓，歌函鍾，舞大夏，以祭山川；乃奏夷則，歌小呂，舞大濩，以享先妣；乃奏無射，歌夾鍾，舞大武，以享先祖[75]。

孫詒讓《周禮正義》云：「經凡以奏與歌對文者，奏並謂金奏；歌並謂升歌。奏以九夏，歌則以三百篇之詩。〈小師〉注云：『歌依詠詩也。』《初學記》〈樂部〉引《韓詩章句》云：

韶，用正字也。《漢書禮樂志》又作招。《墨子・三辯》、《莊子・至樂》、《列子・周穆王》、《呂氏春秋・古樂》、《淮南子・齊俗》、《史記・五帝本紀》、《山海經・大荒西經》、並有九招。《史記・李斯傳》『昭虞武象』字又作昭，招、昭亦並韶之借字云。」（卷四二，頁四一八七—四一八八。）

75 同前注，頁四一九二—四二四二。

『有章曲曰歌。』蓋其律調，則此經奏黃鍾歌大呂等是也。」⑯這樣看來，歌大呂、歌應鍾……等，即是以大呂、應鍾爲調的意思。至於歌的內容，則可以從三百篇中選用，並不是固定的。而「九德之歌」在內容上或者是頌揚功德的歌辭，「九」字卻是從曲調的變奏說的。「歌」調的九終和「韶舞」、「樂」的九變是相諧調的。因此，「九」所指的就可能是「實數」而非「虛數」。汪中〈釋三九〉云：

一奇二偶，一二不可以爲數，二乘一則爲三，故三者，數之成也。積而至十，則復歸於一。十不可以爲數，故九者數之終也。於是先王之制禮，凡一二之所不能盡者，則以三爲之節，三加三推之屬是也。三之所不能盡者，則以九爲之節，九章、九命之屬是也。此制度之實數也⑰。

所謂古書中的三九，並不能全屬之虛數。在禮樂制度上，很多用九的地方，往往是實數，《周禮》裡就有九事、九正、九祭、九式、九戎、九畿、九命、九禁、九節、九等、九貢、九德、九旗、九禮、九州、九牧……等名稱，這是不能用「言語之虛數」來了解的。汪中自己分辨得很清楚，只是有的學者僅取其一端，不曾全部加以注意罷了。九歌既屬於「九終」

---

⑯ 同前注，頁四二一三。

⑰ 見汪中《述學》〈內篇〉一。（台北：世界書局 一九六二）

的禮樂之制，所以也極可能是實數。不過這實數是指曲調之數，跟歌辭的章數沒有必然的關係。上引孫詒讓的話就說過三百篇都是可歌的，（即所謂：「奏以九夏，歌則以三百篇之詩。」）[78]但是樂的曲調卻沒有這麼多。這樣看，九德之歌也可以不限於九首歌辭了。

歸納以上討論的結果，對於夏書、《左傳》、《周禮》這一系統的〈九歌〉，可有下面的認識：

第一、這種「九歌」最早既是見於「夏書」，它可能就出於夏代的製作。

第二、這種「九歌」的功用，大致可分兩種：一是夏書中對人的勸勉之用，或者如郤缺的解釋—對於當政者的贊美之辭；一是在禘大祭中用為頌揚祖先之德。這兩者都是出於政教上的作用。

第三、從上面b、c、d三則記載來看，〈九歌〉的「九」字，並非指六府三事的九功之德，而是指曲調終、變的數目。這可能是實數，無論如何跟歌辭的章數多少沒有關係。《周禮》所以稱為「九德之歌」，可能是受了《左傳》郤缺解釋的影響，偏重在它頌揚祖德之用的緣故。

第四、以〈九歌〉與九磬（韶）之舞、樂之九變合言，足見它們都是變化繁富的樂曲。

---

[78] 《周禮注疏》（台北：藝文印書館十三經注疏本）「瞽矇…掌九德六詩之歌」。（卷二十三，頁三五八）六詩指風雅頌賦比興而言。

《論語·八佾篇》「子謂韶盡美矣，又盡善也。」又〈述而篇〉「子在齊聞韶，三月不知肉味，不圖爲樂之至於斯也。」又〈衛靈公篇〉「樂則韶舞」[79]，韶既爲至美的音樂（此當是有樂有舞），〈九歌〉之爲盛樂亦從而可知。

㈢古九歌的性質和功能與《楚辭》〈九歌〉

從以上兩節對於記載「九歌」的兩大系統考察過之後，我們發現這兩類看來差異很大的記載，其間關連卻似有蛛絲馬跡可尋。

第一，《楚辭》《山海經》所載的是「啓九歌」，《左傳》所載的則是「夏九歌」，二者製作時代相近。

第二，「啓九歌」常與「九韶」樂舞混淆不清；經典「九歌」與九韶之舞合言。這顯示兩者之間有非常近似的音樂性質。

第三，它們同爲至美的盛樂。這些相似點，已經可以看出這兩類「九歌」並不是互不相干的。

至於看來最不相同的地方是他們的功用，啓「九歌」是作爲郊祀上帝的樂章，而經典「九歌」則爲政教上的頌德之用。不過，這一點仍然是可以解釋的。因爲在原始宗教裡祭祀

---

[79] 並見《論語注疏》（台北：藝文印書館十三經注疏本）。

上帝和崇拜祖先是分不開的，在音樂製作上也就含有祀神與頌德兩面的用意。試看《呂氏春秋・古樂篇》的記載：

> 帝顓頊……乃令飛龍作效八風之音，命之曰承雲，以祭上帝。……帝嚳命咸黑作爲聲歌，九招、六列、六英……帝嚳大喜，乃以康帝德。帝堯立……瞽叟乃拌五弦之瑟，作以爲十五弦之瑟，命之曰大章，以祭上帝。……帝舜乃令質修九招、六列、六英，以明帝德。禹……於是命皋陶作爲夏籥九成，以昭其功。……湯乃命伊尹作爲大護，歌晨露，修九招、六列，以見其善。……周公旦乃作詩曰……以繩文王之德。武王即位，以六師伐殷，……歸乃薦俘馘于京太室，乃命周公爲作大武。……故樂之所由來尚矣，非獨爲一世之所造也[80]。

《呂氏春秋》的記載，雖然不能盡信，而作樂以祭上帝和彰顯功德的功用，則是極爲可能的。這裡面同時顯示一種現象，就是愈古之樂，愈明言祭祀上帝，而夏商周之世，則僅說頌功德，這並不是後世不祀上帝，而是重心轉移了。原始宗教裡以神爲主的觀念在逐漸減弱，而人文意識漸爲增強。這種現象只是從長期的歷史發展上，大體看來如此，並不是如《呂覽》

[80] 《呂氏春秋・古樂》（台北：世界書局 一九五五）頁五二—五三。

所記由夏代開始。實際上到西周之後，這人文意識才更特別凸顯出來[81]。基於這種了解，我們可以推測：啓九歌與夏書九歌以至《周禮》九歌，可能是同一「九歌」的演變和分化。啓九歌還是以原始宗教中祭祀上帝爲主要功能，不過也被啓用爲康娛自縱的享受。到後世政教意味轉濃之後，這種「九歌」一方面作爲頌美當政者的功德（如《左傳》），一方面還保留在整個禘大祭裡，不過縮減爲頌揚祖先之德（如《周禮》），這在中原文化地域裡，可說是極自然的發展。而啓九歌的原始面貌則潛隱入神話和傳說之中，而被好巫尚祀的楚文化系統保存了下來。當然這並不是說啓九歌的曲調留傳了下來。在中原文化地域裡經過歷代的損益演變之後，固然不是原貌；在楚文化地域裡也不過只是有關於這個曲名和性質的傳說而已。這一推測的目的，並不是爲強行牽合兩種不同的東西，而是想從有限的文獻中，由於彼此補足的結果，才可看出「九歌」原來的性質和功用，發現它跟《楚辭》〈九歌〉的關係，進而釐清《楚辭》〈九歌〉名義的問題。

如果上面的推測能夠成立，就可以大致總結說：古代的九歌，本來是夏代的盛樂，它的功用是爲郊祀上帝，或者是天子所行的禘大祭中所用。「九」是指曲調變化的繁富而言，如「九韶」之爲「九成」，它可能是個實數，而跟歌辭的章數無關。

[81] 參看傅斯年《性命古訓辨證》第二章〈周初之天命無常論〉第一節「人道主義之黎明。」（《傅孟眞先生集》臺灣大學印行一九五二）頁三九一。

基於這種了解，我們發現古「九歌」與《楚辭》〈九歌〉間的關係，既不像游國恩說的：楚人僅僅竊取北方民族的歌名；也不如姜亮夫說的：虛擬諸夏以來之舊曲，而極可能是李嘉言指出的承襲在楚地流傳的「啓九歌」之名。但是卻不像李氏那樣單純的想成：都是淫靡之樂。而是由於類似的音樂性質和祀神的功能才襲用的。也就是說，《楚辭》〈九歌〉跟古〈九歌〉同樣是在郊祀大祭裡使用的。這一點必須再加以說明。

歷來《楚辭》的注家，大都認爲《楚辭》〈九歌〉是出於楚國沅湘之間信鬼好祀的民俗，這是受了王逸的影響。王逸〈九歌章句序〉云：

> 〈九歌〉者，屈原之所作也。昔楚國南郢之邑，沅湘之間，其俗信鬼而好祠；其祠必作歌樂鼓舞以樂諸神。屈原放逐，竄伏其域，懷憂苦毒，愁思沸鬱，出見俗人祭祀之禮，歌舞之樂，其詞鄙陋，因爲作〈九歌〉之曲，上陳事神之敬，下見己之冤結，託之以諷諫[82]。

王逸把祀神看成是楚地民間的風俗，而以〈九歌〉爲屈原所作。朱熹《集注》大致承其說：

> 〈九歌〉者，屈原之所作也。昔楚南郢之邑，沅湘之間，其俗信鬼而好祀，其祀必使

---

82 同注2，頁九八。

巫覡作樂歌舞以娛神。蠻荆陋俗，詞既鄙俚，而其陰陽人鬼之間，又或不能無褻慢淫荒之雜。原既放逐，見而感之，故頗為更定其詞，去其泰甚，而又因彼事神之心，以寄吾忠君愛國眷戀不忘之意。是以其言雖若不能無嫌于燕妮，而君子反有取焉[83]。

朱熹跟王逸同樣認爲〈九歌〉是沅湘民間的祀神之樂，不過卻以〈九歌〉之辭是屈原改寫的，這就暗示了說原始的〈九歌〉是出自民間。後來的學者，有的便承朱子之說，更進一步主張〈九歌〉是民歌跟屈原也毫無關係了。胡適在〈讀楚辭〉[84]中早就提出這一意見來，游國恩[85]、陸侃如[86]等人都信從其說，幾成定論。只有孫作雲獨持不同的意見。他認爲〈九歌〉是楚國國家的祀典樂章，與平民無關。在〈九歌非民歌〉[87]一文中，他曾列舉三項證據，以證明此說。

第一是以《周禮》、《禮記》中所載天子諸侯祭天神、地祇、人鬼之大祭，證其與〈九歌〉所祀諸神一般性質相類。又以〈封禪書〉、《漢書·郊祀志》及《禮記》等，分別證

---

[83] 同注[3]，卷二，頁一。
[84] 《胡適文存》（台北：遠東圖書公司一九五三）第二集，頁九一。
[85] 《楚辭概論》第二篇第二章有說。（台北：九思出版社一九七八）頁七二—七八。
[86] 《中國詩史》古代詩篇三有說。（同注[51]）頁一〇六—一〇九。
[87] 同注[19]。

〈九歌〉諸神均爲郊祀對象。第二是比較〈九歌〉與漢〈郊祀歌〉，指出二者在語言、結構、祀神三方面之雷同或類似，證漢郊祀歌乃脫胎於〈九歌〉。〈郊祀歌〉既爲國家之祀典樂章，〈九歌〉也應該是的。第三則從文學上證〈九歌〉之文學藝術非平民所能有，如〈郊祀歌〉爲司馬相如等作，〈九歌〉亦非民間作品。

孫氏這一創見極有意義，他的舉證也很詳確。其第三項或可有異議，然與本文關係不大，可置毋論。姑舉其第一項中一二主要論據，以概其餘。

《周禮》〈大宗伯之職〉：

> 掌建邦之天神人鬼地示之禮，以佐王建保邦。以吉禮事邦國之鬼神示，以禋祀祀昊天上帝，以實柴祀日月星辰，以槱燎祀司中、司命，飌師、雨師，以血祭祭社稷五祀五嶽，以貍沈祭山林川澤，以疈辜祭四方百物，以肆獻祼享先王，以饋食享先王，以祠春享先王，以禴夏享先王，以嘗秋享先王，以烝冬享先王[88]。

（《禮記》〈曲禮下〉、〈王制〉、〈祭法〉，均有類似的記載，今略）而〈九歌〉諸神如加以分類，正合於《周禮》天神（東皇太一、東君、雲中君、大司命、少司命）、地祇（湘君、湘夫人、河伯）、

---

[88] 同注[69]，卷三三，頁三一二七—三一三一。

人鬼（山鬼[89]、國殤）的郊祀大祭的對象。

因爲或者會有人懷疑《周禮》的禮制不適於楚，孫氏又舉《國語・楚語》楚人之言爲證：

（觀射父曰）「古者先王日祭月享，時類歲祀。諸候舍日，卿大夫舍月，士庶舍時。天子徧祀群神品物，諸候祀天地、三辰及其土之山川。卿大夫祀其禮，士庶人不過其祖。」[90]

根據這一記載，他說：「士庶人不過其祖，可知〈九歌〉的天神、地祇、人鬼，確非平民所能祭的了。」孫氏另外又個別的討論諸神應爲人君所祀，大致也無問題，不再具引。而在孫氏舉出的證據之外，我們還可以補充兩個旁證。

(1)〈九歌〉〈東皇太一〉首句「吉日兮辰良」，王逸注：「擇吉良之日。」據《周禮・大宗伯》云：

凡祀大神，享大鬼，祭大示，師執事而卜日。宿眡滌濯，涖玉鬯，省牲鑊，奉玉齍，

---

[89] 孫氏以「山鬼」爲「高唐神女」，即楚國之先妣，故列爲人鬼。此恐不妥。（參看注[87]）然孫氏又謂「山鬼」可指「巫山之神」，則此應列入地祇類中。孫氏另有〈九歌山鬼考〉一文，見《清華學報》十一卷第四期。

[90] 見《國語・楚語下》（台北：臺灣商務印書館一九五六）卷十八，頁七五。

詔大號，治其大禮[91]。

可見這是國之大祭，才隆重的占卜擇吉日舉行。

(2)〈九歌〉〈東皇太一〉有「瑤席兮玉瑱」，〈湘夫人〉有「白玉兮爲瑱」之句。據《周禮・天府》：

凡國之玉鎭，大寶器藏焉，若有大祭大喪，則出而陳之，既事，藏之[92]。

鄭注云：「玉鎭，大寶器，玉瑞玉器之美者，禘祫及大喪陳之以華國也。故書鎭作瑱。鄭司農云：『瑱，讀爲鎭。』」「鎭」既然是屬於國家的大寶器，不屬於民間所有。〈九歌〉這種祭祀就必然是國家的祀典，其爲楚國的郊祀歌是極可能的。另外如〈國殤〉既稱「國」，分明爲死於國事者，除非是國家祭祀的大典，一般人民是沒有理由致祭的。

從這許多證據看來，孫作雲的意見是可以成立的。聞一多也同意〈九歌〉是楚國的郊祀樂章[93]。因此，如果拿上文討論古九歌的結果來相對照，就可以發現兩者之間的關係了。我們認爲古九歌本是夏代的盛樂，而特別被用在郊祀上帝，或者祭天神、地祇、人鬼的禘大祭

[91] 同注[69]，卷三五，頁三三九四。

[92] 同前注，卷三八，頁三七八一。

[93] 同注[34]，頁二七六。

之中的。現在孫作雲既已證明楚〈九歌〉是楚國國家祀典的樂章，那麼，它們名稱之所以相同，顯然是基於樂曲的性質和功能的類似。是楚人有意來襲用舊名，而不是偶然的巧合。這樣，我們從追溯古九歌之名的淵源和演化，跟孫作雲從考證楚〈九歌〉的祀典性質，所獲的結論是一致的。而對〈九歌〉名義的問題也就有了比較合理的解答。

此外，應該注意到兩種「九歌」名稱的相同，固然有其意義，卻不是說它們的樂曲也是相承的。楚〈九歌〉的製作自然有其時代和風俗的影響。《太平御覽》五二六引桓譚《新論》曰：

> 昔楚靈王驕逸輕下，簡賢務鬼，信巫祝之道，齋戒潔鮮，以事上帝，禮群神，躬執羽紱，起舞壇前。吳人來攻，其國人告急，而靈王鼓舞自若，顧應之曰：「寡人方祭上帝，樂神明，當蒙福佑焉。」不敢赴救，而吳兵遂至，俘獲其太子及后姬，甚可傷[94]。

楚靈王這種「事上帝，禮群神」，「鼓舞自若」正是〈九歌〉祀典的現實寫照。而從《漢書·郊祀志》載谷永上書成帝云：

---

[94] 《太平御覽》（台北：新興書局 一九五九）頁二三九一。

> 楚懷王隆祭祀，事鬼神，欲以獲福助卻秦師[95]。

馬其昶《屈賦微》承何焯之言，以「懷王撰辭告神，舍原誰屬。」[96]所以說〈九歌〉是屈原作的，並沒有確實的證據。不過，這同樣顯示楚國宮廷祭祀鬼神的事實。而在這種環境之下產生〈九歌〉，要比「出見俗人祭祀之禮」後爲作的可能大得多了。《呂氏春秋・侈樂篇》說：「楚之衰也，作爲巫音。」[97]大概就是指〈九歌〉這類樂章而言的。「〈九歌〉諸神，或爲天神，或爲地祇，或爲人鬼，實在都是巫歌。」[98]這楚人的新製〈九歌〉跟原始九歌間，想必有很大的距離。

同時，楚國宮廷之外，民間巫風尤盛。《漢書・地理志下》稱楚國「信巫鬼，重淫祀。」[99]可見民間必有「歌舞以娛諸神」的祀典。不過不像〈九歌〉這樣隆重地把「大寶器」也陳列出來，遍祀天地山川之神已。就這一點推想，作爲國家祀典所用的〈九歌〉，固然不是民

---

[95] 王先謙《漢書補注》（台北：藝文印書館 四史本）卷二五下，頁五六四。

[96] 馬其昶《屈賦微》卷上云：「史稱原…嫻於辭令，…當時爲文，要無出原右者。彼懷王撰辭告神，舍原誰屬哉。」又謂：「懷王十一年，楚爲從長，攻秦。十六年，絕齊和秦。旋以怒張儀故，復攻秦，大敗於丹陽，又敗於藍田。懷王事神欲以助卻秦軍，在此時矣。」（同注[50]）頁一〇。

[97] 同注[80]，頁四八。

[98] 見注[19]。

[99] 同注[95]，卷二十八下，頁八六一。

歌，而在內容或風格上，受到民間這一類祭歌的影響，卻不是不可能的。所謂「其陰陽人鬼之間，又或不能無褻慢淫荒之雜」，正顯示出楚俗中對於鬼神的觀念。如果說〈九歌〉出於民歌，也只能從這一角度去了解，和「〈九歌〉」的原有性質，卻是不相干的。

四、結論

在上文中，我們首先檢討了諸家對於〈九歌〉名義的意見。發現這所以形成爲一個複雜的問題，基本上起於兩種誤解：第一是誤解了〈九歌〉的「九」字。大多數的學者接受了王逸「祠祀九神」的暗示，致力於把〈九歌〉十一章湊合成與「九」相符的數目。因此產生種種削足適履的辦法。然而無論他們是用「刪除」、「合併」的方式，或者從舞曲的結構上來解說，都是建立在一個錯誤的前提上，必然不能得到確定的結論。至有學者將「九」視爲「虛數」，也同樣只爲求消除篇名與章數不合的現象，而對於「九歌」實質意義的了解，不能有所幫助。第二是誤以〈九歌〉出於楚地的民俗，也是受了王逸〈九歌章句序〉的影響。所以雖然提出了〈九歌〉是因襲舊名的主張，卻只說成單單虛擬，而不能給予合理的解釋。〈九歌〉的名義還是鬱而不彰。

爲了廓清這些誤解，本文分別追溯《楚辭》、《山海經》與《左傳》、《周禮》中所曾出現的〈九歌〉舊名，探討這些古〈九歌〉的原始性質和功能，從而發現楚〈九歌〉跟它們的關係。然後證明其所以承襲舊名，乃是因爲樂曲的性質和祀神功能上的類似，並不是任意採用的。總括起來，可有下面三點結論：

一、〈九歌〉是襲用古九歌（可能就是〈離騷〉，〈天問〉中的啓九歌）的舊名。

二、〈九歌〉是繁富的樂曲，「九」字是指音樂曲調變奏之數，與歌辭章數無關。

三、〈九歌〉是楚國國家祀典中的祭神樂章，或郊祀歌。不是沅湘之間的民間祭歌。

這三點或者不足以完全解答〈九歌〉名義的問題，不過藉此我們可以對〈九歌〉一篇的性質增加若干層面的認識，而免於陷入前人爭議的漩渦裡，僅僅從篇章數目的末節上索解。也許有人會覺得把〈九歌〉看成廟堂之上的郊祀樂章，會使〈九歌〉裡的浪漫精神減色。其實不然，因爲楚國的國家祀典中，本就充滿「巫音」和神祕的色彩，而跟啓竊自天上的神話聯想在一起，反而更增強了〈九歌〉的浪漫氣氛。

最後要說的是本文徵引他人的意見中，常提到〈九歌〉作者的問題，如王逸認爲屈原所作；朱子認爲屈原改作；近人主張〈九歌〉爲民歌的多半不承認是屈原作的；而主非民歌的則又認爲是屈原之作。……這是一個更複雜的問題，因爲不屬於本文的範圍，所以在這裡暫不討論。（請參看本書第肆篇〈析論《楚辭·九歌》的特質〉一文。）

【原載《書目季刊》第十卷第二期（台北：學生書局）頁一—二二，一九七六年六月。】

肆、析論《楚辭・九歌》的特質

一、〈九歌〉諸說檢視

《楚辭・九歌》這一組作品，雖然也被編在《楚辭》之中，具有楚語、楚聲、楚地、楚物等特色，但它不同於〈離騷〉、〈九章〉的抒寫自我情志，也異於〈天問〉、〈招魂〉的形式，這或者是由於〈九歌〉負有祭祀的功用，使其別具一格。就因爲〈九歌〉既具祭祀功用，而其中卻又摻合著恍惚迷離的抒情內容及不易確定的結構形式，遂使歷來《楚辭》注家或學者，對〈九歌〉的意見所持不一，而紛紜其說。茲概略歸納如下：

(一)託諷說

王逸、朱熹都把〈九歌〉與屈原的遭際聯想在一起，視〈九歌〉爲屈原託以諷諫，表現其忠愛眷戀之情的作品❶。實際上，多爲迂曲附會，推論過當❷。王夫之曾批評王逸說：

❶ 王逸〈九歌章句序〉、見洪興祖《楚辭補註》（台北：藝文印書館 一九八六）卷二，頁九八。又王注〈東皇太一〉「君欣欣兮樂康」句云：「言己動作衆樂合會，五音紛然盛美，神以歡欣猒飽喜樂，則

「未有方言此而忽及彼，乖錯瞀亂可以成章者。」❸然而王夫之雖能「順理詮定，不取形式舛盭之說」❹較爲客觀，卻仍牽附〈湘君〉「駕飛龍兮北征，邅吾道兮洞庭」語，作爲屈原實有時、地之證❺，至於林雲銘《楚辭燈》以〈九歌〉各篇皆屈子自道；迎神，乃屈子自迎；祭神，乃屈子自祭❻。專說屈子言外之旨論其辭事，更是拘泥。細察〈九歌〉歌辭所顯露的，絕少託諷的涵義。

㈡記事說

戴震的《屈原賦注》，仍然認爲〈九歌〉寓有言外之旨，而他卻主張〈九歌〉非祀神所

身蒙慶祐，家受多福也。」釋爲歡樂的場面及神享神佑之意，原無問題。而下文忽轉接云：「屈原以爲神無形聲，難事易失。然人竭心盡禮，則歆其祀而惠以祉。自傷履行忠誠以事於君，不見信用，而身放棄，遂以危殆也。」（頁一〇一）實際上，在〈東皇太一〉的歌辭裡，曷嘗有「自傷」、「危殆」之意。

❷朱熹《楚辭集註・九歌序》（台北：藝文印書館　一九五六）卷二，頁一。又〈河伯〉篇末朱氏注云：「三閭大夫豈至是而始歎君恩之薄乎？」也是推論過當，因爲在〈河伯〉一篇中，絲毫看不出「三閭大夫」的影子。

❸見《楚辭通釋・九歌序》（台北：廣文書局　一九六三）卷二，頁二五。

❹同注❸。

❺《楚辭通釋》云：「原時不用，退居漢北，故〈湘君〉有北征道洞庭之句。」（同注❸）。

❻林雲銘《楚辭燈》（台北：廣文書局　一九六三）卷之二，頁二。

歌，乃是記述祀典之作❼。劉永濟最贊同戴氏此論❽，以〈九歌〉爲記述巫的迎神之狀。但如〈湘君〉篇有「美要眇兮宜修，沛吾乘兮桂舟」、「駕飛龍兮北征，邅吾道兮洞庭」，此二「吾」字，由歌辭上下文義推析，極顯明地是出自不同身份的口吻❾，應是迎神者及被迎者的自稱。又如〈大司命〉「廣開兮天門，紛吾乘兮玄雲」、「吾與君兮齋速，導帝之兮九

---

❼ 戴震《屈原賦注》（上海：商務印書館 一九三五）卷二，在〈九歌〉各篇題下所釋如：
〈東皇太一〉：屈原就當時祀典賦之，非祠神所歌也。（頁一三）
〈雲中君〉：殆戰國時有增入祀典者，故屈原得舉其事賦之。（頁一四）
〈東君〉：此歌備陳樂舞之事，蓋舉迎日典禮賦之。（頁二〇）
〈國殤〉：歌此以弔之，通篇直賦其事。（頁二三）
〈禮魂〉：既言人鬼之有常祀者，亦直賦其事。（頁二三）

❽ 劉永濟《屈賦通箋》（台北：學生書局 一九七二）卷三〈九歌解題〉第一云：「〈九歌〉爲賦巫迎神之事，殆爲可信。蓋歌辭中多言巫神交接之事……足證〈九歌〉中所言歌舞之事，皆述巫迎神之狀，而絕非祠祀所用之文。」（頁六五）

❾ 戴震把二「吾」字，都解釋成「巫」之言，謂「此章託爲巫與神期約而候之不至，故曰湘君猶豫不行，爲誰留於中洲乎？我脩飾美好，乘舟往迎，則願無波濤之險。」（同注❼，頁一四）又以「飛龍，舟名。」（頁一五）駕飛龍北征是承上迎神而言。按：據〈雲中君〉「龍駕兮帝服」、〈大司命〉「乘龍兮轔轔」、〈東君〉「駕龍輈兮乘雷」、〈河伯〉「駕兩龍兮驂螭」，「龍」皆爲神所乘者，所以〈湘君〉中「駕飛龍兮北征，邅吾道兮洞庭」的「吾」，是〈湘君〉的自稱。

坑」，兩個「吾」字也是稱代不同的身份⑩。這樣在一篇之中，至少有兩個不同身份以「吾」自稱，極似對話的形式。假如〈九歌〉是記述神、巫交接，而竟如此「直賦其事」，就未免夾纏不清令人費解了。下面且列舉一首「直賦其事」的祀典詩來做一察看，如《詩經》〈小雅．楚茨〉：

楚楚者茨，言抽其棘。自昔何爲？我蓺黍稷。我黍與與，我稷翼翼。我倉既盈，我庾維億。以爲酒食，以享以祀，以妥以侑，以介景福。濟濟蹌蹌，絜爾牛羊，以往烝嘗。或剝或亨，或肆或將。祝祭于祊，祀事孔明。先祖是皇，神保是饗。孝孫有慶。報以介福，萬壽無疆。執爨踖踖，爲俎孔碩。或燔或炙，君婦莫莫。爲豆孔庶，爲賓爲客。獻醻交錯，禮儀卒度，笑語卒獲，神保是格。報以介福，萬壽攸酢。我孔熯矣，式禮莫愆。工祝致告，徂賚孝孫。苾芬孝祀，神嗜飲食。卜爾百福，如幾如式。既齊既稷，既匡既勑。永錫爾極，時萬時億。禮儀既備，鐘鼓既戒。孝孫徂位，工祝致告。神具醉止，皇尸載起。鼓鐘送尸，神保聿歸。諸宰君婦，廢徹不遲。諸父兄弟，備言燕私。樂具入奏，以綏後祿。爾殽既將，莫怨具慶。既醉既飽，小大稽首。

⑩ 戴震在前句注云：「言神乘玄雲而行也。」（同注⑦，頁一七）注後一句：「言己從神以佐天帝也。」（頁一八）則前者指神而言，後者則非神。

神嗜飲食，使君壽考。孔惠孔時，維其盡之。子子孫孫，勿替引之⑪。

這是一首豐年祭的直接描述。除了豐富的飲食祭品以外，神保、工祝、君婦、孝孫、諸父兄的活動行為，音樂的伴奏以及神來、神享、神去的儀節等等，如此之作，才可以稱為「就當時祀典賦之，非祠神所歌。」而〈九歌〉的歌辭，顯然不是這種客觀態度的記述，所以戴、劉二氏之說很難成立。

(三)民歌說

清代以前注家，大抵丟不開〈九歌〉與屈原的託諷關係。民國以後，才有許多學者提出新的主張，認為〈九歌〉是民歌。而民歌之說又可分為兩類：

1. 民間宗教舞歌或祭歌

胡適在〈讀楚辭〉中稱〈九歌〉「是當時湘江民族的宗教舞歌。」⑫對於這一假設，胡

⑪ 見屈萬里先生《詩經釋義》（台北：中華文化事業出版委員會　一九五五）頁一七九。

⑫ 《胡適文存》（台北：遠東圖書公司　一九五三）第二集〈讀楚辭〉云：「〈九歌〉與屈原的傳說絕無關係。細看內容，這九篇大概是最古之作，是當時湘江民族的宗教舞歌。」（頁九四）

氏並沒有提出論據來。後來陸侃如在《中國詩史》中，用了很長的篇幅來討論：〈九歌〉是屈宋的先驅，是民間祭歌。但是他的證明，並不是出自直接的資料，多爲間接的推論⑬。

2.〈九歌〉中包含戀歌與祭歌

容肇祖曾堅持〈九歌〉是民歌的主張，他把〈九歌〉分成兩部份，一部份爲戀歌；一部份爲祭歌⑭。游國恩則分〈九歌〉爲兩組，意見與容氏相符⑮。他們硬將〈九歌〉給拆散開了。但是他們所認爲的〈湘君〉、〈湘夫人〉、〈大司命〉、〈少司命〉、〈河伯〉、〈山鬼〉六篇是情歌而非祭歌，那麼「駕飛龍兮北征」（〈湘君〉）、「乘赤豹兮從文狸」（〈山鬼〉）的主人是誰呢？又有誰能「登九天兮撫彗星」（〈少司命〉）？而那些「靈之來兮如雲」（〈湘夫人〉）、「靈衣兮被被」（〈大司命〉）、「靈何爲兮水中」（〈河伯〉）等等的「靈」又

---

⑬ 陸侃如《中國詩史》（台北：明倫出版社 一九六七）頁一〇五—一〇九。

⑭ 容肇祖《中國文學史大綱》云：「〈九歌〉便是當日湘江民族的民間歌謠，和屈原的傳說絕無關係。這十一篇大概是最古之作。其中可分爲兩部分：一部分是民間戀歌，如〈湘君〉、〈湘夫人〉、〈大司命〉、〈少司命〉、〈河伯〉、〈山鬼〉六篇；一部分是民間祭歌，如〈雲中君〉、〈國殤〉、〈東君〉、〈東皇太一〉、〈禮魂〉五篇」（台北：臺灣開明書店 一九七〇）頁四十五。

⑮ 游國恩《楚辭概論》將〈九歌〉分成兩組，即情歌與祭歌。（台北：九思出版社 一九七八 頁八五—九二）

如何來解釋？這可不辯自明的。

以上所列舉的學者，雖然他們不免於主觀的臆斷，而忽略了〈九歌〉在文學上成熟的藝術性，但是他們「就〈九歌〉本身探索〈九歌〉」，不再比附的作風，在研究〈九歌〉方面，實開闢了新的路向，這正是他們的成就。

㈣國家祀典樂章說

當在強調〈九歌〉爲民歌的風氣之下，只有孫作雲氏，獨持異議。他在〈九歌非民歌〉一文中，曾列舉證據以證明其說，其大要：第一，以《周禮》、《禮記》所載天子諸侯祭天神、地祇、人鬼之大祭，證其與〈九歌〉所祀諸神性質相類。又以《史記・封禪書》、《漢書・郊祀志》及《禮記》等，分別證明〈九歌〉諸神均爲郊祀對象。第二，比較〈九歌〉與漢〈郊祀歌〉，指出二者在語言、結構、祀神三方面之雷同或類似，證漢〈郊祀歌〉乃脫胎於〈九歌〉。〈郊祀歌〉既爲國家之祀典樂章，〈九歌〉也應該是的。第三，從文學上證〈九歌〉之文學藝術非平民所有。如〈郊祀歌〉爲司馬相如等作，則〈九歌〉亦非民歌。並舉《國語・楚語》觀射父之言以明《周禮》之禮制已適用於楚⑯。孫氏這一創見，極有意義，

⑯ 見《語言與文學》（清華大學中國文學會編。中華書局 一九三七）頁一五三—一七八。又本書〈楚辭九歌的名義問題〉文中曾詳引孫氏之說。

他的舉證也頗詳確。聞一多也同意孫氏之論⓱這樣把〈九歌〉推回到原來的時代去，的確是客觀多了。可是這仍然偏重在形式和功用方面，得之於外的證據，也較內部爲多。因此，我們還可以提出下面的問題來：

1.即使〈九歌〉是國家祀典樂章，諸神非民間所能祭。可是對自然神的崇拜以及關於諸神的想像、神話和傳說，卻非宮廷所能獨佔，所以它們的原始應該還是源於民間。

2.有關〈九歌〉諸神的神話，如在民間流傳，則〈九歌〉的歌辭或者也有發自民間的可能性。就像漢代樂府是採自趙代齊楚之謳，曾經李延年等人整理潤色⓲。〈九歌〉豈無可能採自民間，而經屈原或其他宮廷文人改定？

所以孫氏之說並未能完全解決了〈九歌〉性質的問題，而從〈九歌〉歌辭內容來探析其

⓱ 見聞一多《神話與詩・甚麼是九歌》（台中：藍燈出版社　一九七三）頁二七六。

⓲ 《漢書・禮樂志》謂武帝：「乃立樂府，採詩夜誦，有趙代秦楚之謳；以李延年爲協律都尉，多舉司馬相如數十人造爲詩賦，略論律呂，以合八音之調。」（台北：藝文印書館四史本　頁八四六）劉勰《文心雕龍・樂府篇》（台北：開明書店　一九五八）云：「暨武帝崇禮，始立樂府，總趙代之音，撮齊楚之氣。延年以曼聲協律，朱馬以騷體製歌。」（卷二，頁二四）又云：「故陳思稱李延年閑於增損古辭，多者則宜減之，明貴約也。」（頁二五）據此，則李延年於度曲協律之際，於所採之詩或增或損以合音調，是難免的事。

底蘊，也就成為非常必須的了。

(五)歌舞劇說

日人青木正兒曾揭出〈九歌〉是娛神的歌舞劇的觀點。他在〈楚辭九歌的舞曲結構〉⓳一文中，視〈九歌〉為一套有系統且假定其實際上演的歌舞劇，認為〈九歌〉十一篇有⑴獨唱獨舞，⑵對唱對舞，⑶合唱合舞三種樣式。青木氏從歌辭內容結構的整體著眼，實為一個極其可貴的提示。後來聞一多也推沿其說，以為「（當時楚人）對〈九歌〉的態度和我們今天的態度一樣，同是欣賞藝術。所差別的是他們在祭壇前觀劇。」⓴聞氏又有〈九歌古歌舞劇懸解〉㉑

⓳《國聞週報》第十三卷三十期（一九三六）。孫作雲譯。（又見羅聯添編《中國文學史論文選集》，台北：學生書局 一九七八 頁一九四。）
青木正兒云：「翫味〈九歌〉以觀其篇次，十一篇蓋一套舞曲，逐漸接演而曲盡變化，俾觀眾不倦；僅於〈湘君〉、〈湘夫人〉間，顯有一雷同之處。且以之為一套之歌舞辭，則最重要之首尾結構亦俱備。先為首篇之〈東皇太一〉，其神則天神貴者，歌意則嚴肅安詳，神來歆享，欣欣樂康，洵為適宜始祭之辭。其次自〈雲中君〉以下，漸見神與巫之活躍；近終而至〈河伯〉、〈山鬼〉，漸出稍卑下之神。最後〈禮魂〉，僅為五句之短篇，敘數巫女手執花交舞，誓永不絕春秋二祠以圓其局。──簡單華麗而有餘韻，頗與歌劇收場相合。」

⓴同注⓱，頁二七七。

一文，其中不僅是神、巫各具唱辭及活動行爲，並有佈景和燈光效果等，全把〈九歌〉現代化了。劉大杰也同樣視〈九歌〉爲「楚國宮廷的宗教舞歌，也就是一種樂歌舞蹈混成的歌劇。」㉒在〈九歌〉中的確顯示出有神、巫的活動行爲和其唱辭，但是它是否已達到了可稱爲「劇」的程度？還是相當有問題的。從中國戲曲的發展來揣度，楚國當時似乎還未能有「劇」的成熟的形式。根據王國維的《宋元戲曲考》，〈九歌〉中的「巫」，在「象神」或「樂神」的時候，種種的動態，只不過是戲劇的萌芽㉓而已，實不能有繁富的場面，是比較合理的推論。如視〈九歌〉爲現代所謂的劇，未免過早。

㈥濮獠民族祭神祀典說

近年來凌純聲先生從對銅鼓文的研究而給於〈九歌〉以新穎的解釋。先有〈銅鼓圖文與

㉑ 同注⑰，頁三〇五—三三四。

㉒ 見劉大杰《中國文學發展史》（上海：中華書局 一九四七）頁六九。

㉓ 《宋元戲曲考》云：「歌舞之興，其始於古之巫乎……？《說文解字》五「巫，祝也。女能事無形以舞降神者也。象人兩褎舞形，與工同意。」……〈晉語〉載「晉祀夏郊，以董伯爲尸」，則非宗廟之祀，固亦用之。《楚辭》之靈，殆以巫而兼尸之用者也。其辭謂巫曰靈，謂神亦曰靈；蓋群巫之中，必有象神之衣服形貌動作者，而視爲神之所馮依，故謂之曰靈，或謂之靈保。……是則靈之爲職，或偃蹇以象神，或婆娑以樂神。蓋後世戲劇之萌芽已有存焉者矣。」（台北：藝文印書館影王忠愨公遺書本 頁三—五）

楚辭九歌〉[24]，後來又發表了〈〈國殤〉〈禮魂〉與馘首祭梟〉[25]一文，認為〈九歌〉是濮獠民族祀神之歌，而〈國殤〉是較為原始的濮獠民族之馘首祭梟。凌氏利用考古資料，民族學的觀點，表現了特異的見解。但其文中雖曾詳析，卻終乏直接的證據。例如〈國殤〉「誠既勇兮又以武，終剛強兮不可凌。身既死兮神以靈，子魂魄兮為鬼雄」四句，凌氏以為是「祭敵首並舉行招魂儀式時的祝詞」，並以泰雅族的祭梟招魂儀式比較之[26]。而實際上，泰雅族的習俗跟〈國殤〉原意是風馬牛不相及。〈國殤〉在於稱美戰場上為國犧牲的勇士，同時〈國殤〉中的兵器——吳戈、秦弓和車戰的場面，也非早期一般部落所能及。即使濮獠民族確有其祀神、鬼的歌辭和儀式，或者其歌辭和儀式曾影響到《楚辭》〈九歌〉，但那不必

---

[24] 載《中央研究院院刊》第一輯（一九五四　頁四〇二）。

[25] 見《民族研究所集刊》第九期　四一二頁。（後收入《中國邊疆民族與環太平洋文化》書中，台北：聯經出版社　一九七九　上冊　頁六一八。）

[26] 凌文云：「招魂儀式舉行之際，家家向頭骨架上之新首級奉獻大量的祭品。因他們相信此時招待週到，下次容易獵首。反之，如使首級空腹或感覺不舒服時，將不會專心致志的保護他們，或將不願意帶他們的親戚朋友來社。如帶有小孩的婦人，將豬肉、雞肉、蕃薯、酒糟塞入首級之口後，再取出讓小孩吃下時，則相信這些小孩可保無病而很快成長，將來可以獵頭。祭首儀式由頭目或領隊向新首級念咒文，其大意說：你在此處安住吧！我來獻酒糟給你，請你告訴你的父子兄弟和妻說，你現住在泰雅族的地方甚好，所以多請他們來呀！念這種招魂咒文之目的，很顯然是饌品慰藉敵靈，使之願意住在此處替他們服務。」（同上注）

就是《楚辭》〈九歌〉。

以上所舉陳的六種關於〈九歌〉的成說，無論前人是從寓意、體製、結構以及〈九歌〉是民用或國有上立論，對〈九歌〉的內蘊特質，無法藉以有具體的認識。雖然本文曾加以檢討前人的看法，而有所詰難，但並非認爲這些注家或學者之說完全錯誤，事實上，他們對〈九歌〉的解釋，仍有許多極爲可取的洞察和明見，只不過他們各自見到了〈九歌〉質性的一面，都在強調所見而已。這並不妨礙他們成爲一家之言的貢獻。甚至所列出的最後一種的成說㈥，足以提醒我們注意民族學上新的研究方法，也可以關連到文學方面的研究，則文學的研究路向，不僅是只陷溺在故紙堆裡。

現在我們來討論《楚辭》〈九歌〉，感到最大的困難是它幾乎是一組非常孤立的作品。除了其歌辭之外，沒有任何有關的背景記錄。到王逸才把它跟沅湘民俗的祭神樂舞和屈原放逐牽連起來。一直到清代的注家，幾乎都在王逸的籠罩之下，即使對〈九歌〉之辭所釋容或不同，而大多數都以它們是屈原表現冤結、託以諷諫之作。這完全不顧及〈九歌〉跟〈離騷〉、〈九章〉等篇本質的不同。固然〈九歌〉的寫定或修改，不能排除屈原插手的可能，但我們確實無法從屈原這一線索給予〈九歌〉確切的詮釋。又王逸所謂的南郢之邑其俗信鬼而好祀，所提供的幫助也不大。因爲我們需要知道的是那些祭典詳細的描繪，或者是那種信鬼好祀風俗的記述以及在何種情況下諸巫如何歌舞出〈九歌〉之辭？至少在目前沒有這一類的資料可供參考。至於近代學者，除了上文所引述的諸說之外，或有人把興趣投向神話方面，這正是前人所未曾正視而忽略的〈九歌〉內容的成份。如游國恩〈論九歌的山川之神〉一文㉗及玄珠的《中國神話研究》一書㉘，就曾分別討論到有關〈九歌〉諸神的神話。可惜的是他們以普泛的考證、陳述或作簡單的分類，僅僅是對神話孤立研究，而未揭示出〈九歌〉在整體的配景之中，諸神神話所具有的特殊面貌或其質性。因此從外緣的因素來考察〈九歌〉，實難得到實質的認識與了解。在這不得已的情形下，只好暫時拋開以前的成說，而直接從〈九歌〉歌辭本身來探討。本文所著重的是在於〈九歌〉的故事性—神話及人神關係的意識，還有〈九歌〉神話所稟持的性質，從其中探索楚民族文化某種特徵；且推及〈九歌〉祀典的儀式活動和神降的實效。同時進一步探析其歌辭藝術方面的屬性並附帶地推論出作者其人。

二、〈九歌〉諸神之神話

首先我們要肯定的是〈九歌〉十一篇應該是一個整體。雖然陸時雍等曾把〈國殤〉〈禮魂〉看成附錄㉙，那只是湊合九之數，並沒有足夠的理由。這並不是僅由於〈九歌〉所祀為

㉗ 載《楚辭論文集》（台北：九思出版社　一九七七）頁一二五—一四五。

㉘ 《中國神話研究》（台北：廣文書局　一九七九）頁二五—五一。

㉙ 陸時雍《楚辭疏》（台北：新文豐出版社　一九八六　頁八五）李光地〈離騷經九歌解義·後敘〉（《榕

天神、地祇、人鬼被抄輯在一個名稱之下，而是從〈九歌〉歌辭中所出現的「靈」字來看，像〈東皇太一〉「靈偃蹇兮姣服」；〈雲中君〉「靈連蜷兮既留」、「靈皇皇兮既降」；〈湘君〉「橫大江兮揚靈」；〈湘夫人〉「靈之來兮如雲」；〈大司命〉「靈衣兮被被」；〈東君〉「靈之來兮蔽日」；〈河伯〉「靈何爲兮水中」；〈國殤〉「身既死兮神以靈」，這些「靈」字或指所降之神、或指巫、或指神之光彩、或贊美死者神靈，都足以說明這是在一種祭祀典禮中所顯現的。〈少司命〉和〈山鬼〉篇在歌辭中雖未提到這種「靈」，可是它們既同爲神祇，也自然是被奉祀者。〈禮魂〉所謂的「成禮兮會鼓」，更顯見是對祭禮直接的描述。因此，前人將〈九歌〉視爲一套祀典舞歌或祭祀歌辭，已是無庸置疑的。

玄珠在《中國神話研究》中曾謂：「古代人民的祀神歌，大都是敘述神之行事，所以也就是神話。」㉚此說雖然在我們古籍中並沒有這種說法的記載，但從《楚辭》〈九歌〉歌辭內容中來尋繹，大致上可以掌握這一模式。在〈九歌〉裡，即使〈國殤〉一篇，固然看不出是祀某一特定的對象，而卻是描繪在戰場上拒敵而爲國壯烈犧牲的勇士㉛之「行事」。至於

村全集》（台北：文友書店一九七二，頁九八－五）。凌純聲在〈國殤禮魂與馘首祭梟〉文中亦曾力主此說。參看本書〈楚辭九歌的名義問題〉一文。

㉚ 同注㉘，頁二五。

㉛ 王夫之云：「國殤，爲國戰死之魂也。無主之鬼曰殤」（同注❸，卷二，頁四四。）

〈禮魂〉，只有短短的五句，爲祀典的結束儀式和禱辭，是緊承〈國殤〉「子魂魄兮爲鬼雄」而來，其所禮之魂只是〈國殤〉而已，所以這兩篇可視爲二而一的。對於人鬼祀典歌辭的有關「行事」內涵，不獨〈國殤〉如是，這在三百篇的〈周頌〉中，也可以尋檢得出，例如〈天作〉、〈思文〉，是專祀大王、后稷之詩㉜，除了頌禱之辭外，二詩在於表揚大王治岐之績、后稷植麥之惠的顯著事例。由此看來，古人祭祀人鬼的歌辭，確有其行事的內容。「鬼」是人死後的稱謂，而鬼也能神。像《山海經》〈中山經〉：「青要之山，……䰠武羅司之。」㉝《說文》解這個從鬼的「䰠」字云：「神也。」《段注》謂：「當作神鬼也，神鬼者，鬼之神者也。」㉞由〈國殤〉「身既死兮神以靈」，可知當時楚人也不外是把〈國殤〉當作「鬼之神者」，故而與諸神共祀於〈九歌〉的典禮中。〈國殤〉中既有其行事內容，則〈九歌〉諸神之歌辭所以內蘊著神之行事，甚至顯揚其特性以及具有著豐美的故事——神話，也該是自自然的而非突兀之事。不過在諸神祀歌裡，唯有〈東皇太一〉與其他各篇所含有的並不盡相同。現在且據諸神歌辭逐篇析之如下：

㉜《詩經》〈天作〉：「天作高山，大王荒之。彼作矣，文王康之。彼徂矣，岐有夷之行。子孫保之。」〈思文〉：「思文后稷，克配彼天。立我烝民，莫匪爾極。詒我來牟，帝命率育。無此疆爾界，陳常於時夏。」（同注⓫，頁二六三；二六六。）

㉝ 見郝懿行《山海經箋疏》（台北：藝文印書館影阮氏琅嬛僊館本）卷五，頁一九〇——一九一）。

㉞ 段玉裁《說文解字注》（台北：廣文書局 一九六九）頁四三九。

㈠〈東皇太一〉

〈東皇太一〉跟〈雲中君〉等八篇顯著的差別是歌辭裡沒有神的特性，也不像他篇中神與人或神與神之間在情感上的表白；同時完全沒有故事性，這或者跟神的地位有關。因爲〈東皇太一〉大概就是楚人的上帝㉟，於諸神中最爲尊貴，所以稱爲「上皇」。對於這一尊貴之神，是無法想像其容狀的，因爲一有容狀，就會減低了神的無限性和絕對的權威性，遂不敢以人意臆測。或許原有的太一神話，本來有具體的事例或彰著的行爲故事，只是在其祀典歌辭中，對這一至高無上之神，沒有附以傳說的神話，如此則不易使「太一」俗化而削弱了其尊貴的特質。所以歌辭愉悅而肅穆，絕無一點褻慢不經的語氣。王夫之云：「太一最貴，故但言陳設之盛，以徼神降，而無婉孌頌美之言。」㊱其言確爲的見。

〈雲中君〉等八篇，在性質上極爲相近，它們的歌辭內容，不僅涉及神的行事活動，也刻畫了神的特性，這跟〈東皇太一〉那種單純的宗教性崇拜之祀歌迥然有異。同時這八篇更具有故事性，極似根據原有的神話改寫而成。一方面作爲祀神之舞歌，一方面保存了神話之中人對於這些神祇的想像。不過這不會是原有神話的原貌，並不僅由於口傳的神話和叶韻的歌詩在體製上的距離，最主要的是：在這些歌辭裡面，因爲祀典之需要，還有神巫、祭巫的

㉟ 參見文崇一〈九歌中的上帝與自然神〉一文（《中央研究院民族研究所集刊》第十七期，頁四九―五九）。

㊱ 同注❸，卷二，頁二七。

參與，「人」的成份已較原有神話爲多，而其中更摻合了作者的再想像再創造以及「人」的情感和經驗的滲透。

(二)〈雲中君〉

本篇首兩句：「浴蘭湯兮沐芳，華采衣兮若英」，是寫祭巫沐浴盛服去迎神㊲。末兩句：「思夫君兮太息，極勞心兮𢥞𢥞。」則寫祭巫對神離去的思念之情㊳。而

> 靈連蜷兮既留，爛昭昭兮未央。蹇將憺兮壽宮，與日月兮齊光。龍駕兮帝服，聊翱遊兮周章。靈皇皇兮既降，猋遠舉兮雲中。覽冀州兮有餘，橫四海兮焉窮。

這些歌辭把神的容狀、車服、行動、特性都勾勒了出來。從這裡面形容的詞句來看，〈雲中君〉應該就是雲神。古今也只有極少的注家，認爲它不是雲神㊴。王夫之解這一段云：

㊲ 王逸《章句》云：「乃使靈巫先浴蘭湯、沐香芷，衣五采華衣、飾以杜若之英以自潔清也。」（同注❶，卷二，頁一〇三。）

㊳ 王夫之云：「神不可以久留，則去後之思，勞心益切。」（同注㊱，頁二八。）又：本文此下所引〈九歌〉詩句並見洪興祖補注本卷二，不另注頁碼。

㊴ 如姜亮夫《屈原賦校註》以雲中君爲月神云：「按雲中君在東君之後，與東君配，亦如大司命配少司命，湘君配湘夫人。則雲中君月神也。」（台北：華正書局 一九七四，頁二〇八）

連蜷，雲行回環貌。留，神留。止於雲中也。……雲有去來，而神澹蕩於空際，終古不滅。特其或聚或散，有時或希微若無，人不可得而見。及其聚而有象，則與日月同其昭回矣。此頌雲中君之德也。龍駕帝服，擬神之形容也。翱遊，言其停聚遲回而不下。周章，言其忽然因風馳行而不留。……皇皇，盛大而遽也，言鑒己之誠潔，或一來降格。而雲之爲神，本飄忽不定，則降而未久而又將飇去，周覽中土，橫絕四海，不可得而再邀也❹⓪。

依據王氏的解釋，這一大段都出自對雲神的想像，而這些想像，顯然是從「雲」的特性上措思的，其說當無疑問。先民對於自然界所呈現出來的種種現象，當其無法了解或解釋時，就會以爲冥冥之中必然有主宰這些現象的神祇，同時依循這些現象的特徵或作用，來創構神的形貌和行爲。而所創構的是源自人的體驗與想像，於是所設想出來的神，往往予以人格化。而人在生存之中對某一自然現象的恐懼或期盼之情緒，也往往隨同這些設想反應出來。〈雲中君〉的歌辭，實能充分地展現了「雲」的精神。末句的思念之情，可能跟天旱望雲霓有關；當然也可能因爲雲之往來倏忽，不易把捉，而直接興起懷思！這一篇裡沒有曲折的情節，也沒有更多的人、神間之活動，是比較素樸的神話。另外像〈東君〉也屬於這一型。

---

❹⓪ 仝注㊱。

(三)〈東君〉

本篇除了「緪瑟兮交鼓，簫鐘兮瑤簴。鳴篪兮吹竽，思靈保兮賢姱。翾飛兮翠曾，展詩兮會舞。應律兮合節」數句，是寫祭典中迎神時樂舞之盛外，都是描繪日神的出入㊶。從篇首「暾將出兮東方，照吾檻兮扶桑。」一直到篇末「杳冥冥兮以東行。」其中可能夾雜著祭典儀節的描繪，但這些也是出於對日神的想像，用來象徵日神的活動，全篇無疑是形容日出到日入的行程。這跟古代有關日神的神話比較起來，有兩點可注意的現象。

(1)〈離騷〉：「吾令羲和弭節兮，望崦嵫而勿迫。」〈天問〉也有「羲和之未央，若華何光？」本篇雖然沒有提到羲和之名，但「照吾檻兮扶桑」「撰余轡兮高駝翔」與〈離騷〉「飲余馬於咸池兮，總余轡乎扶桑」，都言及「扶桑」，而〈東君〉也是御馬而行，兩者之間難說沒有關連，這或許是一個神話的分化。

(2)〈東君〉中的「舉長矢兮射天狼，操余弧兮反淪降。」而〈天問〉有「羿焉彃日？烏

㊶ 《儀禮・覲禮》：「天子乘龍，載大旆，象日月，升龍降龍，出拜日於東門之外。」（台北：藝文印書館十三經注疏本，卷二七，頁三三〇。）《漢書・郊祀志》謂「漢高祖時晉巫祠東君。」顏師古注曰：「東君，日也。」（同注⑱，頁五四四）《楚辭補注》（頁一三二）引《博雅》同，案張揖《廣雅・釋天》云：「朱明、曜靈、東君，日也。」（台北：新文豐出版社叢書集成新編三八冊　一九八五　卷九，頁九七）東君之爲日神，似無異說。

話。

焉解羽？」卻是日之被射，與此完全相反。這可能基於兩種不同的心理狀態而產生不同的神

王逸注云：「天狼，星名。」洪興祖《補注》引《晉書·天文志》云：「狼一星在東井南，為野將，主侵略。」又注「操余弧」句謂：「《晉志》：弧九星，在狼東南，天弓也。主備盜賊。天文大象賦云：弧矢九星，常屬矢而向狼，直狼多盜賊，引滿則天下兵起。」❷關於「天狼」「弧矢」這一天文神話傳說，似與〈東君〉有關。玄珠曾以「長矢」是象徵太陽光線，而「天狼」或為象徵陰霾的雲霧❸。但在「舉長矢兮射天狼，操余弧兮反淪降」句之下，緊接著有「援北斗兮酌桂漿」的舉動。「北斗」也屬於星，則「天狼」「弧」無疑也自是星屬，王、洪二氏之說當不誤。由此可以發現日神在楚人心目中，不止於普惠萬有，而且更具支配群星之能。在本篇中「射天狼」是日升以後唯一的作為，這種強調顯明地展現出〈東君〉是被楚人視為威武而正義之神。有關日的神話，在《楚辭》中不只限於〈東君〉這一端，而楚人於〈九歌〉歌辭裡卻採取了「射天狼」之事例用於祀典之中，或許有其用心所在。

〈東君〉這一神話，雖然也還是以比較素樸的形式，直接描述的神的來去活動，但比

---

❷ 同注❶，卷二，頁一三一。

❸ 同注㉘，頁二六。

〈雲中君〉已稍複雜。同《山海經》有關日的神話「東南海之外，甘泉之間，有羲和之國。有女子名羲和，方浴于甘淵。羲和者，帝俊之妻，生十日」㊹的記載，比較起來〈東君〉篇的想像力，當然豐美得多。尤其對日神「情」的形容，更是《山海經》裡許多較原始神話所沒有的。如「長太息兮將上，心低佪兮顧懷。」王夫之注云：「日出委蛇之容，乍升乍降，搖曳再三，若有太息低佪顧懷之狀。」㊺這眞是把神給「人化」了。其所以如此，正是因爲人對神的親切之感，日神既是正義的象徵，有功德於人，人才會不自覺地把感情投注到神的身上去。否則，這種渲染是不必要的。

〈雲中君〉和〈東君〉，雖然已經摻進了人的情感痕跡，卻仍然非常有限。而且其中仍有人對神的崇拜意味。在〈大司命〉和〈少司命〉兩篇中，「情」的成份就更多了。人與神的關係也變得極其曖昧，而不只是崇拜之意了。

(四)〈大司命〉

本篇所云：

廣開兮天門，紛吾乘兮玄雲。令飄風兮先驅，使湅雨兮灑塵。……紛總總兮九州，何

㊹ 見《山海經·大荒南經》（同注㉝），卷十五，頁四一九。

㊺ 同注❸，卷二，頁三八。

壽夭兮在予！高飛兮安翔，乘清氣兮御陰陽。……靈衣兮被被，玉佩兮陸離。壹陰兮壹陽，眾莫知兮予所為。……乘龍兮轔轔，高駝兮沖天。

不外是描繪大司命神的威靈、神的服飾、神的權威和特性，以及神的來去活動。這些當然是基於人對司命之神的想像。然而在「君迴翔兮以下，踰空桑兮從女」、「吾與君兮齋速，導帝之兮九阬」句中，頗似人（巫）參與了神的活動㊻。無論這些活動是否只是祀神的儀式，必然在楚人的意識中「人」「神」是可以交接的。而

折疏麻兮瑤華，將以遺兮離居。老冉冉兮既極，不寖近兮愈疏。

折麻華以贈神㊼，全然不是敬畏之情，卻像朋友相贈的口吻。而在神「乘龍兮轔轔，高駝兮沖天」返於天界之後，人的行為是

結桂枝兮延佇，羌愈思兮愁人。

這種口氣幾乎可以解釋成男女間別後的刻骨相思、以及女方心中所懷有的始終不渝的堅貞

㊻ 戴震《屈原賦注》卷二云：「言神來而已往從。」又云：「言已從神以佐天帝也。」（同注❼），頁一一七、一一八。

㊼ 戴震云：「離居，謂前相從，而今離隔也。」（同上注）離居，殆指神而言。

感情。游國恩於「折疏麻」四句，就認爲是「這明明是婦人年老色衰，遽遭捐棄之辭。」又於「結桂枝」至篇終謂：「這更說得明白，他全是愁人思婦一種失意的哀音」㊽。游氏把這種情形完全從祀神的脈絡裡獨立出來。純粹從男女戀情上說，則嫌不足。因爲他忽略了在這首歌辭裏，主要的在於人神間的關係，並不只在表現男女戀愛。實際上，本篇中大司命曾言：「何壽夭兮在予？」是人替大司命設想，也正是楚人擔負個人「壽老夭折，皆自施行所致」㊾。雖然如此，並非不信任司命之權力，所以仍有「折疏麻兮瑤華」四句，這是人對時光之流逝，年歲日增的恐懼，仍希望蒙受大司命之神的眷顧。然而在人的意識中，神不可能滯留於人世，「高駝兮沖天」也是必然的結果。被遺下的人，只有引領延佇愈思愈愁了。在這種委曲迴蕩的表情裡面，可以見出楚人對神的感情與思慕，極盡其婉孌，就如同人與人之間一般，無怪乎游氏以戀歌視之。而末句仍歸於「固人命兮有當，孰離合兮可爲？」人的生死壽夭既掌握在神（大司命）之手中，則人又怎能留住神使之不去呢？這顯然地表示出人、神不能相共的無奈及哀傷情緒，同時也暗示出楚人對神並不積極地求福的意識。〈大司命〉之神在本篇所透露的影像，既不似〈雲中君〉之可望而不可即，也不像〈東君〉之威武莊嚴，而是可以與人交接，爲人所思慕的對象。這應該不是原有〈大司命〉神話的原貌，而是加添了楚人對神的觀念進去。

㊽ 見《楚辭概論》（台北：九思出版社，一九七八）頁八八—八九。

㊾ 同注㊴，頁二三六。

㈤〈少司命〉

這是一篇結構複雜的愛情神話。首二句「秋蘭兮麋蕪，羅生兮堂下。」是描寫祭所。接著「綠葉兮素枝，芳菲菲兮襲予。」是人從神本身設想而感知神之欲降。這四句跟本篇的故事並不相關，應是祭巫之辭及願望。在本篇歌辭中的神是年輕而浪漫的。故事開始時，少司命正為情所苦，在「夫人自有兮美子，蓀何以兮愁苦」的設問下，他回憶到「滿堂兮美人，忽獨與予兮目成」[50]的情景。可惜當時「入不言兮出不辭，乘回風兮載雲旗。悲莫悲兮生別離，樂莫樂兮新相知。」「忽入忽出，言辭莫通，故生別之悲，新知之樂，交集於中，而末卜所歸。」[51]這一分手，竟造成彼此無盡的相思。「荷衣兮蕙帶，儵而來兮忽而逝。夕宿兮帝郊，君誰須兮雲之際。」是美人對少司命的懷戀和懸想。「與女沐兮咸池，晞女髮兮陽之阿。」[52]則是少司命的願望。但是終於「望美人兮未來」，只有「臨風怳兮浩歌」了。這則哀艷的人神愛情故事，確是這一篇歌辭的重心。而末四句「孔蓋兮翠旍，登九天兮撫彗星。

[50] 戴震《屈原賦注》云：「從今之離憂，而追其始之嘗相得。」（同注[7]，頁一九。）姜亮夫《屈原賦校注》亦云：「此追敘之詞，非當前情也。」（同注[39]，頁二四三。）

[51] 見蔣驥《山帶閣注楚辭》（台北：廣文書局一九六二）卷二，頁一一。

[52] 本篇歌辭中〈少司命〉「乘回風兮載雲旗」、「登九天兮撫彗星」，而美人不能與偕，則美人非神屬。從歌辭文義上看，此兩句的「女」，即上下文中的「美人」。

竦長劍兮擁幼艾，蓀獨宜兮爲民正。」提到神的職責及頌贊之辭。這在祀神的本旨上，原是正面的意義。但是在本篇整個情調上，卻反而成爲附贅。可見這一篇與〈大司命〉非常不同[53]，不僅人單獨對神思慕，而神也對人眷戀，人和神的地位幾乎是平等的。同時也可以說「神」更近乎人了。從人神距離縮近這一現象，足以看出這應是楚文化的一個特色。

從大、少司命二篇的檢視，大司命之神由其「何壽夭兮在予」句，可以知道其爲主掌人命壽夭的。而少司命篇「登九天兮撫彗星。」《爾雅》謂「彗星爲欃槍，」邢昺疏謂是妖變之星[54]。則少司命是能使彗星不爲災害；又「竦長劍兮擁幼艾」，「幼艾」是指「少長」，亦即「蒼生」之意[55]。由這些解釋看來，少司命是典持人的禍福，保愛蒼生之神。因爲壽夭禍福與人的命運關係至爲密切，所以人對大、少司命的感覺，在心理上尤其倍覺貼近。但楚人並不是以「神監在下」的意識來面對大、少司命，而是以人的濃情滲解在神的行爲之中。尤其〈少司命〉一篇，如除去了「乘風」「載雲」「登九天」等等神所有的特性，僅從眞摯的情意上說，神實已消融在人「情」裡了。

---

[53] 蔣驥云：「〈大司命〉之辭肅，〈少司命〉之辭昵。」（同注[51]，頁一二一。）

[54] 《爾雅》卷六邢昺疏云：「彗謂帚也。言其狀似埽帚，光芒孛孛然，妖變之星，非常所有。」（台北：藝文印書館十三經注疏本）頁九九。

[55] 姜亮夫註云：「幼，少也。艾、〈曲禮〉『五十曰艾』。幼艾猶言少老也。」（同注[39]，頁二四六）

(六)〈河伯〉

關於〈河伯〉，王逸說是「馮夷」[56]、朱熹認爲不可考，大槪是黃河之神[57]。而近人或以本篇是河伯娶婦的故事。游國恩論〈九歌山川之神〉一文中，就曾力主此說[58]。從本篇歌辭本身來省察，也應是人、神相接的故事，並沒有必須像游氏如此解釋的理由。〈河伯〉篇的內容和〈少司命〉篇一樣，仍是人、神相戀終至相離的神話。歌辭中「與女游兮九河」、「與女游兮河之渚」的「女」字，朱熹集注以爲「女，指河伯也。」則「女」是河伯的代稱詞——汝。如果將「女」視爲即後文的「美人」（如同〈少司命〉篇「與女沐」「晞女髮」），這兩句「與女游」的主詞則皆爲河伯，全篇的意思就很淸楚了[59]。本篇開始謂〈河伯〉與所愛戀的女子先遊於九河：

---

[56] 見《楚辭補注》卷二〈河伯〉題下注。（同注[1]，頁一三五。）

[57] 見《楚辭集註》（同注[2]）卷二，頁一四。

[58] 見《讀騷論微初集》（台北：商務印書館 一九七二）頁一五八。

[59] 《楚辭槪論》第二章云：「至於〈河伯〉一章，開口就說『與女游兮九河』，又說『與女游兮河之渚』，這明明是男女相悅，遨遊于河的話。……自注家以『女』爲河神的代名詞（《文選》〈少司命〉竟改作汝）……。於是這篇最明白而有條理的文字，竟酸化而成爲最晦澀而又最難解的了。」（同注[48]，頁八〇。）

> 與女游兮九河，衝風起兮水橫波。

「九河」當是黃河下游。《尚書・禹貢》「九河既道」，《正義》謂：「大河東爲九道，故知在兗州界。」[60]然後再遊崑崙：

> 登崑崙兮四望，心飛揚兮浩蕩。

王逸注：「崑崙山，河源所從出。」[61]又至〈河伯〉所居：

> 魚鱗屋兮龍堂，紫貝闕兮朱宮。靈何爲兮水中？乘白黿兮逐文魚。

河伯乘黿逐魚與女同嬉戲，而興猶未盡，又「與女游兮河之渚，流澌紛兮將來下。」偕女至洲上觀看流冰。冰解水流，河伯似乎不得不隨著流水東去而終於「送美人兮南浦」，交手而別。篇末的「波滔滔兮來迎，魚鄰鄰兮媵予。」始具現出河伯之神的威勢。在整篇以人、神戀愛爲重心上看，神的威勢描繪，只是道明河伯的特性而已，主要的仍在其所寓有的故事性。此一故事的背景是從河尾至河源，包括了黃河的全程，所以戴震云：「偏游之也。」[62]

---

[60] 《尚書注疏》（台北：藝文印書館十三經注疏本）卷六，頁八〇。

[61] 又《山海經・海內西經》云：「赤水出（崑崙）東南隅，以行其東北。河水出東北隅。」（同注[33]，卷十一，頁三五一。）

[62] 同注[7]，卷二，頁二〇。

原有的神話，可能就是從河水「流」的特性上措思出來的，所以以遊爲主，而不居於一定的地方。這種「流」的不安定感，使故事中「女」的離去，也就成爲必然。因此在本篇中，雖也暗寓離別傷懷之意，卻不像〈少司命〉那樣纏綿婉轉。因爲河伯雖然多情的「送美人兮南浦」，才獨自揚長而去，而在「送美人」以前，卻曾與女相偕盡興而遊，最後「交手東行」，實別具一種灑脫的氣度。這一灑脫之氣度，也正是水流動不居的特性，更是河水東流的不得不然。雖然如此，而在人神戀愛的基調上，與〈少司命〉卻是一致的。

(七)〈山鬼〉

這一篇在〈九歌〉中是極其悽美的一篇。篇中「若有人兮山之阿」、「余處幽篁兮終不見天，路險難兮獨後來。」、「表獨立兮山之上，雲容容兮而在下」、「山中人兮芳杜若」等等，都顯明的表示了這一神靈是山神。特別的是這一山神，並非男性而是女神。歌辭所謂「被薜荔兮帶女蘿」、「被石蘭兮帶杜衡。」從服飾的形容上，已經暗示這是女性。所描繪山鬼的容色是「既含睇兮又宜笑」，則絕非男子。「折芳馨兮遺所思」，也像女子的行爲。而如「子慕予兮善窈窕」、「留靈修兮憺忘歸，歲既晏兮孰華予」、「君思我兮不得閒」、「君思我兮然疑作」，這些無疑地是發自女子的細膩心思；而這些話的語氣，也顯然出於女子之口。全篇都是從女子的立場來設想及措辭。本篇裡的山鬼，一方面情深地哀怨著所愛未來赴約；一方面又揣度所愛的心理，既想像對方慕己之窈窕，又想其不得閒，更臆測其對己信疑不定之情。這些心理的刻劃，既精微又曲盡。而歌辭中惆悵哀婉的調子，及「表獨立兮山之上，雲容容兮而在下。杳冥冥兮羌晝晦，東風飄兮神靈雨」、「雷填填兮雨冥冥，猿啾啾兮又夜鳴。風颯颯兮木蕭蕭，思公子兮徒離憂。」山鬼在絕望的等待中，這愁慘外境正符合著山鬼當下的悽迷心情。這一深情悽楚的山鬼，在楚地有何位置呢？〈九歌〉中的河伯是黃河之神，並非泛指一切水神。而山鬼也不像是一般性的山神。因爲除戀愛故事以外，篇中幾乎沒有提到神的權威，更沒涉及山鬼居於那一座山或統御衆山之神力。因此，楚地本來有巫山神女的神話，有些學者便與〈山鬼〉聯想在一起。最早顧成天〈九歌解〉已倡此說[63]，游國恩、姜亮夫[64]等也曾言及，而孫作雲的〈九歌山鬼考〉[65]考證最爲詳細。孫氏認爲山鬼就是〈高唐賦〉中的巫山神女。篇中的「靈修」爲楚之先王，神女就是楚之先妣。神而稱之爲鬼，是因爲「鬼」本是「遠祖」之意。只是孫氏之說雖辯，而從〈山鬼〉篇辭之中，實難覓得確當的證據，證明山鬼就是巫山神女。不過孫氏卻啓發了我們，〈山鬼〉的「鬼」字之義，不能釋爲「夔」或「梟陽」[66]。從「鬼」義來看，山鬼或爲人所成之神，也可以暫且

---

[63] 見姜亮夫《楚辭書目五種》（台北：泰順書局）頁一六八。及《四庫全書總目提要》（台北：商務印書館一九八三）卷一四八，頁十八（四—一〇）。

[64] 見注[58]，頁一〇六；及注[39]，頁二六四。

[65] 見《清華學報》十一卷四期，（頁九七七—一〇〇五）。

[66] 洪氏補法〈山鬼〉題下注云：「莊子曰：山有夔；淮南曰：山出梟陽。楚人所祀豈此類乎？」（同

把山鬼視爲楚地某一山神的專名詞。由「余處幽篁兮終不見天，路險難兮獨後來」。山鬼從幽暗的深山下來赴約而遲到，則其所愛或爲山下之人。若此，本篇也不外是人神戀愛的故事。在歌辭裡，山鬼除了有「乘赤豹兮從文狸」的靈異之外，其形貌與情感，可以說是完全被人化了的神。而山鬼的痴情不移，也恰如「山」穩定難遷之特性。

㈧〈湘君〉、〈湘夫人〉

這是〈九歌〉裡篇幅最長的兩篇。在祀典之中想必也最繁富。因爲沅湘流域是楚文化的集中地，不似黃河遠在楚境邊緣㊼。湘水之神也就特別爲楚人所重視，則關於湘水神的故事，必然是最爲富艷，這兩篇也最足以代表楚人的浪漫精神。只是由於《史記》中所載秦博士之言及劉向《列女傳》所載㊽，還有王逸〈九歌章句序〉所注的㊾，不相一致；遂使湘

注❶，頁一四〇。）

㊼ 文崇一《楚文化研究》謂：楚國殉葬的泥爰金，「出土的地區有：安徽的壽縣、鳳台、合肥……。江蘇的高淳……。山東的南部臨淄、嶧縣、河南的鄢陵。……」（台北：東大圖書公司一九九〇頁五一）由此看來楚國最盛時期的轄區，某些地方是屬黃河流域，所以楚人也祀河。

㊽ 《史記·秦始皇本紀》云：「（始皇）南郡浮江，至湘山祠，逢大風，幾不得渡。上問博士曰：湘君何神？博士對曰：聞之堯女、舜之妻而葬此。」（台北：藝文印書館四史本卷六，頁一二三）。又劉向《列女傳》有虞二妃傳：「舜陟方死於蒼梧，號曰重華。二妃死於江湘之間，俗謂之《湘君》。」

君、湘夫人的身份不明。後來的學者，往往各異其辭⑩。而王夫之則認為「蓋湘君者，湘水之神，而夫人其配也。」⑪如從本篇歌辭內容來了解，王夫之之說確是最為直接。舜與二妃的傳說雖然美麗感人，卻不一定跟湘水之神有關係。所以會分歧其說，或為秦漢以降的臆測附會而已。我們實在可以把這兩篇視為一個湘水之神的愛情故事，相關傳說可暫不論。現在且從兩篇末段試作比較：

〈湘夫人〉

捐兮袂兮江中，
遺余褋兮醴浦。

〈湘　君〉

捐余玦兮江中，
遺余佩兮醴浦。

（台北：商務印書館四庫全書本卷一，頁二一。四四八—八）

⑲ 王逸注〈湘君〉首二句云：「君，謂湘君也。……以為堯用二女妻舜，有苗不服，舜往征之，二女從而不返，道死於沅湘之中，因為湘夫人也。」（同注❶，頁一〇六）是以湘君為湘水神，而堯之二女為湘夫人。

⑩ 如司馬貞《史記索隱》云：「按《楚辭》〈九歌〉有〈湘君〉、〈湘夫人〉。夫人是堯女，則湘君當是舜。」（同注⑱）。又如韓愈〈黃陵廟碑〉以為：「堯之長女娥皇為舜正妃，故曰君；其二女女英自宜降曰夫人。」（《朱文公校昌黎先生集》，台北：商務印書館四部叢刊初編本，卷三一，頁二一一。）

⑪ 同注❸，卷二，頁三一。

采芳洲兮杜若，
將以遺兮下女。
時不可兮再得，
聊逍遙兮容與。

搴汀洲兮杜若，
將以遺兮遠者。
時不可兮驟得，
聊逍遙兮容與。

兩篇的文句如此雷同，證明了〈湘君〉、〈湘夫人〉之間的必然關係。這種男女贈答的意思，是非常明顯的。而從這兩篇歌辭整體來探討，其中所呈現的男女相思之情，也極容易把捉得到。我們不難看出來，〈湘君〉篇中表達了湘夫人對湘君的思念和鍥而不捨的追求；〈湘夫人〉篇中則表示著湘君對夫人的眷戀與求聚的誠意（兩篇所以不以其自身爲主，是因歌辭用於祀典之故，說見本文第四節）。如〈湘君〉篇

君不行兮夷猶，蹇誰留兮中洲。

是湘夫人設想湘君猶疑不行，或由於被人所留之故。

美要眇兮宜修，沛吾乘兮桂舟。令沅湘兮無波，使江水兮安流。

則爲湘夫人修飾盛妝以迎湘君，希望湘君使水流平穩的禱祝之詞。可是「望夫君兮未來，吹參差兮誰思？」在夫人款款深情的期待之下，湘君卻

駕飛龍兮北征，邅吾道兮洞庭。

在夫人凝望中轉道他去了。期待的人只有「橫流涕兮潺湲，隱思君兮陫側」！但失望並未使夫人灰心，

桂櫂兮蘭枻，斲冰兮積雪。……

朝騁余馬兮江　，夕弭節兮北渚。

這是夫人再三辛苦尋覓的情況。雖然有「心不同兮媒勞，恩不甚兮輕絕」及「交不忠兮怨長，期不信兮告余以不閒」的怨懟，而湘夫人始終不肯捨棄湘君。再看〈湘夫人〉篇：

帝子降兮北者，日眇眇兮愁予。

在湘君這一方面，也正望眼欲穿地等待夫人，而夫人卻遠降他方。

白蘋兮騁望，與佳人期兮夕張。……荒忽兮遠望，觀流水兮潺湲。

湘君已陳設了相會之所，縱目而望，希望見到夫人之來，在失望中，心情怳惚，而仍舉首凝視，最後只有俯首低迷，面對流水而倍增悵惘。

朝馳余馬兮江　，夕濟兮西澨。

望而不見，湘君也同夫人一樣在尋覓對方。

湘君與湘夫人既爲配偶神，而不能同居一處，誠屬異常現象。在兩篇歌辭中所顯示的他們並非暫時的分離，而是雙方都在努力追求晤面和廝守的機會，卻一直不能如願，

采薜荔兮水中，搴芙蓉兮木末。……鳥次兮屋上，水周兮堂下。〈湘君〉

薜荔是「緣木而生」（王逸注），而採之於水中；芙蓉本生於水，卻搴之木末。鳥應棲宿於樹；堂下不當圍繞著水流。這都象徵一個悲劇的結果，一種勞而無所獲的努力。

鳥何萃兮蘋中？……罾何爲兮木上？……麋何食兮庭中？蛟何爲兮水裔？〈湘夫人〉

鳥當集於樹木；罾應施於水裡。麋本來食於林野；蛟原在深水之中。歌辭中這種不適宜的情況，正是暗示出渴望已久的相聚，終成泡影。因此當湘君「聞佳人兮召余，將騰駕兮偕逝。」在興奮的心情下，「築室兮水中」以待之。下面極力舖陳其建屋之華美芳香，用十數句歌辭來描繪，反映出湘君殷切的願望與欣喜，以及深情珍視的心理。然而卻竟是「九嶷繽兮並迎，靈之來兮如雲。」湘夫人之神終被九嶷衆神迎而他去。歌辭中並未透露這種分離難聚的原因，是否類似孔雀東南飛的故事？或者牛郎織女的神話？則不得而知。在湘君、湘夫人的原來神話，容或有具體的事實，只是在其歌辭中我們卻無法得知。如果從〈湘君〉篇的「令沅湘兮無波，使江水兮安流」去臆度，也許湘水的流疾或流徐的兩種現象，不會是同時出

現，而楚人想像成流疾爲男神所司，而女神則典持徐流，遂產生了這一神話？

> 令沅湘兮無波，使江水兮安流。〈湘君〉

這兩句，應是祭湘水之神最原始的動機。祀神祈福是人當然的意願，但是在〈湘君〉、〈湘夫人〉祀典的歌辭中，這一原始動機卻讓居到一邊，而完全被一個浪漫的愛情故事所取代。除了相思纏綿哀愁，追求期盼的低迴悽涼之外，不含有任何的功利的企圖。在這裡，現實的世界隱退了，然而也不是天堂式的神話世界，只是一個純淨的感情世界。由此充分地顯露出楚人所最關切的問題，不是現實生活的欲求，也不是渺茫的來生，而是當下在生命裡最真摯自然的感情。

從上文對〈東皇太一〉九篇的探析，除了〈東皇太一〉以外，其他八篇所述有的如：㈠神的容狀：如雲中君「龍駕帝服」、東君「青雲衣白霓裳」、少司命「荷衣蕙帶」、山鬼「含睇宜笑」等等。㈡神的職務：大司命操持人之「壽夭」、少司命宜爲「民正」、湘君可令江水「安流無波」、東君「射天狼」以阻兵燹等。㈢神的行動和靈異：雲中君「橫絕四海」、大司命「乘清氣御陰陽」、湘君之「駕飛龍」、少司命「登九天撫彗星」、河伯「駕兩龍驂螭」、山鬼「乘赤豹從文貍」。㈣神的居處：雲中君安於壽宮、湘夫人「築室水中」、大司命居「天門」之內、少司命宿於「帝郊」，河伯住在「紫貝闕朱宮」之中、山鬼處於終不見天的「幽篁」裡等等。在這八篇中，並非每一篇都涵有這幾項，有的沒提到容狀，或者不曾言及職務，並非每篇都出於同一格式，而概括言之，從諸神的服飾容貌、行動靈異或職務、居處，都足以展現出每一神的特性來。再加上豐富的故事內容，它們實已具備了神話的條件。只是或因詩的藝術要求，或者是祀典的需要，這些神話，已很難組織出它們的原貌來。不過用於祀典的〈九歌〉歌辭之中，確乎寓有神話，這是可以肯定的。

三、〈九歌〉神話中的楚文化特質

上一節我們曾分析出（〈九歌·雲中君〉）八篇中實寓有神話的內容，只是不能曲盡其原有神話的面貌。現在我們可再進一步來觀察，〈九歌〉神話也絕非原始神話。關於這一問題，試依《山海經》中的記載便可以比較出來。如〈西山經〉：

> （玉山）是西王母所居也。西王母其狀如人，豹尾虎齒而善嘯，蓬髮戴勝，是司天之厲及五殘[72]。

這是有關女神的可怕又古怪容狀：〈西山經〉中還有關男神的，如鍾山之神人面龍身、槐江之神馬身人面虎文鳥翼、昆侖之丘之神虎身九尾人面虎爪。這些半人半禽獸的神貌，在

[72] 同注[33]，卷二，頁七六。

〈九歌〉中全不復見。〈九歌〉各篇中的稱呼「君」「帝子」「公子」「佳人」等等，都是把神視為人了。同時更予美化，像山鬼是「含睇宜笑」的美女、河伯是與女盡興而遊的浪漫多情男子，東君是「青雲衣白霓裳」的英雄、少司命則為「荷衣蕙帶」的翩翩少年等等。所映出的神貌都無異於人，顯而易見的〈九歌〉諸神已經過演化，純粹的類化於人了。從純粹人化這一角度來揣度〈九歌〉神話，在時間上與《山海經》所載的神之類型，想必有長久的差距。張光直〈商周神話與美術中所見人與動物關係之演變〉一文中曾云：

> 商周早期，神奇動物有很大的支配性的神力，而對動物而言，人的地位是被動與隸屬性的，到了周代的後期，人從動物的神話力量之下解脫出來，常常以挑戰者的姿態出現[73]。

張氏是從商周遺留下來的器物上美術紋樣研究而得的結論。他以為這是由於人文主義之興起，所以動物神話即漸見式微。換句話說：就是時間之流所衝激的文化變易，會影到神話的形態。這一論點張氏在〈商周神話分類〉裡也說過：

> 每一個神話，都多少保存一些其所經歷的每一個時間單位及每一個文化社會環境的痕

[73] 見張光直《中國青銅時代》（台北：聯經出版社 一九八三）頁三三五。

跡。過了一個時間，換了一個文化社會環境，一個神話故事，不免要變化一次[74]。

這不只是說明「時間」對神話演變轉化的關係，其所強調的「文化社會環境」，也提示出空間的不同，文化質素的差異，同樣地會牽連到神話的變化或分歧。現在我們可以從下面《尚書・堯典》的一段記載，來觀察地域的各別文化，反映在神話上的情形。

乃命羲和，欽若昊天；歷象日月星辰，敬授人時。分命羲仲，宅嵎夷，曰暘谷。寅賓出日，平秩東作；日中、星鳥，以殷仲春。厥民析；鳥獸孳尾。申命羲叔，宅南交。平秩南訛；敬致。日永、星火，以正仲夏。厥民因；鳥獸希革。分命和仲，宅西，曰昧谷。寅餞納日，平秩西成；宵中，星虛，以殷仲秋。厥民夷，鳥獸毛毨。申命和叔，宅朔方，曰幽都。平在朔易；日短、星昴，以正仲冬。厥民隩；鳥獸氄毛。帝曰：「咨！汝羲暨和。期三百有六旬有六日，以閏月定四時成歲。允釐百工，庶績咸熙。」[75]

這裡所載的是堯命羲氏、和氏之仲叔四人，居於東、南、西、北四方，主持觀日月星辰之現象，授人以春夏秋冬農耕之事。而《楚辭》中有關羲和的：

---

[74] 同上注，頁二九一。

[75] 屈萬里先生《尚書釋義》（台北：中華文化事業出版委員會一九五六）頁四。

吾令羲和弭節兮，望崦嵫而勿迫。〈離騷〉

羲和之未揚，若華何光？〈天問〉

羲和則爲神話中的一個人物，而不是指羲氏、和氏兄弟。他僅與「日」有關而已。又：

出自湯⑯谷，次于蒙汜。〈天問〉

是言日之出入之所，與〈堯典〉所載東、西之地名相類，但與羲和無關。

朝濯髮於湯谷兮，夕晞余身兮九陽。〈遠遊〉

魂乎無東，湯谷寂只。〈大招〉

這兩篇中都以「湯谷」爲神話地名，而不是現實界之地名。〈堯典〉裡有關羲和一節跟《楚辭》中的有如此的差別，我們可從幾個方向的可能性去臆測：⑴由於口傳流行，使羲和之說有了分歧。⑵楚人保留著羲和的原有神話。⑶楚人把古代傳說中的人物予以神化。⑷是〈堯典〉把神話中的人物現實化了。從以上四種可能性去省察，無論那一項可能性，使羲和成爲

---

⑯《山海經·海外東經》：「下有湯谷，湯谷上有扶桑，十日所浴。」郝懿行云：「《說文》作暘谷，《虞書》及《史記》作暘谷。」（同注㉝，頁三二八。）

神話中人物，楚人應該擔負這一責任。這或許跟楚地的民族性是有干係的。《史記·貨殖列傳》謂：

（西楚）其俗剽輕，易發怒。……（南楚）其俗大類西楚，……好辭巧說，少信77。

「剽輕」、「易發怒」，表示出其人缺乏理性而重感情，尤其「巧說」「少信」，都是不夠現實，不務實際的寫照，這種民族性是幻想遐思的沃土，是構設神話或變易神話的最佳條件。姜亮夫注〈天問〉「出之湯谷，次于蒙汜」之「蒙汜」，也曾作如下之說明：

蒙汜，即《爾雅》「西至日所入為太蒙」之「太蒙」。亦即《尚書》之「昧谷」。蒙、昧一聲之轉也。《尚書》言谷，此言汜，一以山為說，一以水為說，蓋齊魯西望則群山，南楚西望則雲夢之澤。說本一源，而各以方俗融之，因以有歧。此南北諸子之所由異也78。

姜氏自日入地名之異，以地理方位推想其所以異之故。我們姑且不論姜氏的聲轉跟地理方位是否正確，但從這日入地名之異，已可以了解有關這一傳說的分歧，很可能是地域不同的關

77 同注68，卷一百二十九，頁一三四〇。

78 見《屈原賦校註》頁二八二—二八三。

係，至於姜氏又進一層指出「方俗」在想像方面甚至思想上的影響，必然有不同的反應，實在是非常精到的觀察。我們從楚地方俗這一觀點，大略地可以解釋「羲和」在〈堯典〉和《楚辭》中所以轉化或分歧的問題了。同時使我們會去體認楚人特別具有神話的心靈。《漢書・地理志下》記載楚地：「信巫鬼，重淫祀。」[79]由祭祀本身來看，神話往往是設祀的依據或執照。而楚人「信巫鬼，重淫祀」的「信」而「重」，足以證明楚人具有豐富的神話資料以及愛好神話的心理意識。而這一種心理意識，即使知識階層也不例外。所謂「多稱昆侖，冥婚宓妃」[80]；甚而詭異之辭，譎怪之談[81]也會在筆觸下出現，而不以「虛無之語」爲嫌。可見楚人是普遍地愛好著神話的。這一現象與北地「萬物之怪書不說」[82]務實際的作風，大異其趣。容或北方民間有許多的神話流傳著，而知識階層則不屑將其形之於文字。這種情況實在是地域文化所使然的。

由上所述，現在再回轉到〈九歌〉，可以說這種與祀典有關的神話，也應該是楚人所特具的。試以《周禮・大宗伯》[83]所祀天神之名跟〈九歌〉的作一對照：

---

[79] 同注[18]，卷二十八下，頁八六一。案「信巫鬼」之「鬼」是包括「鬼神」而言，如《墨子》〈明鬼篇〉的內容，即是論鬼與神。

[80] 見班固〈離騷序〉（同注[1]，頁八十八）。

[81] 見《文心雕龍・辨騷篇》（台北：開明書店　一九五八，卷一，頁二九）。

[82] 見《荀子・天論篇》（王先謙集解本，台北：世界書局　一九五五，頁二一一）。案楊倞注云：「書謂六經也。」

《周禮》	〈九歌〉
昊天	太一
日	東君
月	
星	
辰	
司中、司命	大司命、少司命
飌師、雨師	雲中君

在這對照之下，顯然地《周禮》與〈九歌〉所祀不盡相同。即使祀神之名同，而其神話內容也不必一致，何況祀神之名有如此差異，楚人又有自己的想像意趣，所以〈九歌〉中這些神的神話，無論是楚人自創，抑或經由流傳而來，其中一定都蘊含著楚民族文化的因子在內。這一方面可從〈九歌〉中對神的意識觀念辨識出來。我們如果去檢查《詩經》的〈頌〉詩，就不難判別出與〈九歌〉的分野。雖然〈頌〉詩幾乎全為祭其先祖之作，但「天」（上帝）往往摻雜在裡面，即是雖一祀山嶽黃河的〈般〉[84]也仍是針對著「天」而言。且列舉

[83] 《周禮注疏》（台北：藝文印書館十三經注疏本）卷十八，頁二七〇。

[84] 參看屈萬里先生說。（同注[11]，頁二七九。又下引《詩》並同，不另注頁碼。）

〈頌〉詩數首及〈般〉於下：

昊天有成命，二后受之。成王不敢康，夙夜基命宥密。於緝熙，單厥心，肆其靖之。〈昊天有成命〉

我將我享，維羊維牛。維天其右之，儀式刑文王之典，日靖四方。……畏天之威，于時保之。〈我將〉

時邁其邦，昊天其子之，實右序有周。薄言震之，莫不震疊。懷柔百神，及河喬嶽。……〈時邁〉

綏萬邦，婁豐年，天命匪解。桓桓武王，保有厥士，于以四方，克定厥家。於昭于天，皇以閒之。〈桓〉

於皇時周，陟其高山。嶞山喬嶽，允猶翕河。敷天之下，裒時之對，時周之命。〈般〉

在這些詩裡，使人了解周人也把「天」給人格化了，但是「天」卻是天地間一切的主宰。所以周人對「天」絕對的信仰，而崇敬天，畏懼天，自動去順應天道。〈周頌〉中所顯示的「天」是「高高在上」「日監在茲」的[85]，這跟〈九歌〉所洋溢出來的纏綿婉轉之情，大相逕庭。即使在〈東皇太一〉中除了頌禱「君欣欣兮樂康」以外，沒有表示有一絲畏懼之意，

85 見〈周頌・敬之〉（同前注，頁二七四）。

也沒有強調太一的權威。當然，這並不代表楚人不崇敬、信仰太一，崇敬與信仰本來是設祀的原動力，只是楚人對太一的親切感，消減了畏懼心理，所以在態度上也不像〈周頌〉那樣的嚴肅了。楚人對最尊貴的太一——上帝，既是親切的稱其爲「君」，更何況其他諸神？本文在第二節裡曾解析出〈雲中君〉等八篇的神，雖然具有超人的能力和靈異，但這不是楚人所重視的地方，甚至除〈大司命〉之外，都不強調神的威靈。固然設祀必有其宗教意義，禮神的目的在求神佑。然而在這些歌辭裡所反映出來的是：楚人並不在謀求改善和神的關係，或企圖與神和諧相處。也不去求神力的支助。人所祈望於神的，更不是像後來漢人〈郊祀歌〉〈日出入〉那種，想要從現實超離而進入神的世界㊇，卻是人神之間近乎平等的交接。這實在是楚人人神戀愛的基本心理。關於〈九歌〉裡的人神戀愛，還有不同的看法。如聞一多在〈什麼是九歌〉裡說：

> 「人神戀愛」只是八章的宗教背景而已，而不是八章的本身。換言之，八章歌曲是扮演「人神戀愛」的故事，不是實際的「人神戀愛」的宗教行爲。而這些故事之被扮演，恐怕主要的動機還是因爲其中「戀愛」的成分，不是因爲人神的交接㊈。

㊇《漢書・禮樂志》載〈日出入〉云：「日出入安窮，時世不與人同。……吾知所樂，獨樂六龍。六龍之調，使我心若。訾，黃其何不來下。」（同注⑱，頁四九二）。此詩末有欲仙之意。

㊈同注⑰，頁二七六。

聞氏之說就如上文所引游國恩的意見一樣，想把「戀愛」孤立出來。事實上，「戀愛」的成分是屬於歌辭的內容；祭祀的行爲則由於宗教的動機，所以戀愛故事被用來作爲祀歌，其宗教性質是不能被抽離的。又有人認爲：

〈九歌〉表現的戀愛情節，是由感應的巫術的意識產生的，並不是一般學者咸信的「人神戀愛」，因爲男女巫在歌裡，不是代表凡間的人，而是宗教上的神，或神的配偶，他們不是後代神話中美麗的人神戀愛的主角[88]。

這又未免求之過深了。由本文第二節的分析，〈九歌〉歌辭中有八篇蘊含著故事，都應是基於先已流傳的神話。其中神的配偶或戀愛的對象，不是祀典裡暫時性的；也不是由感應的巫術意識產生的。他、她們是神話中的人物，是楚民族共同信念和情感的顯現，實在不能減縮爲一種偶發的事件。卡西勒說：

神話是情感的產物，並且它的情感的背景，將它所有產物都染上了它自己的特殊的色彩[89]。

[88] 見施淑女《九歌天問二招的成立背景與楚辭文學精神的探討》。（《臺大文史叢刊》一九六九　頁二一七）。

[89] 卡西勒著（劉述先譯）《論人》（台中：東海大學出版　一九五九）頁九四。

〈九歌〉裡的情感，不是由「巫」扮演的結果，而是出自歌辭所依據的神話。這些神話在本質上就是情感的，同時產生這種情感的背景，正是楚民族本身。從〈雲中君〉八篇的討論中，我們已經看到其神話的基調都是情感的，而顯露最多、最爲動人的就是男女相愛之情。特別在楚地專有的湘君、湘夫人、山鬼的故事裡，更可以發現對愛情執著的純情世界，那是楚文化裡的特質反映在神話之中。如湘君、湘夫人二者都是神，他們之間的戀愛情節，更不可能是由「巫」引起的。巫的作用，本來是溝通人神，在祀典中巫代表著神，「古者以巫降神，靈偃蹇兮姣服，言神降而託於巫也。」⑩也就是王國維所謂：「其詞謂巫曰靈，謂神亦曰靈。」⑪這樣使得「神」更具相化，與人的性質更接近，「巫」只不過是暫時性的代表，被神話中的戀愛情節左右而已。也因爲〈九歌〉歌辭中有戀愛的情節，朱熹遂視爲「褻慢淫荒之雜」「嫌於燕昵」⑫，這或許是他不了解〈九歌〉歌辭建立在神話上的緣故。同時楚人把這些神話中神的情感人化了，而竟用於祀典中做爲最佳獻禮。從這一行事裡面，很清楚地顯示了楚人並不以此爲褻慢淫荒，更足以證明楚人實具其浪漫的情調。是人的浪漫情調，也正是〈九歌〉神話世界中的。

---

⑩ 見「靈偃蹇兮姣服」句洪興祖《補注》（頁一〇一）。

⑪ 同注㉓，頁四。

⑫ 見《楚辭集註·九歌序》（同注❷）卷二，頁一。

四、〈九歌〉祀典儀式試析

從以上二、三節的探討，我們可以清楚的認識：〈九歌〉〈雲中君〉八篇中蘊有著神話，而神話裡的神貌及其情感都被「人化」了。這「人化」的動力應歸於楚人的特殊文化。關於〈九歌〉歌辭不僅內蘊神話而已，實際上其中還寓有〈九歌〉的祀典儀式。現在我們無法索求到像《周禮》、《禮記》等一類有關祭儀的典籍，能從中獲得〈九歌〉祀典的情況。所幸在〈九歌〉歌辭裡面反映出一些端倪，可以略窺其祀典儀式的型態及其降神之實質。今且以〈雲中君〉八篇為主，大概地作一討論。

上文曾提及〈九歌〉歌辭之中有些故事情節，在情節進行時，歌者的口氣往往不是出自一人。既然「謂巫曰靈，謂神亦曰靈」，姑且分別稱其為祭巫（主祭之巫）、神巫（象神之巫）。〈九歌〉就是由祭巫、神巫依照故事情節做為儀式活動的次序，同時以歌、舞展示神、人交接的相應表「情」和表「相」。朱熹所謂「或以陰巫下陽神，或以陽主接陰鬼。」[93]或者就是透過歌辭所顯示的現象而言；其實這正是祀典儀式依據歌辭內容所需要的。在〈九歌〉祀典過程裡，當祭巫、神巫一一歌舞著諸神的特性、遭際、感情種種，也就是各個神話的鮮活呈現，則歌舞某神的形貌、行止、心情之時，某神的具體事蹟霎時充溢於人心

---

93 見《楚辭集註》附〈楚辭辯證上〉（同注2）頁一八。

中，而某神當下即在。當然，並非眞的神降，而只是使人實有神降的感覺而已。在這裡可以舉一事例說明這種實覺。《左傳·襄公十年》：

宋公享晉侯於楚丘，請以桑林，荀罃辭。荀偃、士匄曰：「諸侯宋魯於是觀禮。魯有禘樂，賓祭用之。宋以桑林享君，不亦可乎！」舞師題以旌夏，晉侯懼，而退入於房、去旌卒享而還。及著雍，疾。卜，桑林見。荀偃、士匄欲奔請禱焉。荀罃不可，曰：「我辭禮矣，彼則以之。猶有鬼神，於彼加之。」晉侯有間[94]。

桑林是紀念成湯禱雨桑林[95]的樂舞。殷商至春秋宋國都以桑林祭成湯。宋公以祀祖樂舞享晉侯，是享賓而不是祭祀，所以沒有神尸。然而樂舞一開始，晉侯見到大旌，霎時感到成湯威靈降臨，畏懼而退。雖然去旌卒享，而在返國途中，依然感到成湯威靈的存在，因此而生病。如果桑林之舞沒有成湯的典實在內，即使大旌再特別，晉侯也不可能受到精神上的威脅。就因爲有成湯祈雨爲桑林之舞的依據，而晉侯確知此事，才會感到成湯降臨之實。面對歷史人物尚且如此，何況楚人又極其迷信，〈九歌〉中神的戀愛情節悱惻婉轉，與紀念成湯

[94] 《左傳注疏》（台北：藝文印書館十三經注疏本）卷三十一，頁五三九。

[95] 《呂氏春秋·順民篇》：「昔者湯克夏而正天下。天大旱，五年不收，湯乃以身禱於桑林。」（台北：世界書局一九五五）卷九，頁八六。

的桑林樂舞相較，應該更具有生動感人的效果了。由上文所舉的晉侯感覺，則〈九歌〉祀典其神降的實覺並不會出人意外的。即使雲中君「靈皇皇兮既降，猋遠舉兮雲中」；東君必須「杳冥冥兮以東行」，無法突破幽暗；大司命得與人「離居」，少司命是「儵而來兮忽而逝」；甚至「君不行兮夷猶」，竟又「駕飛龍兮北征」的湘君；「降兮北渚」已使人愁，終爲「九嶷紛兮並迎」而未至的湘夫人；河伯無可奈何地「交手東行」等等，那不過是故事情節中的事，卻無關乎神降的實覺。我們從這種實覺的方向，還可以再進一層去體會。在〈九歌〉神話中，如少司命與美人的永無會期、河伯終至別女而去、山鬼獨戀相思的悽苦、湘君、湘夫人相互在追求廝守的機會而難如願等等，這些情事都表示了神界並不圓滿如同人界。如果神界是圓滿而無缺憾的，則神是超越了人而人神是懸絕的；就是因爲神並不超越而外在於人，所以人界和神界裂隙被彌縫起來。同時〈九歌〉諸神的不圓滿情事，是人的意識所賦予所創設的神話，而在〈九歌〉祀典裡又還原給人了。換句話說：就是在祀典歌舞神的故事之當時，神即在人的意識中。所謂降神的實覺，不外是人意識中神降的眞實性。

不過我們要注意的是，這些歌辭並不是直接在扮演，或是僅止於敘述故事，而是在典禮進行中由巫來代表神話中人物歌舞。像〈雲中君〉這種樸素的神話，也只有祭巫（女）、神巫（男）的歌舞而已。而如〈湘君〉篇歌辭的結構，確實比〈雲中君〉的複雜得多。本文在第二節裡曾說〈湘君〉的祀典最爲繁富。現在姑以〈湘君〉篇的儀式略做探討。如「君不行兮夷猶」至「吹參差兮誰思」八句，無疑地是由祭巫（女）代表湘夫人的行止及心情之歌舞，而「駕飛龍兮北征，邅吾道兮洞庭」則爲神巫（男）代表湘君的自述。由此看來，〈湘君〉篇多半是籍祭巫（湘夫人）來表達相思之情和鍥而不捨的追求。但其中有些歌辭極其明顯地不像湘夫人所言，也不似出於湘君之口，如同第三者的旁白。

　　采薜荔兮水中；搴芙蓉兮木末。
　　鳥次兮屋上；水周兮堂下。

應是助祭之巫（下稱助巫）的歌辭。助巫的參與對〈九歌〉祀典是極爲可能的事。在《周禮》中有司巫，這一機構有男巫、女巫各司所職[96]。在信「巫」的楚國，從其「家有巫史」[97]的現象，可以推想到楚地巫風之盛。因此如〈九歌〉祀天神、地祇、人鬼的祀典裡有助祭之巫，並不出人意外。助巫既參與在祀典之中，一方面增飾祀典的熱鬧氣氛，而熱鬧氣氛又實具激情作用；一方面可使祀典儀式的進行，靈活而不呆滯。就〈九歌〉歌辭來說，有解說和補充的功用；而以其神話言之，其中故事情節更形生動。例如以上所舉的〈湘君〉篇「采薜荔」、「搴芙蓉」、「鳥次」、「水周」四句，暗示出湘夫人追求不得其所，終至是勞而無

---

[96] 《周禮·司巫》：「男巫掌望祀望衍，授號旁招以茅」。「女巫掌歲時袚除釁浴，旱則舞雩。……凡邦之大災，歌哭而請。」（同注[83]，卷二十六，頁四〇〇。）

[97] 見《國語·楚語下》（台北：商務印書館 一九五六）卷十八，頁七四。

所獲。這一暗示由助巫（像旁觀者的口氣）把故事的結局作一說明，同時也補充了湘夫人尋覓不得的自述。如此歌辭中的情節遂有了起伏的弧度，這一故事在發展上頗具委婉迴旋之致，而不是直線模式。這種委婉迴旋的過程，不僅使歌辭的形式多姿，在祀典裡更足以搖盪人心激發情緒。至於情緒，那正是祀典本身所需要的動力。此外〈湘君〉篇歌辭有：

> 薜荔柏兮蕙綢，蓀橈兮蘭旌。望涔陽兮極浦，橫大江兮揚靈。
> 石瀨兮淺淺，飛龍兮翩翩。

或爲湘夫人之辭，或爲湘君自述，但最可能的是助巫之歌。固然很難加以確定，不過〈湘君〉的祀典之有助祭之巫是可以肯定的事實。青木正兒就曾提出助巫的建議[98]，他曾舉出〈少司命〉：

> 入不言兮出不辭，乘回風兮載雲旗。悲莫悲兮生別離，樂莫樂兮新相知。

爲助巫所唱。我們可藉這一建議來檢視這四句的意義，以期更清楚地認識助巫在祀典中的作用。歌辭前兩句是助巫說明少司命的容止，而「生別之悲」、「新知之樂」正是爲少司命及美人當下心情的設想，從旁觀立場來補充少司命、美人的自述。其哀悽纏綿的戀情，不是當

---

98 同注19。

事者做主觀的表白，卻由旁觀的人以客觀身份來證實。在助巫增飾熱鬧的氣氛和證實之下，其悲楚的情意更形突顯，感動的層面因而擴展，感動的效果即隨之激增。在祀典進行之時，感動的效果愈大，則降神的力量顯得愈強，人在強力的激動下，才會產生神降的實覺。所以助巫在儀式活動上是有其作用的。（因爲忽略了助巫歌辭，是戴震等人誤以〈九歌〉爲「記事之賦」的原因之一。）由於各篇歌辭長短不一，故事情節不同，所以神巫、祭巫甚至助巫在各祀典裡的舞容固有差異，而所擔任的歌辭也有長短之別。像〈山鬼〉篇除了首二句或爲祭巫之歌外，其餘全似神巫之歌舞。（不過，如「采三秀於山間，石磊磊兮葛蔓蔓。」也有可能是助祭者所歌，以見其思公子之徒勞。）在這裡不再一一縷述，僅略舉其大概的模式。至於其儀式詳情，卻是無法得知的。

關於〈九歌〉祀典的感動效果所產生的神降實覺，我們還必需特別強調「舞」的功能性，尤其是巫「舞」。《墨子・非樂上》引先王之書云：「其恆舞於宮，是謂巫風。」[99]從這裡可以見出巫、舞的密切關係。巫所以能降神，「舞」應該是其最基本的憑藉。本來人的身體動作比語言的聲音的感動力尤強，何況「舞」是表意賦形極其具體而感性的。所謂「情動於中而形於言；言之不足，故嗟嘆之；嗟嘆不足，故永歌之；永歌之不足，不知手之舞之足之蹈之也。」（〈詩・大序〉）正是說明「舞」是最激情的行爲。人在「舞」的激情作用之下，往往會進入超我之境，人之所以信賴巫能降神，就是由於這種激情的作用。我們可以從

[99] 見孫詒讓《墨子閒詁》（台北：世界書局一九五五）卷八，頁一六〇。

這一角度來討論〈九歌〉祀典的巫「舞」。先說神巫。〈九歌〉祀典既是依據歌辭的故事情節，則神巫、祭巫都出現在祀典中參與歌舞活動。必須得注意的是〈九歌〉祀典的神巫卻不同於〈周頌〉的，在〈周頌〉裡無論上帝、祖先都高高在上，僅作爲被頌美的對象。縱然有如同〈小雅・楚茨〉所謂的「神保」，也不過是神來、降、享、去而已，並不參與歌舞活動。因此人、神之間的分界非常明顯。而〈九歌〉祀典中象神的巫是跟祭巫一起歌舞，神巫並非是個超越的存在，這一情形足可消解了人、神間的界線。〈九歌〉歌辭中的神，雖然已被人化了，而神之存在，只限於意會；祀典中的神則不然，神是具體地呈現出來，那就是象神的巫。古人祭祀所以用尸，不過是使所祀的對象「如在」而已。〈九歌〉祀典之有神巫，當然也不外「如在」之義。差別的是〈九歌〉祀典的神巫，並不是徒具形式或僵化的神尸，試看其歌辭所描繪的，可能就是神的舞姿。如龍駕帝服的雲中君是「靈連蜷兮既留」、「靈皇皇兮既降，猋遠舉兮雲中」；「靈衣被被，玉珮陸離」的大司命是「君迴翔兮以下」、「高飛兮安翔」、「高駝兮沖天」；青雲衣白霓裳的〈東君〉是「舉長矢兮射天狼，操余弧兮反淪降。援北斗兮酌桂漿，撰余轡兮高駝翔」；與女游的河伯是「衝風起兮水橫波」、「登崑崙兮四望」、「子交手兮東行」；含睇宜笑的山鬼是「折芳馨兮遺所思」、「表獨立兮山之上」等等，諸神極可能的各具舞姿，配合著歌辭展現出來。在祀典所依循的故事情節中，神巫舞著所象之神那種特定舞姿，當舞的高漲情緒當下，神巫的心理意識必然伴隨著故事的情節變化，很容易產生與神合一的感覺，則神巫即成爲神的本身。在祀典中的祭巫，也會像神巫一樣。當祭巫舞著歌辭情節所給予的特定舞姿，如「望夫君兮未來，吹參差兮誰思」（〈湘君〉）；「聞佳人兮召余，將騰駕兮偕逝」（〈湘夫人〉）；「折疏麻兮瑤華，將以遺兮離居」（〈大司命〉）；「滿堂兮美人，忽獨與予兮目成」（〈少司命〉）等等，由舞所激發的情緒動盪中，不覺地心與神會——自己本來就是那故事中的關係人物。而參與祀典的人，見到神巫、祭巫歌舞著故事情節的具體形象，深受神巫、祭巫的激情感染，尤其面對神巫生動而實有的存在，倍感親切，神就在此，神眞的降臨了。這可能是〈九歌〉諸神的祀典裡，爲什麼讓「神」也親自參與活動的緣故吧！

以上的〈九歌〉祀典儀式的特質分析，是以〈雲中君〉八篇爲主，現在再附帶地來討論〈東皇太一〉和〈國殤〉、〈禮魂〉三篇。這三篇的歌辭內容，雖然比較簡單，但在祀典儀式裡和其他八篇都應該是一致的。如〈東皇太一〉確有神巫、祭巫的參與祀典，如「靈偃蹇兮姣服」，正象徵太一神的舞容；「陳竽瑟兮浩倡」，陳本禮云：「此一巫唱而衆巫和也。」[100]則有助巫輔佐可知。由「浩倡」來看，助巫或者不止於一人。至於〈國殤〉和〈禮魂〉，極可能是連貫在一起的儀式（參見第二節）。〈國殤〉所祀的對象是泛指爲國捐軀的勇士，跟其他九祀以特定的「神」爲對象者不同。但其歌辭有「凌余陣兮躐余行」，自然是「殤」的口氣；而末四句「誠既勇兮又以武，終剛強兮不可凌。身既死兮神以靈，子魂魄兮爲鬼

[100] 見陳本禮《屈辭精義》（台北：廣文書局 一九六四）〈東皇太一〉注。卷五，頁二一。

雄。」實為祭者的贊頌之辭。所以〈國殤〉至少有祭巫、殤巫參與在祀典中歌舞。〈禮魂〉則為眾巫合唱之辭，其舞是「傳芭兮代舞」，這是整個祀典終了時隆重地結束的儀式。

陳本禮云：

〈九歌〉之樂，有男巫歌者，有女巫歌者，有巫覡並舞而歌者。有一巫倡而眾巫和者。激楚、陽阿，聲音淒楚，所以動人感神也[101]。

這是陳氏所見的感人動神的〈九歌〉儀式在各祀典或有不同之形式，同時又提示「聲音淒楚」之樂是〈九歌〉祀典感人動神的條件。當然，徒歌徒舞遠不如歌樂舞配合在一起的感動效果，所以陳氏所言不虛。不過他以「激楚」「陽阿」為〈九歌〉之音，卻是有問題的。在《楚辭·招魂》裡有關歌舞音樂之美的曾說：「涉江采菱，發陽阿些。」「竽瑟狂會，搷鳴鼓些。宮庭震驚，發激楚些。」激楚、陽阿是屬楚聲[102]；又《左傳》所載鍾儀之操南音[103]，

---

[101] 同上注，頁一。〈九歌·發明〉所云。

[102] 王逸注陽阿為「楚人歌曲。」（同注1，卷九，頁三四四）洪興祖補注激楚云：「淮南曰：揚鄭衛之浩樂，結激楚之遺風。」（頁三四六）

[103] 《左傳·成公九年》：「晉侯觀于軍府，見鍾儀。……使與之琴，操南音。……文子曰：……樂操土風不忘舊也。」（同注94，卷二十六，頁四四八。）

師曠之謂歌南風[104]以及《史記》有「爲我楚舞，我爲若楚歌」[105]等，足以說明楚地的音樂和歌舞跟北方的有別。而陳氏所引的「激楚、陽阿」僅爲楚聲、南音或南風，卻不必就是楚巫所用於〈九歌〉祀典者。《呂氏春秋．侈樂篇》云：「楚之衰也，作爲巫音。」[106]則楚之巫音雖或仍在南音的範疇之中，但它不是一般的楚聲，而是巫歌巫舞所特具的音樂。關於〈九歌〉所用的「巫音」，我們也是無法覓得有關資料，只有從其歌辭中略窺其梗概。陳本禮所謂的〈九歌〉之樂「聲音淒楚」，這極可能是從〈九歌〉歌辭內容——淒楚的故事推想出來的。歌辭內容與其樂曲，無疑地必是相互和諧的配合。陳氏的看法實有其可信性。再從歌辭所舉出的樂器著眼，如〈湘君〉有「吹參差兮誰思」，或爲祭巫（女）用簫來助舞容；〈國殤〉的「援玉枹兮擊鳴鼓」是指戰場上進軍所用，都不是祀典中的樂器。而從

揚枹兮拊鼓，陳竽瑟兮浩倡。〈東皇太一〉

緪瑟兮交鼓，簫鐘兮瑤簴。鳴篪兮吹竽。〈東君〉

成禮兮會鼓。〈禮魂〉

等句，計有鼓、鐘、竽、瑟、篪。或許〈九歌〉祀典樂器並不止於此，而所以表之於歌辭，

---

[104]《左傳．襄公十八年》：「晉人聞有楚師。師曠曰：不害。吾驟歌北風，又歌南風；南風不競，多死聲，楚必無功。」（同注[94]，卷三十三，頁五七九。）

[105] 見《史記．留侯世家》（同注[68]，卷五十三，頁八一七）

[106] 同注[95]，頁四八。

想必是其中犖犖大者，則〈九歌〉祀典所用除了鐘鼓，不外管絃。管絃的樂聲比較清銳悠揚，用來抒淒楚而又縈迴之情，最能如實地傳達出來，足以激發出相應的情感。加上時而鼓「交」或和之以「搖簴」之鐘聲，更有振撼的效果。何況「五音紛其繁會」（〈東皇太一〉），顯示出聲調的變化錯綜繁雜。從〈九歌〉歌辭反溯出來的，我們可以說：〈九歌〉之音清銳悠揚而悽婉；〈九歌〉之樂繁盛而多變，是具有強而有力的感動性能。而所以用這種音樂祀神鬼，在人的心理意識中必認爲可以感動神鬼，則神鬼也應被感動而來降了。

雖然〈九歌〉祀典，沒有像《周禮·大司樂》所規定的：樂六變天神降；樂八變地祇皆出；樂九變人鬼可得而禮[107]。但據上文所析，可以認爲〈九歌〉的歌樂舞型態，確具有降神的實效。而這一降神的歌樂舞，都是由巫來主持，應該稱其爲「巫術」。「巫術」如同宗教一般要依靠著信仰。上文引《漢書·地理志》曾謂楚人信「巫」，我們還可以從《楚辭》中去發現楚人之信賴巫術。試看〈離騷〉中有求教巫咸「巫咸將夕降兮，懷椒糈而要之」，此以下是巫咸轉達神的意旨，囑遠逝以求合的一些辭語。雖然這是想像之言，但卻透露出楚人信賴巫術的消息。又如〈離騷〉中以靈氛卜、招魂用巫陽、〈天問〉有「化爲黃熊巫何活焉？」等，都是跟巫術有關的。在這幾件巫術例子裡，可以探得巫術的性質。凡是人力所不能駕馭的事物，因不足或不安而產生缺陷時，是由巫術來彌補或挽救，而巫術針對彌補挽救足能表

---

107 同注83，卷二十二，頁三四二。

現其實效，這種實效是被人深信不疑。〈九歌〉祀典之降神憑藉巫術，必是相信其實效。由於楚人對巫術的信仰，則〈九歌〉祀典的神降實質，絕不是空洞無物的。只是〈九歌〉歌辭中甚少功利的禱辭，這跟巫能化人爲黃熊使生命不息的原始巫術信仰，相去已有很大的差距。〈九歌〉祀典的巫術，不僅發揮了神話故事的降神作用，更依藉巫之歌舞的激情及巫音的感召力，把超現實世界和現實世界連結在一起，而呈現出神降之實質。但是〈九歌〉祀典並非沒有宗教的意義。如同人對天的絕對信仰，那是宗教性的。〈九歌〉諸神所以被設祀，也是出自楚人對諸神信仰的宗教動機。所以〈九歌〉祀典是巫術、宗教的混合體。而其神降的眞實感，所仗恃的是靈覺與信仰，還有激情。

五、〈九歌〉歌辭的藝術特性

卡西勒論及神話時說：

> 神話結合了一個理論的元素和一個藝術創造的元素。它首使我們驚奇的是它和詩的緊密關連[108]。

[108] 同注[89]，頁八七。

依據上文所分析的，我們已可以認爲：《楚辭·九歌》除了〈國殤〉、〈禮魂〉，〈東皇太一〉三篇外，〈雲中君〉等八篇本身都具有神話的成份，而且不僅止於像卡西勒所謂的「和詩的緊密關連」而已，使我們更爲驚奇的是：其神話、詩的本身，又是配合巫音的歌舞，而此歌舞竟是其神話自身的祀典儀式。將神話、詩、歌舞、儀式數種和諧地融合爲一體，如同斑爛多采、紋理細密而又極爲明晰的無縫天衣。這一高度藝術的精緻佳品，無疑地是需要卓越的天才，運用他的巧妙匠心，才能適切地呈現出來。由本文第一節曾省察過有關〈九歌〉的成說，提及自王逸《楚辭章句》以後的學者；大多以〈九歌〉爲屈原之作，但近代人或以爲出自民間，遂使〈九歌〉詩的藝術屬性產生了問題。如要試去釐清這一問題，仍得從〈九歌〉的歌辭著手。既然〈九歌〉中多男女抒情之辭，姑且檢取《詩經》裡里巷歌謠的〈風〉詩[109]有關愛情的表述和〈九歌〉作一比較。

詩經	九歌
(一)有美一人，清揚婉兮。邂逅相遇，適我願兮。〈鄭風·野有蔓草〉	滿堂兮美人，忽獨與余兮目成。〈少司命〉
(二)有狐綏綏，在彼淇梁。心之憂矣，	悲莫悲兮生別離。〈少司命〉

[109] 朱熹《詩經集傳·序》云：「凡詩之所謂風者，多出於里巷歌謠之作。」（台北：啓明書局 一九五二 頁一）或以爲風詩入樂時曾經過修改，而其本質仍是民間歌謠。

之子無裳。……之子無帶。……之子無服。〈衛風．有狐〉

㈢云誰之思，美孟姜矣。期我乎桑中，要我乎上宮，送我乎淇之上矣。〈鄘風．桑中〉

「與女游兮九河」（始）——（至）「送美人兮南浦」。〈河伯〉

㈣參差荇菜，左右流之。窈窕淑女，寤寐求之。求之不得，寤寐思服。悠哉悠哉，輾轉反側。〈周南．關雎〉

帝子降兮北渚，目渺渺兮愁予。嫋嫋兮秋風，洞庭波兮木葉下。〈湘夫人〉

㈤願言思伯，甘心疾首。……願言思伯，使我心痗。〈衛風．伯兮〉

結桂枝兮延佇，羌愈思兮愁人。〈大司命〉

㈥彼狡童兮，不與我言兮，維子之故，使我不得餐兮。……使我不能息兮。〈鄭風．狡童〉[110]

怨公子兮悵望歸，君思我兮不得閒。……君思我兮然疑作。〈山鬼〉

以上所陳列出來的六組，並非用來證明人界、神界的分野，也不是要解說南北兩地戀愛情致

---

[110] 所引〈國風〉數詩並見注[11]，頁碼略。

上的差別。而是想從中凸顯出民歌的藝術風貌是完全不同於〈九歌〉的：

第㈠組：〈少司命〉之辭也如同〈野有蔓草〉詩一樣是來說明一見「適願」之意，而卻用「目成」—目會心許傳達出雙方當下的神情及心的悸動感受，可以說是人的行為與心靈在剎那間的接觸而產生出來的連繫。所以這跟只以「適願」來表心情的直切層面是不同的。「適願」具有普遍性的印象，人人可以體會揣摸得到，立刻即能認知；而「目成」則是從個別的具象掌持，再通至普遍性的印象，是經由折疊把兩層凝聚為一層。在措辭造語上，「適願」樸直，而〈九歌〉的「目成」則較精鍊。

第㈡組：〈有狐〉一詩為思婦之辭，寫離別牽掛的悲苦。其所牽掛的是生活整體面的某一事物——無裳、無帶、無服。當然這是最為親切而實際的牽掛，足以博得普遍的回響。而「悲莫悲兮生別離」，是把普遍的情理濃縮為一句。死別固然是大悲苦，但卻永遠斷絕了生活上牽掛。而「生」別卻是一直的懸念，永無盡期。所懸於心的，豈止於衣服而已，而是無限量的事事物物。這種不明指其事的辭語，其內蘊之深度廣度卻在無形中擴增。簡言之，「悲莫悲兮生別離」是辭語的濃縮，而離情別苦的內在卻相反的綿綿不絕的開拓著。

第㈢組：〈河伯〉篇的河伯是與「女」自河尾、河源、居所盡興而遊，終至相別而去。這跟桑中詩的思念、約會、至家、送別的過程，大致相似。而「衝風起兮水橫波」、「乘白黿兮逐文魚」，是用「衝」、「橫」、「乘」、「逐」等動態的字眼躍現出與女遊之樂，卻不明白地說出來。「心飛揚兮浩蕩」、「惟極浦兮寤懷」，是興致盎然及倦而思歸的心境過程表露。既至「送美人兮南浦」，「交手」爲別，把多情的心意，彬彬而蕭洒的風度很具體地描繪了出來。〈河伯〉的歌辭比起〈桑中〉的平直實在，不僅較爲含蓄，而且延展增飾其心境與容止的刻畫，更勾繪出生動的畫面。

第㈣組：〈關雎〉的寤寐皆思，繼而「悠哉悠哉，輾轉反側」，表示了求之不得的焦慮和憂傷。而〈湘夫人〉中的「目眇眇」──竭盡目力遠望以至凝視不清來形容望眼欲穿的愁腸，是把〈關雎〉同樣的「求之不得」以輕細柔迴且又優雅的動作反映出來。而這種細柔──「目眇眇」的活動，比「悠哉悠哉，輾轉反側」的深長沈重更具縈繞人心的韌性。同時下文「嫋嫋兮秋風，洞庭波兮木葉下」，用「嫋嫋」形容秋風，與上文用「眇眇」狀眼神，承接得非常調和，因爲「眇眇」「嫋嫋」都不是強性的形容詞。「洞庭波」與「木葉下」，皆因秋風而「波」而「下」，而遠視凝望者的愁心，也正如秋風中的波起木下之無量無止，外景也就是其內境。這比關雎「參差荇菜，左右流之」的比興，更能傳照出相思之情的具體形象。

第㈤組：〈大司命〉中的愈思愈愁的相思，以「結桂枝兮延佇」來形容。這似乎是一種無意識的行爲，而「結桂枝」的「結」這一動態，卻顯示出在失落茫然的愁緒之中，仍潛著始終不渝的情懷。而「延佇」是揭示了愁緒的黏著，不能揮之使去。刻骨鏤心的相思，極不似「甘心疾首」、「使我心痗」的快語傾洩。這種傾洩，極具撞擊人心的重量，但卻是一傾而盡，缺少餘波蕩漾的情致。

第㈥組：〈狡童〉詩是在直斥所愛情之不終，以「不能餐」表達了心中的怨懟。怨惱不食，乃是常情常理，能普泛地立刻被人感知其怨的程度。而〈山鬼〉篇的山鬼竟以「憺忘歸」來展現其幽怨。「歸」原是不可能忘的，人唯有在愛樂之中才會有留連忘返的情況；然而山鬼卻在焦心等待情之不終的所愛而忘歸，由此可見其期盼之情之深之切了。但期盼終至失望，失望就有產生怨懟的可能性，山鬼在期盼、怨懟的忘歸境地裡，卻仍替對方設想：「君思我兮不得閒」，這也為自己怨情解脫。然而在期盼的絕望下，這一怨望是無法抖落掉的，這從最後「君思我兮然疑作」的一再的懸想，可以得知其低迴的心情。在〈山鬼〉歌辭裡雖然未明白地直斥所愛，而其怨望在這種曲折迴旋的情思之下，愈發地鞭辟入裡。即使〈山鬼〉原來的神話內容，就是如此婉轉細膩，但用「詩」的體裁把怨情的心理能作如此貼切的表現，實非一般人所能做得到的。

以上概略的比較，並無意貶抑〈風〉詩的文學價值。文學的表現方式，本來就有直接和委婉的不同，而直接與委婉的不同表現方式本身，並無關高下軒輊的價值評估。本文所以用〈風〉詩、〈九歌〉中相似或相同的抒情境況來作比較，主要的是想要解釋民歌所特具的平直樸實的作風。從上面所列引的〈風〉詩，我們可以探得：所謂的民歌即使以外「相」來表內「情」，其外相往往具有普遍性的意識，如「不能餐」、「甘心疾首」、「輾轉反側」等等，使讀者很容易地當下接納；〈九歌〉的作者則不然，他把普遍性的外相，似乎曾予以細琢精鍊；也可能是信手拈來，在纏綿的心境現象和詞語之間，做了極恰切而又深刻的掌握，而且竟如此自自然然如實地給傳遞了出來。無論〈九歌〉作者是經過琢鍊抑或爲信手拈來，很明顯地這種豔溢的筆觸、綺靡的韻致都是出自文學的造詣或藝術的涵養。

固然，我們仍可以指稱：《詩經》、《楚辭》是由於南北兩地的文化迥異，遂使其作品的藝術風貌也因之不同。本來古人的區域地理，也正是其文化地理，而文化足以決定文學的作風；甚至還可以有理由說：〈風〉詩、〈九歌〉的體製有別，不能一概而相量。現在我們試舉出與《楚辭》體製相類的南方民歌—〈越人歌〉來看：

今夕何夕兮搴洲中流，今日何日兮得與王子同舟。蒙羞被好兮不訾詬恥，心幾煩而不絕兮得知王子。山有木兮木有枝，心悅君兮君不知[111]。

〈越人歌〉中用「兮」字，曾被游國恩視爲「《楚辭》的祖先」[112]。而其最後兩句「山有木兮木有枝，心悅君兮君不知」的句式與〈湘夫人〉篇「沅有芷兮醴有蘭，思公子兮未敢言」完全雷同，尤其此歌中的愛情基調跟〈九歌〉諸神的極爲相近。但是〈越人歌〉在辭意方面，卻只作直截的說明，而不像〈九歌〉那樣的技巧——或折疊、凝聚、濃縮其辭語；或延展增飾其形容；或縈繞、曲折而深刻地呈現出情意或形象。所以〈越人歌〉的平實質樸作風

---

[111] 見劉向《說苑．善說篇》（台北：商務印書館四部叢刊初編本）卷十一，頁五二。

[112] 同注[48]，頁五四。

和〈九歌〉的差距是非常了然的。如果再認為〈越人歌〉比較古老，不適合和〈九歌〉相提並論，也可以尋檢出《楚辭》以後的吳歌西曲[113]中抒情之作來作一比照：

始欲識郎時，兩心望如一。理絲入殘機，何悟不成匹。〈子夜歌〉

儂作北辰星，千年無轉移。歡行白日心，朝東暮還西。（同上）

相送勞勞渚，長江不應滿，是儂淚成許。〈華山畿〉[114]

布帆百餘幅，環環在江津。執手雖淚落，何時見歡還。〈石城樂〉

聞歡下揚州，相送楚山頭。探手抱腰看，江水斷不流。〈莫愁樂〉[115]

這是去先秦已遠的南朝民歌，其作風仍舊是把純實的情意，直截而淺顯的表露出來。直截淺顯地不加文飾，一般都易了解，本來就是民歌的特色，而這一特色，卻不能涵蓋〈九歌〉。

在這裡還可再去察看一首吳歌神弦曲中的〈青溪小姑〉：

開門白水，側近橋梁。小姑所居，獨處無郎。[116]

---

[113] 郭茂倩《樂府詩集》云：「西曲歌出於荊、郢、樊、鄧之間。」（台北：商務印書館四部叢刊初編本卷四十七，頁三六五。）是吳歌西曲的產地為古時之楚。

[114] 以上為吳歌。〈子夜歌〉同上注，卷四十四，頁三四六、三四七；〈華山畿〉，卷四十六，頁三六五。

[115] 以上為西曲。〈石城樂〉、〈莫愁樂〉同上注，卷四十七，頁三六九。

[116] 同注[113]。頁三六二。

雖然在歌辭中透露出人對所祀的對象也有親切感，但其措辭仍然是質樸無華，跟〈九歌〉那種綺麗的辭采，全異其趣。像〈青溪小姑〉一類的作品，才是眞正的民間祭歌。而〈九歌〉卻不是的。

在抒情上的構思或措辭，〈九歌〉固然不同於民歌，而在意象塑造方面，〈九歌〉之辭也揚露出作者的藝術才能。在這裡且略述其要。譬如

靈皇皇兮既降，猋遠舉兮雲中。〈雲中君〉

倏而來兮忽而逝。〈少司命〉

都是言其「降」、「去」之疾速。可是其中仍然有分別。這兩種「降」、「去」形容，正指「龍駕帝服」（〈雲中君〉）、「荷衣蕙帶」（〈少司命〉）的降去，則雲中君「與日月齊光」的莊嚴身份跟少司命「竦長劍兮擁幼艾」的翩翩少年形象，都恰切地給烘托出來。再如「雲在天間無所不至」的現象，在〈雲中君〉的歌辭中是「覽冀州兮有餘，橫四海兮焉窮。」就把雲之居高臨下，莫之夭閼的流動的廣大無際的特性，很具體的顯現出來，而雲中君的靈異也特別彰著了。雲本來是流動的，歌辭或易把握，但如〈大司命〉

廣開兮天門，紛吾乘兮玄雲。令飄風兮先驅，使涷雨兮灑塵。

跟〈雲中君〉的全然不同。其神話可能是「大司命從天門出來時風雨交加。」而其歌辭的順

序是：在天門為大司命廣開以後，黑雲從裡面翻騰著直湧而出，隨之飄風疾起，凍雨又繼之而下。這不是紙上呆板的圖畫，而是流動的場景。這一流動的場景是大司命威靈所役使的，所以大司命在其中也鮮活起來。從以上的例子，可以看出〈九歌〉的作者，不僅在意象上做妥貼的描繪，能操縱現象的特性，而更塑造了流動的場景，使神話人物生生的活現。除此之外，有關心情動態的抒寫，如上文所述〈湘夫人〉「嫋嫋兮秋風，洞庭波兮木葉下」，就屬於這一類的。另如〈山鬼〉「君思我兮然疑作」以下

> 雷填填兮雨冥冥，猨啾啾兮又夜鳴。風颯颯兮木蕭蕭，（思公子兮徒離憂。）

第一句與第三句是聽覺、視覺的總合，第二句則為聽覺，這裡的聽覺和視覺是發自當前的外境，而這外在的愁慘實景，也正是山鬼當下的心情。山鬼耐心地等待所愛，而且在為對方設詞，最後仍不見其來。山鬼在幽深的怨思下，她的心情就像翻滾不安的「填填」之雷；無望的晦闇如「冥冥」之雨；猨之「啾啾」原為悲聲，而「夜鳴」益增其悲；加上「颯颯」的秋風，「蕭蕭」之落葉，是一片凋零、飄蕩而又淒涼的景象。山鬼的心情恰好與這外景疊合，則山鬼的情感波動很清楚地映現出來。同時這些外景是可以看得見、聽得到的，所以山鬼心情畫面的悸動、顫抖，也可以使人如實的感覺得到。因此當「既含睇又宜笑」的山鬼唉嘆著「思公子兮徒離憂」時，足以喚起讀者的共鳴。從這一分析來看，〈九歌〉意象塑造的藝術，實具強力的感動效果。又〈湘夫人〉篇「築室水中」一段云

築室兮水中，葺之兮荷蓋。蓀壁兮紫壇，匊芳椒兮成堂。桂棟兮蘭橑，辛夷楣兮葯房。罔薜荔兮爲帷，擗蕙櫋兮既張。白玉兮爲鎭，疏石蘭兮爲芳。芷葺兮荷屋，繚之兮杜衡。合百草兮實庭，建芳馨兮廡門。

這是湘君在「聞佳人兮召予，將騰駕兮偕逝」爲湘夫人所築之室。此室之築材竟是如此多的香草香木，且不論其在視覺上所造成的繽紛多采及在嗅覺上那種混合的奇香。現在就其築室的過程至完成而言，歌辭所顯示的是由外而內，再由內而外，而且愈築愈精緻細膩。其中「葺」、「匊」、「罔」、「擗」、「爲」、「疏」、「繚」、「合」、「實」、「建」等，都是築室之下的動詞。即使沒有動詞「蓀壁」、「桂棟」、「辛夷」的三句，也能了解都是在築的過程中之項目。因此，此室的畫面絕非靜物的寫實，而是築室過程種種動態的攝影。而在這動態之中更見出湘君的深情。他是在「聞佳人召予」興奮欣悅的情緒下，來築室水中。在構築愈來愈精細的過程裡，透露了湘君求其盡善盡美的心意；更可以說這種表現是湘君對湘夫人之將來聚合的珍重情懷。「情」本質上不是靜止的，而是活動的。情動於中而形之於外，故所築之室是在「動」中進行，則築室的動態影像，也恰恰反映出湘君的情感影像。如果我們爲〈湘夫人〉篇所感動，不只是爲其追尋無著落的結局，這種芳美的動態畫面，也傳出情的感動力。從另一方面來看，在〈湘夫人〉篇裡除了「帝子」「佳人」，並沒有形容湘夫人的容貌（如同山鬼「含睇」「宜笑」之類），而這一由深情經營的芳美精緻之室，其居停主人之容貌，雖未曾加以描繪，卻已經被襯托出來了。所以此築室的意象，不僅顯著了湘君之「情」，同時也映現出湘夫人之「容」。我們在此仍要注意的是：這一段築室水中，原來神話，或許並不如此曲盡，而是〈九歌〉作者的延展增飾——文學上的美化。劉彥和所謂的〈九歌〉是「綺靡而傷情」[117]，像這一類的歌辭無疑地是有助於〈九歌〉綺靡之致的。而這種增飾，是受了淒楚繁盛的巫術音樂之影響？抑或是巫術音樂遷就這些綺靡的歌辭，恐怕就很難得到答案了。

六、從〈九歌〉的內容和作風推想其作者

依據上一節所分析，《楚辭》裏〈九歌〉的藝術性是不屬於民歌的，更發現其作者以塑造動態意象爲其擅場。固然神話故事及儀式活動甚至巫音，曾給予作者最佳憑藉，不過如不是有大才力和深湛的藝術修爲，也不可能有如此精美的詩篇。到底其作者是何許人，是屈原？還是其他的宮廷文人？是應去加以探討的。這自然是相當困難的工作，姑且從比對相關作品開始。先看去先秦未遠的漢〈郊祀歌〉第一首〈練時日〉，此祀歌不僅爲郊祀歌中最華麗的而且它仍舊是楚歌體（只在兩句中加一「兮」字即是），是值得參照的資料。

117 同注81。

練時日，侯有望。焫膋蕭、延四方。九重開，靈之斿。垂惠恩，鴻祜休。靈之車，結玄雲。駕飛龍，羽旄紛。靈之下，若風馬。左倉龍，右白虎。靈之來，神哉沛。先以雨，般裔裔。靈之至，慶陰陰。相放悲，震澹心。靈已坐，五音飭。虞至旦。承靈億，牲繭栗，粢盛香，尊桂酒，賓八鄉。靈安留，吟青黃。偏觀此，眺瑤堂。衆嫭竝，綽奇麗。顏如荼，兆逐靡。被華文，廁霧縠。曳阿錫，佩珠玉。俠嘉夜，茝蘭芳。澹容與，獻嘉觴[118]。

這首〈練時日〉裡有歌、樂、舞、祭品，也有人的活動以及神靈之下、來、至、坐、留的記述，雖然這跟〈九歌〉〈東皇太一〉的內容略有形似，但其所刻繪的祀典隆盛周詳，神靈的容止又極其高貴，與〈東皇太一〉的肅穆明快而又親切的意味並不相類。實際上，〈練時日〉在整體結構上和《詩經》〈小雅．楚茨〉（見本文第一節引）卻頗爲相近，只是所鋪陳的祀典比〈楚茨〉的盛麗而已。此歌除了「靈之下若風馬」、「靈之來神哉沛」等幾句較爲跳脫此以外，極似一幅色彩繽紛、人物鮮明以及具有熱鬧場面的祭祀畫圖，這一畫圖，可以是紙上的筆墨或者是壁上。其所以如此，想必是其歌辭全爲客觀描述而流於形式化之故。〈練時日〉以下的十八首〈郊祀歌〉，在結構上比〈練時日〉簡單得多，如與〈九歌〉相比

[118] 同注[18]，頁四八九。

較，其中只有〈日出入〉一首稍生動些，其他諸歌都欠缺活潑的情致。〈郊祀歌〉所以比〈九歌〉板滯，其主要的原因是歌中沒有故事性，也無「情」可見，更無法談到浪漫的氣息了。這實在是〈郊祀歌〉和〈九歌〉最大的分野之處。當然像〈郊祀歌〉的如此作風，或許是由於有漢大帝國所要求的祀禮要尊崇隆重之故。所以我們不必從浪漫性的層面去追詰，轉向到祀歌的辭采方面著眼。〈練時日〉雖頗有辭采，然如〈東皇太一〉之「玉珥」、「璆鏘」、「琳瑯」、「瑤席」、「玉瑱」、「蕙肴」、「蘭藉」、「桂酒」、「椒漿」等等，其采之麗，實不亞於〈練時日〉，而遑論〈湘夫人〉篇「築室水中」等等華美的意象了。因此，如果〈郊祀歌〉是出於司馬相如等文人之手[119]，則也有理由相信〈九歌〉是屬於知識階層的作品。

至如〈湘夫人〉篇「築室水中」一段，其歌辭不僅運用了種種香草的素材而摛采揚麗，僅就其「室」所鋪陳的「壇」、「堂」、「棟」、「橑」、「帷」、「櫋」、「鎭」、百草之「庭」、還有「廡門」，這種堂皇的建築和室中的設備以及「罔」薜荔、「疏」石蘭、「繚」杜衡於芷葺之荷屋上等等細緻的雕繪，絕非一般平民的經驗中所能有，而應屬於貴族意識裡室屋的風貌。藉此可想見〈九歌〉作者的身份。

再者，本文第二節曾經提及〈九歌〉除了〈東皇太一〉最爲尊貴之神外，其他各篇皆以

---

[119] 同注[18]。

所祀對象之「行事」爲其主要內容，尤其諸篇內，人之「情」的成份非常濃重(見第二節)，即使〈國殤〉主述戰場之慘烈，而「出不入兮往不返，平原忽兮路超遠」之辭，不只是言事實，同時更設身處地爲〈國殤〉的情境著想而流溢著痛惜哀傷之情。所以〈九歌〉是篇篇有「情」味。尤其是〈雲中君〉等八篇人、神或神與神的交接，可以發現〈九歌〉整個的感情基調，實在是建立在淒楚哀婉上。再則試看〈九歌〉的體製。〈九歌〉中只有〈國殤〉一篇純爲七字句式，其他各篇在整齊的句式中偶有參差，例如〈東皇太一〉「吉日兮辰良」、「瑤席兮玉瑱」、「揚枹兮拊鼓」五字句摻雜在全篇六字句式中；〈雲中君〉全爲六字句，其中唯有「龍駕兮帝服」爲五字；〈湘君〉大體爲六字句，偶或夾有五字者，「期不信兮告余以不閒」則爲九字；〈山鬼〉全篇是七字句式，而仍有九字「余處幽篁兮終不見天」的句子。這種在一篇裡錯落的句式形態，在〈離騷〉中也常常出現。〈離騷〉中的「兮」字是居於兩句之間，其句式多爲上七下六。但像「鷙鳥之不群兮，自前世而固然」(上六下六)、「屈心而抑志兮，忍尤而攘詬」(上六下五)、「夫維聖哲以茂行兮，苟得用此下土」(上八下六)等的不同句式，也時有所見。然而卻未曾有人懷疑過〈離騷〉非一人之作。因此〈九歌〉之句式固有其參差，也不足爲怪。同時〈九歌〉各篇自有其句式，這或許因內容之需要，或由巫音節奏的必然性，實不能說〈九歌〉是出於衆手。由於〈九歌〉在內容取材及感情的基調上，具有其統整性，它極似是一人之作。

如果認爲〈九歌〉的作者爲知識階層、貴族身份的某一人。我們可以再進一步去探索。

㈠以〈九歌〉所祀的對象而言，類別為天神、地祇、人鬼，依照《周禮》〈大宗伯〉：「大宗伯之職建邦之天神、人鬼、地示之禮，以佐王建保邦國。」[120]此為周之朝廷祭祀的典制，其人鬼是為周室祖先。而《國語》〈楚語下〉：

> 子期祀平王，祭以牛俎於王，王問於觀射父……對曰……：天子偏祀群神品物，諸侯祀天地三辰及其土之山川，卿大夫祀其禮，士庶不過其祖[121]。

由此可知楚朝廷所祀也不外天神、地祇、人鬼，只是不似天子偏祀群神而已。《楚辭》中的〈九歌〉所祀正是此三者，唯有「人鬼」則為國殤，即使人鬼的對象不同，其為人鬼則一；同時國殤之「殤」是以「國」來繫之，可見非普通尋常之殤，而是與國家有關者。因此〈九歌〉之祀典必楚朝廷所行。

㈡楚國朝廷為什麼在祀禮中把人鬼部份的先人更替為國殤？這必須要注意其歌辭的特徵。從〈國殤〉全篇的內容結構上看，其中所描述的戰爭之過程是：敵眾我強→敵強我烈→雖敗猶勇→戰事慘烈→全軍覆沒→雖死不悔。最後四句是頌贊國殤──為國犧牲的勇士，緊接著禮國殤之魂（本文第一節曾言及國殤、禮魂是二而一的祀典），而結束了這整個祀典。〈禮魂〉

[120] 同注83。
[121] 同注97。

最後所謂「春蘭兮秋菊，長無絕兮終古」，頗有英烈千秋的意味，是最高的頌禱之詞。再看〈國殤〉的體製方面，上文曾謂在〈九歌〉裡面〈國殤〉是唯一句式整齊的一篇，這顯示了〈國殤〉的特殊性。句式的整齊劃一，則其歌的音樂可能較句式參差錯落的其他諸篇少變化而沈滯。如上所述，我們若從〈九歌〉諸篇歌辭去反思，〈國殤〉歌辭雖然哀婉卻無浪漫氣息，是最爲嚴肅的歌辭；其儀式也最鄭重和完整（其他諸神篇後並未有禮神）；其祀樂比較典重。這都是〈國殤〉的特徵所在。準此特徵，我們似乎可以視國殤爲〈九歌〉祀典的重點。但爲什麼楚朝廷要隆重地祀國殤？是在何種情況之下需要爲國殤設祀？檢尋古籍史料可稽的有《漢書・郊祀志》載谷永上書成帝云：

楚懷王隆祭祀、事鬼祭，欲以獲福卻秦軍[122]。

「隆祭祀」的「隆」，可釋爲提升、豐厚、擴大等等，楚懷王所以祭鬼神，其目的是爲了得鬼神之助而卻秦。據此可見〈國殤〉或爲楚與秦戰之時而設祀的，因而其祀典最鄭重和最完整，也更具設祀祈福之義。《呂氏春秋》〈侈樂篇〉也曾說：

楚之衰也，作爲巫音[123]。

[122] 同注[18]，頁五六四。案懷王之先楚靈王時已有祭上帝、樂神明祈卻吳兵失敗事，（見《太平御覽》五二六引桓譚《新論》）則此種祭祀楚行之已久。（參看本書〈楚辭九歌的名義問題〉一文）

[123] 同注[106]。

此「作爲巫音」的「作」，應是「振而起之」之意，而「巫音」原用於祀典，「作爲巫音」實與「隆祭祀、事鬼神」同意。我們就〈侈樂篇〉與谷永之言，再對照《史記·楚世家》：懷王十一年爲諸侯縱長，是其盛時。後來曾四次慘敗於秦。一是十七年爲張儀欺楚之事而與秦戰；二是二十八年秦與齊、韓、魏共攻楚；三是於二十九年秦又大敗楚；四爲三十年秦伐楚取八城[124]。則〈侈樂篇〉所謂「楚之衰」當指懷王由「縱長」而衰落下來；而「作爲巫音」和谷永所云「隆祭祀、事鬼神」、「卻秦軍」，也應在懷王十七年、二十八至三十年間事。如果我們以懷王在慘敗之時，「欲以獲福卻秦軍」而「隆祭祀」「作爲巫音」遂爲國殤設祀，實爲合於情理的推測，其可能性也甚大。尤其在祭國殤以前，先祀天神、地祇，更顯露出懷王隆祭求助又鄭重其事的心意。

(三)如果是當懷王慘敗於強秦時而以九歌祀天神、地祇、〈國殤〉，則此〈九歌〉可能是出自何人之手？馬其昶曾云：

> 當懷王之世，懷王撰辭告神，舍原其誰[125]。

---

[124] 《史記·楚世家》：懷王十七年，秦大敗楚軍，斬甲士八萬，虜大將屈匄、裨將軍逢侯丑等七十餘人，秦取漢中郡。懷王怒，悉發國兵，又大敗。二十八年，秦與齊、韓、魏共攻楚，殺楚將唐昧，取重丘之地。二十九年，秦復攻楚，大破之，楚軍死者二萬，殺楚將景缺。三十年秦復伐楚，取八城。繼而爲武關之會。此後楚已無力與秦戰。（同注68，卷四十，頁六八〇—六八二，節引。）

[125] 見《屈賦微》（台北：廣文書局 一九六三）卷二，頁一〇。本何焯之言。

雖然其說並沒有確實的直接證據，證明屈原製作了這一〈九歌〉，但也不能證明非屈原之作。因爲當懷王之世，於現有典籍中還沒發現有其他宮廷文人的作品，可供我們去考徵。而王逸在〈九歌章句序〉中云：「〈九歌〉者，屈原之所作也。」對這最早的注家之言，雖無法證實，卻不失爲一個線索。《史記·屈原列傳》云：

屈原者，名平，楚之同姓也，爲楚懷王左徒。博聞彊志，明於治亂，嫻於辭令。入則與王圖議國事，以出號令；出則接遇賓客，應對諸侯。王甚任之。……使屈原造爲憲令[126]。

這裡說明了屈原是貴族身份、有豐富的知識及政治理想和見識，而且善於運用語言，極具表達的才力。由懷王「使屈原造爲憲令」，不僅揭示了「王甚任之」的事實，也可見出他在文字運用上卓越的能力。他似乎是一個才傾朝廷的人。由上文所析，〈九歌〉的作者是知識階層、貴族身份、具備藝術才質等跟屈原其人都不抵觸。史載，懷王十七年曾爲張儀事戰敗於秦；十八年張儀自往楚，懷王竟聽鄭袖復釋張儀離去，屈原使齊回來，曾諫：「何不殺張儀」[127]。如果這一史料可信的話，秦敗楚四次，除第一次屈原已使齊或居楚史無明文之外，

---

[126] 同注[68]，卷八十四，頁一〇〇四。

[127] 參看〈楚世家〉（注[124]）及屈原本傳（注[126]）。

其他三次屈原皆在朝廷[128]。當懷王隆祭祀、事鬼神，欲以獲福卻秦軍之際，其祀典樂章〈九歌〉之作，恐怕是「捨原其誰」了。即使在政治上懷王已疏屈原，不再「甚任之」，但這並不妨礙於「撰辭告神」方面借重屈原的才華。

㈣再以屈原著的〈離騷〉與〈九歌〉比對來看：〈離騷〉跟〈九歌〉抒情內容迥異，一是抒發一己；一是爲人、神或神與神間來表「情」。所以我們不在內容上作討論，而是由作者的心理感情、心靈樣態和文學之作風上來探析其間相類的跡象。

上文曾說過：〈九歌〉的整個基調是建立在淒楚哀婉上。所以淒楚哀婉，一方面或由於楚軍兵敗之故。像日神的神話本來有多種類型（在本文第二節曾有所列舉），而〈九歌〉中〈東君〉篇所強調的日神唯一行事爲「舉長矢兮射天狼」，固然或因承楚君之意而如此（即「欲以獲福卻秦軍」）；但整體〈九歌〉的哀淒情調，也顯示了屈原對當時楚國的實況「惟夫黨人之偷樂兮，路幽昧以險隘」（〈離騷〉）之了解，對卻秦的希望難以實現而憂心。一方面可能是屈原懷著受挫而仍不捨棄追求意願的心理使然。他曾經說過：

> 豈余身之憚殃兮，恐皇輿之敗績。忽奔走以先後兮，及前王之踵武。荃不察余之中情兮，反信讒而齌怒。余固知謇謇之爲患兮，忍而不能舍也。〈離騷〉

[128] 據〈屈原列傳〉頃襄王時始遷屈原。（同上注）

在〈離騷〉中他怕「皇輿敗績」，而今成爲事實（〈九歌〉之作應稍後於〈離騷〉）。他對國政之振作竟無著力之地，是因爲君信讒而不察其中情，使他徒勞無功。可是他那純眞又執著的感情驅使他並不因此罷休。在純摯而悲苦不捨的情意方面實與〈九歌〉神話中的有些符合。如「思夫君兮太息，極勞心兮忡忡」（〈雲中君〉）；「老冉冉兮既極，不寖近兮愈疏」、「結桂枝兮延佇，羌愈思兮愁人」（〈大司命〉）等人、神不能相共之悲、思念之苦以及〈湘君〉、〈湘夫人〉、〈山鬼〉的堅執情愫和再二再三的追求、期盼願望的達成，而最後終成泡影，這都與〈離騷〉中的情志無有二致。屈原憂世悵憾的心情，在〈九歌〉的基調上，我們發現它依然地存在著。

還有在〈離騷〉中我們可以覺察到作者對「時間」的敏感度極強。像「汩余若將不及兮，恐年歲之不吾與」[129]、「日月忽其不淹兮，春與秋其代序」，所以他「朝搴阰之木蘭兮，夕攬洲之宿莽」、「朝飲木蘭之墜露兮，夕餐秋菊之落英」，其自我修德[130]也緊持著「朝夕」之時間。即使在其神話世界裡面，「朝發軔於蒼梧兮，夕余至乎縣圃」、「朝發軔於天津兮，夕余至乎西極」、「及年歲之未晏兮，時亦猶其未央」等等，仍流露著不忘「時」的心理。這種意識也常見於〈九歌〉，如〈湘君〉：「朝騁騖兮江皋，夕弭節兮北渚」、〈湘

[129] 引〈離騷〉文。不另注頁碼。

[130] 參見本書〈屈原作品中隱喻和象徵的探討〉一文。

夫人行事）、〈湘夫人〉：「朝馳余馬兮江皋，夕濟兮西澨」（湘君行事），表現兩者追求對方，作者也以時間計。又〈東君〉全篇主要的是時間（見本文第二節）；〈山鬼〉的「東風飄兮神靈雨……歲既晏兮孰華予」之春怨，「風颯颯兮木蕭蕭，思公子兮徒離憂」的秋悲，都顯示出作者對間時的敏感心理。這跟〈離騷〉之間是有其共通性的。

本文第三節曾言及楚文化的特徵。以屈原的作品論，我們確實可以見到他是一個深具著楚文化心靈的人—特別偏愛神話。就〈離騷〉後半部份的神話世界言，像「縣圃」、「羲和」、「崦嵫」、「咸池」、「扶桑」、「若木」、「望舒」、「飛廉」、「雷師」、「帝閽」、「白水」、「閬風」、「豐隆」、「宓妃」、「飛龍」、「崑崙」、「流沙」、「赤水」、「天津」、「西極」、「西皇」等等，他役使著這許許多多神話中的人、地、物，堆砌而塑造了三個神話世界。我們可以說這種豐富的神話知識，也應屬於他「博聞強志」中的一部份。因爲他愛神話、有豐富的神話知識，才能嫻習地運用著它們。他的這一特色，我們還可以從〈天問〉中得到證明。如〈天問〉篇採取了許多的天、地、歷史甚至靈怪等神話素材，他應用了這些素材透露出一己的情緒和意向以及貫串、銜接了天人之間[131]。從這種嫻習神話而又擅長運用上著想，則〈九歌〉的主要內容是神話。其作者不只是活現了各神話的情節，而把儀式活動配合著歌樂舞有效的展現了出來（見本文二、四節所析）。雖然其手法或表達

[131] 參見本書〈楚辭天問隱義及有關問題試探〉一文。

方式跟〈離騷〉、〈天問〉的不同，但是在運用神話的藝術技巧方面，我們很難去設想另有其人。

〈離騷〉固然擷取了不少神話、歷史作爲其素材，而於草木之類、尤其是香草、所採尤夥。像江離、芷、蘭、木蘭、椒、桂、蕙、荃、蓀、留夷、揭車、杜衡、菊、荷、芙蓉、……等等，作者把它們串連起來作爲其好修不輟的表徵。而〈九歌〉中的香草也出現了不少，如蕙、蘭、桂、椒、薜荔、芙蓉、杜若、辛夷、石蘭、杜衡等皆是。雖然前者成爲隱喻或象徵的質料；而後者除了〈少司命〉以「蓀」爲稱代詞（如同〈離騷〉以荃、蓀稱代君）之外，其他多爲取其芳潔高尚之意而已。但是在愛取香草爲素材上，〈離騷〉、〈九歌〉之作者實有其共同愛好。

本文第五節析出〈九歌〉具有動態的意象。而這一特色在〈離騷〉中也經常出現。譬如言其服飾

> 扈江離與辟芷兮，紉秋蘭以爲佩。
> 製芰荷以爲衣兮，集芙蓉以爲裳。
> 高余冠之岌岌兮，長余佩之陸離。
> 折瓊枝以繼佩。

這些有關作者的服飾，其色澤鮮豔和光怪陸離都不是呆板的影像，而「扈」、「紉」、

「製」、「集」、「高」、「長」、「折」一類的動詞，傳達出生動的畫面，其修德不輟的堅執與強烈的意向，在其服飾連續增疊下，也隨著添置新的意象。再如「搴木蘭」、「攬宿莽」、「紉蕙茝」、「飲木蘭之墜露」、「餐秋菊之落英」、「擥木根以結茝」、「貫薜荔之落蘂」、「矯菌桂以紉蕙」、「索胡繩之纚纚」等等之表好修增德的也如同其表現服飾一樣。

> 余既滋蘭之九畹兮，又樹蕙之百畝。畦留夷與揭車兮，雜杜衡與芳芷。冀枝葉之峻茂兮，願俟時乎吾將刈。雖萎絕其亦何傷兮，哀眾芳之蕪穢。

這象徵了作者自我修德與培植賢者的熱誠意圖及最後的「冀」「願」被眾芳「萎絕」「蕪穢」破滅了理想而哀傷的內心歷程，而其色采繽紛、芳香洋溢的富豔場景，在「滋」「樹」「畦」「雜」的動作下鮮活起來。又如〈離騷〉三段神話的內涵和其流動的場景，也是屬於這一類的。即使〈九歌〉的內容和性質不同於〈離騷〉，但像「靈皇皇兮既降，猋遠舉兮雲中」（〈雲中君〉）、「荷衣兮蕙帶，儵而來兮忽而逝」（〈少司命〉）跟「廣開兮天門，紛吾乘兮玄雲。令飄風兮先驅，使凍雨兮灑塵」（〈大司命〉）的活潑的動態形象，以及〈湘夫人〉中「嫋嫋兮秋風，洞庭波兮木葉下」和〈山鬼〉的「雷填填兮雨冥冥，猨啾啾兮又夜鳴。風颯颯兮木蕭蕭……」那種映現出心情的生動物色等等（參見本文第五節），在構造動態意象上和〈離騷〉中的手法是異曲同工的。

〈離騷〉、〈九歌〉都是抒情的詩篇，而在表現上同樣地皆非以直接方式。像〈離騷〉作者所斥責的對象，往往不直指楚王和讒佞小人，而是指斥荃、蓀、薋、菉、葹、羿、澆、桀、紂以及鴆、鳩等等；同時炫耀自己，也是用蘭、蕙、芷、江離、芙蓉等等。表達個人對理想的追求乃用「滋蘭」「樹蕙」以及遠逝的三段神話。這種委婉邅迴的風貌，在〈九歌〉中也屢見不鮮。如〈雲中君〉篇對「覽冀州兮有餘，橫四海兮焉窮」的雲神，用「思夫君兮太息，極勞心兮忡忡」溫婉地傳遞了人對「雲」無法把握的傷悲；又如〈大司命〉篇「結桂枝兮延佇，羌愈思兮愁人。愁人兮奈何，願若今兮無虧。固人命兮有當，孰離合兮可爲。」娓娓而轉折地道出人對「大司命」的眷戀、思念、寄望之切和人神不能與共的無奈愁傷。再若〈湘君〉裡「采薜荔兮水中，搴芙蓉兮木末。」「鳥次兮屋上，水周兮堂下。」〈湘夫人〉有「鳥何萃兮蘋中，罾何爲兮木上。」「麋何食兮庭中，蛟何爲兮水裔。」是用譬喻暗示「湘君」和夫人彼此追求相聚的不得其所、徒勞無獲的事實。同時兩篇之中對所愛的迎接、期盼、失望、一再的追求、絕望後的心意寄託、茫然傷神等行事與感情，皆出以起伏紆迴之筆。從這概略的對照下，我們會察覺到〈離騷〉和〈九歌〉在表現上，都應是「屈原之辭優遊婉順」[132]、「其辭溫而雅」[133]的作風。

---

[132] 同注[1]，頁八七。
[133] 同注[1]，頁一一二。

從以上這些跡象的指向，我們如果以〈九歌〉的作者就是作〈離騷〉的屈原，實在是最具可能性的推測。無論〈九歌〉是受民間祀歌的影響或啓示而作[134]；或是僅僅更改了既有的歌辭[135]；甚至我們也可以認爲：〈九歌〉是改寫和美化了原有神話的新製品（參上文第五節），都不能排除屈原的介入。只是因爲〈九歌〉用於祀典，又是爲神話來表「情」，故而他對〈九歌〉跟〈離騷〉採取了不同的態度—比較客觀的來寫作。雖然在態度上比較客觀些，但當其筆觸之際，由那些神話的情節引發起一己的遭遇之慨，很難免地會把如同〈離騷〉中的憂思愁緒，不自覺地投注在歌辭裡面。而〈九歌〉那種哀悽的情調，並非要刻意地「託以諷諫」，藉以來揚露自我，應是他的純摯婉轉之情致，不容自已地自然的流露了出來。也同時以他卓犖的藝術才華「自鑄偉辭」[136]，完成了中國文學史上最奇麗[137]的抒情詩篇—〈九歌〉，

---

[134] 王逸〈九歌章句序〉：「九歌者，屈原之所作也。昔楚國南郢之邑、沅湘之間，其俗信鬼而好祠，其祠必作歌樂鼓舞以樂諸神。屈原放逐，竄伏其域，懷憂苦毒，愁思沸鬱，出見俗人祭祀之禮、歌舞之樂，其辭鄙陋，因爲作九歌之曲。……」（同注❶，頁九八。）

[135] 朱熹《楚辭集注・九歌序》：「……其祀必使巫覡作樂、歌舞以娛神。蠻荊陋俗，詞既鄙俚，而其陰陽人鬼之間，又或不能無褻慢淫荒之雜。原就放逐，見而感之，故頗爲更定其詞，去其泰甚。……」（同注❷，卷二，頁一。）

[136] 見注81。

[137] 劉勰謂：「是以枚賈追風以入麗，馬揚沿波而得奇。」（同前注，頁三〇。）

一直叩擊著讀者的心靈，被千古傳誦。

【原載《臺靜農先生八十壽慶論文集》（台北：聯經出版社頁二七一—三二四）一九八一年十一月】

伍、《楚辭・遠遊》溯源

——中國古代文學裡遊仙思想的形成

一、前言

劉勰《文心雕龍・辨騷》云：「〈騷經〉、〈九章〉朗麗以哀志；〈九歌〉、〈九辯〉綺靡以傷情；〈遠遊〉、〈天問〉瓌詭而慧巧；〈招魂〉、〈大招〉耀豔而深華；〈卜居〉標放言之致；〈漁父〉寄獨往之才。」❶這說明了《楚辭》中作品的內容及表現方式之「同」和「異」。大體言之，固然兩篇之間或有其共同或共通之處，但即使同一作者，由時移事遷，其作品也不可能出於同一模式，就像〈騷經〉和〈九章〉，這兩者依然有其殊異❷。劉

❶ 范文瀾《文心雕龍注》（台北：開明書店　一九五八）卷一，頁二九。按：所引「招魂大招」之「大招」，原作「招隱」，今據范氏校改正。

❷ 洪興祖《楚辭補注》就曾說：「〈騷經〉之辭緩，〈九章〉之辭切。」（台北：藝文印書館　一九八六）卷四，頁二〇二。（以下引《楚辭》諸篇並見洪書，不另注出）

氏之〈辨騷〉，雖然並未對各篇特色予以詳辨，而他確實提示了諸篇之不可一概而論。

本文即依據這一提示來探討《楚辭》〈遠遊〉的遊仙思想，因爲這一篇中所描繪的遊仙情境，很容易使人與他篇的非現實之遊混爲一談，以致〈遠遊〉的遊仙思想之特性，不能彰顯出來。所以本文首先釐清這種似是而非的嫌疑；進而追索〈遠遊〉裡「仙」的觀念和仙境是怎麼產生的？成仙爲什麼要養存修鍊？而成仙後所遊的非現實之神境又是如何締造的？這自然要根據〈遠遊〉的內容來解析。當省察了〈遠遊〉的思想意識、措辭用語後，發現本篇襲取《山海經》神話和老莊者甚夥，此三者不但對神仙理念具有誘導作用，而且也是完成遊仙的基本要素。因而本文將〈遠遊〉與《山海經》神話和老莊裡某些相同或相類的部份都列舉出來，互相比照，再予分辨，以顯現〈遠遊〉所別具的姿采。然後上溯《山海經》，檢視其神話部分，鉤掘出神話內蘊的意識。繼而剖析老莊思想和其詭辯的表現方式與《山海經》神話的關係所在。最後借著這一探討所得，來推論《山海經》神話意識和老莊思想的轉化。在連鎖交匯之下，它們不但是神仙理念完成的泉源，更爲遊仙思想所憑藉；同時並究明遊仙思想自具的質性及其所以融成的背景。

二、〈遠遊〉在《楚辭》中的個性

王逸〈遠遊章句序〉云：

〈遠遊〉者，屈原之所作也。屈原履方直之行，不容於世。上為讒佞所譖毀；下為世俗所困極，章皇山澤，無所告訴，乃深惟元一，修執恬漠，思欲濟世，則意中憤然，文采鋪發，遂敘妙思，託配仙人，與俱遊戲，周歷天地，無所不到。然猶懷念楚國，思慕舊故，忠信之篤，仁義之厚也。是以君子珍重其志而瑋其辭焉❸。

據這一序言，除了託配仙人，周歷天地的內容有不同於〈離騷〉、〈九章〉者，所陳述的幾乎都合於屈原的遭遇和情志，但如果我們就〈遠遊〉一篇作仔細的考察，將會發現本篇所蘊含的情志，絕不同於〈離騷〉、〈九章〉。試簡單比照如下：

〈遠遊〉開始首四句「悲時俗之迫阨兮，願輕舉而遠遊。質菲薄而無因兮，焉託乘而上浮」，即說明由於現實界之迫阨而欲脫困，他主要的意願是超凡飛升。這極不像〈離騷〉、〈九章〉裡那種在重重挫折之下而仍執著理想的意志，以及眷戀不忍捨去的深厚之情。自第五句「遭沈濁而汙穢」至「心愁悽而增悲」，確像〈離騷〉、〈九章〉中呈現的心情；而接著是「神儵忽而不返」到「世莫知其所如」一段，卻都是慕仙之思。其所謂「與化去而不見兮，名聲著而日延」似乎相類於「汨余若將不及兮，恐年歲之不吾與」、「老冉冉其將至兮，恐修名之不立」（〈離騷〉），然而前者既羨赤松、羨門等之「仙」名流傳，

❸ 見洪興祖《補注》卷五。

也希望個人之仙名日延；而後者則在於建立現實界中美善之名。這兩種意識是大相逕庭的。在「世莫知其所如」下云：

恐天時之代序兮，耀靈曄而西征。微霜降而下淪兮，悼芳草之先零。聊仿佯而逍遙兮，永歷年而無成。誰可與玩斯遺芳兮，晨向風而舒情。高陽邈以遠兮，余將焉所程。

這數句的語意與「悲秋風之動容兮，何四極之浮浮」（〈抽思〉）、「悲回風之搖蕙兮，心冤結而內傷」（〈悲回風〉）、「懷瑾握瑜兮，窮不知所示」、「伯樂既沒兮，驥將焉程」（〈懷沙〉）等等，極爲相類，是一種賢者生不逢時的哀傷及時不我與的遺憾。但在此段文字之前爲慕仙之思，此段之後除了曾出現「涉青雲以汎濫遊兮，忽臨睨夫舊鄉。僕夫懷余心悲兮，邊馬顧而不行。」頗似〈離騷〉篇末「陟陞皇之赫戲兮，忽臨睨夫舊鄉。僕夫悲余馬懷兮，蜷局顧而不行。」之外，全是描繪求仙道、修仙術，終至超凡飛升、遍遊天地六合、無往而不順利的逍遙自適之情境。所以〈遠遊〉「恐天時之代序」一段的「悼芳草」之情感，顯得極其薄弱，同時〈遠遊〉的「高陽邈以遠兮，余將焉所程」不逢時之憾恨，在〈離騷〉、〈九章〉中固然也往往看到這種心情；但是像「帝高陽之苗裔兮，朕皇考曰伯庸」、「昔三后之純粹兮，固衆芳之所在」（〈離騷〉）、「望三五以爲像兮，指彭咸以爲儀」（〈抽思〉）這一類的語意——對個人身世的莊嚴信念和對歷史上聖君賢臣的嚮往及仰敬，於

〈遠遊〉裡是難以見到的。再如〈遠遊〉「忽臨睨夫舊鄉」後，所表現的「思舊故以想像兮，長太息而掩涕」兩句，可能是王逸稱其「猶懷念楚國，思慕故舊，忠信之篤，仁義之厚也」的依據。可是〈遠遊〉作者在睨舊鄉、思舊故掩涕而已之下，立刻就「遐舉」了，與〈離騷〉「蜷局顧而不行」的濃烈感情完全不同。所以王逸「篤」、「厚」的歎美，實應移至〈離騷〉序中，因爲〈遠遊〉言及個人遭遇的感受和情緒波動的文字，在全篇中所佔有的分量極輕，〈遠遊〉作者的情感偏在成「仙」的方面，其心理的走向是求輕舉自適之樂，絕非一個受挫心靈的哀志傷情。由此觀之，以〈遠遊〉爲屈原所作，的確是有問題的。

至於王逸所云「深惟元一，修執恬漠，思欲濟世」的看法，也是有待商榷的。〈遠遊〉「羨韓衆之得一」，「一」這個理念，原是老莊思想的重點：又「求正氣之所由」在於「漠虛靜以恬愉兮，澹無爲而自得。」進而養存「壹氣之和德」，「壹氣」則講求「虛以待之兮，無爲之先」，這些語意也都是出於老莊，此一現象在《楚辭》他篇中是絕無僅有的；並且〈遠遊〉裡所以求正氣、壹氣的目的是要個人能夠銷去菲薄之凡質而成爲仙體，純粹是永遠超絕現實世界的意識，其中實無濟世的用心。至如像〈離騷〉「彼堯舜之耿介兮，既遵道而得路」、「湯禹儼而祇敬兮，周論道而莫差」那種崇仰堯舜三王以及「忽奔走以先後兮，及前王之踵武」的語句，自然可以稱其爲「思欲濟世」，於〈遠遊〉則不切。並且〈遠遊〉「求正氣之所由」的「正氣」，跟儒家也扯不上關係❹。〈遠遊〉裡既尋不出「孰非義而可用兮，孰非善而可服」（〈離騷〉）這一類的觀念，更不具有「九死不悔」、「體解不變」

〈離騷〉的忠貞堅志。所以本篇的作者應該是另有其人的。

從這些對照看，〈遠遊〉一篇不僅在情志方面與他篇不類，而其非現實之遊更與他篇懸殊，既異於〈離騷〉、〈九章〉，和〈九辯〉末章之義也有差別，這種獨特性正是〈遠遊〉在《楚辭》裡別具意義的地方。爲了凸顯〈遠遊〉這種特色，下文將以他篇涉及非現實之遊部分來和〈遠遊〉的作一對照。如〈離騷〉前半部分，大致是申述作者一己的情意、現實的挫折以及失志的傷痛和好修不輟之執著。後半部分則屢以想像遊於非現實世界，以求自我安頓。其非現實之遊共幻設出三個世界：

1. 駟玉虯以乘鷖兮，溘埃風余上征。朝發軔於蒼梧兮，夕余至乎縣圃。欲少留此靈瑣兮，日忽忽其將暮。吾令羲和弭節兮，望崦嵫而勿迫。路曼曼其修遠兮，吾將上下而求索。飲余馬於咸池兮，總余轡乎扶桑。折若木以拂日兮，聊逍遙以相羊。前望舒使先驅兮，後飛廉使奔屬，鸞皇爲余先戒兮，雷師告余以未具。吾令鳳鳥飛騰

❹ 陳本禮《屈辭精義》云：「其實文中扼要只內惟省以端操求正氣之所由，乃一篇大旨。其曰餐六氣，即餐此氣；審壹氣，即審此氣。即孟子所謂至大至剛直塞於天地浩然之氣，故能上天入地而與泰初爲鄰者，皆恃有此氣也。讀者泥於求仙之說，失其旨矣。」（台北：廣文書局，一九六四，卷六，頁一）按：陳氏此上曾云「此截〈離騷〉遠逝以下諸章，衍爲此詞，爲後世遊仙之祖。」則非不知此篇性質，唯泥於屈原忠貞，不應雜仙家之言，故引《孟子》而曲爲之說。

兮，繼之以日夜。飄風屯其相離兮，帥雲霓而來御。紛總總其離合兮，斑陸離其上下。吾令帝閽開關兮，倚閶闔而望予。時曖曖其將罷兮，結幽蘭而延佇。世溷濁而不分兮，好蔽美而嫉妬。

2.朝吾將濟於白水兮，登閬風而緤馬。忽反顧以流涕兮，哀高丘之無女。溘吾游此春宮兮，折瓊枝以繼佩。及榮華之未落兮，相下女之可詒。吾令豐隆乘雲兮，求宓妃之所在。解佩纕以結言兮，吾令蹇修以爲理。紛總總其離合兮，忽緯繣其難遷。……雖信美而無禮兮，來違棄而改求。覽相觀於四極兮，周流乎天余乃下。望瑤臺之偃蹇兮，見有娀之佚女。……鳳皇既受詒兮，恐高辛之先我。欲遠集而無所止兮，聊浮遊以逍遙。及少康之未家兮，留有虞之二姚。理弱而媒拙兮，恐導言之不固。世溷濁而嫉賢，好蔽美而稱惡。

3.折瓊枝以爲羞兮，精瓊爢以爲粻。爲余駕飛龍兮，雜瑤象以爲車。……邅吾道夫崑崙兮，路修遠以周流。揚雲霓之晻藹兮，鳴玉鸞之啾啾。朝發軔於天津兮，夕余至乎西極。鳳皇翼其承旂兮，高翱翔之翼翼。忽吾行此流沙兮，遵赤水而容與。麾蛟龍使梁津兮，詔西皇使涉予。路修遠以多艱兮，騰眾車使徑待。路不同以左轉兮，指西海以爲期。屯余車其千乘兮，齊玉軑而並馳。駕八龍之婉婉兮，載雲旗之委蛇。抑志而弭節兮，神高馳之邈邈。奏九歌而舞韶兮，聊假日以媮樂。陟陞皇之赫戲兮，忽臨睨夫舊鄉。僕夫悲余馬懷兮，蜷曲顧而不行。

第一個非現實之遊，雖然役使神話中的人、地、物甚多，似可與〈遠遊〉相類；但其遊只是漫遊，也僅僅指向「帝」的所在。而且在遊中並不順利，像「日忽忽其將暮」、「雷師告余以未具」、「飄風屯其相離兮，帥雲霓而來御」，時間的限制、準備未周、自然現象的阻力，即使最後已至天帝之所，卻被帝閽拒於閶闔之外。而〈遠遊〉之遊是遍遊，又遊必有方，且又無往而不順，尤其在「掩浮雲而上征」後，「命天閽其開關兮，排閶闔而望予。召豐隆使先導兮，問太微之所居。集重陽入帝宮兮，造旬始而觀清都。朝發軔於太儀兮，夕始臨乎於微閭。」如此盡興遊於天帝之宮庭，跟〈離騷〉中被拒於閶闔之外，自有霄壤之別。又〈遠遊〉裡於南方遊時，有「雌蜺便娟以增撓兮，鸞鳥軒翥而翔飛」一項高空之舞，這比〈離騷〉「雲霓來御」、「鸞鳥先戒」要輕鬆愉快多了。其所以輕鬆愉快，應是〈遠遊〉作者確已擺脫了「悲世俗之迫阨」的心理，而〈離騷〉這一非現實世界卻是被籠罩在作者現實受挫心理的陰影之下。

第二個非現實之遊，是一連串周流而辛苦地追求美女，在追求過程中，不是其地無女；就是如宓妃之緯繣無禮；又兩次皆由理弱媒拙而不諧，結果是一無所獲，最後和第一個非現實之遊一樣，作者仍顛隕在溷濁的現實層面上。而〈遠遊〉則「祝融戒而還衡兮，騰告鸞皇迎宓妃」，宓妃是迎侍佳賓的美女，與〈離騷〉中的無禮形象大不相同。且〈遠遊〉中非去求女，而女已爲之備，並「張咸池奏承雲兮，二女御九韶歌。」眞可謂「羌聲色之娛人」了。這和〈離騷〉所呈現辛苦求女而屢挫的情形迴異。

第三個非現實之遊，作者將要「遠逝自疏」，是藉靈氛和巫咸之口道出其理由和決心。由於這一決心，其非現實之遊境塑造的極爲盛麗，在漫遊之時也顯得意氣飛揚。但在遊程中仍有障礙，「忽吾行此流沙兮，遵赤水而容與」、「路修遠以多艱兮，騰衆車使徑待」，雖然障礙解除了，卻在心情悅適之際，「忽臨睨夫舊鄉」，遂悲懷難抑，依然又陷入現實愁苦之中。

從〈離騷〉三個非現實之遊來看，作者雖已自我提升，而現實挫傷心理仍然在非現實世界裡映現，這顯示了對現實界難以割捨的感情，所以終至落回到現實的憂困之境裡，這與〈遠遊〉的超絕塵寰，莫之夭閼的暢遊於天地四方，最後「與太初以爲鄰」而不再返回現實界的心理意識，實在是如同兩極。

在〈九章〉裡有關非現實之遊，只有在〈涉江〉和〈悲回風〉兩篇裡曾出現過：

> 世溷濁而莫余知兮，吾方高馳而不顧。駕青虬兮驂白螭，吾與重華遊兮瑤之圃。登崑崙兮食玉英，與天地兮同壽，與日月兮同光。哀南夷之莫吾知兮，旦余濟乎江湘。
> 〈涉江〉
>
> 凌大波而流風兮，託彭咸之所居。上高巖之峭岸兮，處雌蜺之標顛。據青冥而攄虹兮，遂儵忽而捫天。吸湛露之浮源兮，漱凝霜之雰雰。依風穴以自息兮，忽傾寤以嬋媛。馮崑崙以瞰霧兮，隱岐山以清江。憚涌湍之礚礚兮，聽波聲之洶洶。紛容容之無

經兮，罔芒芒之無紀。軋洋洋之無從兮，馳委移之焉止。漂翻翻其上下兮，翼遙遙其左右。氾潏潏其前後兮，伴張弛之信期。……借光景以往來兮，施黃棘之枉策。求介子之所存兮，見伯夷之放跡。心調度而弗去兮，刻著志之無適。〈悲回風〉

〈涉江〉一段非現實之遊，極爲簡捷而短暫，其遊卻是暢利無阻，而其自「世溷濁」中陡然地起飛和直線下降於起點上，這跟〈離騷〉中遊的方式並無二致。〈悲回風〉的非現實世界有三：在山、在水、在陸。在山之遊尚從容自如；而在水則轉爲淒苦，其中所形容水波之聲及水流之貌，都暗示出人的心緒洶湧紛亂，這外景正是作者現實界的心境。不過由「伴張弛之信期」之思，可以見到作者在澎湃的情緒中，仍稟持某種價值的肯定。所以在陸部分走向追求歷史上的賢者。雖然〈悲回風〉這一非現實之遊，其遊的方式與〈離騷〉不同，而原本期望超離現實，卻又不容自已的返回，心中絓結不解的困境則與〈離騷〉無異。

至於〈九辯〉，其全篇充溢著人在現實界失志不平之鳴，摻合著秋氣、秋景、秋意之象所激發的愴怳慘悽之音，人在這種悲涼的重壓之下，其末章也有超越自我的非現實之遊：

願賜不肖之軀而別離兮，放游志乎雲中。乘精氣之摶摶兮，騖諸神之湛湛。驂白霓之習習兮，歷群靈之豐豐。左朱雀之茇茇兮，右蒼龍之躣躣。屬雷師之闐闐兮，通飛廉之衙衙。前輕輬之鏘鏘兮，後輜乘之從從。載雲旗之委蛇兮，扈屯騎之容容。計專專之不可化兮，願遂推而爲臧。賴皇天之厚德兮，還及君之無恙。

此遊也是陡然飛升，而其乘精氣遍歷群神和通行無阻的情況，確似〈遠游〉篇，只是言之簡略而籠統，不如〈遠遊〉那樣鋪陳詳盡，而且也非往而不返。雖然〈九辯〉的非現實之遊，同於〈離騷〉、〈九章〉的墜回原地，但其結處語意溫厚，而沒有憤慨和悵惘之情，這自然跟〈九辯〉作者的性情和感受有關。

以上檢討了〈離騷〉、〈九章〉、〈九辯〉中的非現實之遊，固然彼此有共同之點，而也各具情境，關於此，本文且置而不論，重點是在它們與〈遠遊〉的異同上。根據它們的內容，不能否認的是與〈遠遊〉間的共通性，那就是超越現實的願望和突破時空的限制。這使它們也有近乎吸風飲露的仙思，如「朝飲木蘭之墜露兮，夕餐秋菊之落英」、「折瓊枝以為羞兮，精瓊靡以為粻」（〈離騷〉）、「登崑崙兮食玉英，與天地同壽兮，與日月同光」（〈涉江〉）、「吸湛露之浮源兮，漱凝霜之雰雰」（〈悲回風〉）、「乘精氣之摶摶兮，騖諸神之湛湛」（〈九辯〉）等。但是實際上，無論〈離騷〉、〈九章〉和〈九辯〉中的非現實之遊，在其全篇裡都非主題。尤其是〈離騷〉、〈九章〉都是象徵作者現實界中的心路歷程。它們的要旨不在求道成仙，即使〈九辯〉也不例外。為了能更明確的認知〈遠遊〉的個性，試舉出它們的幾點相異之處：

1. 〈遠遊〉全篇要在求仙成道，而遍遊天地六合，純粹是超絕現實界而逍遙自適的意識；他篇只是漫遊，藉以舒解現實悲痛的情緒，暫時寬鬆胸懷而已，並且與仙道無關。

2. 〈遠遊〉之登霞是經過養存修鍊，然後超凡質為仙體；他篇都是以凡質陡然飛舉。

3.〈遠遊〉中之遊，無往而不順利；他篇（除〈涉江〉、〈九辯〉也）則反映著現實受挫的心理。

4.〈遠遊〉之遊至最後，終於超絕塵寰，永不返回，得到大解脫；而他篇則皆墜回現實世界。

5.〈遠遊〉最爲特殊的是借重一些老莊的語句或語意，這是他篇所沒有的。

從這些相異之處可以看出來〈遠游〉是比較獨特的。此外，值得注意的是〈遠遊〉裡某些出於老莊的語意與《山海經》的神話頗有相關的現象，它們之間的關係下文將加以探討。

三、〈遠遊〉含蘊的特質

根據〈遠遊〉篇的內容取材，或擷老莊語意，或採神話傳說，而其神話傳說多與《山海經》中的有某種程度上的相類。對於這一現象，必須首先了解的是，〈遠遊〉中的思想意識並不完全是老莊原義，更不必是與《山海經》中的吻合無間。下面先列舉其相關文字以及轉化或增飾之處，也一同標示出來，以便進一步審視其意義。

1.質菲薄而無因兮，焉託乘而上浮。

《老子》十三章：「吾所以有大患者，爲吾有身。」❺

2.惟天地之無窮兮，哀人生之長勤。往者余弗及兮，來者吾不聞。

《莊子》〈齊物論〉：「終身役役而不見其成功，薾然疲役而不知其所歸，可不哀邪！人謂之不死，奚益！其形化，其心與之然，可不謂大哀乎？」❻

3.神儵忽而不返兮，形枯槁而獨留，內爲省以端操兮，求正氣之所由。漠虛靜以恬愉兮，澹無爲而自得。

《老子》三章：「爲無爲則無不治。」十六章：「致虛極，守靜篤，萬物並作，吾以觀其復。」三七章：「道常無爲而無不爲。……不欲以靜，天下將自定。」

《莊子》〈齊物論〉：「南郭子綦隱机而坐，仰天而噓，荅焉似喪其耦。顏成子游立侍乎前曰：何居乎？形固可使如槁木，而心固可使如死灰乎？今之隱机者非昔之隱机者也。」〈刻意篇〉：「澹然無極而衆美從之，此天地之道、聖人之德。故曰夫恬淡寂寞、虛无无爲，此天地之平而道德之質也。……其神純粹，其魂不罷，虛无恬惔，乃合天德。……靜一而不變，惔而无爲，動而以天行，此養神之道也。」

❺ 下文所引《老子》文並見樓宇烈《老子王弼注校釋》（台北：華正書局 一九八一）不另注出。

❻ 下文所引《莊子》文並見郭慶藩《莊子集釋》（台北：河洛圖書出版社 一九七四）不另注頁碼。

4.貴眞人之休德兮，美往世而登仙。

《莊子》〈大宗師〉屢言「眞人」，如「古之眞人，其寢不夢，其覺無憂，……古之眞人，不知悅生，不知惡死。……」〈刻意篇〉：「能體純素，謂之眞人。」

5.與化去而不見兮，名聲著而日延。

《山海經》〈中山經〉：「姑媱之山，帝女死焉，其名曰女尸，化爲䔄草。」〈海外北經〉：「夸父與日逐走。……渴死，棄其杖化爲鄧林。」〈大荒南經〉：「宋山……蚩尤所棄其桎梏是爲楓木。」〈大荒西經〉：「有神十人，名曰女媧之腸，化爲神。」❼

《老子》三七章：「道……侯王若能守之，萬物將自化。」

《莊子》〈逍遙遊〉：「北冥有魚，其名爲鯤，……化而爲鵬。」〈大宗師〉：「浸假而化予之左臂以爲雞，予因以求時夜；浸假而化予之右臂以爲彈，予因以求鴞炙；浸假化予之尻以爲輪，以神爲馬，予因而乘之。」

6.奇傳說之託辰星兮，羨韓衆之得一。

---

❼ 下文所引《山海經》文並見郝懿行《山海經箋疏》（台北：藝文印書館影阮氏琅嬛僊館本）不另注卷頁。

《老子》三九章：「昔之得一者，天得一以清，地得一以寧，神得一以靈，谷得一以盈，萬物得一以生，侯王得一以爲天下貞。」

《莊子》〈齊物論〉：「道通爲一。」〈大宗師〉：「夫道……傅說得之以相武丁，奄有天下，乘東淮，騎箕尾而比於列星。……」

7.形穆穆以浸遠兮，離人群而遁逸。因氣變而遂曾舉兮，忽神奔而鬼怪。時髣髴以遙見兮，精皎皎以往來。

《老子》二一章：「道之爲物，惟恍惟惚，……窈兮冥兮，其中有精，其精甚眞，其中有信。」

《莊子》〈刻意篇〉：「聖人貴精。」

8.軒轅不可攀援兮，吾將從王喬而娛戲。

《山海經》〈西山經〉：「軒轅丘在玉山（西王母所居處）西。」、〈海外西經〉：「軒轅之國在此窮山之際，其不壽者八百歲，……人面蛇身，尾交首上。」又「窮山在其北，不敢西射，畏軒轅丘，……其丘方，四蛇相繞。」

9.餐六氣而飲沆瀣兮，漱正陽而含朝霞。保神明之清澄兮，精氣入而麤穢除。

《山海經》〈海外西經〉：「諸夭之野，……鳳皇卵民食之，甘露民飲之，所欲自從也。」〈大荒北經〉：「無繼民……食氣、魚。」

《莊子》〈逍遙遊〉：「若夫乘天地之正，而御六氣之辯，以遊無窮者，彼且惡乎待哉。」又謂藐姑射之山的神人，「不食五穀，吸風飲露。」〈知北遊〉：「疏瀹五臟，澡雪精神。」〈天下篇〉謂關尹老聃：「淡然獨與神明居。」〈刻意篇〉：「吹呴呼吸，吐故納新，……此導引之士，養形之人，彭祖壽考者之所好也。」

10.見王子而宿之兮，審壹氣之和德。

《老子》十章：「專氣致柔能嬰兒乎。」四二章：「道生一，一生二，二生三，三生萬物，萬物負陰而抱陽，沖氣以爲和。」

《莊子》〈大宗師〉：「彼方且與造物者爲友而遊乎天地之一氣。」〈德充符〉：「而遊心乎德之和。」

11.曰道可受兮不可傳。其小無內兮其大無垠。

《莊子》〈大宗師〉：「夫道有情有信，无爲无形，可傳而不可受。」❽〈天下篇〉：

❽ 王叔岷先生《莊子校詮》曾據〈遠遊〉文校正爲「可受而不可傳。」（台北：中央研究院歷史語言研究所出版一九八二）頁二三〇。

「至大無外，謂之大一，至小無內，謂之小一。」〈秋水篇〉：「至精無形，至大不可圍。」

12.無滑而魂兮，彼將自然。

《老子》十七章：「百姓皆謂我自然。」二三章：「希言，自然。」二五章：「道法自然。」

《莊子》〈天運〉篇：「順之以天理，……應之以自然。」〈刻意篇〉：「其神純，其魂不疲。」

13.壹氣孔神兮，於中夜存。虛以待之兮，無為之先。庶類以成兮，此德之門。

《老子》一章：「無名天地之始。有名萬物之母。……此兩者同出而異名，同謂之玄，玄之又玄，眾妙之門。」六七章：「不敢為天下先，故能成器長。」

《莊子》〈人間世〉：「氣，虛以待物者也。」

14.仍羽人於丹丘兮，留不死之舊鄉。

《山海經》〈海外南經〉：「羽民國……其為人長頭，身生羽。」又：「不死民……其為人黑色，壽不死。」

15.朝濯髮於湯谷兮，夕晞余身兮九陽。

《山海經》〈海外東經〉：「湯谷上有扶木，九日居下枝，一日居上枝，皆載烏。」

16.吸飛泉之微液兮，懷琬琰之華英。玉色頩以脕顏兮，精醇粹而始壯。質銷鑠以汋約兮，神要眇以淫放。

《山海經》〈中山經〉：「休與之山，其上有石焉，名曰帝臺之石，……帝臺之石所以禱百神也，服之不蠱。」又：「高前之山，其上有水焉，……帝臺之漿也。飲之者不心痛。」〈西山經〉：「峚山，……其中多白玉，……黃帝是食是饗。……黃帝乃取之玉榮，而投之鍾山之陽，……天地鬼神是食是饗。君子服之以禦不祥。」

《莊子》〈逍遙遊〉言藐姑射之山的神人：「綽約若處子。」

17.載營魄而登霞兮，掩浮雲而上征。

《老子》十章：「載營魄抱一能無離乎。」

《莊子》〈大宗師〉：「古之眞人……登高不慄，入水不濡，入火不熱，是知之能登假❾於道者也如此。」

---

❾ 假、遐並霞之借字。（同注❽，頁一七八—一七九，並參看頁二〇八。）

18.吾將過乎句芒。（東方之遊）

《山海經》〈海外東經〉：「東方句芒，鳥身人面，乘兩龍。」

19.歷太皓以左轉兮，

《山海經》〈海內經〉：「有九丘……有木……名曰建木，百仞無枝，……大皞爰過，黃帝所爲。」又「西南有巴國。大皞生咸鳥，咸鳥生乘釐，……」

20.遇蓐收乎西皇。（西方之遊）

《山海經》〈西山經〉：「泑山，神蓐收居之。……是山也，西望日之入。」又「長留之山，其神白帝少昊居之。」

21.指炎神（王逸云：一作炎帝）而直馳。（南方之遊）

《山海經》〈北山經〉謂炎帝少女女娃溺東海而爲精衛；〈大荒西經〉有炎帝曾孫互人能上下於天；〈海內經〉炎帝孫伯陵生鼓延殳，始爲侯、鍾及樂風；又記炎帝妻聽訞生炎居，炎居曾孫爲祝融。

22.覽方外之荒忽兮，沛罔象而自浮。

《莊子》〈大宗師〉：孔子以子桑户等人「彼遊方之外者也。」〈天地篇〉：黃帝遊赤水之北、崑崙之虛，遺玄珠，使「知」等索之不得，使「象罔」索之而得。

23.祝融戒而還衡兮，

《山海經》〈海外南經〉：「南方祝融，獸身人面，乘兩龍。」〈大荒西經〉：「顓頊生老童，老童生祝融。」〈海內經〉又以祝融爲炎帝四世孫。

24.張咸池奏承雲兮，二女御九韶歌。

《山海經》〈中山經〉：「洞庭之山，帝之二女居之，是常遊於江淵，……出入必有飄風暴雨。」〈大荒西經〉：「（夏后）開（即啓）上三嬪於天，得九辯與九歌以下。此天穆之野，高二千仞，開焉得始歌九招。」❿

25.令海若舞馮夷。

《山海經》〈海內北經〉：「從極之淵，冰夷都焉。人面乘兩龍。」

《莊子》〈秋水〉篇中有北海若和河伯的對話。

---

❿ 孫詒讓《周禮正義》以招、昭並韶之借字。（參看本書〈楚辭九歌的名義問題〉一文注㊹。

26.從顓頊乎增冰。歷玄冥以邪徑兮，

《山海經》〈大荒南經〉有顓頊國及顓頊之子季禺國。〈大荒西經〉：淑士國爲顓頊之子；同經又謂重黎爲其孫；又其四世孫太子長琴始作樂風，又顓頊即魚婦，又三面一臂不死之人爲其孫。〈大荒北經〉記顓頊所葬附禺山，充滿靈異事物，又叔歜國、中輪國皆其子，又有翼之苗民是顓頊之孫。

《莊子》〈大宗師〉：「夫道，……顓頊得之以處玄宮。」

27.上至列缺兮，降望大壑。

《山海經》〈大荒東經〉：「東海之外大壑，少昊之國。」

《莊子》〈天地〉篇：「諄芒將東之大壑，……曰：夫大壑之爲物也，注焉而不滿，酌焉而不竭，吾將遊焉。」

28.超無爲以至清兮，與泰初而爲鄰。

《老子》二五章：「有物混成，先天地生。……可以爲天下母，吾不知其名，強字之曰道，強爲之名曰大。」三七章：「道常無爲而無不爲」

《莊子》〈大宗師〉：「夫道，……自本自根，未有天地，自古以固存。」〈天地篇〉：「夫道淵乎其居也，漻乎其清也。」又：「泰初有無，無有無名。」

以上條列的這些相關文句或語意或物事，決非偶然，試作討論如下：

第1.、2.條：〈遠遊〉中對人的現有軀體菲薄之質的感受，與老莊認爲人之存在的脆弱之觀點，實有某程度上的類似，那就是形體爲人的負贅，而人生長勤卻終期於盡。

第3.、4.、6.、7.條：〈遠遊〉顯示超越自我的嚮往和修爲，頗似老莊。但《老子》致虛守靜，《莊子》所謂形槁心灰，都不是從外在形貌上說的，其「養神」、「貴精」是內在的修養工夫；而〈遠遊〉卻把「虛靜恬愉」、「澹無爲」作爲求仙的手段。並將《莊子》以得道至純之「眞人」轉爲指稱仙人了。又《老子》說其「道」之無物之狀之象，恍惚窈冥，似無似有，就是表示「道」的不可端倪，其用「一」來表「道」，而天地萬事萬物都不離乎「道」，《莊子》的「道通爲一」，就是這個道理；〈遠遊〉以「彷彿遙見」的似有似無之不可捉摸，來顯露「神奔鬼怪」的仙人特色，所以其「一」只是執於「登仙」之道，大異於老莊之道。又《莊子》〈大宗師〉裡曾舉一連串各別神話來說明「道」的無限，傳說神話不過是象徵，〈遠遊〉則成爲超升的目標。

第5.條：《山海經》裡有關於這種「化」的記述尚多，由本文所列舉的數則，已見出這類神話反映了對死而重生的意願。《老子》所謂的「自化」是自生自育順其自然之意，和《山海經》中的「化」義自有別。《莊子》之「化」是表示不執著一己之身軀，消除形體之累，而〈齊物論〉中莊周夢蝴蝶，「不知周之夢蝴蝶與？蝴蝶之夢爲周與？」，稱之爲「物化」，生命可以互相流轉的齊物思想，與《山海經》的「化」確有共通之處。但《山海經》中的「化」是有條件的，就是必須死亡，同時具有神性才能化爲他物，像夸父之杖、蚩尤的桎梏，都是因與神性人物接觸過，所以才能化⑪。這種神話，顯示了遠古人對「生」的執著。《莊子》〈大宗師〉：「不知所以生，不知所以死；不知就先，不知就後；若化爲物，已待其所不知之化已乎！且方將化，惡知不化哉？方將不化，惡知已化哉？」是以破生死爲目的，和《山海經》的化就不一樣了。而〈遠遊〉「與化去而不見」超越形軀的成仙欲望與《莊子》的順化，也自然不同。

第8.條：〈遠遊〉所謂的「軒轅」，依下文「王喬」，可知也是指仙人。《山海經》軒轅之丘、之國都具有神異性質，尤其軒轅國的人面蛇身，不似〈遠遊〉下文「脕顏」、「汋約」的仙貌。

第9.條：〈遠遊〉四句是實踐修鍊之術；《山海經》則誌非尋常之人而非有意辟穀之事。《莊子》〈逍遙遊〉「乘天地之正」、「御六氣之辯」，實屬心靈層面的順應自然之涵養；〈知北遊〉較接近〈遠遊〉；〈天下〉篇在表現關尹老聃的道行；〈刻意〉篇是菲薄吐

---

⑪《山海經》中的「帝」，非指人間帝王，如夏后開嬪天，經中稱其爲「后」而已，所以姑媱山之帝女，應屬具神性者。又夸父逐日入日、蚩尤與黃帝戰曾請風伯雨師縱大風雨（見〈大荒北經〉），自是神性人物。

故納新的行爲。

第10.、11.、12.、13.條：〈遠遊〉的成仙之道，不僅襲取老莊的語意，更涉入其精神層面。只是仙道與老莊之道實非一途，這由以上所析可證。

第14.、15.條：像《山海經》載有的羽民國、不死民之特徵，湯谷爲日所恒照，這種超現實的神話，極容易啓人幽思遐想，而美化爲適性享受的樂土。

第16.條：《山海經》前兩則是由迷信產生的醫藥知識之神話，後一則是基於產玉之山及對玉的信仰而想像出來的。異常的石和水，固然發人奇想，而黃帝食玉、鬼神同饗，同時人也可以服之，神似思想中遂藉以形成固定服食條鍊的方式。又《莊子》〈逍遙遊〉裡的神人，本爲象徵「道」的，而這一神人之風姿，也被轉化增飾爲仙人之貌了。

第17.條：《老子》的「載營魄抱一」在肯定道貴精神專一；《莊子》謂「登假於道者」，是指達於道的最高境界之人。〈遠遊〉則托爲飛升之辭。

第18.、19.、20.、21.、23.、25.條：〈遠遊〉之遊東、西、南、北四方，其神名皆見於《山海經》。在神居的方位上，如東方句芒、西方少昊、南方祝融都合於《山海經》。但也不盡如此，〈遠遊〉的東方太皓見於〈海內經〉，又謂在西南巴國。少昊既在〈西山經〉，又見於〈大荒東經〉。南方炎帝是在〈北山經〉中出現，又載〈大荒西經〉與〈海內經〉。而祝融於〈大荒西經〉、〈海內經〉中，其世系紊亂不清。又北方顓頊，竟佈於大荒南、西、北經中。同時這些人物或爲典職某山、某方位之神，或爲某國之始祖，或與人文方面有關，既有神格，也具人格，並無一致的記述。而在〈遠遊〉裡，不但神格得以肯定，神所司之方位似已定型了。

第22.條：〈遠遊〉所用的「方外」和「罔象」，或取之《莊子》。雖然「罔象」與「象罔」之辭不同，而其「虛無」之義則一。

第24.、25.、26.條：從這三條中，不僅顯見〈遠遊〉承《山海經》、《莊子》之跡，更由此得知《山海經》和《莊子》之間的關聯。24.條所引《莊子》裡黃帝「張咸池之樂於洞庭之野」，《山海經》之洞庭所居者，應爲黃帝之二女；夏后開嬪天始歌九韶，其所嬪之天帝，似指黃帝。所以如此推測，是因爲〈遠遊〉將「咸池」、「二女歌九韶」湊在一起之故。同時《莊子》外篇，往往借黃帝來表明其「道」，而《山海經》大荒經中也多載黃帝事，這一現象，應非偶然之巧合，再回溯〈遠遊〉「軒轅不可攀援兮」，是在仙道未竟時的仰望，而於此則已至軒轅之仙境。再如〈大宗師〉馮夷，正是《山海經》所言之冰夷，冰夷而演化爲河伯⑫，〈秋水篇〉即有河伯至海與北海若的長篇對話，〈遠遊〉云：「令海若舞馮夷」，據此則《山海經》、《莊子》、〈遠遊〉三者之間的密切聯繫，更是有跡可尋了。

第27.條：〈遠遊〉之「大壑」與莊子之「大壑」必非巧合，而《山海經》也載大壑其地，地理方位正與《莊子》合。這一情形，也使人意識到《山海經》、《莊子》、〈遠遊〉這三

⑫ 見文崇一〈九歌中河伯之研究〉一文。（台北：《中央研究院民族研究所集刊》九期）

者之間，必然有相當的關連。

第28條：〈遠遊〉由於解脫現實之困而超凡飛升，經養存修鍊得道成仙，而遊天地六合，甚至出於天之上地之下，最後達至無爲至清之境而止。這無爲至清之境，不但是襲取老莊語，也將老莊至高無上的「道」境，轉化成爲「仙」境。

據上文所析，王逸章句序謂「託配仙人，與俱遊戲」，把諸神都視做「仙」，王夫之也以神仙家言說〈遠遊〉⑬，固然不算錯，可是這僅就其表面大旨言之；林雲銘曾以「壹氣孔神」之說與《莊子．刻意篇》廣成子「吐故納新」等語吻合⑭，也是只見一端，不過林氏的確已發現了〈遠遊〉和《莊子》的關係。今循本節所作的考察來看，〈遠遊〉中求仙、養存修鍊之術及仙道的至高境界，以鎔鑄老莊思想爲多，而《山海經》神話更是其重要的憑藉。並且此二者在〈遠遊〉作者的融攝下，彼此緊密相連。對這種現象，下文將加以探討，試爲〈遠遊〉的遊仙思想之形成，尋繹出一個端緒來。

四、《山海經》神話中的心理意識

《山海經》除記山川地理之外，其中載有神話、信仰、祭儀、礦產、動植物情況、醫藥

---

⑬ 見《楚辭通釋》〈遠遊序〉（台北：廣文書局 一九六三）卷五，頁一〇一。

⑭ 見《楚辭燈》（台北：廣文書局 一九六三）卷四，頁八一一〇。

等等。因爲所載多神祕靈異事，曾使博採著史的司馬遷云：「至〈禹本紀〉、《山海經》所有怪物，余不敢言之也。」⓯而劉秀上〈山海經表〉，卻肯定「禹別九州，任土作貢；而益等類物善惡，著《山海經》。」⓰劉氏以爲所載皆爲實有。這兩種不同觀點都有所偏頗，晚近之人才把此書某些屬於想像層面的，稱之爲神話。一般相信書中的資料較老莊爲早，雖然歷來學者聚訟《山海經》的成書年代，或云禹益之作，或謂書成於戰國中期、晚期，或以爲秦漢之作，但《山海經》中的一些資料所映現出來的背景，顯然相當原始。例如屬仰韶期半坡文化的魚紋彩陶鉢，其鉢內有人和魚合併一個面孔的畫面⓱，人面五官明顯，其兩鬢、兩耳都是魚形，這使人聯連想到《山海經》〈大荒西經〉裡所記：偏枯的魚婦至顓頊死而復蘇之事。儘管不完全與陶鉢紋樣吻合，但由此觀之，人和魚並體的神話，可能來源甚古。再如安陽出土大理石梟有二，皆如人立之狀，其一具有人耳及人眉；又安陽出土還有大理石虎，獸面人身⓲。這種人禽、人獸合併爲一的形狀，在《山海經》裡的諸神之貌，多是如此的。所以《山海經》的神話資料在時間上應比老莊要古老些。如以《山海經》和《莊子》的姑射山之神狀相較，更是明顯。

⓯ 見司馬遷《史記·大宛傳·贊》（台北：藝文印書館四史本）卷一百二十三，頁一二九九。

⓰ 見《山海經箋疏》附〈山海經敘錄〉（同注❼）頁四七七。參看本書（附錄）〈諸神示象——《山海經》神話資料中的萬物靈跡〉一文。

⓱ 見袁德星編《中華歷史文物》上冊。（台北：河洛圖書出版社 一九七六）頁二一。

⓲ 同上注，頁六六、六七、六九。

「姑射之山，無草木，多水」、「北姑射之山，無草水，多石。」「南姑射之山，無草木，多水。」「其神狀皆獸身人面載觡」〈東次二經〉

「藐姑射之山，有神人居焉。肌膚若冰雪，淖約若處子。不食五穀，吸風飲露，乘雲氣，御飛龍，而遊乎四海之外。」《莊子．逍遙遊》

〈東山經〉三姑射山之神，其狀是人獸雜糅；而〈逍遙遊〉卻是「肌膚若冰雪，淖約若處子」，這實有霄壤之別。當然可以認爲《莊子》的想像豐富，創造出藝術化的形相。可是在《山海經》裡的神，爲何沒有一個完全是人的樣子？張光直〈商周神話與美術中所見人與動物關係之演變〉一文，其結論是：「商周早期，神奇動物有很大的支配力，而人是被隸屬的。至周之後期，人從動物神話中解脫出來。」⑲依據這一論點，則《山海經》那些人獸、人禽、人蛇等等並體的神貌，應比〈逍遙遊〉美麗的神貌要原始得多。

在《山海經》資料中，較爲原始的神話資料中，實可發現初民的心理意識。其神的狀貌和靈異最能反映出這一點來。

槐江之山……神英招司之，其狀馬身人面，虎文而鳥翼，徇于四海。……〈西山經〉

---

⑲ 見張光直《中國青銅時代》（台北：聯經出版社一九八三）中〈商周神話與美術中所見人與動物關係之演變〉一文，頁三三四—三三六。

淫水……有天神焉，其狀如牛而八足，二首馬尾，……見則有兵。〈西山經〉

和山……吉神泰逢司之。其狀如人而虎尾。是好居於萯山之陽，出入有光。泰逢神，動天地氣也。〈中山經〉

光山……神計蒙處之，其狀人身而龍首。恆遊于漳淵，出入必有飄風暴雨。〈中山經〉

（東次三經凡九山）其神狀皆人身而羊角。……見則風雨水爲敗。〈東山經〉

這些神的形狀，除了二首八足牛馬並體的淫水天神以外，或人獸或人禽獸並體，光怪陸離，正是《山海經》諸神的特徵。像這種非人非獸非禽之狀，原是顯現神之所以爲神之能。其「徇于四海」、「出入有光」、「動天地氣」、「出入必有飄風暴雨」都在表明神力；而「見則其邑有兵」、「見則風雨水爲敗」，爲神的靈驗預兆。從這些神話資料中可以了解到：(1)神力是超人的，能主宰自然界和人世的禍福。(2)人對其他動物強大能力之承認，所以在神狀中慘雜其形貌。(3)人感到本身也有強於其他動物的地方，因而神狀中也加入人的成分。(4)沒有把神、人、禽、獸等予以類別而畫分清楚。《山海經》中還有許多靈異之事值得去注意。如

丹穴之山……有鳥焉，其狀如雞，五采而文，名曰鳳皇。……是鳥也，飲食自然，自歌自舞，見則天下安寧。〈南山經〉

鹿臺之山……有鳥焉，其狀如雄雞而人面，……見則有兵。〈西山經〉

玉山……有獸焉，其狀如犬而豹文，其角如牛，其名曰狡，其音如犬吠，見則其國大穰。〈西山經〉

獄法之山……有獸焉，其狀如犬而人面，……其行如風，見則天下大風。〈北山經〉

渾夕之山……有蛇，一首兩身。……見則其國大旱。〈北山經〉

剡山……有獸……如彘而人面，其音如嬰兒。……見則天下大水。〈東山經〉

在其他動物軀體中，竟然也有人的成分在內。如「人面」、「音如嬰兒」的記載，在山藏五經裡出現的頻率甚高。據上文所引，可見動物和神一樣有靈驗，能主宰自然界和人世禍福，而關係到人的實際生存。在這裡可以察知：(1)從「人面」、「音如嬰兒」的形容，是初民主觀的感覺，就像貓，似乎也可以說是「人面」及「音如嬰兒」。這種一廂情願，足以證明初民對異類動物的親切感，在親切感的同時，人即注入異類動物裡，成爲其中一部分。(2)異類動物和神具有同樣的靈異特質。換言之，許多動物都具神性。所以神狀中有某一動物的成分，或者某一動物也具備了神之實質。不僅僅如此，凡與神性接觸之物，往往顯示出神秘的靈驗，如帝臺之棋、之漿（見本文第二節16.條引〈西山經〉），石和水與神性的「帝臺」有關，遂有神效。在五藏山經裡一些神奇動植物備有醫藥神效的，可能都有其神話背景。據此，則初民實有萬物有靈的感覺和庶物崇拜的心理。(3)在初民意識中，人的地位不是高高在其他物類之上，不只是庶物崇拜，肯定其他物類的價值，同時迷信神之能，而又因爲物類中有神靈，神中有人的成分，所以神、物類及人似乎居於齊等的位置。初民所以有「化」的意識，就是因藉這種齊等的觀念。

1.鍾山，其子曰鼓，其狀如人面而龍身，是與欽䲹殺葆江于昆侖之陽，帝乃戮之鍾山之東，曰嶢崖。欽䲹化爲大鶚，其狀如鵰而黑文白首，赤喙而虎爪，其音如晨鵠，見則有大兵；鼓亦化爲鵕鳥，其狀如鴟，赤足而直喙，黃文而白首，其音如鵠，見則其邑大旱。〈西山經〉

2.發鳩之山……有鳥焉，……是炎帝之少女，名曰女娃。女娃游于東海，溺而不返，故爲精衛。常銜西山之木以堙於東海。〈北山經〉

3.姑媱之山，帝女死焉，其名曰女尸，化爲䔄草，其葉胥成，其華黃，其實爲菟丘，服之媚于人。〈中山經〉

4.夸父與日逐走，入日，渴欲得飲，飲于河渭，河渭不足，北飲大澤，未至，道渴而死，棄其杖，化爲鄧林。〈海外北經〉

5.有魚偏枯，名曰魚婦，顓頊死即復蘇。風道北來，天乃大水泉，蛇乃化爲魚，名曰魚婦，顓頊死即復蘇。〈大荒西經〉

6.宋山……有木生山上，名曰楓木。楓木，蚩尤所棄其桎梏，是爲楓木。〈大荒南經〉

上所引資料中，除了第1.條之「鼓」有「人面」以外，其他皆未言形貌。但這些「化」的事件之主角，皆屬神性人物，而其神性中卻顯示了人格，如炎帝少女化爲䔄草能媚於人，這是少女的心意；鼓殺葆江的激動行爲、夸父爭勝的心理、炎帝少女堙塡遺憾的願望以及蚩尤不甘失敗餘恨的補償，都是人的成分。所以《山海經》裡怪誕的神狀有人的部分，而神的內在往往也存在著人的心性。如此，「化」的事件所透露的初民意識是：⑴人會死亡，神固然有靈異但具有神質者和人同樣的會死亡。⑵帝女化爲䔄草；鍾山之子、炎帝少女化爲禽；顓頊與魚共生命，而魚又是蛇化成的，這些神性人物與物類作生命的流轉，初民竟不以爲怪，可見在初民心目中由此「化」爲彼，必然是自然然的事。再看《山海經》一些類此的資料，如：

觀水……多鰩魚，行西海，遊于東海，以夜飛……食之已狂。〈西山經〉

少室之山……有木焉，其名曰帝休，葉狀如楊，其枝五衢，黃華黑實，服者不怒。〈中山經〉

宣山……其上有桑焉，大五十尺，其枝四衢，其葉大尺餘，赤理黃華青柎，名曰帝女之桑。〈中山經〉

這極似炎帝少女、帝女的事情，凡屬於此類資料，可能有其神話背景，果如斯，則《山海經》裡確隱藏許多「化」的事件，因爲初民以由此「化」爲彼，原是自然的。⑶夸父雖死，其杖永存於大地；蚩尤的無生命之桎梏，可以轉化爲有生命之楓，雖是靈異事，卻展示了初民死而再生的永存意願和超越死亡的期盼。本來死是人所不欲，但死卻是必然的事實，而人卻希望死而不死，也就是死而再生，於是「化」的觀念因而產生。

《山海經》裡還有些突破死亡的困境的臆想：

1.形天與帝至此爭神，帝斷其首，葬之常羊之山。乃以乳爲目，以臍爲口，操干戚以舞。〈海外西經〉

2.奢比之尸在其北，獸身人面，大耳，珥兩青蛇。一曰肝榆之尸，在大人北。〈海外東經〉

3.據比之尸，其爲人折頸被髮，無一手。〈海內北經〉

4.王子夜之尸，兩手、股、胸、首、齒皆斷異處。〈海內北經〉

5.有神，人面獸身，名曰犁䰠之尸。〈大荒東經〉

6.有神，人面犬耳獸身，珥兩青蛇，名曰奢比之尸。〈同上〉

7.有神十人，名曰女媧之腸，化爲神，處栗廣之野，橫道而處。〈大荒西經〉

8.宋山……有人，方齒虎尾，名曰祖狀之尸。〈大荒南經〉

稱其爲「尸」之類，或因其生命已歿，而軀體不完，如：

有人無首，操戈盾立，名曰夏耕之尸。故成湯伐夏桀于章山，克之，斬耕厥前。耕既

立，無首，走厥咎，乃降於巫山。〈大荒西經〉

夏耕的現實生命已歿，又軀體不完，而其神依然存在。由此可以了解到初民的意識中，是不以形體爲累的，上引資料3.、4.已明言「尸」即是神了。雖然犁䰠、奢比二尸，並無殘肢斷首的跡象，或許是通過死亡，或許如鍾山之子是經過「化」的過程。至於女媧之腸化爲十神，或爲女媧補天、造人神話的雛型，而在《山海經》中的女媧，頗似形天和夏耕之尸一類，其詳情今已不得而知。依上引資料，形天無首而不滅而仍具生命的活力，王子夜之尸形解而神備，在這裡除了陳述靈異和表現突破死亡困境而超越死亡的設想外，再從祖狀之尸謂其「有人」及有神「人面」以及夏耕之尸具備神性而觀之，初民意識中還蘊含著：死猶生、神猶人、碎猶全的混同不分的想望。初民的想望，並不是止此而已，還企盼能上達於「天」。同時也基於神猶人的意念，神有的也跟人一樣或不能登天。

1.肇山，有人名柏高。柏高上下於此，至於天。〈海內經〉

2.有互人之國，炎帝之孫名曰靈恝，生互人，是能上下於天。〈大荒西經〉

3.西南海之外……有人珥兩青蛇，乘兩龍，名曰夏后開。開三嬪于天，得九辯九歌以下。〈大荒西經〉

4.……有山名曰凶犁土丘。應龍處南極，殺蚩尤與夸父，不得復上，故下數旱。〈大荒東經〉

> 5.……蚩尤請風伯雨師縱大風雨，黃帝乃下天女曰魃，雨止，遂殺蚩尤，魃不得復上，所居不雨。〈大荒北經〉

《山海經》裡凡屬於人，皆謂某某國，而居於山者皆爲神，柏高與應龍無疑地是屬神類。柏高之神可以至於天，互人也具有如此靈異；夏后開經過嬪天的程序才能上天，這顯示初民對升天不易而需要有所憑藉的心理，而同時也有天界、神界、人界可以互通的臆想。又魃與應龍能下來，卻不能再返回，點明了初民雖敬畏神，而又認爲神之中也有和人同樣的不能登天者。人可以上天，則天上人間可以交通；神卻也有無法回升的，這實在是一種人神雜糅的意識。由於人神雜糅的意識，而想像出神和人可擁有同樣的物質。如帝臺之漿（見上文）。又如：

> 峚山……其中多白玉，是有玉膏，其源沸沸湯湯，黃帝是食是饗。……黃帝乃取峚山之玉榮，而投之鍾山之陽，瑾瑜之玉爲良。……天地鬼神，是食是饗。君子服之，以禦不祥。〈西山經〉

神之所食，人也可以得到，相信神用之物必有神效，這是迷信，更是對神的崇拜。即使崇拜與迷信，卻並未把神疏離在人之外，因爲人可以得到神用之物。既然人與神沒有疏離，則初民曾給神製作了奇特的形體（見上文），同時也爲人設想出怪異之狀。

> 1.羽民之國……其爲人長頭，身生羽。〈海外南經〉

2.不死民……其爲人黑色，壽不死。（同上）

3.不死之國，阿姓，甘木是食。〈大荒南經〉

人身生羽是詭異事，這和思慕「上下于天」不無關係，因爲鳥有羽才能任意升降於天地間；人之死是必然的事實，而竟有「不死民」、「不死國」，所以不死，是由於膚色異常，飲食特殊而非食黍穀⑳。這種意識比登天需要憑藉和超越死亡的願望更深進了一層。又初民曾爲神建立了珍異之境，也給人自己塑造了樂土。

海內昆侖之虛在西北，帝之下都。……門有開明獸守之，……開明獸大類虎而九首，皆人面，東嚮立昆侖上。開明西有鳳皇鸞鳥，皆載蛇踐蛇，膺有赤蛇。開明北有視肉、珠樹、文玉樹、玗琪樹、不死樹。鳳皇鸞鳥皆戴瞂。又有離朱、木禾、柏樹、甘水、聖木曼兑，一曰挺木牙交。開明東有巫彭、巫抵……開明南有樹鳥，六首，蛟、蝮、蛇、蜼、豹、鳥秩樹，于表池樹木，誦鳥、鶽、視肉。〈海內西經〉

有沃之國，沃民是處。沃之野，鳳皇之卵是食，甘露是飲。凡其所欲，其味盡存。爰有甘華、甘柤、白柳、視肉、三騅、璇瑰、瑤碧、白木、琅玕、白丹、青丹，多銀鐵。鸞鳥自歌，鳳鳥自舞，爰有百獸，相群是處。〈大荒西經〉

---

⑳《山海經》〈大荒經〉多記某國某姓食某某，如〈大荒西經〉謂西周之國，姬姓，食穀。（同注❼，頁四二三）

人所建立的神境，除了詭奇部分，確實珍異豐美。所以詭奇，自是出於敬畏神靈的心理。而沃之野之豐美與昆侖之虛的莊嚴有某一程度上的相似，但卻較爲逍遙祥和。沃之民飲甘露、食鳳卵，處於豐美祥和之地，這無疑是意欲超越現實界拘限的意向，才構設出的樂土。

因此，大致可見初民的心理意識：

(一)人對神及異類動物固然有所敬畏而迷信，但神及異類動物中，也混同著人的成分。

(二)有萬物有靈的意識。

(三)所以能由此「化」爲彼，是因爲萬物齊等，物類之間可以作生命的互相流轉。

(四)有超越死亡和泯除相對待的界限之意願。

(五)期盼提升自身及突破現世的藩籬，而至於美善之境。

雖然初民具備這一類的心理意識，但只有以想像的神話來表現，並沒有自覺或加以反省。然而卻成爲老莊思想、乃至遊仙思想的溫床。

五、老莊與《山海經》神話的關係

由於社會文化自然的演進，人的理性本能逐漸勝過一些原始心靈中素樸的信仰。雖然依舊存有敬天畏神的心理，卻已逐漸脫離人神雜糅、人與物類混同的時代。這在商周之際的文獻記載中可以清楚的看出來。《尚書・呂刑》云：

皇帝哀矜庶戮之不辜，報虐以威，遏絕苗民，無世在下。乃命重黎，絕地天通，罔有降格㉑。

《國語．楚語下》云：

（觀射父曰）少皞之衰也，九黎亂德，民神雜糅，不可方物。……顓頊受之，乃命南正重司天以屬神，命火正黎司地以屬民，使復舊常，無相侵瀆，是謂絕天地通㉒。

〈呂刑〉中的「皇帝」指的是「上帝」㉓，它這種絕地天通之說比較接近《山海經》所記：「顓頊生老童，老童生重及黎。帝令重獻上天，令黎邛下地，下地是生噎，處於西極，以行日月星辰之行次。」（〈大荒西經〉）基本上雖是對這種神話加以接受，卻也是使人神分別，不再混淆；〈楚語〉則進一步視同歷史，而從政教立場作了重新的詮釋。這種現象，揭示出人類的發展情勢。絕地天通，原是象徵人從神的世界裡獨立出來。這神的世界其實是人對自然界的一種理解或詮釋的方式。換言之，人的自身意識增強之後，愈來愈強調人能和人本身的尊嚴。因而使人與自然也會日益疏離。原來人和自然一切生命互通及混同的心理意識，勢

㉑ 屈萬里先生《尚書釋義》（台北：中華文化事業出版委員會一九五六）頁一三八。

㉒ 《國語．楚語下》（台北：商務印書館一九五六）卷一八，頁七四。

㉓ 《尚書釋義》〈呂刑〉篇釋云：「皇，大也。皇帝，謂上帝也。」（同注㉑。）

必損之又損。除了依舊敬天畏神以外，人成爲萬物之靈。不幸的是萬物之靈的人類，由疏離自然而發展出的典章制度，並不能解決人與人的紛爭，人的存在困擾也沒因而獲得安頓。

自道家興起，爲人類存在問題提供了回歸自然的思想。不過首先需要了解的是，道家經過理性的反省，透過修養，然後才能回歸，這和初民對自然一切當下的眞實感覺和迷信的心理，實非一途。雖非一途，而道家思想的根源與初民神話中所呈現的意識，實有極大的關連。試看《老子》：

(一)道　體

在《老子》五千言裡，道體爲其思想的根本，而《老子》說道體，往往是側面的描述或形容，而不是直接地論述，這自是因道體不可言說之故。

1. 道沖而用之或不盈。淵兮似萬物之宗；湛兮似乎存。吾不知誰之子，象帝之先。（四章）
2. 視之不見名曰夷，聽之不聞名曰希，搏之不得名曰微。此三者不可致詰，故混而爲一。其上不皦，其下不昧，繩繩不可名，復歸於無物。是謂無狀之狀，無物之象，是謂惚恍。迎之不見其首；隨之不見其後。（十四章）
3. 孔德之容，惟道是從。道之爲物，惟恍惟惚。惚兮恍兮，其中有象；恍兮惚兮，其

中有物；窈兮冥兮，其中有精，其精甚眞，其中有信。（二十一章）

4.有物混成，先天地生。寂兮寥兮，獨立而不改，周行而不殆，可以爲天下母，吾不知其名，強字之曰道，強爲之名曰大。（二十五章）

5.谷神不死，是爲玄牝，玄牝之門，是爲天地根，綿綿若存，用之不勤。（二十八章）

就上所引《老子》說道體之文，從內容而言，《老子》的道體原是「虛無」，此虛無並非空無，而是天地萬物的根源，因爲它無所不在、具永恆性和無限性，由於其虛無，所以是恍恍惚惚的，無法在感官經驗之中看到聽到，似無也似有。天地萬物都出於這「湛兮似或存」的「恍兮惚兮」之道，故道也可謂是無限的混同。對照《山海經》神話，初民那種人、神、異類動物混同的意識，雖然與《老子》的道體之境界懸殊，但在混同不作分辨一點上，和《老子》的道體，頗有相類的意趣。

從《老子》所表現其道體的方式來看，不以論述的方式，而以擬人化來表現，雖然是用了否定的語意，卻給人飄忽神奇，似眞似幻的感覺。假使抽離其中有關「道」的字眼兒，如「道沖而用之」、「惟道是從」、「道之爲物」、「強字之曰道」之類，簡直就如同講述神話。

㈡道的效用

《老子》之道並非虛懸之體，而是有無限的妙用：

1.昔之得一者，天得一以清，地得一以寧，神得一以靈，谷得一以盈，萬物得一以生，侯王得一以爲天下貞。（三十九章）

2.出生入死，生之徒十有三，死之徒十有三……蓋聞喜攝生者，陸行不避兕虎，入軍不被甲兵。兕無所投其角，虎無所用其爪，兵無所容其刃，夫何故，以其無死地。（五十章）

3.治人事天莫若嗇，……有國之母，可以長久，是謂深根固柢，長生久視之道。（五十九章）

4.治大國若烹小鮮。以道蒞天下，其鬼不神；非其鬼不神，其神不傷人；非其神不傷人，聖人亦不傷人。（六十章）

上引文「昔之得一者」的「一」，即代表道，天、地、神、谷、萬物侯王，各因有得於道，才能成就其自身。而「道」並非高高在上的主宰，只是順物之自然。所謂「莫之命而常自然。…長而不宰」（五十一章）就此看來，所有一切萬物都在道的作用下，物類全是齊等的，物類齊等於初民意識中早已存在的。《山海經》神話中的「化」，也可以暗含物類之間平等的觀念。至所謂「出生入死」，以善攝生者不以形體爲累，而能宅心虛無，不去辨別生死，不執著於生，即無死地。《老子》在這裡是泯除生死的對待，超越死亡，與《山海經》那種死猶生的意識是有差別的。至所謂「長生久視」之道，是強調內心不亂而守其神、保其常；不干擾而安其自然，無煩無畏，則外物不能傷。老子這幾章所呈現的，頗有一些神秘難以捕捉的神話色彩。

㈢自然之道

《老子》書中多言治，如「道常無爲而無不爲，侯王若能守之，萬物將自化。」（三十七章）「我無爲而民自化」（五十七章）都是曉喻治人者不擾民而守自然之道。「自化」是各自順應自然的意思。所謂：「人法地，地法天，天法道，道法自然」（二十五章）自然、無爲，實在是《老子》回歸自然的重點。像《山海經》裡，一些神、人、物類混同的想像，完全出自初民自然而然的原始心靈，並非經過勉強。《老子》強調自然，其意雖非謂自然現象，也不是指一般的自然之理，而是「夫物芸芸，各復歸其根」（十六章）那種物的本來如此的自然。這跟原始心靈雖有距離，卻非不相干。

㈣修　養

「致虛極，守靜篤，萬物並作，吾以觀其復。夫物芸芸，各復歸其根，歸根曰靜，是爲復命，復命曰常，知常曰明。」（十六章）人的心中去掉欲望和外界的干擾。回歸到自然而然的素樸心靈。這是《老子》極重要的修要工夫。在修養方面，還有「載營魄抱一能無離乎？

專氣致柔能嬰兒乎？天門開闔而爲雌乎？」（十章）、「知人者智，自知者明。……死而不亡者壽。」（三十章）這些語言，也使人感到神秘意味，而借修養之功以超越有身之患，則是修道之士的願望。

有關《老子》，以上僅做了概括說明。它與《山海經》神話多有可以共通之處，但《老子》是經由理性，客觀地表出「道」。其「正言若反」的表現方式也大異其趣；而種種跡象顯示《老子》都難免曾蒙受《山海經》神話的洗禮，《老子》是楚人，像《楚辭》爲《山海經》神話所影響，《老子》受到影響也是極自然的事。

莊子表現「道」的方式，比老子更有進者，多取詭辭以爲用，他是以瓌瑋連犿、參差諔詭的姿態、洸洋恣肆的表達其道。在道體方面，莊子以爲：

> 夫道，有情有信，無爲無形，可傳而不可受，可得而不可見。自本自根，未有天地，自古以固存。神鬼神帝，生天生地。在太極之先而不爲高，在六極之下而不爲深，先天地生而不爲久，長於上古而不爲老。〈大宗師〉

如此描繪，雖然不像《老子》所云的恍惚迷離，卻更與神話相近。實際上莊子的確曾運用神話來說明其道，如：

> 至人神矣。大澤焚而不能熱，河漢沍而不能寒，疾雷破山，風振海而不能驚。若然者，

乘雲氣，騎日月而遊乎四海之外。〈齊物論〉

予方將與造物者爲人，厭，則又乘夫莽眇之鳥，以出六極之外，而遊无何有之鄉，以處壙埌之野。〈應帝王〉

這一類都是用神人或至人來展現其「道」的。「道」就不是抽象概念，而與神話的想像融合在一起。

最明顯與《山海經》直接相關的則見於〈大宗師篇〉：

狶韋氏得之（道），以挈天地；伏戲得之，以襲氣母；維斗得之，終古不忒；日月得之，終古不息；堪坏得之，以襲崑崙；馮夷得之，以遊大川；肩吾得之，以處大山；黃帝得之，以登雲天；顓頊得之，以處玄宮；禺強得之，立乎北極；西王母得之，坐乎少廣；莫知其死，莫知其終；彭祖得之，上及有虞，下及五伯；傅說得之，以相武丁，奄有天下，乘東維，騎箕尾而比於列星。

這裡「得之」，跟上引《老子》的「得一」相同，都是指道而言。而以下九事中有馮夷、黃帝、顓頊、禺強、西王母皆見於《山海經》㉔，本文第三節曾舉〈逍遙遊〉姑射山神

㉔ 冰夷（〈海內北經〉）、黃帝（〈西山經〉、〈大荒經〉各經）、顓頊（〈大荒經〉各經）、禺強（海外、大荒經）、西王母（西山經、海內、大荒北經）。

人和《山海經》做過比照，發現了《莊子》增飾美化的情形，這透露了莊子或是有意的改造神話以配合他的思想；但是也可以說莊子汲取了神話中的意義。且再看下面兩例：

1.《山海經》〈西山經〉：天山……有神焉，其狀如黃囊，赤如丹火，六足四翼，渾沌無面目，是識歌舞。實爲帝江也。

《莊子》〈應帝王〉：南海之帝爲儵，北海之帝爲忽，中央之帝爲渾沌。儵與忽時相遇於渾沌之地，渾沌待之甚善。儵與忽謀報渾沌之德，曰：人皆有七竅以視聽食息，此獨無有也，嘗試鑿之。日鑿一竅，七日而渾沌死。

2.《山海經》〈海外南經〉：三珠樹在厭火北，生赤水上，其爲樹如柏，葉皆爲珠。一曰其爲樹若彗。

《莊子》〈天地〉篇：黃帝遊乎赤水之北，登乎崑崙之丘，而南望還歸，遺其玄珠。使知索之而不得，使離朱索之而不得，使喫詬索之而不得也，乃使象罔。象罔得之。黃帝曰：異哉，象罔乃可以得之乎。

渾沌在〈西山經〉裡只有一個神物的描述，而〈應帝王〉中卻敍述成一則完整的故事；〈海外南經〉的珠樹，不過是其產地、形貌的記載，而〈天地篇〉竟借爲「道」的代表，用來鋪陳黃帝失道而復得的情況㉕。由此可見《山海經》神話對《莊子》的激發以及浸潤其思想的

㉕《山海經箋疏》於此條下云：「《莊子·天地篇》云，黃帝遊乎赤水之北，遺其玄珠，蓋本此爲說也。」

作用了。還有〈達生篇〉一個幾乎與《山海經》神話完全相同的例子：

　　《山海經》〈海內經〉：有人曰苗民，有神焉，人首蛇身，長如轅，左右有首，衣紫衣，冠旃冠，名曰延維，人主得而饗之，伯天下。

　　《莊子》〈達生篇〉：皇子曰：委蛇其大如轂，其長如轅，左右有首，紫衣而朱冠，其爲物也，惡聞雷車之聲，則捧其手而立。見之者，殆乎霸。

雖然「延維」、「委蛇」名稱有異，但其辭與義極相類，〈達生篇〉增飾也較少，而將「延維」轉成「委蛇」，或據《山海經》的「蛇身」之故，以其形狀取爲順應㉖之義，以暗示「道」的性質。從上文一些比照，可見《莊子》與《山海經》神話的關係，實比《老子》明顯多了。

又《莊子》在說理時，往往採取具有神話性質或富意趣的文字，如：

　　列子御風而行，泠然善也。

　　乘天地之正，御六氣之辯以遊無窮者。（以上〈逍遙遊〉）

（同注❼，卷一八，頁六。）

㉖《莊子．應帝王》：「吾與之虛而委蛇」，郭註：「無心而順化」，成疏：「至人應物，虛己忘懷，隨順逗機，不執宗本。」（見《莊子集釋》頁三〇四—三〇五。）

天地與我並生，萬物與我爲一。

大塊噫氣，其名爲風，是唯無作，作則萬竅怒呺。（以上〈齊物論〉）

古之眞人……入水不濡，入火不熱。

彼且與造物者爲人，而遊乎天地之一氣。

無古今，而後能不死不生。

芒然彷徨乎塵垢之外。

長於上古而不爲老，覆載天地刻雕眾形而不爲巧。

離形去知，同於大通。（以上〈大宗師〉）

這一類文字，在《莊子》書中甚多，同時「神人」和與神人相彷彿的一些語辭，時時出現在各篇裡，使《莊子》的「道」，籠罩著謬悠、荒唐、無端涯的神話色彩，其玄奧的思想更爲深邃，而且也會引人去想望非現實世界。

《莊子》在其道的基本思想上，與《山海經》神話的意識也有某一程度上的契合：

(一)〈齊物論〉的「至人神矣，」「天地與我並生，萬物與我爲一」，是與天、地、神、人、萬物混同在一起，這與山海經那種物類不分是有其共通處的。

(二)神話中物類可以互相化生的意識，與《莊子》夢蝶的物化之說；（〈齊物論〉）子輿之化左臂爲雞、右臂爲彈、尻爲輪、神爲馬（〈大宗師〉）等相同，也從而導致齊物的思想。「程生馬，馬生人」（〈至樂〉）生命之互相流轉，則自然破除了生死，所以說「死生一也」（〈齊物論〉）。

(三)〈逍遙遊〉所謂藐姑射山的神人，實是《莊子》無爲而無不爲之道的象徵，這乃是人所能達至的精神境界，而其背景是人與神可合而爲一。又《莊子》中多以「天」來指自然—自然而然，合於天即合於道。人也能如神人一般（如〈大宗師〉之眞人），則天、神、人有互通的必然性，這也是古神話中的信念。

當然，《莊子》和《老子》都是經由理性的反省，全然不同於《山海經》神話純粹的主觀意識。尤其「上與造物者遊，下與外生死無終始者爲友」的逍遙境界，是純屬於精神層面，絕非初民所設想的沃之野可以比擬。不過，《莊子》絕對曾接受過初民神話思的影響，由上文所析，可以推知《莊子》幽奧而又活潑的心靈，對初民神話必有濃厚的興趣，曾接納而與其玄思合流，同時神話思想，正符合傳達這種玄妙而不可言筌的「道」。無論《莊子》是有意的或是無意識的運用神話，和《山海經》關係是極爲顯著的。

六、結論—遊仙思想的形成

本文探討《楚辭》〈遠遊〉一篇的遊仙思想，既檢視了〈遠遊〉中內涵成分，也考察過《山海經》和老莊之間的淵源關係。最後將它們與遊仙思想交匯爲一的情形試作討論。

《莊子》外、雜篇多發揮內篇之思想，如今都認爲外、雜篇較內篇晚出。在這晚出的篇什裡，可以發現實有與內篇不盡相類之處。如〈在宥〉篇：

> 廣成子南首而臥，黃帝順風膝行而進，再拜稽首，問治身長久之道。廣成子蹶然而起曰：至道之精，窈窈冥冥；至道之極，昏昏默默。無視無聽，抱神以靜，形將自正；必靜必清，無勞汝形，無搖汝精，乃可長生。

「治身長久之道」，即長生不死之道，這和內篇〈養生主〉之養精神以盡年殊異。盡年是自然之道，並非要求長生不死。莊子破生死，原不以形體爲累，而在這裡竟有「形」的強調和長生之說。又〈刻意篇〉：

> 吹呴呼吸，吐故納新，熊經鳥申，爲壽已短，此導引之士，養形之人，彭祖壽考者之所好也。

所言固然是養存條鍊延年之方，但從其中可以得知當時已流行著長生之術了。又〈天地篇〉：

> 千歲厭世，去而上僊，乘彼白雲，至於帝鄉。

這就不僅止於長生，而且飛升上天爲仙。此「僊」確定爲神仙之義，最早即見於此㉗，則

㉗《詩經》〈小雅・賓之初筵〉有「屢舞僊僊」句，毛傳：「僊僊然」（台北：藝文印書館十三經注疏

〈天地篇〉之文，成仙之意極爲顯明。但在此三篇中，所言長生成仙的過程，只限於抱神以靜、不勞形、不搖精及吐故納新，而《戰國策》〈楚策〉四，有獻不死之藥於荊王的謁者之事。不死藥在《山海經》〈海內西經〉中爲巫彭等所操持，於此則轉向爲人所能有了。由此可見不死而爲仙的思想—神仙—是逐漸形成的。〈遠遊〉以長篇刻鏤修仙方術，較《莊子》外篇又增以服食之事，而且不但成仙而已，進而遊仙，所遊之神境，又已各具特定位置，遊仙思想可謂粲然大備。今總結上文有如下的結論：

(一)《山海經》神話中，顯現了初民的心理意識，既有與自然混同，人、神、物類雜糅的臆想，但同時也感到己身的脆弱性，而有提升己身和超越現實的欲望。至人類理性增強，與自然疏離而不再有初民的那種混同雜糅意識，但對己身的脆弱感，並未完全減損，仍有非現實遐思和超越現實限制的意願。如：

齊侯至自田，晏子侍於遄臺，……飲酒樂。公曰：古而無死，其樂若何？（《左傳》〈昭公二十年〉）㉘

昭王（問觀射父）曰：周書所謂重黎使天地不通者何也？若無然，民將能登天乎？

本），顯然只認爲是形容舞貌之詞，與此作爲名詞用法有異。

㉘《左傳注疏》（台北：藝文印書館十三經注疏本）卷四十九，頁八六一。

（〈楚語〉下）㉙

齊侯、楚王，雖是爲君者偶發的仰羨之意，實際上，一般人生活在現實中，面對時空和身體的限制，希望超越的心理，當更有甚於此者。像《墨子・節葬下》所載：「秦之西有義渠之國者，其親戚死，聚柴薪而焚之，燻上，謂之登遐。」㉚這一風俗揭示了：人是希望死而不死且能至於天。所以不死和登天，是人人所願。生時既不能如願，只有期在死亡之後能上天。再如：

> 趙簡子歎曰：雀入于海爲蛤，雉入于淮爲蜃，黿鼉魚鱉莫不能化，唯人不能，哀夫。
> （《國語・晉語九》）㉛

初民的物類互通而變化的活潑心靈，在此已不復存，人類被僵滯在既定的必然裡，人而不如物。趙簡子的感歎，表現了人類疏離自然後的困境與悲哀，也顯示了人對超越現實嚮往之情。

㈡而在現實實際生活裡，人類是無法突破自身限制的。道家興起，透過理性的反省，把

㉙ 同注㉒。

㉚ 見孫詒讓《墨子閒詁・節葬下》（台北：世界書局一九五五）頁一一六。

㉛ 同注㉒，卷十五，頁五十四。

初民迷信的想像，轉向為哲理。人類於存在中，要想超越自身的脆弱和限制，最佳的途徑是回歸自然。道家所不同於初民的是：初民以眞實感覺，相信神異與超現實之境；道家卻強調精神層面的自然之道。

㈢老子說玄妙之理，往往以恍惚神奇之筆來表現；莊子嗜用謬悠荒唐的神話語言，更常轉化神話為寓言。這都是因為他們的思想和原始人的心靈是契合的，萌發自同一根源。而嚮往一個神異的世界，也是共同的意願。後來人類，愈認識自身的脆弱，愈想求得超越自身限制。道家的超越現實的精神，被這種心理吸收而漸俗化㉜。俗化而後，而成為「仙」思，仙思則非原本的老莊思想了。

㈣初民神話經過流傳演化或美化，一直是吸引人的仙思。道家後學的吐納修鍊之術，以及神話中服食的記載，帶給人似可實踐的成仙的希望。把老莊的哲學思維竟然轉化為學道求仙的理論依據。

㈤人不能離群而生存，而人群之中紛爭迭起，無論是一己遭受挫折，抑或厭倦擾攘的人世，想要永絕煩憂，先得化解人形軀的拘限，則超凡體而飛升，才是根本的解脫。但是人既仰慕神的境地，神皆有職司，難免仍有束縛而不自由，於是另闢一仙的位置而與神同等，如

㉜ 參看《陶光先生論文集》〈論屈原賦二十五篇〉一文第四節。（台北—廣文書局　一九六四　頁二三—三四。）

此則比神類更自由更逍遙了。這不但與《山海經》的沃之野有天壤之別，更異於老莊的超越之旨。老莊都強調萬物一體，人不以形累，尤其《莊子》〈逍遙遊〉，講求精神絕對的自由；而「仙道」則要求鍊形歸神，所以仙道不屬純精神的層面。

㈥〈遠遊〉中的遊境，出自《山海經》演化者居多，而融合道家思想後，竟將精神層面的道，轉化爲具體之境。所遊的極至「超無爲以至清兮，與太初而爲鄰」王逸注前句說：「登天庭也」，注後句說：「與道并也」㉝。最能見出這種「仙」「道」合修的境界。故〈遠遊〉之遊無往不適，暢行無阻。仙道期望化解了人的形體拘束，更突破了時空的禁制，以至於解脫自適之境。無論如何，這呈現出了一個不同的境界。

本文的這一討論，自縱的方面，探索〈遠遊〉思想的淵源，且及於《山海經》神話和老莊思想的發展流變；而橫切面，則了解遊仙思想的融合創新的成因。初民神話是由人想像和感受的結果；老莊思想也是人智慧的萌發；遊仙思想節取兩者而產生一種新境。這新境增添了文學方面新的文體—遊仙詩。雖然它們不像《道德經》與《南華經》那麼深刻，卻也帶給人一個遨遊太清、充滿想像的心情世界，使苶然疲役的靈魂暫得休息。最先勾畫出這一世界

㉝同注❷，頁二八八

的《遠遊》應該具有開創之功，對後世文學有深遠的影響。

【原載《鄭因百先生八十壽慶論文集》（台北：臺灣商務印書館 頁五五九—六〇二）一九八五年六月】

陸、屈原作品中所呈現的儒者情懷

一、引言

劉勰《文心雕龍·辨騷》云：「〈離騷〉〈九章〉朗麗以哀志，〈九辯〉、〈九歌〉綺靡以傷情」❶。今且撇開「朗麗」和「綺靡」風格上的問題不論，僅就其內容而言，《楚辭》各篇莫不是哀志傷情之作，不只劉氏所舉之四篇而已。然而，一般對所謂「情」、「志」的理解不必一致，歷來對「情」、「志」的解說也有異。爲了避免對屈原作品的內涵產生誤解，所以先從這方面略作討論。《左傳〈昭公二十五年〉》有一段話：

民有好惡喜怒哀樂，生於六氣。是故審則宜類，以制六志。哀有哭泣，樂有歌舞，喜有施捨，怒有戰鬥。喜生於好，怒生於惡。……好物樂也，惡物哀也❷。

❶ 劉勰《文心雕龍》（范文瀾注，台北：開明書店 一九五八）卷一，頁二九。

❷ 見《左傳注疏》（台北：藝文印書館十三經注疏本）卷五十一，頁八九一。

杜預在「生於六氣」及「以制六志」文下注云：「此六者皆秉陰陽風雨晦明之氣」、「爲禮以制好惡喜怒哀樂六志，使不過節。」依據杜氏之說應是：好惡喜怒哀樂之情是秉諸自然（天生而非人爲），且以「六志」就是「六情」。孔穎達曾深入一層析出「情」「志」的分際：「在己爲情，情動爲志，情志一也。」❸其「在己爲情」應是說明人所固有之情而未發，「情動爲志」似指情動於中（內心）。孔氏所疏解的情和志，雖然一爲靜態，一爲有所興作，但是都屬於內斂狀況，所以「情志一也」。據此觀之，孔氏的詮釋與杜氏所解的分別不大。現在再循「以制六志」以下之文：「哀有哭泣，樂有歌舞，喜有施舍，怒有戰鬥」來看，足以發現哭泣、歌舞，施捨、戰鬥乃是內在哀樂喜怒的外現，也就是人的外現行爲正是內在情志的表徵。而「喜生於好，怒生於惡」、「好物樂也，惡物哀也。」可見好惡乃是喜怒哀樂的基因，自「好物」「惡物」之語，顯示出好惡與外在事物的關聯，但卻未言明何以有「好物」、「惡物」的情況，如果由其所以「樂」、「哀」基於「好」、「惡」推之，則人對外在事物的好惡，其中實蘊含著思想觀念或意願的成分。譬如厭惡戰鬥者，即使「怒」也不願採取戰鬥一途；好財如命的人，也難由其「喜」而有施捨的行爲。所以對外物之所以好或所以惡，實包容個人的思想觀念或意願在內的。又《禮記·禮運》：

---

❸ 同上注。

何謂人情？喜怒哀懼愛惡欲，七者弗學而能❹。

《禮記・樂記》：

夫民有血氣心知之性，而無哀樂喜怒之常，應感起物而動，然後心術形焉❺。

《禮運》之舉「七情」和《左傳》所謂的「六情」，都不過是概略言之而已，在此將不予討論。至於以七情「不學而能」，應同於「民有血氣心知之性」，與「在己爲情」也無甚差別。關於《樂記》這一段文字，其脈絡如下：

凡人之情是生命的本能→而各種情的興作不是固定的→乃是起於內心因應外物的感動→因應外物感動的慮念或意向即引發某種「情」→然後某情就表現了出來❻。

這一脈絡中「應感起物而動」，實補添了《左傳》的好惡等諸「情」所以發生的前因。更重

❹《禮記注疏》（台北：藝文印書館十三經注疏本）卷二二，頁四三一。

❺同上注，卷三八，頁六七九。

❻此略本孔穎達疏，孔云：「故民有血氣心知之性者，人由血氣而有心知，故血氣心知連言之，其性雖一，所感不恆，故云而無哀樂喜怒之常也。應感起物而動者，言內心應感起於外物，謂物來感己，心遂應之，念慮興動，故云應感起物而動。」「然後心術形焉者，術謂所由道路也，形見也，以其感物所動，然後心之所由道路而形見焉。」（同上注）

要的是，〈樂記〉不但說明了情感的本質和其興動之機緣，更揭示出情感由內而外的自然流露趨勢，這不僅是音樂在情感上由內而外的發展，同時也是詩作的走向。而且在詩作中所呈現的「應感起物而動」比音樂的尤其明晰。「好物」「惡物」的「心術」顯示也更具體，這是由於「詩」不但有音樂之質，尙且有文字的輔助之故。《文心雕龍·明詩》云：

> 人稟七情，應物斯感，感物吟志，莫非自然。

〈明詩〉篇所言雖然簡略，而其大體實同於〈樂記〉的脈絡。又云：

> 在心爲志，發言爲詩，舒文載實，其在茲乎❼。

「舒文載實」已表示了詩的文字語言之內容，正是詩人內心的情狀。這與「哀有哭泣」等等外現行爲即其內在情志的表徵（見上文），是異塗同歸的。〈明詩〉篇提到《楚辭》曾云：「逮楚國諷怨，〈離騷〉爲刺」，如就「諷怨」「爲刺」來說，實爲「感物吟志莫非自然」，則外在事物激發的「諷怨」「爲刺」，應該不止於純粹的情志作用，其中且含蘊著詩人由外物感觸到的種種，不單單是哀傷憤懣、疑慮矛盾、意向願望而已，甚至還有思想觀念和價值判斷在內。如果只用「傷情」「哀志」來概括，則不免有所偏頗，對於《屈賦》中所呈現

---

❼ 同注❶，卷二，頁一。

的襟抱未能表出，此皆因前人對情志的解釋已經定型，而有相當的拘限性。所以本文在題目中才採用了「情懷」一詞。

歷來對於屈原作品是否合於儒家的經義是有爭論的。如果認爲它們皆是「依託五經以立義」❽，的確也有問題。《文心雕龍・辨騷》就曾提出「異乎經典者」四事❾。不過其中三事是屬於素材和作法上的想像和誇張，只有「依彭咸之遺則，從子胥以自適，狷狹之志也。」是直接論及屈原的行爲。下面三家的看法都跟劉勰相近：

> 昔仲尼之去魯兮，斐斐遲而周邁。終回復於舊都兮，何必湘淵與濤瀨。《漢書・揚雄傳・反離騷》❿

---

❽ 王逸《楚辭章句・離騷後敘》云：「夫〈離騷〉之文，依託五經以立義焉。帝高陽之苗裔，則厥初生民、時惟姜嫄也；紉秋蘭以爲佩，則將翺將翔、佩玉瓊琚也；夕攬洲之宿莽，則易潛龍勿用也；駟玉虯而乘鷖，則時乘六龍以御天也；就重華而陳辭，則《尚書》咎繇之謀謨也；登崑崙而涉流沙，則〈禹貢〉之敷土也。」（洪興祖《楚辭補注》，台北：藝文印書館一九八六，卷一，頁八七。）

❾ 《文心雕龍・辨騷》云：「至於託雲龍，說迂怪，駕豐隆，求宓妃、鴆鳥媒娀女，詭異之辭也；康回傾地、夷羿彃日、木夫九首、土伯三目，譎怪之談也；依彭咸之遺則、從子胥以自適，狷狹之志也；士女雜坐、亂而不分，指以爲樂；娛酒不廢、沉湎日夜、舉以爲懽，荒淫之意也。此四事，異乎經典者也。」（同注❶）

❿ 王先謙《漢書補注》（台北：藝文印書館四史本）卷八七，頁一五一七。

且君子道窮，命矣。故潛龍不見是而無悶，〈關睢〉哀周道而不傷，蘧瑗持可懷之智，寧武保如愚之性，咸以全命避害，不受世患。故〈大雅〉曰：既明且哲，以保其身，斯爲貴矣。今若屈原，露才揚己，競乎危國群小之間以離讒賊。然責數懷王，怨惡椒蘭，愁神苦思，強非其人，忿懟不容，沉江而死，亦貶潔狂狷景行之士。多稱崑崙，冥婚宓妃，虛無之語，皆非法度之政、經義所載。（班固〈離騷序〉）⓫

竊嘗論之，原之爲人，其志行雖或過於中庸，而不可以爲法。然皆出忠君愛國之誠心。原之爲書，其辭旨雖或流於跌宕、怪神、怨懟、激發而不可以爲訓。然皆生繾綣惻怛不能自已之至意。雖其不知學於北方，以求周公、仲尼之道，而獨馳騁於變風變雅之末流，以故醇儒莊士或羞稱之，然使世之放臣、屏子、怨妻、去婦抆淚謳唫於下，而所天者幸而聽之，則於彼此之間，天性民彝之善，豈不足以交有所發，而增夫三綱五典之重。此予之所以每有味於其言，而不敢直以詞人之賦視之也。（朱熹《楚辭集注·序》）⓬

揚雄說得較含蓄，只對屈原未能效法孔子感到遺憾。班固就以正統的姿態嚴予斥責，拿孔子所稱道的兩個典型作比，責其既不能遯世無悶如蘧伯玉「邦有道則仕，邦無道則可卷而懷

⓫ 見洪興祖《楚辭補注》引，卷一，頁八八。（同注❽）

⓬ 朱熹《楚辭集注·序》（台北：藝文印書館 一九五六）頁二。

之。」（《論語．衛靈公》）又不善明哲保身，如寧武子「邦無道則愚」（《論語．公冶長》）。乃至「露才揚己」，實在不合於儒家溫柔敦厚的標準。更不用說他的作品中用了許多譎怪、詭異的神話完全不符「經義」了。但是班固這種僵硬的價值觀，對屈原既不公平，也不必盡合儒家之道。王逸早就說他「殆失厥中」⓭。班固大概忘了孔子在稱道蘧伯玉的同時也贊美史魚之直，縱然「直」不是一種最理想的行爲，也是可貴的特立獨行的作風。再說，班固所言之「狂狷景行」，劉勰所稱之「狷狹之志」都是貶詞，以爲不合經義之處。可是孔子所謂之「不得中行而與之，必也狂狷乎！狂者進取，狷者有所不爲。」（《論語．子路》）狂狷或「過乎中庸」，卻仍然是孔子贊許的一種德行。「有所不爲」更是《孟子》所特別重視的道德基礎：「人皆有所不爲，達之於其所爲，義也。」（《孟子．盡心下》）認爲「孔子豈不欲中道哉，不可必得，故思其次也。」（同上）但是這種「次」仍然在德行之列，與鄉愿爲德之賊是截然不同的。因此，儒門本非狹窄，經義包容亦廣。班、劉之見恐怕是有問題的。朱子在這方面態度就溫和多了，他雖然也病屈原不求周孔之道，而卻「不敢直以詞人之賦視之」，那是因爲屈原作品不止爲「驚采絕艷」的辭藻之美，而呈現出其「忠君愛國之誠心」以及「繾綣惻怛不能自已之至意」。如此足以啓發天性民彝之善，而能增強人倫理的導向。

⓭ 王逸云：「…而班固謂之露才揚己，…屈原之辭優游婉順，寧以其君不智之故，欲提攜其耳乎！而論者以爲露才揚己，怨刺其上，強非其人，殆失厥中矣。」（同注❽）

朱子固未免於傳統之見，卻對屈原較有同情的了解，從其情懷深處去體認。若朱子之言，實在已經勾勒出一個「儒者」的輪廓⑭。

從屈原的作品來看，他是詩人。凡詩大抵是情懷的展現，而非抽象思考。所以本文想討論的並不是屈原的學術思想⑮；更不是以傳統的標準去衡量其人格。而是試圖探析其作品中所呈現的情懷，因爲這類情懷正是作爲一個「儒者」的實質。下面將從《屈賦》各篇中抽繹出好修、怨及不忍三個主題，分別來作討論。

一、好修的堅執

屈原作品中充滿了絢麗的象徵和譬喻。所謂「善鳥香草以配忠貞，惡禽臭物以比讒佞，……」⑯這些由豐富的想像所砌成的「金相玉式」⑰，大都隱含著屈原的感情和價值取向。

---

⑭ 朱熹《楚辭集注》作於晚年，韓侂胄擅政，謫逐宰相趙汝愚，興起慶元黨禁（一一九五、朱熹六十六歲）之後。李（果齋）本年譜云：「時朝廷治黨人方急，丞相趙公謫死於永。先生憂時之意，屢形於色，因註《楚辭》以見志。」（見王懋竑《朱子年譜．考異》引。台北：世界書局一九五九 頁三四一）則朱熹是在與屈原相似的處境與心情下，特意來注《楚辭》的，故對屈子能有同情之了解。

⑮ 游國恩編著《學術先進屈原》一書中有「屈原的學術思想」一章，以屈原具備儒家、道家、陰陽家、法家的思想，游氏據以稱屈原是雜家。（台北：弘道出版社，一九七三 頁一〇三—一三五。）

⑯ 王逸〈離騷序〉語，（同注❽，頁一二）。參看本書〈屈原作品中隱喻和象徵的探討〉一文。

雖然不一定像王逸解釋的如此僵固，大體上則是可以這樣去了解的。事實上，屈原常以直接正面的表達與此交互爲用。如「好修」這一詞語就是他個人情懷的明白宣示。這個詞語在〈離騷〉中曾經出現過五次，顯然相當重要⑱。「修」字兼有動詞和名詞、乃至形容詞的性質。如「前修」就是指前賢或有德之人，作名詞用。「修名」、「修能」，就成爲形容詞。基本上它應該是個動詞。原是修習、修飾的意思。修習和修飾是有特定的內容指向的。如果重點放在這內容指向上，「修」字就轉換成名詞了。所以「好修」這個詞語從相關的上下文來看，本來是儒者「修身」、「修德」觀念的強調。如果聯想及《論語》中「修己以安百姓」（〈憲問篇〉）也不算附會。總之，這是一個具有道德意義的詞語，不能只偏向美的方面去解釋。同時，「好」字也暗示了實踐與堅持的意向。在屈原的作品中，「好修」一詞雖是以出現於〈離騷〉爲多，但是「好修」的觀念卻是幾乎貫穿《屈賦》的全部。下面將徵引一些相關的文句，藉以說明屈原喜用這一詞語的內涵。

紛吾既有此內美兮，又重之以修能。扈江離與辟芷兮，紉秋蘭以爲佩。〈離騷〉（此下所引《楚辭》文並見洪興祖補注本，僅附篇名，不另注頁碼。）

---

⑰ 《文心雕龍・辨騷》「贊」語同注❶，頁三〇。本王逸〈離騷章句後敘〉「金相玉質」語同注❽，頁八八。

⑱ 蔣驥《山帶閣注楚辭》、《楚辭餘論》云：「蓋通篇以好修爲綱領。」（台北：廣文書局 一九六二）卷上，頁四。

〈離騷〉篇開始，屈原就自我肯定其天賦之善，—謂之「內美」固然可兼指其才，只是「內美」與「修能」對言，如「能」謂才能，前後文意就嫌重複。〈離騷〉下文「孰察余之善惡」，《文選》「善」即作「美」⑲。可見「內美」即稟賦之善。有此內在之善再加以修飾、美好之能⑳實際上已決定了其努力的方向—進德。而「扈江離」至「紉秋蘭」都象徵「初服」的美好，也是明其「初志」。下文「汨余若將不及兮，恐年歲之不吾與。朝搴阰之木蘭兮，夕攬洲之宿莽。」這種勤奮積極的態度，就有《論語》「見善如不及」（〈季氏篇〉）「學而不厭」（〈述而篇〉）的意味了。

> 老冉冉其將至兮，恐修名之不立。朝飲木蘭之墜露兮，夕餐秋菊之落英。苟余情其信姱以練要兮，長顑頷亦何傷。擥木根以結茝兮，貫薜荔之落蘂。矯菌桂以紉蕙兮，索胡繩之纚纚。謇吾法夫前修兮，非世俗之所服。（離騷）

「飲木蘭墜露」、「餐秋菊落英」㉑、「貫薜荔落蘂」，不但表示他惜芳之情之深，從而也

---

⑲ 見《楚辭補注》同注⑧，頁六五）。此上「好蔽美而稱惡」句，美一作善。（頁六三）。

⑳ 蔣驥云：「內美天工。修能、人力。」「修能、修治之能。」（同注⑱，卷一，頁二。）本文是據修能之下文作解。

㉑ 游國恩《楚辭論文集》中有〈說〈離騷〉「秋菊之落英」〉一篇，否定各家之說，以「落」與上文「墜」同義。（台北：九思出版社 一九七七 頁二三二—二三六）

見其不以善小而不取的珍重。他爲了建立「修名」竟不在意「長顑頷」，這已是背離衆俗之情，並且他又嚮往前賢而取法其風範，更是與黨人「戶服艾以盈要兮，謂幽蘭其不可佩」（〈離騷〉）的好惡大異其趣。尤其在「薋菉葹以盈室兮」的情形下卻「判獨離而不服」（〈離騷〉）。他既集衆善於一身，又特立獨行，由於「非俊疑傑固庸態也」（〈懷沙〉），難免於「衆女嫉余之蛾眉兮，謠諑謂余以善淫」（〈離騷〉）了。「衆口其鑠金」（〈惜誦〉），因而他必然遭遇到被君斥廢的命運。

> 余雖好修姱以鞿羈兮，謇朝誶而夕替。既替余以蕙纕兮，又申之以攬茝。亦余心之所善兮，雖九死其猶未悔。（〈離騷〉）
>
> 進入不以離尤兮，退將修吾初服。製芰荷以爲衣兮，集芙蓉以爲裳。不吾知其亦已兮，苟余情其信芳。高余冠之岌岌兮，長余佩之陸離。芳與澤其雜糅兮，唯昭質其猶未虧。（同上）
>
> 佩繽紛其繁飾兮，芳菲菲其彌章。民生各有所樂兮，余獨好修以爲常。雖體解吾猶未變兮，豈余心之可懲。（同上）

好修所致的美德，雖是他被斥廢的基本原因，但卻並未因此趨利避害而放棄所好，反而「退將修吾初服」，修習不輟而益增其美善。「亦余心之所善」、「苟余情其信芳」是強調他所抱持的「好修」，乃是自我內在的眞實，而這一眞實的情感，導向他「九死不悔」「體解不變」的決心和「好修以爲常」的意志。好修既是他經常不變的原則，在「豈余心之可懲」以下的文句中，仍可見到他對好修的執著。如當其「阽余身而危死」，依然「覽余初其猶未悔」、於「哀朕時之不當」時，卻「攬茹蕙以掩涕」、被帝閽拒於閶闔之外，他「結幽蘭而延佇」、在「哀高丘之無女」之際，竟然「折瓊枝以繼佩」，無論任何挫折之下，他都是念茲在茲去實踐好修的意向。這種不悔不變的堅執，已成爲他安頓生命的根柢。

雖然屈原在其作品中未曾明白表示過有「己欲立而立人」（《論語》〈雍也〉）的意思，但他曾以好修的心情、追求自我完美的意向延及到「美政」的要求上。如

> 乘騏驥以馳騁兮，來吾道夫先路。昔三后之純粹兮，固衆芳之所在。雜申椒與菌桂兮，豈維紉夫蕙茝。……忽奔走以先後兮，及前王之踵武。〈離騷〉
>
> 何毒藥之謇謇兮，願蓀美之可完。望三五以爲像兮，指彭咸以爲儀。夫何極而不至兮，故遠聞而難虧。善不由外來兮，名不可以虛作。孰無施而有報兮，孰不實而有穫。〈抽思〉

先從上引〈離騷〉之文來觀察，屈原實有一種當仁不讓的輔君濟世之懷。他對楚君的希望是能有三后之胸襟，兼容並蓄來任用賢者，以達到可與前王並駕齊驅的地步。依他的這一理想，可以了解他的「美政」基礎是建立在君明臣賢上。這在君主專權的體制下，是兼善天下唯一的途徑。所以屈原的襟抱不僅止於獨善其身而已。再看〈九章・抽思〉之文，屈原

「願蓀美之可完」的理念是：君效三五之德，臣據前賢爲準則，如此君明臣賢的美政，將可流芳百世。而欲流芳百世卻有先決的條件，即是善美得發自內心的眞誠，而爲君者要能去實踐美善且施德澤於人。所謂「善不由外來兮，名不可以虛作」，本來是屈原自己立「修名」的意念，他竟將一己好修的願望和實踐，加諸楚君，這完全是他的忠愛深情不容自已的結果。同時卻也因此引致君之「信讒齌怒」而「朝誶夕替」（〈離騷〉），終至遭受「好姱佳麗兮，牉獨處此異域」、「懷瑾握玉兮，窮不知所示」（〈懷沙〉）的命運。

不過，即使他被放逐異域，依舊堅執著美善，不改其好修的初衷和原則。如

苟余心之端直兮，雖僻遠其何傷。〈涉江〉

余將董道而不豫兮，固將重昏而終身。（同上）

刓方以爲圜兮，常度未替。〈懷沙〉

章畫志墨兮，前圖未改。（同上）

至於這種堅貞不移的意志力，實來自他修習不輟的蘊積。在他的作品中往往以服飾和服食來呈現。先自服飾探討：譬如〈離騷〉中香草服飾的增迴出現（見上文），而所謂「折瓊枝以繼佩」，是經香草進至玉佩，又

余既好此奇服兮，年既老而不衰。帶長鋏之陸離兮，冠切雲之崔嵬。被明月兮珮寶璐。

〈涉江〉

〈涉江〉中的披服的譬喻比〈離騷〉的香草類較有強度；再由〈離騷〉有關服食方面來看：「飲木蘭之墜露」、「餐秋菊之落英」到屈原「將遠逝以自疏」所準備的「折瓊枝以爲羞兮，精瓊靡以爲粻」以及

登崑崙兮食玉英，與天地同壽兮，與日月同光。〈涉江〉

在服食方面也用了更質實的譬喻。這一現象不僅揭示出屈原的修身是外（服飾）內（服食）一致，也表達了他持續不斷的修己（既老而不衰的奇服）和修名不朽的心願（與天地同壽、與日月齊光），而最重要的是他的修習程序——由柔至堅、由細而壯，這一傾向表露了他愈受挫愈堅持的志節。如果從這一方向著眼，其「懷情抱質獨無匹兮」（〈懷沙〉）的自負，在「衆皆競進以貪婪兮，憑不厭乎求索」（〈離騷〉）、「設張辟以娛君兮，願側身而無所」（〈惜誦〉）的環境裏，實在不是誇張誕妄的「露才揚己」之言，乃是他在「好修」一途上不變不悔的終極信念。

三、怨尤的深情

司馬遷云：

> 屈平正道直行，竭忠盡智以事其君，讒人間之，可謂窮矣。信而見疑，忠而被謗，能無怨乎！屈平之作〈離騷〉，蓋自怨生也。《史記・屈原列傳》㉒

據史遷的觀點：屈原由於「怨」而作〈離騷〉，其所以怨，是因他正直忠信事君，而竟然陷落在困境（窮）之中，這一困境乃是楚國朝廷所造成的。史遷如是說，固然是〈離騷〉內容的一面，實際上〈離騷〉中所呈現出怨的情感，不僅僅止於此而已。同時除〈離騷〉以外的屈原作品裏，也往往有相同的感情。所以同「好修」一樣，「怨」也是貫穿屈原作品的主題之一。

屈原的「好修」不僅止於獨善其身，並擴充到「美政」的理想上，企盼能輔君「及前王之踵武」。然而不幸的是

> 惟夫黨人之偷樂兮，路幽昧以險隘。〈離騷〉

朝廷中一群小人昏昧的作為，阻撓了他的理想。在奸佞讒害之下，楚王完全不能認識他的忠愛之誠。「荃不察余之中情兮，反信讒而齌怒」（〈離騷〉），終遭到「朝辭」「夕替」的斥逐。這種情況下，「怨」就自然產生了。

㉒ 台北：藝文印書館四史本 卷八四，頁一〇〇四。

怨靈修之浩蕩兮，終不察夫民心。〈離騷〉

言與行其可跡兮，情與貌其不變。故相臣莫若君兮，所以證之不遠。〈惜誦〉

君無度而弗察兮，使芳草爲藪幽。〈惜往日〉

弗省察而按實兮，聽讒人之虛辭。（同上）

屈原這些哀怨之辭，主要的是歸咎於楚王的昏昧不明。既不能察見其眞摯的忠心，又不能辨別賢愚是非。實際上，屈原並非擔心個人的安危，而是憂懼朝政的失敗：「豈余身之憚殃兮，恐皇輿之敗績」（〈離騷〉），他不計利害的奉獻，卻不得回報與重視，君反而聽信讒言，「使芳草爲藪幽」（〈惜往日〉）。其情不能平，呈現在文字中也就愈來愈激烈了。

忠何罪以遇罰兮，亦非余心之所志。〈惜誦〉

信非吾罪而棄逐兮，何日夜而忘之。〈哀郢〉

這種文句都是直陳怨辭，不再假借託喻或想像來潤色。其憤怨之情實由於他自覺無罪，忠心無罪反而遇罰被逐，自非始料所及，也就時刻不能忘懷。「歷茲情以陳辭兮，蓀詳聾而不聞。」（〈抽思〉）雖然也曾自訴，楚王非但充耳不聞，倒是去聽信「讒人之虛辭」（〈惜往日〉）。再回想起「往日之曾信」（〈惜往日〉），君「昔與我成言」（〈離騷〉），如此親信又如此棄絕！憂思往復，怨意也就愈深，直言宣洩，不及雕飾，其內心的傷痛也於此可見。

在屈原作品中所指稱的「讒人」，既是「偷樂的黨人」，也是「衆皆競進以貪婪兮，憑不厭乎求索」（〈離騷〉）的衆人。這一群和屈原的好惡和價值取向不同，兩者的作風自異。

> 民好惡其不同兮，惟此黨人其獨異。户服艾以盈要兮，謂幽蘭其不可佩。〈離騷〉
>
> 矰弋機而在上兮，罻羅張而在下。設張辟以娛君兮，願側身而無所。〈惜誦〉

屈原個人「紉秋蘭以爲佩」（〈離騷〉），對君「毒藥之謇謇」是爲了「願蓀美之可完」（〈抽思〉）；黨人則抑蘭而貴艾。衆人包圍著楚君，如同「設張辟以娛君」。其目的是爲營求私利、嫉妒賢士、爲害國家。屈原跟這類黨人或衆可謂「同極而異路」（〈惜誦〉）。其結果可想而知。

> 吾誼先君而後身兮，羌衆人之所仇，專惟君而無他兮，又衆兆之所讎。〈惜誦〉

正是由於這種「先君而後身」的忠懷，始受到結黨營私者的仇視。而「衆口鑠金」以個人之獨善面對衆人之攻訐，必然是「願側身而無所」，終被棄逐山澤。事實上，屈原眞正憂心的是這些黨人阻止了他施行「美政」的理想。他「好修」的人格橫遭誣蔑，固然痛心，而關係著楚國存亡、人民幸福的政治理想受到絕望的打擊，才使他「憂與憂其相接」（〈哀郢〉），因而對這些黨人之怨怒可知。「夫惟黨人鄙固兮，羌不知余之所臧」、「文質疏內兮，衆不知余之異采」(〈懷沙〉)等等言辭中，都表示出他對黨人或衆的怨尤之意。從〈離騷〉裏還可以發現另外的一群朝臣，他們與黨人或衆原有程度上的不同，而卻終於同流合污。

蘭芷變而不芳兮，荃蕙化而爲茅，何昔日之芳草兮，今直爲此蕭艾也。豈其有他故兮，莫好修之害也。

余以蘭爲可恃兮，羌無實而容長。委厥美以從俗兮，苟得列乎衆芳。椒專佞以慢慆兮，榝又欲充夫佩幃。既干進又務入兮，又何芳之能祗。固時俗之流從兮，又孰能無變化。覽椒蘭其若茲兮，又況揭車與江離。

屈原以他個人好修堅執的情操，來批評這些昔日之賢者趨於墮落，實是由於「莫好修之害也」。在這些評論中雖隱含著惋惜和遺憾，卻也不免有怨懟之情。因爲在理智上，他固能諒解到時俗潮流的污染力量(「固時俗之流從」)，但在情感上，面對「無實而容長」虛有其表的賢者，以及「榝又欲充夫佩幃」的貌似君子㉓，其內心嫌惡之感難以抑止。而這類人士「干進務入」的作風實無異於「衆皆競進以貪婪」的黨人。屈原本來希望他們能夠共輔楚

㉓ 王逸注「榝」云：「榝，茱萸也，似椒而非。以喻子椒似賢而非賢也。」(同注❽，卷一，頁七三。)案王逸以椒實指某人，恐不必然。

王，以實現他心目中的「美政」，而這類昔時所認爲的賢者竟然轉向黨人的路線，於是從期望到失望，則其怨尤之情就不言可喻了。

> 忠不必用兮賢不必以，伍子逢殃兮比干菹醢。與前世而皆然兮，吾又何怨乎今之人。〈涉江〉

「忠不必用」「賢不必以」是理智的說詞，但更顯出他的憤激之情。「又何怨乎今之人」的反詰語氣，正足以印證他是「怨今之人。」今之人應包括君、黨人或衆以及轉向不肖的賢者，這些人交織成屈原的現存世界，「世溷濁而不分兮，好蔽美而嫉妒」、「世混濁而嫉賢兮，好蔽美而稱惡」（〈離騷〉）、「世混濁而莫余知兮」（〈涉江〉），這樣一個「溷濁」的現存世界，正是由於今之人是非不明，價値顚倒之故。既不承認他的善且掩蔽他的賢能。「伯樂既沒，驥焉程兮」（〈懷沙〉），今無伯樂，是他無奈的對現存世界的怨尤，因爲他已沒有施展抱負——輔楚君以「及前王之踵武」的機會了。

屈原陷在「世溷濁而莫余知」（〈涉江〉）、「懷瑾握瑜窮不知所示」（〈懷沙〉）、「憂心不遂斯言誰告」（〈抽思〉）的困境裏，既無一人知我又無人可告訴，「可謂窮矣」。窮則返本而呼天，這是人情感的自然反應。最後只有

> 指九天以爲正兮，夫唯靈修之故也。〈離騷〉

所非忠而言之兮，指蒼天以爲正。〈惜誦〉

求天爲證，然而「皇天」亦「不純命」（〈哀郢〉），進而對天道也懷疑起來。

舜服厥弟，終然爲害，何肆犬體而厥身不危敗？〈天問〉

比干何逆？而抑沉之；雷開何順？而賜封之。何聖人之一德，卒其異方？梅伯受醢，箕子佯狂。（同上）

象之不肖、雷開之不忠，乃是他所惡，竟然身受封賜㉔；而比干諸忠賢乃是他所好的，卻都是沒有善果。他提出這兩個事例，不僅是對天道憤激的質疑，顯然也帶有怨天之意。又如

成湯東巡，有莘爰極，何乞彼小臣而吉妃是得？

師望在肆昌何識？鼓刀揚聲后何喜？〈天問〉

殷湯、文王之任賢，屈原在〈離騷〉中曾作正面的肯定㉕，而〈天問〉中卻以反詰的方式表

㉔《孟子・萬章上》云：「（舜）封之（象）有庳，富貴之也。」

㉕〈離騷〉：「湯禹嚴而祇敬兮，周論道而莫差。舉賢而授能兮，循繩墨而不頗。皇天無私阿兮，覽民德焉錯輔。」對史實和上天都還作正面的肯定。

出，這種反詰的語氣中暗藏著他對明君的嚮往以及賢者際遇的歆羨，正反映出他對現存世界的不滿。他對天提出的問題，大都基於他在現實上遭遇到的挫折和失望，並不是馳騁想像、任意發問的。更重要的是他這些問題背後強烈的感情本質。所謂「不怨天、不尤人」是聖人的最高境界，並非「儒者」都能做到的。更何況屈原這些怨尤決不是出於個人之私：

> 重華不可遻兮，孰知余之從容。〈懷沙〉
> 湯禹久遠兮，邈而不可慕。（同上）

屈原在放逐「九年而不復」（〈哀郢〉）之後，仍然念念古聖王之政，「惜吾不及古人」（〈思美人〉）的怨思跟個人利害全然無關，在他的生命深處一直抱持著經世濟民的理想，而理想終於幻滅，使他不能無怨。這樣的「怨」正是他關注現實的深情，就不應視為瑕疵了。

四、不忍的襟懷

上文從「怨」的觀點以論屈原作品中所呈現的深情；然而「怨」是比較強烈的、銳利的感情，似乎少些溫厚。有人也就從這一點給予屈原負面的評價，如班固之流。實際上，屈原所懷的深情是多面的、複雜的，不僅是怨而已。因此，再從「不忍」這一方面，來討論在他的作品中所流露出的不能自已的情感面相。

屈原在信而見疑，忠而被謗的情況下「荃既不察余之中情，反信讒而齎怒。」遭受斥廢；並非不曾興起「悔相道之不察」的悔意，也曾有「遠逝以自疏」的念頭。如此，他儘可以獨善其身，而不致有悲劇的下場。但是，他終於不肯作這樣的決定，就是基於其不忍之情。

余固知謇謇之為患兮，忍而不能舍也。指九天以為正兮，夫惟靈修之故也。〈離騷〉

屈原決不是昧於情勢，只為「露才揚己」才「競乎危國群小之間」（見上引班固〈離騷序〉）；他本已清楚地知道「謇謇之為患」的後果，卻為「靈修之故」眷戀楚國，所以不忍捨去。這一不忍之念，不容自已之情，實不止對「靈修」而已；甚至對於溷濁的現存世界，他也是付出不忍的深情。這縈繞在屈原全部作品中，迴環往復，構成感人的基調。

屈原這種濃摯的不忍之情，往往淹沒了他的理智。這使得他的情感內蘊看起來複雜而矛盾，也使文句的表現上充滿了張力。譬如〈惜誦〉：「忘儇媚以背眾兮，待明君其知之」，這種句子，他並非不知眾人之儇媚實是君之所好，只是仍然期望君能明察。這其間固然也有心中的不平和憤懣，但是終不忍見君永是如此，希望總有一天君能醒悟過來。事實上他也未嘗不知這種希望會落空，而卻不容自已的，勉強自己抱持著明知其不可能的希望。「恐情質之不信兮，故重著以自明。」反復考量，總是恐怕其衷情之不見信，一定要自明其志。這都顯示出作者的理智，實已全被消解在情感之中。所以如此，固然是「生於繾綣惻怛不能自已之至意」（見上引朱熹《楚辭集注‧序》），而更是他「不忍」與君絕離的深情。「背膺牉以交痛兮，心鬱結而紆軫」（〈惜誦〉），在感情上他與君是一體的，所以絕離君如同一個身軀分裂爲二般的痛楚。這種「君我爲一」的意念，使他雖然有「竭忠誠以事君」、「壹心而不豫」以致「羌不可保也」（〈惜誦〉）的怨尤，而在他遭逐去郢之際，迸發出難以抑止的悲情。

> 發郢都而去閭兮，荒忽其焉極。楫齊揚以容與兮，哀見君而不再得。望長楸而太息兮，涕淫淫其若霰。（〈哀郢〉）
>
> 過夏首而西浮兮，望龍門而不見。……背夏浦而西思兮，哀故都之日遠。（同上）

其內心痛楚哀傷，縈繞徘徊而「不忍」遽去。郢城不但是他的「終古之所居」（〈哀郢〉）更是君之所在。雖在失望之餘也曾說「又何懷乎故都」？（〈離騷〉）而一旦離別成爲事實，依依之情如何能免！「哀見君而不再得」，怨尤之念，這時也被不忍遽去的哀思所替代了。

> 道卓遠而日忘兮，願自申而不得。（〈抽思〉）
>
> 惟郢路之遼遠兮，魂一夕而九逝。曾不知路之曲直兮，南指月與列星。願徑逝而未得兮，魂識路之營營。（同上）

屈原在既遭放逐，去國日遠之時，「不忘欲返」，雖然是說恐君日忘，申訴無門，內心裏實是不忍相信君已棄他於不顧。現實上不能獲致的願望，只有託諸夢寐。郢路雖遙，魂能一夕而往九次！這把無時無刻不在思君之念，具體化爲生動的意象。不容自已之情也就躍然如見了。

他怨君又戀君的矛盾心情，也顯現在他所怨惡的溷濁的現實方面。在理智上，他固然明白「鷙鳥之不群兮，自前世而固然」（〈離騷〉）、「自前世而嫉賢兮，謂蕙若其不可佩」（〈惜往日〉）以及「玄文處幽兮，矇叟謂之不章。離婁微睇兮，瞽以爲無明」（〈懷沙〉），無論是歷史上的習見現象，還是衆俗的嫉妒通性，抑或以己律人的一般常情，他都能理解，但他卻無法掙脫他的現實世界。由於在感情上他「與君爲一體」，他自己既欲立「修名」，同時也「願蓀美之可完」，而和他並存的黨人或衆是「偷樂」和「貪婪」，他怨惡這一群人不利於君又「嫉余之蛾眉」，但他對這種現實世界竟然始終「不忍」絕離。如〈離騷〉中他曾在悲憤的心情下，設想三個非現實世界，欲求自我解脫。其扣帝闇、求美女、邅道昆侖都是象徵他的內心對理想的追求，而最後依然是落在現實世界的羅網裏。已足以見出他對現存世界的眷戀而不忍絕離的情感。而尤有進者，即使他處於放逐流亡之間，

曼余目以流觀兮，冀一反之何時。（〈哀郢〉）

既惸獨而不群兮，又無良媒在其側。（〈抽思〉）

路遠處幽又無行媒兮。（同上）

願寄言於浮雲兮，遇豐隆而不將。因歸鳥而致辭兮，羌宿高而難當。（思美人）

這種「冀一反之何時」的願望，反覆出現在其作品中，這一明知無望的希望，逼使他無可奈何的退讓。本來他「恐導言之不固」、「理弱而媒拙」（〈離騷〉），而今竟然冀望有「良媒」和「行媒」的協助。但是不得已而幻設中的媒理也如飛鳥、浮雲之難把握，沒有實現的可能。總歸是由於不忍之情，使他在「路遠處幽」的沉埋境地中，仍然不能毅然決然地捨棄再有機會輔助「明君」、實現「美政」的理想。

鸞鳥鳳凰日以遠兮，燕雀烏鵲巢堂壇兮。露申辛夷死林薄兮，腥臊並御芳不得薄兮。〈涉江〉

憎慍惀之修美兮，好夫人之忼慨。眾踥蹀而日進兮，美超遠而逾邁。〈哀郢〉

鳳凰在笯兮，雞鶩翔舞。〈懷沙〉

在這些對照裏，他實在完全了解這比「國無人莫我知兮…既莫足與爲美政」（〈離騷〉）的情形更爲嚴重，朝廷中愈來愈「變白爲黑，倒上爲下」（〈涉江〉）更使賢者日遠而不肖者日進。即使如此，他對楚國的前途仍憂心不已。

哀州土之平樂兮，悲江介之遺風。〈哀郢〉

> 曾不知夏之為丘兮，孰兩東門之可蕪。（同上）

他「不忍」見楚國廣闊的大地、楚人安和的生活，在朝廷的昏昧下，遭受到破壞和擾亂。這都是楚之前人先世所養所教的成果。他尤其「不忍」見郢之「兩東門」將被毀廢的危亡之禍。所以他「羌靈魂之欲歸兮，何須臾而忘反」（〈哀郢〉），並不僅僅是一個被逐者欲返故都的切望，他關懷的是更重大的問題。在這一方面，史遷最能洞察屈原的深心，並且體會到他拯君濟危的意願。

> 冀幸君之一悟，俗之一改，其存君興國，而反覆之，一篇之中三致志焉㉖。

這雖是僅就〈離騷〉一篇而言㉗，實際上，〈離騷〉之外的作品，其所流露出來矛盾或自我衝突的情感中，也都深含著君悟俗改的渴望，也就是他始終執守著「美政」的理想。尤其〈天問〉裏有關歷代興亡方面的詰問中，暗含著他「得道者昌，失道者亡」的評價，而以明君任賢才會出現盛世㉘，其與〈離騷〉中所顯示的歷史意識，更是出於一轍。

㉖ 同注㉒。頁一〇〇五。

㉗ 〈屈原列傳〉云：「上稱帝嚳，下道齊桓，中述湯武，以刺世事。明道德之廣崇，治亂之條貫，靡不畢見。」（同注㉒）司馬遷是依〈離騷〉中多採歷史事件及屈原的歷史意識而言冀君悟俗改等等。

㉘ 參看本書〈楚辭天問隱義及其有關問題試探〉一文。

正由於這種「不忍」與不容自已之情，使屈原經常陷入自我的苛求之中，反覆思念，難以自拔。

> 欲儃佪以干傺兮，恐重患而離尤；欲高飛而遠集兮，君罔謂汝何之；欲橫奔而失路兮，志堅而不忍。〈惜誦〉

這不只是進退維谷而已，乃是三種可能使他矛盾而無所適從。第一是留在故鄉，卻恐有重患遭受罪尤，然而卻不忍決心離去；第二只有去君不仕，卻又怕引起君之誤會，爲君所不諒。—而這也是他不忍做的。第三則念及若放任自己橫奔失路，亦爲一途；但向善之志，堅定不移，自然不忍出此下策。這就是他「好修姱以鞿羈」之所在。由此可見雖然他在感情上爲君而委曲求全，而在個人修身的意向方面，還是牢牢地守住的。因此當「時俗工巧」「吾獨窮困乎此時也」（〈離騷〉），

> 寧溘死以流亡兮，余不忍爲此態也。〈離騷〉
>
> 哀吾生之無樂兮，幽獨處乎山中。吾不能變心而從俗兮，固將愁苦而終窮。〈涉江〉

即使他放逐以後，處於幽僻和情不堪之際，也不肯也就是「不忍」爲流從時俗而改變初心初志。不過，縱然他有所堅執，而由於「不忍」觸君之怒或誤解、不忍絕離溷濁之世、不忍美政的理想落空，所以在他修身方面，自然會產生些矛盾的情形。而他的深心中乃是「不忍」

放棄自己所堅守的原則，就是由於堅執原則，促使他推向自我人格的完足。在〈懷沙〉一篇的絕筆之辭㉙中他說：

離慜而不遷兮，願志之有像。

世溷濁莫吾知，人心不可謂兮。知死不可讓，願無愛兮。明告君子，吾將以爲類兮。

他在〈離騷〉中就有立修名的願望，而一直堅執著好修的意向，即使「離慜」也不變易初志，這是他希望自己人格的典型能永存於人間，實際上他是「不忍」自己的善美被埋沒。至於面對「世溷濁」，他曾有絕望又期望的內心掙扎，他所以爲溷濁之世期望，乃是在君之一悟、俗之一改的大前提下兜圈子。直至他期望的無法實現，時君已無任賢的可能，不肖的衆也不可能改變。「伯樂既沒，余將焉程」，時下溷濁而無伯樂，於是他「不忍」「莫余知」，而只有去求知於心目中的君子。

易初本迪兮，君子所鄙。（懷沙）

內厚質正兮，大人所盛。（仝上）

㉙ 司馬遷〈屈原列傳〉以〈懷沙〉爲絕筆（同注㉒，頁一〇〇六—一〇〇七），蔣驥《山帶閣注楚辭》，則以〈悲回風〉「繼〈懷沙〉而作」。（同注⑱，卷四，頁四一）

他在生既無益而知死不可讓的決意之下，依然是「常度未替」、「前圖未改」（〈懷沙〉）。無論是一己的修身，或是輔君的美政，都是他「不忍」放棄的原則。他這種縈繞不已的不忍之情、高潔的襟懷和堅貞之志，終於塑造出一個完美無瑕的人格形象。

五、結論

上文從好修、怨和不忍三方面討論了屈原作品中所呈現的情懷。爲了想說明這些情懷具體的樣態，所以徵引了不少〈離騷〉、〈九章〉、〈天問〉的原文。同時屈子之情往往迴環往復，文意上重複出現的部分也就難免。前面已經提到本文不是想討論屈原的思想，而是就其深情來理解他所具有的儒者襟懷。通常一談到儒家總是偏向到思想體系方面去想。而不大注意「情」的部分的重要性。其實無論是儒家或道家都不應排除他們情的涵蘊，視爲純粹的思想。孔子在《論語》裏回答弟子問仁雖有深淺之別，實踐仁的境界也有高下；但如回答樊遲問仁的「愛人」（《論語・顏淵》），應該是仁的一個基本內涵。「愛」的表達方式可有不同，卻必然屬於情。《孟子》論四端之心時說：「惻隱之心，仁之端也」。（《孟子・公孫丑上》）「惻隱」也一定有情的成分。《孟子》又主「不忍人之心」與「不忍人之政」（同上）也無疑是帶著情說的。因此，儒家的中心思想裏就具有情的本質。這種情是人不容自已的對人、對現實世界的關愛「知其不可爲而爲」（《論語・憲問》）、「鳥獸不可與同群，吾非斯人之徒而誰與?」(《論語·微子》)都說明此點。並非如後世傳統社會中褊狹的觀念。因此,同不同乎五經經義並不是重要的問題;重要的是屈原眞正具備了一個儒者關愛現實世界的情懷。

屈原好修的意念堅執不移,以完成自我的道德人格作爲終生追求的目標,這自然是一個典型儒者的心願。而忠誠惻怛,一意抱持美政的理想,致君三后,也沒有問題是儒者的襟懷。再者好明君賢臣,惡偷樂之黨人也合於「惟仁者,能好人能惡人」(《論語·里仁》)的大公無私之情理。最引起爭辯的就是他的怨思,衛道之士往往認爲這種強烈的感情,不夠中正和平,所以不合儒家之道。其實怨正表示屈原眞摯的深情;而且並非悖乎儒家之道。試再看《孟子》的一段話:

公孫丑問曰:「高子曰:『〈小弁〉,小人之詩也。』」孟子曰:「何以言之?」曰:「怨。」曰:「固哉,高叟之爲詩也!有人於此,越人關弓而射之,則己談笑而道之,無他,疏之也。其兄關弓而射之,則己垂涕泣而道之,無他,戚之也。〈小弁〉之怨,親親也,親親、仁也。固矣夫,高叟之爲詩也!」曰:「〈凱風〉何以不怨?」曰:「〈凱風〉,親之過小者也;〈小弁〉,親之過大者也。親之過大而不怨,是愈疏也;親之過小而怨,是不可磯也。愈疏,不孝也;不可磯,亦不孝也。孔子曰:『舜其至孝矣,五十而慕。』」(〈告子篇下〉)

孟子這種通達而深刻的解釋說明了「怨」正是眞情的流露,當怨而怨,愈見親情之深;當怨而不怨，反而是無情的疏遠。舜號泣於旻天，孟子稱之「怨慕也」（〈萬章篇上〉）而舜被認爲是「至孝」！以懷王之過不可謂不大，屈原之怨就愈顯其忠愛之情。因此，俗儒迂陋之見既不能了解屈原，也不足以了解孟子。

由於這種純摯的深情，屈原才「不忍見其宗國將遂危亡」㉚「尤不忍絕君臣之義。」㉛更「不忍與世同污，而立視宗國之亡，決意於死。」㉜其不容自已的對君國的關切，使他除自沉之外別無選擇。而「不忍」與「不容自已」乃是儒者不以個人得失爲念，關注現實世界，奉獻自我的基本情懷。屈原在這一點上塑造出一個純粹的典型。其作品中的情感深度眞是「百世無匹」㉝！至於他「艷溢錙毫」㉞的辭采不過是幫助這種情懷的呈現而已。

【原載《臺大中文學報》第四期，頁八七——一〇七，一九九一年六月】

㉚ 見朱熹《楚辭集注・離騷序》（卷一，頁二）。

㉛ 見王夫之《楚辭通釋》（台北：廣文書局 一九六三）釋〈離騷〉「欲從靈氛之吉占」二句注文。（卷一，頁一八。）

㉜ 同上注。〈懷沙〉篇題注（卷四，頁八五）。

㉝ 同注❽，卷一，頁八八。

㉞ 見《文心雕龍・辨騷》（同注❶，卷一，頁三〇。）

〔附錄〕

諸神示象

——《山海經》神話資料中的萬物靈跡

一、前言

最早見到《山海經》之名是在《史記・大宛傳・贊》太史公曰：「至禹本紀、山海經所有怪物，余不敢言之也。」❶可見史學家對《山海經》中非現實性的內容之態度。而至劉秀，則又是另一種觀點，劉氏曾有〈上山海經表〉曰：

> 侍中奉車都衛光祿大夫臣秀領校祕書言、校祕書太常屬臣望、所校山海經凡三十二篇，今定爲一十八篇，已定。山海經者，出於唐虞之際。昔洪水洋溢，漫衍中國，民人失據，崎嶇於丘陵，巢於樹木。鯀既無功，而帝堯使禹繼之。禹乘四載，隨山刊木，定高山大川。益與伯翳主驅禽獸，命山川，類草木，別水土。四岳佐之，以周四方，逮

❶ 見司馬遷《史記》卷一百二十三（台北：藝文印書館　頁一二九九）

人跡之所希至及舟輿之所罕到。內別五方之山，外分八方之海，紀其珍寶奇物，異方之所生，水土草木禽獸昆蟲麟鳳之所止，禎祥之所隱，及四海之外絕域之國、殊類之人。禹別九州，任土作貢；而益等類物善惡，著山海經。皆聖賢之遺事，古文之著明者也。其事質明有信：孝武皇帝時嘗有獻異鳥者，食之百物，所不肯食。東方朔見之，言其鳥名，又言其所當食，如朔言。問朔何以知之，即山海經所出也；孝宣帝時，擊磻石於上郡，陷得石室，其中有反縛盜械人，時臣秀父向為諫議大夫，言此貳負之臣也。詔問何以知之，亦以山海經對。其文曰：「貳負殺窫窳，帝乃梏之疏屬之山，桎其右足，反縛兩手。」上大驚。朝士由是多奇山海經者，文學大儒皆讀學、以為奇，可以考禎祥變怪之物，見遠國異人之謠俗。故易曰：「言天下之至賾而不可亂也。」博物之君子，其可不惑焉。臣秀昧死謹上❷。

劉秀這篇奏文，將《山海經》的成書時代、緣由、內容性質等等，作了周詳的說明，並以為文學大儒皆讀學，可使博物之君子能不惑，其態度大不同於史遷，而給予《山海經》一書極

❷ 見郝懿行《山海經箋疏》附〈山海經敘錄〉（台北：藝文印書館　頁五八九）。又卷九之末附有：「建平元年四月丙戌」（漢哀帝乙卯年；公元前六年）一段記載（頁三三二），是為劉秀（即劉歆）等校治上書年月。

爲重要的地位。可能因此引發後人閱讀《山海經》的興趣，各種意見雜出，這可由《僞書通考》中所引錄歷代諸家之說❸，得其梗概。

至於史遷所不敢言《山海經》的「怪物」，劉秀所謂「禎祥變怪之物」及其所舉例證，都是屬於本書中的神話資料。本文即爲探討《山海經》內這些神話資料的蘊涵，試圖由這類比較原始的記載中發現這些神話所以發生的緣由。

本文所討論的只限於神話資料，而不去涉及《山海經》的作者以及其成書年代問題，所謂的「神話資料」，除了具有神話性質的完整故事以外，凡屬於超自然或神祕感覺的一個形象、事物、境況等等之描述或說明，都在採用的範圍之內。本文題萬物靈跡之「靈」，不是指向「靈魂」或「精靈」而是包含非現實性的、不可端倪、似乎荒誕不經，而在感覺上卻爲眞實存在著的物事的認知。

又本文所有引錄的《山海經》神話資料，是依據袁珂的《山海經校注》（台北：里仁一九八〇）不另一一注明。

二、顯示禍福徵兆的動物

《山海經》中所載之物類林林總總，尤其有關動物的形狀，除了極少數之外，大多是奇

❸ 參看張心澂《僞書通考》地理類。（台北：明倫出版社　一九七〇　頁五七二—五八八）

形怪狀超乎人的現實經驗，並且具備靈異性能，幾乎與神格相似甚至相等。例如

……長右之山……有獸焉，其狀如禺而四耳，其名長右，其音如吟，見則郡縣大水。〈南山經〉

……令丘之山……有鳥焉，其狀如梟，人面四目而有耳，其名曰顒，……見則天下大旱。（同上）

……玉山……有獸焉，其狀如犬而豹文，其角如牛，其名曰狡，其音如吠犬，見則其國大穰。〈西山經〉

……餘莪之山……有獸焉，其狀如菟而鳥喙，鴟目蛇尾，見人則眠，名曰犰狳，見則螽蝗爲敗。〈東山經〉

……盧其之山……沙水出焉，南流注於涔水，其中多鵹鶘，其狀如鴛鴦而人足……見則其國多土功。（同上）

以上是引錄動物靈異的幾個例子，這種事件在山經中有五十一條，海外、大荒經裡也出現一與三條。這類動物不是在山就是在水，爲了檢視與討論方便，下面列表示明，至於諸動物的形貌及特性則予以省略。

動物名稱	徵兆	徵兆範圍	動物所在	經名
長右獸	大水	郡縣	長右山	南山經
蠻蠻鳥	大水	天下	崇吾山	西山經
胜鳥	大水	其國	玉山	同上
贏魚	大水	其邑	邽山之濛水	同上
獸（無名）	大水	天下	豺山	東山經
軨軨獸	大水	天下	空桑山	同上
合窳獸	大水	天下	剡山	同上
化蛇	大水	其邑	陽山	中山經
夫諸獸	大水	其邑	敖岸山	同上
鱄魚	大旱	天下	雞山之黑水	南山經
顒鳥	大旱	天下	令丘山	同上
肥遺蛇	大旱	天下	太華山	西山經
鼓化之鵕鳥	大旱	其邑	鍾山	同上
自號名之鳥	大旱	其邑	崦嵫山	同上
肥遺蛇	大旱	其國	渾夕山	北山經
大蛇	大旱	其邑	錞于毋逢山	同上
蚩鼠鳥	大旱	其邑	栒狀山	東山經
鮆鱅魚	大旱	其邑	獨山之末塗水	同上

獙獙獸	大旱	天下	姑逢山	同上
薄魚	大旱	天下	女烝山之石膏水	同上
蜎魚	大旱	天下	子桐山之子桐水	同上
鳴蛇	大旱	其邑	鮮山	中山經
山渾獸	大風	天下	獄法山	北山經
聞獜獸	大風	天下	几山	中山經
鳧徯鳥	有兵		鹿台山	西山經
朱厭獸	大兵		小次山	同上
欽䲹化之鶚鳥	大兵		鍾山	同上
鰠魚	大兵	其邑	鳥鼠同穴山	同上
狏狼	有兵	國內	蛇山	中山經
狙獸	大兵	其國	倚帝山	同上
梁渠獸	大兵	其國	歷石山	同上
天犬	有兵	其所下者	巫山	大荒西經
絜鉤鳥	多疫	其國	堙山	東山經
蜚獸	大疫	天下	太山	同上
跂踵鳥	大疫	其國	勇石山	中山經
㹸獸	大疫	其國	樂馬山	同上
酸與鳥	有恐	其邑	景山	北山經

朱獳獸	有恐	其國	耿山	東山經
蝯獸	大恐	國	豐山	中山經
畢方鳥	訛火	其邑	章莪山	西山經
㹻即獸	有火	其邑	鮮山	中山經
犰狳獸	螽蝗爲敗		餘莪山	東山經
貍力獸	多土功	其縣	柜山	南山經
鵹鶘	多土功	其國	盧其山之沙水	東山經
鴸鳥	多放士	其縣	柜山	南山經
猾褢獸	大繇	其縣	堯光山	同上
攸攸獸	多狡客	其國	堙山	東山經
鴜鳥鶬鳥	國亡	所經		海外西經
青鳶黃鶩鳥	國亡	其所集者	玄丹山	大荒西經
文鰩魚	大穰	天下	泰器山之觀水	西山經
狡獸	大穰	其國	玉山	同上
當康獸	大穰	天下	欽山	東山經
鳳凰	安寧	天下	丹穴山	南山經
鸞鳥	安寧	天下	女床山	西山經
鳳	和	天下		海內經

有關顯示徵兆的靈異動物之資料，從以上所列之表來觀察，可以發現到一些遠古初民的生活情況，現在說明如下：

（甲）「大水」「大旱」或者「有恐」「大穰」等等，都關係著人的現實生活之善否，所以具有禍福徵兆的動物出現，而被人見之，則有水旱之災或是恐怖之事，或爲豐年大穰，在古人的感覺和認知中，相信那是絕對必然的。所以這類動物，已被賦予靈異性格，具有不尋常的能力。

（乙）顯示徵兆的動物，在山經中出現的頻率相當高，其出沒對陸居之人的影響極爲重要。依據以上所列表之歸納，可以得知其人的生活是禍多而福少。再進而檢視「禍」的現象，則是自然災害較人禍爲多。

（丙）靈異動物的災禍徵兆所及，無論是「邑」或者「天下」其範圍之大小，都不外於關係著集體而非個人。既然關連著如此的廣大層面，在這一類記載中沒表示有禳除之法，此種只有坐以待禍的情況，顯示巫術或有所未及，其年代可能相當早。

（丁）靈異動物所預示水旱等是可以徵驗的，它們預知甚而掌握住自然界及人爲的福禍，而人只有承受的資格，在這樣境況之下，可以了解到靈異動物在人心中的份量，人對它們會既崇信又畏懼，這就是動物類所以進至神格而被人祭祀的緣故。

三、山藏五經中諸神的動物造型之內涵

山藏五經是以山爲主，而包括某一些山成爲一整體領域，每一領域都各有規範的祭儀。關於祭儀大都在說明祠用之物、之具以及祈、瘞、縣等等規定，並未記載是由何人來主祭，只有在中次十經末有「合巫祝二人舞」而已。上文在（丙）部份提及：對動物徵兆的災禍竟無禳除之舉，表示這或非巫術所能爲，這僅指個別事件，而不是概括山域總體祭祀的場合。

除了山域祭儀外，山經也載明各山域的神狀❹如南山首經末云：「凡鵲山之首招搖之山以至箕尾之山，凡十山，二千九百五十里。其神狀皆鳥身而龍首。（此以下是記祠禮）」如此不同類別動物所湊合爲一軀體的神狀，可以見出人對異類動物的靈異或者超自然能力的敬畏。不過，山經中的神狀，往往也有人體部份攙雜於其中的。下面將分別歸納山經中諸神的形貌。

（甲）人與異類動物並體

1. 龍身人面〈南次三經、中次十經〉
2. 人面馬身〈西次二經〉其中有十神、〈北次三經〉其中有二十神
3. 人面牛身〈西次二經〉

---

❹ 山經中未及於神狀的有：〈西山首經〉、〈西次四經〉、〈東次四經〉、〈中山首經〉、〈中次五經〉、〈中次六經〉等。

4.羊身人面（西次三經）
5.人面蛇身（北山首經、北次二經）
6.人身龍首（東山首經）
7.獸身人面載胳（東次二經）
8.獸身人面（中次四經）
9.人身羊角（東次三經）
10.人面鳥身（中次二經、八經）
11.彘身人面（中次七經）其中十六神、（十一經）
12.人面牛身四足一臂（西次二經）其中七神
13.虎身九尾人面（西次三經）昆侖山陸吾神
14.馬身人面虎文鳥翼（西次三經）槐江山英招神
15.狀如人而豹尾（西次三經）嬴母山長乘神
16.狀如人豹尾虎齒（西次三經）玉山西王母
17.人面豹文小要白齒（中次三經）青要山武羅魈
18.狀如人而虎尾（中次三經）和山泰逢神
19.人面羊角虎爪（中次八經）驕山鼉圍神
20.人身龍首（中次八經）光山計蒙神

（乙）異類動物並體

1. 龍身鳥首（南次二經）

2. 馬身龍首（中次九經）

3. 鳥身龍首（南山首經、中次十二經）

4. 狀如牛八足二首馬尾（西次二經）淫水天神

5. 彘身八足蛇尾（北次三經）

（丙）其他

1. 狀如黃囊、赤如丹火，六足四翼無面目（西次三經）天山神渾敦

2. 彘身載玉（北次三經）

3. 狀如人而二首（中次六經）平逢山驕蟲神

4. 人身方面三足（中次八經）岐山涉䵣神

5. 狀如人而身操兩蛇（中次十二經）夫夫山于兒神

6. 狀如人而載蛇（同上）洞庭山神

根據上面的歸納，從山經諸神的造形中可以發現：

第一，除了（丙）下之3.、4.、5.、6.所載其神狀沒有動物的成份外，如不是人與異類動物並體，便是不同類別動物的結合。至於堯光山「見則縣有大繇」的猾褢獸，「其狀如人而彘鬣」，「其狀如人」與以上（丙）3.、5.、6.條之神狀幾乎是同類。

第二，諸神狀是非同類動物並體者少，而人與異類合軀者衆，其中尤以「人面」居多。其實不僅神有人面，像令丘山「見則天下大旱」之顒鳥，「其狀如梟，人面四目而有耳」，這與（丙）所提出之神有二首或是三足，都屬怪異形貌，而怪異形貌的動物，充斥在山藏五經，俯拾皆是。

第三，諸多怪異動物可從幾方面來解釋，一是在遠古時代可能原有這種種，而經歷適者生存的演化，遂使怪異動物遭遇到被淘汰的命運，如其曾經眞實存在時，應是人們畏懼的對象；一是初民存在於紛紜的動物環境之中，而距隔常相鄰接，動物之能往往是人所不能，其行爲動作又會在人的意想之外，因而憑感覺和想像、來用些類似的異類之肢體或器官、加於某一動物的身上，如「見則螽蝗爲敗」的犰狳獸「其狀如菟而鳥喙，鴟目蛇尾」，（見上文動物徵兆）以彰顯它的超能力。亦或因動物行動迅速，人在瞬間很容易見著它有二首、三足、六翼或者九尾等等。再有一種可能是，本來並沒有種種如此不尋常的動物，牠們只是出於巫者之口而已。無論如何都表示出：動物不僅是人畏懼的對象，更是爲人所崇拜。

第四，在畏懼與崇拜心情累積之下，動物於是被捧上「神」的位置，就像上文（乙）下所列之神者即是。其中淫水天神，也是山經中唯一的水神，「其狀如牛而八足二首馬尾」，「見則其邑有兵」，其徵兆靈驗和「見則」的有徵兆的動物如出一轍，可是它是「神」格。異類動物組合的身軀被安置在神位上，這透露出人向動物求和的消息。再由〈中次六經〉末有「以六月祭之，如諸嶽之祠法則天下安寧。」雖然這在山經各山域祠禮中，唯一說明祭祀目的的記載，但是這足以概括所以祭神之道了。祭神是求安寧，而安寧即是有福無禍災。

第五，雖然人敬畏動物，可是也沒有妄自菲薄，從上列（甲）（丙）所屬之神狀，便可了然人的形貌在諸神中的份量了。像西王母「其狀如人，豹尾虎齒而善嘯，蓬髮戴勝，是司天之厲及五殘。」〈西山經〉又和山泰逢神「其狀如人而虎尾，是好居于萯山之陽，出入有光。泰逢神動天地氣也。」〈中山經〉又光山計蒙神「其狀人身而龍首，恆遊于漳淵，出入必有飄風暴雨。」（同上）從以上三神之職掌天降的災厲和刑殘❺、能興雲起雨❻、有飄風暴雨隨著其出入，此與動物徵兆災害固然有某一層面相同之處，但動物不過是先知者，而神卻是執行者和能運作出來的主人。自神狀而言，神性的靈異及超能力，其中有動物性，也含有人的能量。

第六，山經諸神的形狀中，人與動物、異類動物之所以並體，除了人敬畏動物而向其求和以外，還透露出當時的人，並沒想到人與其他動物本質上的差別，所以才會有這種造型，而且不只是在造型上雜然並存，是神、是人、是動物，有時也不加以判別的，如〈東次三經〉末載人身羊角諸神，「是神也，見則風雨水為敗。」如此，神的靈異可以和徵兆動物幾乎同等了，則神的尊崇性，絕非如後世之神超乎萬物高高在上的位置。

---

❺ 郭璞注司天之厲及五殘云「主知災厲五刑殘殺之氣也」。見郝懿行《山海經箋疏》 頁七七。

❻ 郭璞注「動天地氣」為「言其有靈爽能興雲雨也」。同上注。頁一九五。

第七，山經中各山域是由群山組合而成，將神安置於山中而祠，不只是崇拜神，同時也是崇拜山（見下文）。各山域祭禮有一定的儀式，神也有特定之狀，這顯然是出自集體的觀念意識，而不是屬於個別人的。所以神的混沌造型以及神、人、動物的難分難解，自然也是屬於集體的願望。

四、死生的靈動變化

上文所整理的動物徵兆和神狀的有關資料，唯在動物徵兆裡面曾採用海經、荒經共四條，而神狀方面皆是五藏山經裡的記載。以下所取則較爲廣泛。

1.鍾山，其子曰鼓，其狀（如）人面而龍身，是與欽䲹殺葆江于昆侖之陽，帝乃戮之鍾山之東曰嶢崖，欽䲹化爲大鶚，其狀如雕而黑文白首，赤喙而虎爪，其音如晨鵠，見則有大兵；鼓亦化爲鵕鳥，其狀如鴟，赤足而直喙，黃文而白首，其音如鵠，見則其邑大旱。（西山經）

2.發鳩之山，其上多柘木，有鳥焉，其狀如烏，文首白喙赤足，名曰精衛，其鳴自詨。是炎帝之少女名曰女娃，女娃游于東海，溺而不返，故爲精衛。常銜西山之木石以堙于東海。（北山經）

3.姑媱之山，帝女死焉，其名曰女尸，化爲䔄草，其葉胥成，其花黃，其實爲菟丘，服

之媚于人。〈中山經〉

4.形天與帝至此爭神，帝斷其首，葬之常羊之山，乃以乳爲目，以臍爲口，操干戚以舞。〈海外西經〉

5.夸父與日逐走，入日，渴欲得飲，飲于河渭，河渭不足。北飲大澤，未至，道渴而死，棄其杖，化爲鄧林。〈海外北經〉

6.有神十人，名曰女媧之腸，化爲神，處栗廣之野，橫道而處。〈大荒西經〉

7.有魚偏枯，名曰魚婦，顓頊死即復蘇。風道北來，天乃大水泉，蛇乃化爲魚，名曰魚婦，顓頊死即復蘇。〈大荒西經〉

8.有宋山者，有赤蛇名曰育蛇。有木生山上，名曰楓木。蚩尤所棄其桎梏，是爲楓木。〈大荒南經〉

上文所引錄八則，而關係事物變化的則有九件，雖然這類記載在《山海經》中著墨不多，但卻不似動物徵兆和前述之神狀只有說明或描繪而已，乃是每一則各有主角以至於變化的境況及事跡，各則之間也隱含著相互交集的共通之處。現在總括這類變化的物事來探視，可以得到以下的觀點。

第一，這類變化是多端而奇詭的，如人面龍身的鼓竟化爲鳥屬；少女或女子變成鳥和草；形天以乳爲目以臍爲口係器官的轉化位置，實爲把軀幹改作面首者；「腸」是內臟之一，女媧之腸居然成了十神；夸父之杖和蚩尤之桎梏，皆是無生之物，卻能轉化爲有生；顓頊之化和魚和蛇乃是個連鎖關係。這種由一個「此」體「化」成一個不同屬性的「彼」體，的確是超離現實的非常事。

第二，多端奇詭的變化固然超離現實之象，可是由「見則有大兵」「見則其邑大旱」的靈驗：「常銜西山之木以堙於東海」的辛勤作業、「服之媚于人」的療效、「偏枯」而「復蘇」之魚都是屬於人以爲可能之事的信念；「葬之常羊之山」「處栗廣之野」「化爲鄧林」「是爲楓木」所記載的處所和植物又皆有名稱，因爲這類或者是可見之物，也具有可驗、可能的信念以及有名稱的傳述，足以使超離現實之象可被認知爲實有。

第三，超離現實之轉爲實有，自然不是經過理性的驗證，而是依循人的感覺眞實。人的這種感知，實出自一種主觀的信念。從所引錄的變化事物整體來檢視，可發現其共同點乃是方死方生，也就是此一生命的終結即由另一類生命來延續。物類彼此流轉而生生不息。此物化爲彼物的「化」也是人的念力，「化」在方死方生之間的運作，原本是一種看不見的神祕力量，這種「力量」活動也可稱之謂「靈」動。

第四，「形天與帝至此爭神」，帝是神。「帝戮」「鍾山，其子鼓」，鍾山神燭陰或謂燭龍（見下文），其子爲帝所戮，則「帝」應爲至上之神，而「帝女」竟然有「死」；炎帝也是神性人物（見下文），其少女卻「溺而不返」。諸神竟如同人境之種種，其死生變化，可爲鳥，可爲草，可見神格與物格並沒有截然不同的高下之分。神類有死生變化，物類也如此。如上文引顓頊魚婦一則「風道北來，天乃大水泉，蛇乃化爲魚，名曰魚婦」，在此可以了解：

北風起而洪水滔滔，蛇因大水遽增之故，遂變化成為魚婦，無論這是垂死還是死後變化，仍在方死方生的範圍之中。由此可見神有靈，物等也有靈。

第五，上引「帝女死」「其名曰女尸」，所謂「尸」是指死而未葬的軀體，此女尸有「化」為另一形態之物的神祕力量；而形天斷首，其雙目及口移置於胸腹，猶能「操干戚以舞」；十神是由女媧之腸所化，從「女媧之腸」的現象以推，女媧與形天都屬於殘尸一類，可見殘尸也涵藏了「化」的能力。在《山海經》中有關「尸」的記載只出現在海、荒經裡，往往只是一種陳述，除了夏耕之尸以外，都是沒有動作的，尸之中往往含有神、異類動物、甚至有人的成份❼。這顯示不僅是神、動物和人雜揉在一起，而「尸」是「整」「殘」也無關乎其靈異，更重要的是這透露出古人堅持生命沒有終結，經由「此」化為「彼」的「靈」動，生死的界限完全給模糊甚至是破除了。

❼ 如「據比之尸其人折頸被髮無一手」（海內北經）、「王子夜之尸，兩手、股、胸、首、齒皆斷異處」（同上）、「奢比之尸……獸身人面，犬耳，珥兩青蛇」（海外北經）「有神，人面獸身，名曰奢比之尸」（大荒東經）、「有神，人面犬耳獸身，珥兩青蛇，名曰奢比之尸」（同上）「宋山……有人，方齒虎尾，名曰祖狀之尸」（大荒南經）、「有人無首，操戈盾立，名曰夏耕之尸。故成湯伐夏桀于章山，克之，斬耕厥前。耕既立，無首，走厥咎，乃降于巫山。」（大荒西經）

五、帝與山

上文對徵兆動物已析出其神靈性質，但是它們不是被祭祀的神；〈山經〉中各山域所祠異類並體奇形怪相者那才是神，而在《山海經》裏他經中所記載的神貌，也幾乎與徵兆動物是同一型態，譬如荒經極少出現山神，其〈大荒北經〉則有

> 大荒之中，有山名曰北極天櫃，海水北注焉。有神，九首人面鳥身，名曰九鳳。又有神銜蛇操蛇，其狀虎首人身，四蹏長肘，名曰彊良。

這在形狀結構上雖然比山經諸神更爲詭異，但是其形體之爲「非常」性則一，並且也都是被奉爲山「神」的。在《山海經》裡與山有關之神而無神狀的，「帝」是唯一不被描繪的對象，不被描繪最大的可能是，人或以爲至高尊神如一旦具有形貌，則會成爲有限的定型，其尊崇性可能就被減弱了。帝的尊崇地位，由各經所記載便已可知。如〈海外南經〉云：

> 有神二八，連臂，爲帝司夜于此野。在羽民東。其爲人小頰赤肩，盡十六人。

帝之有女，上文已見帝女死化爲䔄草之事，由〈海外南經〉所謂之二八神、是爲帝在野外司夜者，則帝不但有家庭更有神輩爲其屬從，既有屬從便會有組織，組織的首領即爲至高，形天所以與帝爭神（見上文引），乃是要爭取尊崇的地位。根據以上「帝」出現在海外「南」

「西」經不同的方位地區裡，「帝」是一統之帝？還是不同方位地區各自的帝？那並不重要，重要的是「帝」在人心中是至高無上的神靈，祂超越存在於各別諸神之上，祂無所不在，不但有屬從也有管轄諸神之權。又

> 貳負之臣曰危，危與貳負殺窫窳。帝乃梏之疏屬之山，桎其右足，反縛兩手與髮，繫之山上木。〈海內西經〉

從〈海內北經〉「貳負神在其（鬼國）東，其爲物人面蛇身。」這又是可以證明「帝」有懲罰諸神之權的「天帝」❽例子。所以認爲帝爲天帝，從下文便可得知：

> 海內昆侖之虛在西北，帝之下都，百神之所在。〈海內西經〉
>
> 昆侖之丘，是實惟帝之下都。〈西山經〉

昆侖山既是「帝之下都」，則「帝」之所居是在昆侖山之上方，也就是「天」了。昆侖山中有「鶉鳥，是司帝之百服」、虎身九尾人面虎爪的昆侖山神「陸吾」，其所司乃「天之九部

---

❽ 袁珂在〈西山經〉（頁四八）、〈海內西經〉（頁二九五）昆侖中之帝以及〈海外南經〉（頁一八八）二八神、〈海內西經〉（頁二八六）貳負臣等有關帝的，一概釋爲黃帝。在《山海經》中記載黃帝事件者都直稱爲黃帝，所以本文不以「帝」等於「黃帝」。

及帝之囿時」（見上引昆侖之丘下文所云）。並且槐江之山「實惟帝之平圃，神英招司之，其狀馬身而人面，虎文而鳥翼，徇于四海」（西山經）。「帝」所降之山，有鶉鳥司服，這是其他諸神都沒有的排場；其駐守之山神除了管理「帝之囿時」以外，更掌有遍及天上或者人間整體的權責。據此實可察知「帝」的崇高神性地位，的確與諸山之神判然有別，即使帝降之山的神，其職司的權責也不是一般山神可以企及的。

不過，帝降之山容或與諸山不同，但凡是神就有靈，在山經裡的神，除了淫水之神外都是居於山，所以凡「山」皆有「靈」，「鼓鍾之山，帝臺之所以觴百神也」（中山經），昆侖山「百神之所在，」如鼓鍾山是「觴百神」之地，彼百神不一定等於此百神，而凡「山」爲神之所在、所降則一。即使與山關聯的「穴」「谷」也有靈異現象，如「熊山，有穴焉，熊之穴，恆出入神人。夏啓而冬閉；是穴也，冬啓乃必有兵」（中山經）。穴，竟然能隨季節而動，其反常動態居然關係到人世間的安寧，由此可以證明神靈山靈穴也靈。至於旄山南谷「凱風自是出」、令丘山南谷「條風自是出」，此二山谷皆屬〈南次三經〉，其神爲龍身人面（見上文），所以出風，自是因山有神靈之故。實際上，山神不僅有施風之靈，像符惕山「神江疑居之，是山也，多怪雨，風雲之所出」（西山經）、堵山「神天愚居之，是多怪風雨」（中山經），可見雲、雨和山神之靈也是關聯著的。同時山中具有靈異的各類徵兆動物（見上文），也產出有神效或靈效的動植物藥材（見下文），這是山之靈也自是神之靈。

在《山海經》的海、荒經裡，有關山神的記載實與山經不成比例。但其山神所掌理的和

人世間關係卻甚爲重大，如

> 鍾山之神，名曰燭陰，視爲晝，瞑爲夜，吹爲冬，呼爲夏，不飲、不食、不息，息爲風，身長千里。……其爲物，人面、蛇身、赤色，居鍾山下。〈海外北經〉
>
> 西北海之外，赤水之北，有章尾山。有神，人面蛇身而赤，直目正乘，其瞑乃晦，其視乃明，不食不寢不息，風雨是謁。是燭九陰，是謂燭龍。〈大荒北經〉

以上兩則所敘述的，其山名無論是各別的兩者，抑或原是同一之山❾都不妨礙「燭陰」「燭龍」爲一物。「燭陰」是顯示其無陰不照的神性；「燭龍」是在表述其能力之外又強調其狀貌。此神的視、瞑、吹、呼，就是人世間的晝夜與四季——時間轉換；至其身長千里又燭九陰，則涵蓋廣泛的空間。加上「風雨是謁❿」，就如同晝夜、四季一般，眞實地運行於空間。燭陰或燭龍的行爲，不但對人的作息生活有重大關係，它掌握著時間及空間，簡直就是一個宇宙之神！而其形貌則爲「人面蛇身」，頗耐人尋味。

---

❾ 「章尾山」袁珂注：「海外北經作鍾山，此作章尾山，章、鍾聲近而轉也。」（頁四三八）。

❿ 袁珂於此句，不取郭璞「言能請致風雨」而以畢沅「謁，噎字假音」爲是，云「言以風雨爲食也」。（頁同上）。案：無論是致風雨抑或食風雨，本文於此不予討論，實際上「風雨」即可視爲空間事物。

六、方位與風、水之神

燭陰或燭龍之視之瞑爲晝爲夜，這晝夜的底蘊實已隱含有日月在內了。而日月不但與山相關，更與方位不能分解，〈大荒經〉中也牽涉著風神之處所。

> 大荒之中，有山名曰鞠陵于天、東極、離瞀，日月所出。(有神)名曰折丹⓫。東方曰折，來風曰俊，處東極以出入風。〈大荒東經〉
>
> 有女和月母之國。有人名曰鵷，北方曰鵷，來風曰狻，是處東極隅以止日月，使無相間出沒，司其短長。(同上)
>
> 有神名曰因因乎，南方曰因乎，夸風曰乎民⓬，處南極以出入風。〈大荒南經〉
>
> 有人名曰石夷，來風曰韋，處西北隅，以司日月之短長。〈大荒西經〉

上所引錄是有關風的神話資料，在此表明了四方風神及四方風之名稱。關於日月出入之山，〈大荒東、西經〉所載極多(由於其中無神話性故不贅言)，東極之山⓭乃是「日月所出」者之一，

⓫ 郭璞注「神人」。郝懿行曰：「名曰折丹上疑脫有神二字，大荒南經有神名曰因因乎可證。」同❷。頁四〇一。

⓬ 袁珂曰：「揆以大荒東經：(有神)名曰折丹，東方曰折，來風曰俊文例，疑當作：有神名曰因乎，南方曰因，來風曰民。」(頁三七一)。

⓭ 「東極」郝懿行曰：「淮南地形訓云：東方曰東極之山，謂此。」同⓫。

而與其它日月所出之山不同之處，一是東風也自此出入；一是東風之神駐於此山。風神與日月有所相涉，有北風之神「以止日月，使無相間出沒，司其短長」、西風之神「司日月之短長」，風神既掌有「風」權，也有司理「日月」之責固已可怪，更可怪的是東、南二風神處東極南極正當其方位，北、西二風神卻是處「東極隅」、「西北隅」，其風方位有些偏差，所謂「東極隅」，固然可以是「東北隅」⓮，但也可以是「東南隅」。風神駐處所以有偏差，這應是因人所感受到的風向並不是固定的，不僅僅只是四面而已，因此風神位置就不一定必然在正北正西了⓯，究竟風神不像四方之神的位向記載得那麼確切。

南方祝融，獸身人面，乘兩龍。〈海外南經〉

西方蓐收，左耳有蛇，乘兩龍。〈海外西經〉

北方禺彊，人面鳥身，珥兩青蛇，踐兩青蛇。〈海外北經〉

東方句芒，鳥身人面，乘兩龍。〈海外東經〉

四方有神，這和四方有風神一樣，都是基於人的神祕感覺和信仰所致。而風有動態，可由人

⓮ 袁珂以爲當是「東北隅」而非「東極隅」其證據有三。見校注本頁三五八—三五九。

⓯ 郝懿行在〈大荒南經〉南風條下案云：「大荒東經有神名曰折丹，處東極以出入風。此神處南極以出入風。二神處巽位以調八風之氣也。」案《山海經》所分方位不過四或五，「八風」乃是後說，故本文不採。

的觸覺和草木之搖擺得之，各方向之風有起也有息，所以各方風神有位的定點，如上文東方折丹「處東極以出入風」。而至於東方南方之「方」是有一定之位，但東與西、南與北是絕對相背的方向，各方向雖然有定位可是卻無定點，因爲方向之位是指那一方既廣泛又深遠的「面」。因而上列的四方神沒有定點之處所，其中三方神是「乘兩龍」北方方神是「踐兩青蛇」，無論「乘」或「踐」，都是在行遊各自的方位範圍，方神無定居，這表出人對方向的那一面或那一邊，有一種無能得知、深不可測而又籠統的感覺，遂使方神只有乘龍踐蛇行遊於所屬，則所屬之方面方神是無所不在的。在四方之神中唯有北方神禺彊是與北海神有所重疊。

> 北海之渚中，有神，人面鳥身，珥兩青蛇，踐兩赤蛇，名曰禺彊。〈大荒北經〉

此與〈海外北經〉所載方位之神狀，除了其所踐爲「青蛇」「赤蛇」以及有「渚」之處所外，兩者乃是二而一，在方位方面也是相同的，而最大的差別是方神、海神所司理當有所差別，有關四方神的紛雜問題⑯在此暫不討論，姑從禺彊海神相關的資料來看：

---

⑯例如「蓐收」是西方神，而〈西山經〉：「神蓐收居之。」「是山也，西望日之所入，其氣員，神紅光之所司也。」則蓐收又是山神，又郝懿行云「紅光蓋即蓐收也。」（見前揭書頁八六）則蓐收與日入也有關連。至於南方神祝融出現在〈大荒經、海內經〉中的世系也是混淆不清。

東海之渚中，有神，人面鳥身，珥兩黃蛇，踐兩黃蛇，名曰禺䝞。黃帝生禺䝞，禺䝞生禺京，禺京處北海，禺䝞處東海，是爲海神。〈大荒東經〉

南海渚中，有神，人面，珥兩青蛇，踐兩赤蛇，曰不廷胡余。〈大荒南經〉

西海渚中有神，人面鳥身，珥兩青蛇，踐兩赤蛇，名約弇茲。〈大荒西經〉

上列四方海神，實有同異之處，一是其狀貌，除了南海神「人面」不表明其「身」外，都爲「人面鳥身」，而也都珥蛇踐蛇，雖然蛇色有別，其降蛇之能則一。二是北海禺京「處北海」未言其所在地，其它皆在「渚中」而不是居於海中，海神之鳥身、珥蛇踐蛇或與所居之渚有關。至於禺京北海神之身份與上引〈大荒北經〉禺彊重疊，從禺彊的人面鳥身、珥蛇踐蛇、在北海渚中著眼，禺彊與其它三方海神的記載方式相合，而禺京則不然。禺京是否即禺彊⑰，禺彊是否不僅爲海神，實又職兼風神⑱，就《山海經》所載，重疊者多有，海運風動同爲一神所掌，也是極自然的事。

以上是探索到四面方位之靈，有方神、風神以及海神。海由水流匯集而成，海神自然爲水神。在《山海經》裡，山神衆多而水神鮮少，尤其山藏五經唯淫水有一天神（見上文）而已。於海、荒經可見到的是：

---

⑰〈大荒東經〉郭璞注「禺京」云「即禺彊也。」見前揭書頁四〇一。

⑱見袁珂在〈海外北經〉禺彊條下注。頁二四一—二四九。

朝陽之谷，神曰天吳，是爲水伯。在𧈅𧈅北兩水閒。其爲獸也，八首人面，八足八尾，皆青黃。〈海外東經〉

從極之淵，深三百仞，維冰夷恆都焉。冰夷人面，乘兩龍。一約忠極之淵。〈海內北經〉

雷澤中有雷神，龍身而人頭，鼓其腹。在吳西。〈海內東經〉

東海中有流波山，入海七千里。其上有獸，狀如牛。蒼身而無角，一足。出入水則必風雨，其光如日月，其聲如雷，其名曰夔。黃帝得之，以其皮爲鼓，橛以雷獸之骨，聲聞五百里，以威天下。〈大荒東經〉

〈海外東經〉之「神曰天吳」「其爲獸也八首人面」，這顯示出它是神也是獸，並有人面與歧出之首，這與上文所列諸神狀貌有異曲同工之致。天吳居於兩水之間的谷裡，「水注川曰谿，注谿曰谷」⑲，則天吳是水神而且是「水伯」；「河伯」之名最早見於這「深三百仞」的從極之淵中，它不同於後來主掌黃河的河伯。無論「水伯」「河伯」，其稱之爲「伯」，已表達它們是水神之「長」了，而水神之長所掌的領域，只不過爲「谷」爲「淵」而已。由這兩則記載，可以見出人對「深」水的神祕之感及畏懼之情，因而深谷深淵之水，宜有水神之長來主掌。有關於「澤」乃是多水之地，但卻不是深水，「澤」或有草木叢籠的氛圍，或有幽邃莫測的氣象，都會是神所以產生之故，「雷澤中有雷神」，此是雷起澤中而想像雷神

⑲ 見《爾雅注疏》卷十二〈釋水〉（台北：藝文 十三經注疏本 頁一二〇）。

之居所，還是澤因有雷神而得名，不可得而知之；不過從「谷」「淵」「澤」皆有神靈，則人不只是崇拜「高山」而已，對於深谷之水、低濕的幽邃之地都會有「靈」在的感應。在上列有關「夔」的一則，其活動範圍有遼闊的山和深廣的海，夔是「狀如牛，蒼身而無角，一足」之獸，其「出入水則必風雨，其光如日月，其聲如雷」，又明明是神靈。上文曾引光山人身龍首之計蒙神「恆遊于江淵，出入必有飄風暴雨」、驕山人面羊角虎爪之鼉圍神「恆遊於睢漳之淵，出入有光。」（中山經）又洞庭山「帝之二女居之，是常遊于江淵，澧沅之風交瀟湘之淵，是在九江之間，出入必以飄風暴雨」（同上），這都可以證明「夔」的出入有風雨和光的顯現，就是神靈的身份。至於處所的範圍、光和風雨的能量之大小或程度，都不妨礙「夔」成為神靈的資格，並且它不僅是處於山，其靈之能更含攝著水，所以夔也是水神。而黃帝竟然「以其皮為鼓」，實已指出黃帝的神靈位階了。關於黃帝將在下文討論。

七、護衛功效的靈物

上文曾提及，在《山海經》裡水神的記載比較鮮少，但是凡水都是出自山，水帶動著山靈流通，所以即使水中無神而水也自有靈，這從水族動物的徵兆靈異（見上文）已可得知，像那獨山末塗水之鯈鱅魚「其狀如黃蛇，魚翼，出入有光」、子桐山子桐水的滑魚「其狀如魚而鳥翼」（東山經），都是見則大旱的水族靈物。且不論其形狀如何，就其「出入有光」而言，與上文所引的泰逢、耕父之神輩同樣都是靈能的呈現，它們固然沒有神格，而從其靈跡方面來把握，見則大旱的水族實有如神之質。水族之魚既有大旱禍事的徵兆，同時也有降福的祥瑞，如

泰器之山觀水出焉，西流注于流沙。是多文鰩魚，狀如鯉魚，魚身而鳥翼，蒼文而白首、赤喙，常行西海，遊于東海，以夜飛。其音如鸞雞，其味酸甘，食之已狂，見則天下大穰。〈西山經〉

文鰩魚的出現「天下大穰」，乃是一種祥瑞之魚，其「常行西海，遊于東海，以夜飛」，雖然缺乏精衛鳥「銜西山之木石以堙東海」(見上文)的故事性，但其以夜飛行遊於東、西之海，這只是人一廂情願的想像。文鰩魚除了大穰的瑞應外，還有「食之已狂」的醫療藥效，固然和帝女所化的䔄草「服之媚于人」的物性不同，而具醫療之靈驗則一。再加上鼓化爲鵕的徵兆、顓頊和魚的聯繫(見上文)，因藉著動物徵兆、變化事類的情況來作推測，兼有兩類靈驗的文鰩魚極可能曾經有過一個神話故事。若不然，至少也顯示了水族之靈。尤其在醫療效應上如：「魚身蛇首六足，其目如馬耳」的涴水冉遺魚「食之使人不眯⑳，可以禦凶」〈西山

⑳郝懿行云：「說文云：眯，艸入目中也」。袁珂案云：「莊子天運篇云：彼不得夢，必且數眯焉。釋文引司馬彪云：眯，厭也。厭，俗作魘，即厭夢之義。」校注本頁六二。

經〉、「其狀如肺而有目，六足有珠」的澧水珠蟞魚「食之無癘」〈東山經〉、「其狀如鮒，一首而十身」的泚水茈魚「食之不糟」（同上）、「其狀如豚而赤文」的正回水飛魚「服之不畏雷，可以禦兵」〈中山經〉、「黑文，其狀如鮒」的來需水鯩魚「食者不睡」以及伊水的三足龜「食者無大疾，可以已腫」（同上）等等，都在顯示水族的療效之靈異，只是記載簡略，不像對文鰩魚那樣有動態的描繪。至於有療效的靈驗之物在山者尤其可觀，如：

> 亶爰之山……有獸焉，其狀如貍而有髦，其名曰類，自爲牝牡，食者不妒。〈南山經〉
>
> 基山……有獸焉，其狀如羊，九尾四耳，其目在背，其名曰猼訑，佩之不畏。（仝上）有鳥焉，其狀如雞而三首六目，六足三翼，其名曰鵸鵂，食之無臥。（同上）

以上三例的獸與禽，長相都是異常之狀，其藥效從「三首六目六足三翼」之鳥食之可以「無臥」；「九尾四耳其目在背」的猼訑佩之能「不畏」；而「自爲牝牡」的類獸，食之居然「不妒」，這或是由於它們生理的特質而作用到人的心理上。他如錢來山羬羊獸「其脂可以已腊」、松果山螐渠鳥「可以已𦢊」〈西山經〉之屬以及「已痔」「不疥」「已癭」等等生理療效，充斥在山藏五經裡，隨處皆是。山經中載有如此多的醫藥物質，就山經而言，稱其爲巫書㉑實不爲過。古之巫者原本也是醫者，同時又能與神靈交通，所以對醫療之物的認知，

㉑ 見魯迅中國小說史略（台北：風雲時代 一九九二）頁一九。

難免會有神祕的思維存乎其間，即使平常生理方面的療效之物，也必具備「靈」驗的性質。當然這些療效之物不一定皆出於巫者，所以能使人不畏、無臥的獸與禽，或不屬於現實所有，而是依人的心理要求想像出來的。唯其是靈物，才能滿足人的欲求。至如軒轅山「食之不妒」的黃鳥，其狀只是長得「如梟而白首」〈北山經〉，雖然它沒有上引「類」獸雌雄一體的特性，而其療「不妒」之效則無不同，這反映出古人早已洞察到人有異常的心理狀態，而視爲一種可以用靈物物來治療的疾病。。現在再看下面的記錄：

翼望之山，…有獸焉，其狀如貍，一目而三尾，名曰讙…是可以禦凶，服之已癉。有鳥焉，其狀如烏，三首六尾而善笑，名曰鵸鵌，服之使人不厭，又可以禦凶。〈西山經〉

鵸鵌鳥能使人不夢魘，且可擋住凶險，其靈效不僅止於治心疾而已，可見人對動物的靈異，不只是關聯著大水大旱的畏懼感受，也會產生被護衛的意識。動物不只是可以解除身體苦痛，也有轉化心理的功能，同時更能使人在生存中順適無殃。所謂讙獸可以禦凶，又有「已癉」之效果，從而可知，即使僅有醫療生理方面之疾的，也應該都是有「靈」之物。有醫藥靈驗的獸和禽，在山經中出現頻繁，在此不再一一縷舉，且再看植物方面的靈藥：

青要之山…有草焉，其狀如葌，而方莖黃華赤實，其本如藁本，名曰荀草，服之美人色。〈中山經〉

大騩之山……有草焉，其狀如蓍而毛，青華而白實，其名曰蒗，服之不夭，可以為腹病。（同上）

青要山的荀草所以能「服之美人色」，由其產地便可推想而知。依據青要山的記載，「實惟帝之密都」「其魋武羅司之，其狀人面而豹文，小要而白齒，而穿耳以鐻，其鳴如玉。是山也宜女子。……有鳥焉，名曰鴢，其狀如鳧，青身而朱目赤尾，食之宜子。」司帝之密都的武羅神，小腰白齒還搖動著耳環，無疑的當是女神，所以此山「宜女子」，其中鳥又有「宜子」之功效，「宜子」自然也是與女子有關係的。則荀草之「美人色」正切合「宜女子」的女山神之姿態及賦性，呈現出此山之「靈」的特色。至大騩山則不同於青要山，它屬中次七經，其神狀為豕身人面，稱蒗草有「服之不夭」的功能，看不出與此神狀的關聯，這只顯示因山之靈所產之物亦靈。蒗草能增添人的壽命，又可以治「腹病」，這類植物靈藥，在山經裏記載非常之多，如「不迷」「不勞」「宜子孫」「多力」「已瞢」「已瘧」之屬，且再舉數例如下：

歷兒之山，其上多橿，多櫔木，……服之不忘。〈中山經〉

放皋之山，……其名曰蒙木，服之不惑。（同上）

半石之山，其上有草焉，……其名曰嘉榮，服之不霆。（同上）

泰室之山，其上有木焉，……其名曰栯木，服者不妒。（同上）

講山…有木焉，名曰帝屋，葉狀如椒，反傷赤實，可以禦凶（同上）

少室之山，百草成囷。其上有木焉，其名曰帝休，葉狀如楊，其枝五衢，黃華黑實，服者不怒。（同上）

「不忘」「不惑」之藥靈，在促進人的記憶、分辨能力，這類藥材也能作用到人「心」的層面。其「不霆㉒」「不妒」「禦凶」的靈效實與動物對人的助益（見前文）等同。於此可知：在人的感覺裡即使不能飛、躍的植物類，其神祕的靈性可以和動物一般。至於使服者「不怒」的「帝休」，是生長在百草成囷的少室山上，自少室「冢也」「其祠之，太牢具」㉓來推測，所以稱為帝休者，乃是其為帝降休憩之木，枝葉茂密（「其枝五衢」），休憩其下則心情快適，因而此木即產生「不怒」的作用。至於講山，是緊鄰於泰室和少室的，有木「反傷」，這種生長下勾之刺的樹，只有「帝」可住其下而無害，因此稱其為「帝屋」，既是帝屋，自然能有遠禍離殃「禦凶」之功。像這「帝休」「帝屋」之木是否曾有過關於「帝」的神話情節，如今已不可得知其實，只是可以了解到不僅山經部份，在《山海經》裡凡牽涉到「帝」的物或人，都非凡人和凡品，即使如帝女之桑並無「食之媚于人」以及「不怒」「禦

㉒ 袁珂校注：「郝懿行云：北堂書鈔一百五十二卷引此經霆上有畏字。珂案：太平御覽卷十三引同。不畏霆，言不畏霹靂也。」（頁一四五）。

㉓ 見袁珂山海經校注本頁一五〇。

凶」之效能㉔，但其名稱爲「帝女」，其桑的形狀特異（「大五十尺」「枝四衢」「葉大尺餘」）故必爲神物；何況那些還具備靈驗效應的諸物呢？

休與之山，其上有石焉，名曰帝臺之棋，五色而文，其狀如鶉卵，帝臺之石，所以禱百神者也，服之不蠱。〈中山經〉

高前之山，其上有水焉，甚寒而清，帝臺之漿也，飲之者不心痛。（同上）

五色有紋如卵的小石有治蠱毒之功，「寒而清」的山中水流可醫心痛之疾，關於有色紋的圓形小石和清冷的山中水流，原屬尋常可見之類，並且「石」和「水流」與動、植物秉有自生之力不同，它們原是無生之物。可是就因爲那是帝臺之棋、之漿，而且其棋又是禱百神之物，因此可以產生護衛人的醫效之靈驗，這種醫藥的靈驗，自然內涵著人的信仰和願望。實際上，不只是帝臺之石、之漿而已，依上文的討論，山經中對人有護衛功效諸物之「靈」，皆是人如此加諸其上的。至於一些有害於人的，如歷虢水的師魚「食之殺人」〈北山經〉、鳧麗山「其狀如狐而九尾九首虎爪」的蠪姪獸「是食人」〈東山經〉、北號山「其狀如雞而白首，鼠足而虎爪」「亦食人」的鬿雀（同上），雖然爲數不多，難與有護衛之功的物類等量齊觀，但也應是屬於有靈之物，因爲毒死人或食人，在人的感覺中也是有其「靈」的能量的。

㉔ 宣山……其上有桑焉，大五十尺，其枝四衢，其葉大尺餘，赤理黃華青柎，名曰帝女之桑。〈中山經〉

八、帝某、某帝與靈地、靈臺

上文曾提過，凡涉及到「帝」的皆非凡人或凡品，而山名有「帝」的如「倚帝之山」是屬中次十一經，神狀爲「彘身人首」，有「見則其國有大兵」靈異的狙獸（見上文）；與其同屬中次十一經的「帝囷之山」，沒有靈異事件的記載；〈西山經〉的「天帝之山」，僅誌靈驗的「已痔」之櫟鳥和「已癭」之杜衡草而已；也在〈西山經〉的「帝之搏獸之丘」，不過只記出一個山名而再無其它。可見山之所以靈，並不在於其名稱，但也可能山名中有「帝」，此山與帝之關連或曾有過神話，只是已佚或遺錄。無論如何據《山海經》裡所載，神格或人格中有帝的稱謂，比以帝來名山之神靈性，既濃厚又顯著。

首先從「帝某」來探討。上文曾提出過的「帝江」，其描繪如下：

> 天山……有神焉，其狀如黃囊，赤如丹火，六足四翼，渾敦無面目，是識歌舞，實爲帝江也。（西山經）

帝江這一長相，即使在山經諸神狀中也是極爲特殊的。且不去涉及「渾敦」在《左傳》及《莊子》中出現的意義。就其「無面目」而「識歌舞」言之，沒有視覺、聽覺的器官卻能識歌舞，已凸顯出帝江神的靈性之殊異了。循所記載，帝江只是天山裡的神，祂不像昆侖之丘神陸吾「司之」那般有高職重責的山神（見上文），祂活動的範圍也只是限於天山，因爲在

《山海經》裡再無其他有關祂的記載，如以「帝臺」的記事來比較，就可以了解到帝江的領域了。前文曾引「鼓鍾之山，帝臺之所以觴百神也。」以及「休與之山」「帝臺之棋」、「高前之山」「帝臺之漿」，帝臺既不是一司山之神，並優遊於諸山之間，且與百神宴飲，其神的瀟灑活躍是諸山神無與倫比的。祂是否爲「治理一方之小天帝」㉕，倘若自昆侖山爲「帝之下都」「百神之所在」，而帝臺可以「觴百神」，其棋又爲「禱百神」之物言之，則帝臺之神的確高於諸神是無問題的，可是其「帝」下有特指的名稱，在《山海經》裡凡如斯者皆非所謂的天帝。也不是至高之神。如：

> 狄山，帝堯葬于陽，帝嚳葬于陰。爰有熊、羆、文虎、蜼、豹、離朱、視肉，吁咽、文王皆葬其所。一曰湯山。……〈海外南經〉
>
> 蒼梧之山，帝舜葬于陽，帝丹朱葬于陰。〈海內南經〉
>
> 帝堯、帝嚳、帝舜葬于岳山。爰有文貝、離俞、鴟久、鷹、延維、視肉、熊、羆、虎、豹；朱木，赤枝青華玄實。〈大荒南經〉

關於以上所引「帝某」，本文在此將不討論其人物的歷史化抑或神話化之問題，僅據彼等之

㉕ 袁珂注「帝臺之漿」據《晉書・束晳傳》：「穆天子傳五篇，言周穆王遊行四海，見帝臺、西王母。」謂「今本穆傳已無帝臺事，蓋闕佚也。」故以帝臺「蓋治理一方之小天帝。」（頁一六八）。

葬地來探索其神靈性質，而其葬地或有重疊的記載異文，也一併摘下來藉以得窺全貌。據上引文除了蒼梧山葬地以外，皆有物類生乎其中，葬地於山而有獸禽動植之類原不足奇，即使離朱㉖、視肉㉗、延維㉘為靈性之物，則虎豹之在山或者在野乃是尋常之事，又何足稱說記述？所以稱說記述葬地，應是因為所葬的為「帝某」有關。如

舜妻登比氏生宵明、燭光，處河大澤，二女之靈能照此所方百里。一曰登北氏。〈海內北經〉

有臷民之國。帝舜生無淫，降臷處，是謂巫臷民。巫臷民盼姓，食穀，不績不經，服也；不稼不穡，食也。爰有歌舞之鳥，鸞鳥自歌，鳳鳥自舞。爰有百獸，相群爰處。百穀所聚。〈大荒南經〉

㉖ 郭璞注「木名也，見莊子。今圖作赤鳥。」郝懿行云「郭云木名者，蓋據子虛賦檗離朱楊為說也。然郭於彼注既以朱楊為赤莖柳，則此注非也。又云見莊子者，天地篇有其文，然彼以離朱為人名，則此亦非矣。又云今圖作赤鳥者，赤鳥疑南方神鳥焦明之屬也。然大荒南經又作離俞。」（見前揭書頁二九六）。袁珂又以為是日中烏。（頁二〇四）。

㉗ 郭璞注「聚肉形如牛肝，有兩目也，食之無盡，尋復更生如故。」（同注❷，頁二九六）。

㉘ 〈海內經〉有「有人曰苗民，有神焉，人首蛇身，長如轅，左右有首，衣紫衣，冠旃冠，名曰延維，人主得而饗食之，伯天下。」此延維或非帝堯等葬地之延維，而其為一身二首之蛇當無問題，正如肥遺之類。

有關舜的記載，這裡只擷取以上含有神靈性質的兩則，一是其二女具備光照方百里的靈能，二女之有靈能如此，已豁顯了舜的神靈身份；二是帝舜之後代生活領域的情況，除了勿須耕織而有衣食、爲百穀所聚以外，鸞鳳自歌自舞、百獸群居無傷；禽獸之能怡悅溫馴，是巫臷民之靈，更是帝舜神力播降之所致，這種生活領域中有超自然之境況，實可稱爲「靈地」。在《山海經》裡對靈地風貌的描繪，可能是後來仙鄉、樂園的原型。其中最顯著的如

西有王母之山、壑山、海山。有沃之國，沃民是處。沃之野，鳳鳥之卵是食，甘露是飲，凡其所欲其味盡存。爰有甘華、甘柤、白柳、視肉、三騅、璇瑰、瑤碧、白木、琅玕、白丹、青丹、多銀鐵。鸞鳳自歌，鳳鳥自舞，爰有百獸，相群是處，是謂沃之野。〈大荒西經〉

沃之野的物產豐隆，並且琳瑯滿目，沃之民食鳳卵而飲甘露，比起巫臷民的生活確實豐盛精緻得多了，不過在鸞鳳自歌舞、百獸群處的境況，則是一般無二。所以沃之國即使含蘊複雜，而在靈地的性質上與巫臷民的實無差別。依照這一比對，進而檢視前文所引之葬地，所載的動植物類，實在難與沃之野甚至巫臷民相提並論。但是葬地和生活場所，雖有不同，其同爲靈境則相類。同時葬地乃是以「帝」冠名者的葬地，以帝冠名如舜者是神靈，其葬地即爲靈地，靈地上所有的熊羆虎豹類，也可以稱爲「群獸爰處」，而與帝舜同山葬者如帝堯、帝嚳、帝丹朱，皆和舜相擬，他們的神格是齊等並列的。

帝堯臺、帝嚳臺、帝丹朱臺、帝舜臺，各二臺，臺四方，在昆侖東北。〈海內北經〉

共工之臣相柳，九首，以食于九山。相柳之所抵，厥爲澤谿。禹殺相柳，其血腥，不可以樹五穀種。禹厥之，三仞三沮，乃以爲衆帝之臺。在昆侖之北，柔利之東。相柳者，九首人面，蛇身而青。不敢北射，畏共工之臺。臺在其東，臺四方，隅有一蛇，虎色，首衝南方。〈海外北經〉。

共工之臣名曰相繇，九首蛇身，自環，食于九土。其所歍所尼，即爲源澤。不辛乃苦，百獸莫能處。禹湮洪水，殺相繇，其血腥臭，不可生穀，其地多水，不可居也。禹湮之，三仞三沮，乃以爲池，群帝因是以爲臺，在昆侖北。〈大荒北經〉

上引相柳或相繇的兩條資料，不在辨析其兩者重疊異同的問題，而是藉以來証明所謂的「臺」乃是靈臺。共工臣相柳，它是人面九首的大蛇，有食於九土或九首各食一山的靈能。它的體液使百獸莫能處，又不可生五穀，因而禹乃以爲衆帝之臺或群帝因是以爲臺。從衆帝或群帝之臺「在昆侖之北」而言，正與上引〈海內北經〉之帝堯等臺「在昆侖東北」的方位相合㉙。以其方位相合，且下引〈大荒北經〉帝顓頊葬於「東北海之外」「附禺之山」，即是東北方

㉙ 袁珂於此案云：「此昆侖東北帝堯、帝嚳、帝丹朱、帝舜之臺，實海外北經（亦見大荒北經）所記「昆侖之北」「衆帝之臺」，乃禹殺相柳（大荒經作相繇）所築以厭妖邪者也，堯、嚳、丹朱、舜等即所謂「衆帝」。」（前揭書頁三一三）。

位包括於北經之中；由此看來，帝堯、嚳、丹朱等雖不似舜在《山海經》裡有靈異的記述，而以他們爲名或是他們所建之臺，卻可以鎮壓相柳的惡靈發展，並且以他們命名的臺與舜之臺齊等，足以證明他們之爲神靈並無不同於舜。同時也可以了解到其名上冠「帝」的意義所在，「帝某」之臺都是極具威靈的。

具威靈之臺，也有不冠以「帝某」的，在上引〈海外北經〉共工臣相柳的資料中有「不敢北射，畏共工之臺，臺在其東。臺四方，隅有一蛇，虎色，首衝南方。」共工的從屬既具靈能，其臺又有蛇爲守，這展現了共工的神性與靈力，才會有如此的靈臺。此外還有

> 有係昆之山者，有共工之臺，射者不敢北鄉。〈大荒北經〉
>
> 有軒轅之臺，射者不敢西嚮射，畏軒轅之臺。〈大荒西經〉
>
> 窮山在其北，不敢西射，畏軒轅之丘。在軒轅國北。其丘方，四蛇相繞。〈海外西經〉

共工之臺在係昆之山，〈大荒西經〉「有禹攻共工國山㉚」，由禹殺共工臣相柳這一線索，再加上相柳資料中有共工臺的說明，則係昆山與禹攻共工國山，兩山相疊是可爲證明的。山之所以爲人崇拜，不只是山有神居以及有靈質的動、植物類，山之高也引起人的神祕感應而生敬畏之情；山中築臺，即使平地起臺，臺之高又以神性人物冠名，此臺自然就是靈臺。像

㉚　郭璞注「言攻其國殺其臣相柳於此山。啓筮曰：共工人面蛇身朱髮。」（同❷頁四二一）。

上引軒轅之臺之丘，臺也是丘，在〈海外西經〉即謂「其丘方」，所以兩者實爲二而一的㉛。軒轅臺爲人所畏，同時

軒轅之國，在此窮山之際，其不壽者八百歲。在女子國北。人面蛇身，尾交首上。〈海外西經〉

軒轅國之人不僅如神狀的「人面蛇身」，更且「尾交首上」，尾交首上的大蛇是人之所畏；「其不壽者八百歲」，又爲人所不能及，故人敬畏而不敢面對。軒轅臺與共工臺同樣使人不敢面對，其威靈的性質卻是有差別的。軒轅丘雖有「四蛇相繞」，而書中記載比次的「諸夭之野，鸞鳥自歌，鳳鳥自舞，鳳皇卵民食之，甘露民飲之，所欲自從也，百獸相與群居。在四蛇北(即軒轅丘)。」則軒轅丘固然可畏，卻有靈地相接，人的感受自有不同。現在再引錄帝顓頊的葬地，合而觀之㉜。

務隅之山，帝顓頊葬于陽，九嬪葬于陰。一曰爰有熊、羆、文虎、離朱、鴟久、視肉。〈海外北經〉

㉛ 郝懿行箋疏〈大荒西經〉軒轅臺云「臺亦丘也。海外西經云：不敢西射，畏軒轅之丘。」(頁四二八)。

㉜ 袁珂於〈海外北經〉務隅之山下案「海內東經云：漢水出鮒魚之山，帝顓頊葬于陽，九嬪葬于陰，四蛇衛之。〈大荒北經〉云：附禺之山，帝顓頊與九嬪葬焉。即此務隅，皆聲近字通也。」(前揭書頁二四四)。

漢水出鮒魚之山，帝顓頊葬于陽，九嬪葬于陰，四蛇衛之。〈海內東經〉

東北海之外，大荒之中，河水之間，附禺之山，帝顓頊與九嬪葬焉。爰有鴟久、文貝、離俞、鸞鳥、皇鳥、大物、小物。〈大荒北經〉

〈海內東經〉言其葬地「四蛇衛之」，這與軒轅丘「四蛇相繞」並無二致。軒轅丘所以有蛇繞之象，它有一個軒轅國的人面蛇身之背景；而顓頊也和蛇有深厚關係，就是蛇化爲偏枯的魚婦，顓頊死乃復蘇的故事（見前文），則軒轅之蛇是出於自象，務隅山之蛇係來自顓頊的原始。顓頊葬地除了四蛇衛之以外，還有熊羆文虎之類，實與帝舜等葬地相似。其中的鸞鳥、皇鳥爲飛禽，飛禽時而有鳴吟，或展翅飛旋低昂，或掩翼徐巡疾行，這與「鸞皇自歌自舞」的景象無別。不過軒轅丘的靈地在其外（上引文軒轅丘在軒轅國北），而顓頊的葬處即是靈地，這是兩者分別之所在，也顯示出以「帝」冠名者實有其特殊性質。

在《山海經》荒經部份載有許多的世系，這些世系或合於正史或僅爲傳說或虛構，本文將不從歷史觀點辨解眞僞，還是從與「帝某」有關的神話資料上著眼。以上所討論的除了「帝舜生戲，戲生搖民」〈大荒東經〉、「南旁名曰從淵，舜之所浴也」〈大荒南經〉之外，其他諸帝某某皆匿跡於荒經中，唯有顓頊卻是出現的頻率甚高，然而稱其爲「帝顓頊」者，僅有〈大荒北經〉附禺山葬處及〈大荒東經〉「東海之外大壑，少昊之國。少昊孺帝顓頊于此，棄其琴瑟。」所載而已，其餘皆直稱其名。

大荒之中，有山名曰日月之山，天樞也。吳姖天門，日月所入。有神，人面無臂，兩足反屬于頭上，名曰噓。顓頊生老童，老童生重及黎，帝令重獻上天，令黎邛下地，下地是生噎，處於西極，以行日月星辰之行次。〈大荒西經〉

大荒之中，有山名曰大荒之山，日月所入。有人焉三面，是顓頊之子，三面一臂，三面之人不死，是謂大荒之野。〈同上〉

上引第一則中的「噓」「噎」是否爲同一人㉝，並不是重要的問題，噎處於西極也就是處於日月所入的日月之山，噓是此山之神，噎也不例外，他不僅是止於山神而已，還掌理著日月星辰的行次；上引第二則是顓頊後世有三面不死之人，其所以不死，大荒之山猶如日月之山都是「日月所入」之處，天地永存，日月恆在，這自然應是「不死」的了。顓頊後代能不死，顓頊必然是神靈，而他與天體、天文的關係也是最爲密切。與天體有密切有關的還有「帝俊」，

東南海之外，甘水之閒，有羲和之國。有女子名曰羲和，方浴日于甘淵。羲和者，帝俊之妻，生十日。〈大荒南經〉

有女子方浴月。帝俊妻常羲，生月十有二，此始浴之。〈大荒西經〉

㉝ 袁珂於「下地是生噎下」案云：「此噎即上文之噓」。前揭書頁四〇四。

依據上引兩則，表示日月之所以生，乃是緣於夫妻婚配之故，羲和、常羲爲其子「日」、「月」洗滌身體，這完全是人間化的行爲，帝俊顯然具有神格。他是日月之所出，表示他主宰了晝夜時序的流轉遞代，頗具宇宙神靈的地位。也可能爲此，帝俊在荒經中的出現率是高過於顓頊的。不過涉及帝俊的記述，並不都是與天體相涉，而大多是介紹其世系，其中有關靈異的如

> 有司幽之國。帝俊生晏龍，晏龍生司幽，司幽生思士，不妻；思女，不夫。食黍，食獸，是使四鳥。〈大荒東經〉
>
> 大荒之中，有不庭之山，榮水窮焉。有人三身，帝俊妻娥皇，生此三身之國，姚姓，食黍，使四鳥。有淵四方，四隅皆達，北屬黑水，南屬大荒，北旁名曰少和之淵，南旁名曰從淵，舜之所浴也。〈大荒南經〉
>
> 有五采之鳥，相鄉棄沙，唯帝俊下友。帝下兩壇，采鳥是司。〈大荒東經〉

在司幽國這一則的敘述裡，可以了解到司幽是一族群，爲帝俊之後晏龍的苗裔，其思士不妻、思女不夫，不妻不夫如何維繫司幽國的族群[34]？在此正是司幽族群的靈能也是帝俊神性的流傳。又〈大荒南經〉裡的三身之國一則，所謂三身是「帝俊妻娥皇」所生，並謂其爲

---

[34] 郭璞注「言其人直思感而氣通，無配合而生子。」（同注❷，頁四九九）。

「姚姓」，又有「舜之所浴」的記載，遂使人認為「俊」和「舜」當是同一人㉟，這裏不取考據的觀點，只依照所記的文字之異將舜、俊區別為不同的兩者。〈大荒西經〉謂「有五采鳥三名：一曰皇鳥，一曰鸞鳥，一曰鳳鳥。」無論是鳳、皇、鸞鳥，都具「見則天下安寧」或「天下和」的靈異，這類靈鳥唯有帝俊與其為友，同時「帝㊱下兩壇，采鳥是司。」五采靈鳥還是帝俊的司壇者，換言之便是「帝俊使五采鳥」，如此則帝俊之後世司幽與三身國，皆有「使四鳥㊲」之能，實可歸於帝俊神靈遺傳之故。實際上，帝俊的神靈不但只呈現在這種不凡之處，在其世系裡也表示出他對文明發軔和進展的貢獻。（見下文）

以上已解釋帝某與靈地靈臺，此下將探討「某帝」的問題。在《山海經》裡稱為某帝的有三，就是白帝、炎帝、黃帝，而以白帝冠少昊的僅有一則，

> 長留之山，其神白帝少昊居之。其獸皆文尾，其鳥皆文首。是多文玉石。實惟員神磈

㉟〈大荒東經〉郭璞注以「帝俊生中容」之俊為「俊亦舜字假借音也。」（同上注❷，頁三九八）。袁珂注〈大荒南經〉三身國云：「說文十二云：虞舜居姚虛，因以為姓。則此經妻娥皇而生三身之帝俊，其為舜也明矣。」又「經於帝俊生三身下又云：『舜之所浴，』帝俊之即舜益已明矣。」（前揭書頁三六八）。

㊱此「帝」字根據上下文義，應為「帝俊」之省文。

㊲郝懿行以「四鳥亦當為虎豹熊羆。此篇言使四鳥多矣，其義並同。」（同注❷，頁三九九）案：〈大荒西經〉所載，或僅止於「使四鳥」，或謂「使四鳥，虎豹熊羆」，這兩者應是有差別的，而郝氏卻將禽、獸混為一談，似不妥。

氏之宮。是神也，主司反景。〈西山經〉

白帝少昊居於長留山而主司反景，其居其司的範圍限於此一山而已，這與黃、炎的身份有很大的差別，因爲他們都不是山神。雖然白帝僅止於山，而長留山的獸禽皆文尾文首和有文的玉石，這就涵蘊著白帝的靈性在內了。至於不冠白帝的，上文曾引〈大荒東經〉「少昊之國」「少昊孺帝顓頊」，則少昊之國在「東」而非居於「西」，並有養育顓頊之實。又〈大荒南經〉記「帝俊生季釐，故曰季釐之國。有緡淵。少昊生倍伐，倍伐降處緡淵。有水四方，名曰俊壇。」由此看來，少昊及帝俊的後代是有地緣關係，其地有水四方形狀，所以名曰俊壇，帝俊既靈，少昊也不是凡格。又〈大荒北經〉所記「有人一目，當面中生，一曰是少昊之子，食黍」亦可見少昊之神異。

上文曾提到炎帝之少女化爲精衛之事，其所以能「化」，也是由於炎帝神性所致。炎帝世系中靈異之事又如：

有互人之國。炎帝之孫名曰『靈恝』，『靈恝』生互人，是能上下于天。〈大荒西經〉

炎帝之孫伯陵，伯陵同吳權之妻阿女緣婦，緣婦孕三年，是生鼓、延、殳。殳始爲侯，鼓、延始爲鍾，爲樂風。〈大荒海內經〉

炎帝之妻、赤水之子聽訞生炎居，炎居生節並，節並生戲器，戲器生祝融，祝融降處江水，生共工，共工生術器，術器首方顛，是復土穰，以處江水。共工生后土，后土

生噎鳴，噎鳴生歲十有二。（同上）

郭璞注互人國謂「人面魚身㊳」是根據〈海內西經〉「氐人國在建木西，其爲人人面而魚身，無足㊴」而言。人魚的互人有上下於天的神能，並且其上下沒有任何的憑藉，如果與〈大荒海內經〉的「有山名曰肇山，有人名曰柏高，柏高上下于此，至于天」作一比照，柏高神之上天，必須借力於肇山，這是和互人有明顯的分野，相較之下，柏高的神靈層次似低於互人。再看阿緣與炎帝孫伯陵私通而有孕，其孕三年已是靈異之事，所生三子始爲侯、鼓鍾、樂風，這表示著人的文明之發端是神靈能量的蘊釀及播降，而文明的背後，原本就有神明的作用。如瀏覽了炎帝的世系，祝融、共工、后土等皆爲其胤，眞可謂淵源流長。其苗裔噎鳴可以產生時間－十二歲，炎帝的神靈能傳諸久遠，必有其由。雖然如「節並」、「戲器」等並未有靈異的記述，而其爲非常之人是可以推知的。

這類記述在「黃帝」的世系裡也是常見的，前文已曾表出黃帝後裔「禺京處北海，禺䝞處東海，是爲海神」，黃帝神靈的地位已不言而喻了，而也有人獸併體異相的子孫，如

㊳ 同注❷，頁四三九。

㊴ 郝懿行於互人國下箋云「互人即海內南經氐人國也。氐互二字蓋以行近而訛。」又云：「郭注人面魚身本海內南經之文。」（同注㊳）。

> 黃帝妻雷祖，生昌意，昌意降處若水，生韓流。韓流擢首謹耳、人面豕喙麟身、渠股豚止，取淖子曰阿女，生帝顓頊。〈大荒海內經〉

黃帝所生的海神禺虢爲人禽併體──人面鳥身，而「韓流」卻是人獸各部分湊合而成的，這種非凡形體已表達了黃帝神靈的遺傳。有關黃帝的神明，在《山海經》的記載裡實不同於白帝炎帝。白帝少昊在〈西山經〉的長留之山是主司反景的神，其靈僅及於獸禽的文尾文首；他與炎帝都能播降至後裔子孫，只是他們自身未曾以神靈的身份施展其能；黃帝卻不然，像流波山極爲靈異之夔，黃帝就曾得其皮爲鼓，以鼓聲而威天下（見前文）。再如

> 峚山……其中多白玉，是有玉膏，其原沸沸湯湯，黃帝是食是饗。是生玄玉。……黃帝乃取峚山之玉榮，而投之鍾山之陽。瑾瑜之玉爲良，堅粟精密，濁澤而有光。五色發作，以和柔剛。天地鬼神，是食是饗；君子服之，以禦不祥。〈西山經〉

> 有人衣青衣，名曰黃帝女魃。蚩尤作兵伐黃帝，黃帝乃令應龍攻之冀州之野。應龍畜水，蚩尤請風伯雨師縱大風雨。黃帝乃下天女曰魃，雨止，遂殺蚩尤。魃不得復上，所居不雨。叔均言之帝，後置之赤水之北。叔均乃爲田祖，魃時亡之。所欲逐之者，令曰：「神北行！」先除水道決通溝瀆。〈大荒北經〉

黃帝可以食饗沸湯的白玉膏，又能將白玉榮投植於鍾山，轉成五色之瑾瑜，食饗於天地鬼

神，如有人得瑾瑜來佩服，將可避免災殃。於焉可知：瑾瑜之靈能正蘊涵著黃帝所施展的神力，而它含攝包容了超自然界以及人世間，黃帝顯現出一種君臨一切的氣勢。並且其獲夔之皮爲鼓以威天下，這其中自有征服和支配的意圖，從上引與蚩尤戰一則，更可得到證明。蚩尤與黃帝各具支配諸神之能，迭相剋制，終於黃帝以天女旱魃了結了戰爭，成爲勝利者。但是「魃不得復上」，爲黃帝殺了蚩尤卻不能回歸天上，在大地上又「所居不雨」，只落得到處流亡而到處被驅逐的命運。幫助黃帝而無好結果的還有應龍，「有山名曰凶犂土丘。應龍處南極，殺蚩尤與夸父㊵，不得復上。故下數旱，旱而爲應龍之狀，乃得大雨」〈大荒東經〉，魃不能返回天上，應龍無法歸其原居之山，爲什麼這兩者不能回歸，在記述裡並沒有交代清楚。在蚩尤黃帝之役中，所顯示出的是黃帝神力最爲強大。而應龍與魃在努力付出之後，卻永遠失去了自己的故鄉，他們似乎是扮演的悲劇角色，黃帝的神靈居然並沒有庇佑他們。

九、綜合申論

上文是將《山海經》裡許多零散的神話資料作初步的整理和分析，使其較有系統和條

㊵〈大荒北經〉有「應龍已殺蚩尤又殺夸父，乃去南方處之，故南方多雨。」袁珂以夸父逐日與應龍殺蚩尤夸父爲不同的神話。頁四二八。

理，而諸神物類之靈得以清楚展現。文中所作的解釋，都是依循資料自身顯見的問題，盡可能不加發揮，以免減損了遠古訊息的原貌。現在進一步將上文整理所得試作申論。不過，首先要說明的是，本文不採取從巫術宗教以及圖騰來理解的路線[41]，這並不是否認神話與祭儀是有巫術、圖騰等的背景支持；同時也不去考辨神話人物可能的與歷史之關聯；而是依據資料直接去探索這些神話的來歷與意義。

(一)物象混沌不分的底蘊

《山海經》裡凡是有關動物形狀的記述，幾乎都是雜揉著異類，其器官肢體也奇突怪特，即使如山、水之神同樣也是這一類的造型。同時植物、無生物都具備著神祕的靈性。即使死生、碎全竟然被彌綸囫圇起來。本文在此所謂的「物象」，不僅僅指表面的形狀，而是雜揉、渾圇的物格、人格、神格交互繫連的整體。要去理解這種物象，必須想像通過時光的隧道而返回邃古，設身處地的去尋索。李宗侗先生曾說：

> 人類無論文明或野蠻，進步或落後，階段雖有不同，大體上皆受宇宙間各種環境的限

[41] 參看 張光直《中國青銅時代》中〈商周神話與美術中所見人與動物關係之演變〉及〈商周青銅器上的動物紋樣〉，（台北：聯經出版公司 一九八三 頁三二七—三八七）；袁珂《中國神話通論》（巴蜀出版社 一九九三 頁一—十六）；李豐楙《神話的故鄉—山海經》（台北：時報出版社 一九八一 頁四〇—九四）。

制。因此各民族的進化途徑雖不完全相同，但是人類的進化是有一個總方向的。因爲受自然界種種限制，人類在生理上幾乎全相同，如視、聽、感覺皆不能超出某種的限度以外。……古今各地的社會不能處處相同，但在各種小異之中，仍有其大同存㊷。

李氏從人類感官、心理反應的同處以及面對自然界所共有的限制，來肯定人類進化共通的必然性。則文明人可由落後部族的風習，獲得百、千、萬年自身先祖們在生活上的情況，從這一根據人類必具的秉賦而論，各種族在進化方面、其原始狀貌確有互相參考必要，因爲越是原始，各種族未經文明的陶冶，人類自然的秉賦最爲純粹，在生活中所反映的思維也越發接近甚至吻合。基於這一觀點，則可引用卡西勒所論的初民的神話基礎：

神話的眞正基礎，不是一個思想的基礎，而是一個感覺的基礎。……在植物、動物、人類的王國之間的界限，種、族類之間的區別，是根本的也是不能被拭去的。但初民心靈根本不理會這一切，並且拒絕了這一切；它的生命觀是一個綜合的觀點，而不是一個分解的觀點。生命不被分爲類和次類，它被感受爲一個不斷的連續的全體，不容許任何清楚明晰和截然的分別。不同領域之間限制並不是不能超越的障礙；它們是流動的和波盪的。不同生命之間並沒有種類的區別。沒任何事物具有一定的、不變的和

㊷ 見氏著《中國古代社會史》（台北：中華文化事業出版委員會 頁一）。

固定的形狀㊸。

卡西勒的這一理解，大致上可以詮釋《山海經》裡的神話資料，但也不一定是「處處相同」，下面即據以討論。

在《山海經》的動物境況裡，不論靈異動物如「其狀如人面而豺身，鳥翼而蛇行」「見則其邑大旱」的化蛇（中山經）、「六足四翼」「見則天下大旱」的肥螚蛇（西山經）、「其狀如狐而魚翼」「見則其國有恐」的朱獳獸（東山經）、「其狀如鴞而一足彘尾」「見則其國大疫」的跂踵鳥（中山經）「其狀如鮒而彘毛」「見則天下大旱」的鱄魚（南山經）、「魚身而鳥翼」「見則天下大水」的鸁魚（西山經），（參看本文二簡表）它們即使在榛莽洪荒時代眞實的存在過，其形體綜合的相狀恐怕不免有人爲的類比擬似之處，就像已經絕跡的恐龍，今人可以描繪作「龍首獸身蛇尾鳥翼」，然文明的人類是不會有這種類比擬似的反應；因爲在人的知識裡，恐龍即便有種種不同類型，而恐龍就是恐龍，有翼的恐龍就稱之爲「翼龍」，不必再用「鳥翼」來形容它。可是處於榛莽洪荒的初民則不然，如

浮玉之山…有獸焉，其狀如虎而牛尾，其音如犬吠，其名曰彘，是食人。（南山經）

鹿吳之山… 有獸焉，名曰蠱雕，其狀如雕而有角，其音如嬰兒之音，是食人。（同上）

㊸ 見卡西勒著・劉述先譯：《論人》第七章神話宗教。（台中：東海大學一九五九　頁九三）。

北號之山…有鳥焉，其狀如雞而白首，鼠足而虎爪，其名曰鬿雀。〈東山經〉

少咸之山…有獸焉，其狀如牛而赤身，人面馬足，名曰窫窳，其音如嬰兒，是食人。〈北山經〉

鉤吾之山…有獸焉，其狀如羊身人面，其目在腋下，虎齒人爪，其音如嬰兒，名曰狍鴞，是食人。（同上）

從這幾個食人動物的例子所描述的長相和音聲，是將虎、牛、犬、彘、羊、嬰兒、鳥、雞、鼠、人、馬等等都作了各式各樣的拼湊，如此的來表現，很明顯的那並不是以其所知推其所不知的說明，而可以解釋爲：初民在感覺上諸物的生命形態是可以綜合的，正如卡西勒所謂「生命不被分爲類和次類」「不同領域之間的限制並不是不能超越的障礙」「不同生命領域之間並沒有種類的區別」。初民所以有這種感覺，無疑地是意識到諸動物一律平等，人類不過也是諸動物之一而已，並不是高高在諸動物之上；而且其他諸動物或有比人強大的能力（是食人），甚至因此而引申關係到人們生存的禍福變故（如大旱、大水、多疫和大穰等等）。它們所以勝於人是基於人的一種直覺：它們是具有神祕的和看不見的力量，那便是初民畏懼的也是感到不可測知的地方。所以凡是異類拼湊的綜合體之動物，都應該是屬於人的感覺造型，這感覺不只是生命之間不被分爲類和次類、生命領域之間沒有種類區別和障礙，更重要的是，各種類聚湊的動物形態，正是其神力靈質超乎自然的異常之處。卡西勒並沒有提到這一點。

故而《山海經》中的神狀，除了少有的「狀如人」，都是種類不同的動物併體（參看前文），於此可知人對動物既畏懼又崇拜的心理。實際上在此之外，藉著將部份人體與異類動物合併，一方面固然是人不去作區別種類的平等意識，一方面表示在能力上人也自有比較強勝的地方；同時人與動物長久的雜處，無形中產生一種親切的歸屬感，因此神、人、諸動物就雜揉在一起了。這種雜揉的表象，其實正是人類心靈深層結構的呈現。

上文第七節「護衛功效的靈物」曾分析動、植物的醫藥靈效，現在進一步再探究其義。爲了更能深察起見，重爲舉例如下：

> 柢山，多水，無草木。有魚焉，其狀如牛，陵居，蛇尾有翼，其羽在鮭下，其音如留牛，其名曰鯥，冬死而夏生，食之無腫疾。〈南山經〉
>
> 杻陽之山……怪水出焉……其中多玄龜，其狀如龜而鳥首虺尾，其名曰玄龜，其音如判木，佩之不聾，可以爲底。（同上）
>
> 北嶽之山……諸懷之水出焉……其中多鮨魚，魚身而犬首，其音如嬰兒，食之已狂。〈北山經〉
>
> 北嚻之山……有鳥焉，其狀如烏，人面，名曰鵥鶌，宵飛而晝伏，食之已暍。（同上）
>
> 梁渠之山……有鳥焉，其狀如夸父，四翼一目犬尾，名曰嚻，其音如鵲，食之已腹痛，可以止衕。（同上）

丹熏之山……有獸焉，其狀如鼠而菟首麋身，其音如嗥犬，以其尾飛，名曰鼠耳，食之不睬，又可以禦百毒，（同上）

這些有療效的靈物形體，不只是「四翼一目」肢體器官特殊，主要的是水族動物竟然雜揉著禽、獸、爬蟲以及人的部份在內，即使在傳達鼠耳獸的造形，有鼠、菟、麋鹿，其音如嗥犬，都屬四足獸類，可是仍要表明鼠耳是由不同四足者所組合的異常體形，再加上以尾飛的特技顯示出禽類的特能。這也是展現動物種類之間沒有區別或障礙及不必有「固定的形狀」，因此如「四翼一目」一些相似之構造如「其狀如雞」的鯈魚「三尾六足四首」（見上引）、食之已癰的何羅魚「一首十身」（北山經）等等，一併都在形狀不必固定的意識之中。至於像怪水玄龜「音如判木」，竟將人生活中工作的破木聲與玄龜之音合在一起了，在山經裡對於動物「音」的形容，有一些與此相似，這實在明示了人對動物的親切感；還有諸懷水的鮨魚是「音如嬰兒」，則不但是親切感而且更呈現出一層喜愛的覺察。對人有護衛或助益人的動物，人固然會覺得它們親切可愛，而即使食人動物，當是爲所人畏懼者，竟然也有的「音如嬰兒」（如上引蠱雕、窫窳獸）的形容，從而可知，畏懼感也是親切感是可以並存於一心的。山經裡的山水之中到處都充滿著種種奇形怪狀的動物，人周旋於周遭各種動物之間，即便它們有威脅性，而人與其相處日久，無形之中也會感覺到它們的可愛，何況動物對人的利害並不是全然一致的，如

中曲之山……有獸焉，其狀如馬而白首黑尾，一角，虎牙爪，音如鼓音，其名曰駮，是食虎豹。〈西山經〉

剡山……有獸焉，其狀如彘而人面，黃身而赤尾，其名曰合窳，其音如嬰兒。是獸也，食人，亦食蟲蛇，見則天下大水。〈東山經〉

這些例子傳達出動物於人有害，但是也有其助益，雖然所述不詳，可是食虎豹的駮獸也必然食人，同時凡食人之獸極可能亦食蟲蛇，加上「見則天下大水」，足以代表食人的動物也是有靈異的，於此可以發現到人對動物的感受是複雜的，那就是有畏懼、有親愛、更有崇拜。

人在自己的發展中，得到了其它實體的支持。但這些實體不是高級的實體，不是天使，而是低級的實體，是動物，由此就產生了動物崇拜㊹。

倘若從動物是醫藥之食來考察，則動物也可用來療饑，這類的療效是動物爲人體有解困之功㊺；那些預警大水大旱、預示大穰或安寧，在這種警示之下，人在生活裡有苦也有樂；人畏懼食人的動物，而食人者亦食蟲蛇，是有侵害但也有助益；山經中諸詭怪的動物神，祠之可得安寧，而淫水天神「見則其邑有兵」、東次三經之神「見則風雨水爲敗」，諸神福佑人間

㊹ 見朱狄《原始文化研究》（北京：三聯書店　一九八八）頁三五二引馬克思恩格斯語。

㊺ 山經中可食的動物多功效，像歷虢之水的師魚「食之殺人」〈西山經〉者鮮有。

同時也可能給予禍患（見本文三、）；在動物神之中對人生活最具意義的莫過於燭陰或燭龍了，祂予人生活作息的指標（參看第五節），不過「晝夜」是光明與黑暗的二分、「冬夏」冷熱判然有別。根據以上所見，動物爲人解困、威脅人的生命也福佑著人的存在，所以是初民的支持者也是被崇拜的對象。雖然動物予人以矛盾的感受，實際上，它們豐富了人的心理生活，使生活有多層面的樣態，突破與動物間的矛盾，應是促進人類發展的動力和意願，只是蒙昧的初民並不自覺而已。

依照上面所顯示的，人所崇拜的動物都是各種類的混合體，沒有所謂的「低級的實體」，並且肢體器官異常者甚夥，形狀完全是不固定的，這類不固定的混合體，它們是動物、是人、也是神，如此的一個混沌局面，不僅是「動物、人類的王國之間的限界」「種、族類之間的區別」被泯除了，而神的世界也伸展進入了這樣的混沌局面裡面。

以上所論只是以《山海經》裡動物神靈性質的涵蘊爲主，下文將去追索第四節中所分析的種種死生變化的緣由。這仍得從混沌不分的現象來探討㊻。在第四節中曾提出神境裡有父女關係，即便是至上之神「帝」其女也有死，神境如同人世；帝女死是爲草，鍾山神子、炎帝少女竟化爲鳥，這顯示了神格與物格實際沒有高下之分。試再看「夸父」能與日逐走而

㊻這可參看樂蘅軍先生〈中國原始變形神話試探〉一文（見古添洪等編《從比較神話到文學》台北：大東書局　一九七七）。唯本文採取不同的觀點來討論。

且入日，蚩尤與黃帝戰可以請風伯雨師縱大風雨（見第八節引），他們都具有神格，夸父之杖浸其手澤、蚩尤之桎梏漬其血跡，因而無生物之杖和桎梏即化為有生物的樹木㊼，這種現象表出了神人與無生物、植物密切的連繫，比帝女化為䔄草更多了一層複雜的內容，不過在草木具有神性靈質上則是無別的。由此審視山經裡種種的植物療效（見第七節），即使積有人的經驗在內，也不防礙人對它們具有神效靈驗的信仰，所以植物同動物一樣是屬於靈物的；又形天與帝爭神，形天自是神輩，其首既斷便已為尸，而居然將其面部器官轉化於胸腹之上；女媧之腸化為十神，是由全整的「一」變成多數的個體，則上文所引「三尾六足四首」「四翼一目」「一首十身」的動物狀樣，也無疑的是為神靈了；至於蛇化為魚，而顓頊死後竟在此魚的身體中重活起來，爬蟲、水族類與人的生命連鎖流變而不休不止。而這些物類的變化正是死生問題的凸顯，死亡既不能免，尸體也難久全，因而由此形化為彼狀，則「死」正是「生」。因為在人的經驗中已經死了的要回復原有的生態已無可能，便安排了另一生態出現。這乃是初民在面對死亡而無奈無力的境況之下，基於感情上的欲求和感覺上的力量所塑造完成的。

根據以上的考察，《山海經》裡所顯出的不只是卡西勒所謂初民的生命觀：「是一個綜

㊼〈海外北經〉夸父逐日一則緊接博父國記載，有「鄧林在其東，二樹木。」郝懿行云「二樹木，蓋謂鄧林二樹而成林，言其大也。」」（同注❷，頁二四〇）。

合的觀點，而不是一個分解的觀點」、「被感受爲一個不斷的連續的全體」、「是流動的和波盪的」、「沒有任何事物具有一定的、不變的」；同時其中也寓含著：死是生、尸亦神、神和人可以爲動植物、無生也有生、一等於多、多數即爲一等觀點。《山海經》裏這種混沌不分的現象，實有萬物交互融合共爲一體之意；並且諸物類所顯現的靈跡，幾乎與諸神並無差別。

㈡神話顯象的時間深度

雖然文明的人類不能親身經歷蒙昧時期的遭遇，但是人有共通的情感，如恐懼、期盼、愛、惡等等皆是。因此在人的共感上，根據遠古斷續流傳下來的資訊，文明的人類足以掌握由蒙昧達至文明發生的梗概。而相關的典籍或出土的物品，尤其能幫助了解神話的演進狀況，譬如〈海外東經〉所示的「東方句芒，鳥身人面乘兩龍」（見第六節引）之句芒，只是表出方位、長相及乘龍的神力而已，《墨子·明鬼下》載有句芒事

昔者鄭穆公㊽當晝日中處乎廟，有神人入門而左，鳥身素服三絕，面狀正方。鄭穆公見之乃恐懼奔。神曰：「無懼，帝享女明德，使予錫女壽十年有九，使若國家蕃昌，子孫茂無失」。鄭穆公再拜稽首曰：「敢問神名？」曰：「予爲句芒㊾。」

㊽ 郭璞謂「墨子曰：昔秦穆公有明德，上帝使句芒賜之壽十九年」以鄭穆爲秦穆。（同注❷，頁三三二）。

㊾ 孫詒讓《墨子間詁》（台北：河洛出版社一九七五）卷八，頁六—七。

句芒在此鳥身依舊而增添素服，人面飾爲正方形，他已不限在方位神格裡，乃是上帝的宣告使者，能人言可與人對話，他執掌著人德人壽以及國家、子孫昌盛之責，這種人間化實在與〈海外東經〉的句芒有極大的差別，其差別不能只用神話的分歧或是墨子個人信仰作解，其間實有時代距離的問題存在。又如〈大荒北經〉居山能燭九陰的燭龍「人面蛇身而赤……其瞑乃晦，其視乃明」（見第六節引），從《楚辭．天問》「日安不到，燭龍何照」的反詰，燭龍是有其照明作用的。漢墓出土漢初帛畫的天界正當中（見附圖一）[50]，人身和紅色蟠轉的蛇尾、面容肅穆披髮未冠的神可以視爲那是燭龍，因爲這人蛇並體的兩邊是顯著的日、月神話主題，日月的照明與燭龍安置在同一平面上，這已顯現燭龍燭九陰的性質。唯與《山海經》不同的是由居於山進而居於天、人面蛇身成長爲狀如人而蛇尾。所以有演化固然與人的感覺和想像有關，而神的形貌常常是由時代的共感勾勒出來的。本文在此即基於這種觀點切入《山海經》裡神話資料的時間問題，並試作辨識。

1.古器物造像上的表現舉隅

在《山海經》裡諸靈物和諸神的不尋常之狀乃是基於人共有的感覺和信仰所塑造而成，這些造像如果僅止傳說或已形之於文字，那只是抽象的神祕意象，一旦將這類造像投影在器物上，便是集體表象的具體呈現，不過這種具象仍然有其在表現上的限制，而要注意的是

---

[50] 採自莊嚴印書館出版帛畫圖片，及其所附帛畫說明書頁一。

如今能見到的古器物，大體皆爲彝器，凡彝器即具備其宗教的特殊意義，並且與神話也是緊密的牽涉著。在此即舉出幾個器物形狀和圖案的紋樣作一觀察。

首先以西安半坡出土的魚紋彩陶缽的紋樣來檢視（見附圖二）51，這無疑的是人與魚合併爲一個面首的圖象，則〈大荒西經〉裡「有魚偏枯……顓頊死即復蘇」（見第四節引），雖然不是完全與半坡魚紋吻合，但人、魚相合的關係並無二致。而所以不全吻合，一是文字記錄的神話傳說，一是固定在器物上的樣像。凡是器物所呈現的樣像不可能外於當代人的共通思維，出土的器物更是如此。所以大約在紀元前五〇〇〇—四五〇〇年的半坡彩陶人、魚合拼在一起52之樣像，應是當時人的神祕思維之展現。不過神話傳說大多是源遠流長，它是當代的也是歷經時代的，同時後代也會承續其緒，故而顓頊與魚的連結一體神話當在半坡文化前後。

其次可用仰韶龍紋瓶作一考察（見圖三），瓶面只有一隻蛇或龍而人面的圖形，這樣的整體形狀實可連繫到身長千里、人面蛇身的燭陰或燭龍（見第五節引），從人面上一雙大眼和一張大口來體會，眞能表現出瞑乃晦、視乃明；吹爲冬、呼爲夏、息爲風之概。至於《山海經》裡謂其「蛇身」，但〈大荒北經〉徑稱爲「燭龍」，〈西山經〉載「其子曰鼓，其狀如人面

51 本圖及以下各圖皆選自袁德星編著的中華歷史文物卷上「史前」、「商周」篇（台北：河洛）本文所取是採器物的年代與其可以對照的神話形象。

52 半坡文化之年代見夏鼐《中國文明的起源》（台北：滄浪 一九八六）頁一。

而龍身」（見第四節引），由此可見燭龍是蛇身也可以是龍身。距今已四、五千年前仰韶期的出土龍紋瓶，即使不是貼切燭龍神話而作，其構設超自然形狀的想像，不但與燭龍或燭陰如出一轍，同時和〈山經〉中那些「龍身人面」「人面蛇身」之神（見本文三引）實極爲相契，甚而《山海經》所記許許多多異類併體之神靈，也不外於這個瓶圖的構設意識。

在此以降，可從商周器物形狀和器上的圖案來尋索，如殷商的人面盉（見圖四）作一平面觀察（見圖五、六），實附合於〈海外西經〉「軒轅之國」「人面蛇身，尾交首上」的描繪（見本文八引），只是這一個象形之物是無法說明軒轅之國「其不壽者八百歲」的；至於虎紋卣（見圖七），虎的嘴牙下極似用翅膀挽住一個待食的人，從〈海內北經〉所載

窮奇狀如虎，有翼，食人從首始，所食被髮。

循此，則窮奇與虎紋卣二者實在難免其相關性，即使虎紋卣不是代表窮奇的作品，而食人亦食蟲蛇之動物原爲人所尊崇畏懼的靈物；關於使人既畏懼也崇拜的各動物並體神狀，可以在殷商大理石雕中發現類似的造型，如人身虎首（見圖八）、熊或豬首人身（見圖九）、狀如人而鳥首（見圖十）、狀如人鳥首而人耳人眉（見圖十一），由於此石雕之鳥翼爲一整體龍蛇形，也可以認爲這是象徵龍身鳥首或鳥首蛇身，雖然這幾個造型不是緊密貼切山藏五經之諸神樣像（見第三節），而撮成人與動物、異類動物之間雜揉混合的意識流向卻是一致的。又周代銅器上有所謂青銅蛟龍紋壺（見圖十二）與〈北山經〉「渾夕之山…有蛇，一首兩身，名曰肥遺」

龍紋壺（見圖十三）及青銅環帶紋盂（見圖十三）皆有一身兩首之物，〈海外東經〉曾謂（見第二節引）的樣像相當，則這一紋壺的紋樣是表現靈異動物的應無疑義；也是稱爲青銅蛟

　　𧈢𧈢在其北，各有兩首。

所謂的𧈢𧈢既有所在地也有「兩首」的樣像，在〈海外東經〉裡除了比鄰天吳水神（見第六節引）以外並無有關靈異的記載，現在可以參照甲文中的「虹」「飲於河」（見圖十五）53之說，依照甲文的象形，此一自然現象的虹竟然是兩首動物，實可稱其爲兩頭蛇或雙首龍，它的出現是顯示「有祟」，這種信念與《山海經》裡所揭出的某某動物「見則」大旱或大水等等（見本文二）確有實質上的共同點，所不同是虹居於天上可以被視爲天神54而且它還有飲河水的動作，這足以構成一個神話的基礎，〈海外東經〉所以記錄虹虹（雙虹）自有其靈異的蘊含在內，因爲它和「水」也是有著關連，同時顯示出周人以壺、盂紋虹，是從壺、盂的實用上表現虹和「水」的緊密維繫，由此可見虹神話的發生和傳說並不只限於周代器物上乃至甲文中所見而已，它或者來自更久遠的年代。

實際上，不但彝器的造像有其宗教的特殊意義，即使非彝器的像同樣涵有人的崇拜意識

53 採自《甲骨文合集》（北京：北京文物出版社一九八六）。

54 胡厚宣《甲骨學商史論叢初集》（台北：大通書局）頁三〈殷代之天神崇拜〉一文中即列「虹」爲天神。

在內。

大家都知道這樣一個事實：原始人，甚至已經相當發達但仍保留著或多或少原始的思維方式的社會的成員們，認爲美術像不論是畫像、雕像、或者塑像，都與被造型的個體一樣是實在的。格羅特寫道：在中國人那裡，像與存在物的聯想，不論在物質上或精神上都眞正變成了同一。特別是逼眞的畫像或雕像乃是有生命的實體的另一個我，……它還是原型自身……這個如此生動的聯想，實際上就是中國的偶像崇拜和靈物崇拜的基礎[55]。

基於所見到古器物顯現的造像，所引上文中的觀點確有其可根據的價值，無論是那一類「像」，在人的意識甚而無意識裡都具有生命實體的原形感受，如此感受不僅僅限於原始人或古時人，即便如今的文明人依然時時出現著這種原始心靈，尤其在中華族群裡乃是尋常可見之事。

2.從超越性到人間化

凡屬神話皆有其超越現實性質，而人間的現實事物也往往滲透其中，例如帝女化爲䔄草乃是現實無法驗證的事（第四節引），但帝之有女及帝女「死」卻涵蘊著現實人間普遍性的情

---

[55] 列維——布留爾著，丁由譯：《原始思維》（北京：商務印書館　一九八一）頁三七—三八。

事，不過從這一個整體神話的變化顯象而言，其中所蘊含的人間性鮮少。再如上文曾提及有關句芒兩則，〈海外東經〉的句芒是一超越存在；而〈明鬼下〉中的句芒著素衣而人言，面對世上的人對話，這樣的鳥身人面之句芒，無疑的是從超越性演進到人間化。這種情況在《山海經》神話資料中也可以抽繹出一些端緒來。

下有湯谷。湯谷上有扶桑，十日所浴，在黑齒北。居水中，有大木，九日居下枝，一日居上枝。〈海外東經〉

大荒之中，有山名曰孽搖頵羝，上有扶木，柱三百里，其葉如芥。有谷曰溫源谷。湯谷有扶木。一日方至一日方出，皆載于烏。〈大荒東經〉

從以上物事之記述來觀察，〈海外東經〉，極似兩個神話的合併，「下有湯谷……在黑齒北」為一節，以下是另一神話傳說；〈大荒東經〉則比較完整。而必須將這兩處記述給壓擠在一起，十日神話才會呈現出全備的面貌。無論是不完整的或全貌的都屬於純自然神話，除了日有「浴」以外別無人化成份。而〈大荒南經〉

東南海之外甘水之間有羲和之國。有女子名曰羲和，方浴日于甘淵。羲和者帝俊之妻，生十日。

相形之下十日不但處所不同於以上二則，並且有父母、母為浴于甘淵，這完全是一個人間溫馨家庭的情況。至於〈大荒東經〉「帝俊生晏龍，晏龍生司幽」「食黍食獸」（第八節引），其中所顯示出來的是人間世系和食人間煙火的訊息，如此訊息不但只有帝俊，其他神性人物在大荒經裡的人間化乃是隨處可見之事。又如〈海內經〉云：

有人曰苗民，有神焉，人首蛇身，長如轅，左右有首，衣紫衣冠旃冠名曰延維，人主得饗食之，伯天下。

兩頭一蛇身衣紫冠旃的延維神，「人主」以饗食之，即可以霸有天下。這比起「蛇身人面」的一些山神，延維靈能的形象太凸出了，它穿紫衣戴旃冠已具現了人的形貌，加上人主饗食就有對待的酬庸，如此投桃報李的作風完全是功利互惠的人間意識。又如

龍魚陵居在其北，狀如鯉。即有神聖乘此以行九野。〈海外西經〉

白民之國在龍魚北，白身被髮。有乘黃，其狀如狐，其背上有角，乘之壽二千歲。（同上）

犬封國曰犬戎國，狀如犬。……有文馬，縞身朱鬣，目若黃金，名曰吉量，乘之壽千歲。〈海內北經〉

上引錄三則皆爲動物之靈驗，可是它們的效應已不止於機祥徵兆和醫療方面，（見第二、第七節）其神性也不只體現在本身。如蛇身人面軒轅國「不壽者八百歲」（第八節引）那般，而它

們都是馴順的坐騎已非神輩，能將己靈投予坐乘者的要求，所要求的乃是人所不能達到的領域和人所無法得到的年歲，這表示人脫離了敬畏動物奉之爲神（見第三節）的蒙昧，是人的欲望愈提高而曾被崇拜的動物相對的降格，遂使動物之靈漸降至人間希求的標的。

至於偏枯的魚婦在顓頊死即復蘇的「顓頊」事件（第四節引），魚、蛇、顓頊原是超越現實的神祕變化，而〈海外北經〉「務隅之山，帝顓頊葬于陽，九嬪葬于陰……」〈海內東經〉謂顓頊與九嬪葬于陽和陰是在鮒魚之山、〈大荒北經〉「附禺之山帝顓頊與九嬪葬焉」（第八節引），不論其葬地之異名甚至靈象之有別，顓頊在此是爲人帝而備有九嬪，其所葬男于陽而女于陰，無疑的這比魚婦顓頊事件是已人間化了，因爲顓頊是無變化的人又提升爲「帝」某身份，不再是物與物之形體互動流轉的一員了。在這裡實已見到顓頊魚婦和帝顓頊九嬪的時代差距。《國語》有

> 趙簡子歎曰：雀入于海爲蛤，雉入于淮爲蜃，黿鼉魚鱉莫不能化，唯人不能，哀夫[56]。

從趙氏歎息人不能化之與他類動物有別，已明示出文明中的人類和異類再也不是平等而且可以混淆渾圇在一起了。不過如後世《搜神記》所載物類多方之變化，也偶有人化爲異類的傳說，這種記錄實已傳遞出文明的人類依舊保持著原始心靈，只是在《搜神記》裡的神話其人

---

[56] 見韋昭注《國語》卷十五晉語九（台北：臺灣商務印書館 一九五六） 頁五十四。

間化成份之濃厚，絕非《山海經》神話資料所能具現出來的，這確實是時代的差距所在。因此，《山海經》裡有人間化跡象的神話，其發生的時間應比較遲晚一些。雖然比較遲晚，但非突然形成，就像《墨子・明鬼》中的句芒還保持著「鳥身人面」，只是人對神的觀念已有變化了。

3.由簡易之意象至於增飾

時代愈古，語言和文字愈貧乏，人的神話想像之意象也會受到當下生活際遇的限制。民智愈來愈開發，脫離了蒙昧漸至於文明，神話想像和語言文字自然與時俱進。當然，有的古神話或由於失去了流傳的熱力或因未經文字反映，它們無聲無息的淹沒在時間的洪流之中不再現身；但有的神話依然存在，或許神話的原型曾經被增飾過，而新的神話也會產生甚而改良了品種。存在於《山海經》裡的諸神話資料實在有其早生晚產之現象，上文固然已曾論及，現在再就記載的文字和意象之簡繁言之。

同屬山藏五經的神其所呈現的意象不同，這種不同正是其時代的差距，譬如其記載自某山至某山凡幾山「其神皆龍身人面」「其神皆人面蛇身」……等等（第三節有神狀分類），所給予人的唯有諸神異類併體的長相而已，其圖形簡略如此。這些簡略的圖形應是沒有添加物的原型，而比較原型複雜一些的，如玉山「西王母，其狀如人，豹尾虎齒而善嘯，蓬髮戴勝，是司天之厲及五殘」（西山經）、和山「吉神泰逢司之，其狀如人而虎尾，是好居于萯山之陽，出入有光，泰逢神動天地氣也」（中山經）、光山「神計蒙處之，其狀人身而龍首，恆遊于漳淵，出入必有飄風暴雨」（同上）（以上三則本文三引），又「昆侖之丘，是實惟帝之下都，神陸吾司之。其神狀虎身而九尾，人面而虎爪，是神也，司天之九部及帝之囿時」（西山經）、「槐江之山…實惟帝之平圃，神英招司之，其狀馬身而人面，虎文而鳥翼，徇于四海」（同上）（本文五引）這一類的山神，不只是有形狀，更有「西王母」「泰逢」「計蒙」「陸吾」「英招」之專名，僅僅這一點就與只有「其狀」諸神已有相當的差距了。被賦予專名之神們其所司有天之厲及五殘、天之九部、帝之囿時、徇于四海，其神力與地位既加強又提高，已不是被限制在一個山的領域裡；即使泰逢、計蒙在其所在之山，司之、處之，而他們好居萯山，出入有光、能動天地氣；也有恆遊漳淵、飄風暴雨隨之出入，一者樂山一者樂水都不拘縶在所在之山。這一類有專名、權責提昇並顯發著動態場面之神靈是有其增飾嫌疑的，因爲他們夾雜在山經的「自某山至某山其神狀皆…」的記述凡例中確實有些不同，如果從這一觀點來推論，則《山海經》裡的神，凡屬有專名、氛圍擴張、有動態場景的，其文化社

每一個神話，都多少保存一些其所經歷的每一個時間單位及每一個文化社會環境的痕跡57。

57 《中國青銅時代》第十一商周神話之分類（同注41，頁二九一）。

會應異於那種素樸簡易圖形的神，換言之，簡易圖形的神狀乃是原型。

神狀「蛇身人面」的原型，可以發展到共工之臣相柳或相繇之九首人面蛇身（第八節引），食于九土而所抵爲澤谿，禹殺相柳其血腥不能種五穀。此一全整神話不但人間化而且牽涉到「群帝因是以爲臺」的層面，更多所誇飾。又如上引兩首蛇身之延維神，紫衣旃冠人間化的裝飾，加上長如轅的描繪，比起蛇身人面的原型意象繁富得多了，「人主得而饗之伯天下」還牽附到人爲政治勢力的廣被境地，同時也發展出人蛇併體之神在人世界的影響力。再如〈大荒東經〉所載東海中流波山龍身人頭的夔獸（第六節引），出入水則必風雨，其光如日月而聲如雷，黃帝得之以其皮爲鼓，乃是「聲聞五百里，以威天下」，動物神靈竟然也與人治「天下」有關，所不同的延維要「饗食之」而夔則被割「其皮爲鼓。」相形之下，夔皮爲鼓的事件，實呈現了在時間進行裡，動物之神的靈能被銷滅而具有神性的人物之靈力得到了提昇。尤其是黃帝食玉膏于峚山（本文八引）「其源沸沸湯湯，黃帝是食是饗。」投玉榮鍾山之陽「瑾瑜之玉爲良。堅粟精密，濁澤而有光。五色發作，以和柔剛。天地鬼神，是食是饗。君子服之，以禦不祥。」這一個食玉種玉，不只是含攝了天地間超越存在之鬼神，也接納了人世界的人們——君子，其中描繪又極爲誇張，而更醒目的是這一記述多爲協韻，如果以此來比較有專名有動態的神們，這一則神話是經過大幅度增飾應是無疑議的。此外再看黃帝與蚩尤互爲攻伐事件（第八節引），黃帝令應龍攻，蚩尤請風伯雨師以抗，黃帝乃下天女魃而殺蚩尤。雙方如此爭鋒，都施展出應對之策，如以「形天與帝至此爭神，帝斷其首，葬之常羊之

山」（第四節引）作一對照，形天與帝之戰簡捷了當，乃是雙方爭鬥的原型，而蚩尤和黃帝神

話其發生的文化社會背景實則已距離形天時代相當遙遠了。

在《山海經》裡人面蛇身的蛇，常常黏合著神軀，像「洞庭之山……是多怪神，狀如人而載蛇，左右手操蛇。」（中山經），同經的夫夫山的于兒神也身操兩蛇；四方海神則都是珥兩蛇踐兩蛇，這類圖形皆是顯現神有制約蛇的靈能。至於方神「南方祝融獸身人面」「西方蓐收左耳有蛇」「東方句芒鳥身人面」皆「乘兩龍」（第六節引），能駕御兩龍比起操蛇踐蛇的作爲更有力量或氣勢，由此觀之雖然神乘兩龍的圖形仍然簡易，而神力的擴增御物之澎漲與美化，如果以爲乘龍的表現是發生於珥蛇踐蛇以後，大致上是可以成立的。

> 西南海之外，赤水之南，流沙之西，有人珥兩青蛇，乘兩龍，名曰夏后開。開上三嬪于天，得九辯與九歌以下。此天穆之野高二千仞，開焉得始歌九招。（大荒西經）

這一神話之記述，珥蛇乘龍已不限於神的專利了，夏后開能至天上而獲九辯九歌之樂，其條件是三嬪于天，首先是指明嬪天以前的處所，最後則揭示得天樂以後的處所和行爲。如此圓滿自足而又通天徹地的躍動之意象，其出現的時間必然在神「乘兩龍」之後自是不待贅言。

4.人文秩序的端倪與進展

上文已討論到《山海經》神話資料不同的時代性質，從蒙昧混沌的感覺到文明曙光已現

的人間化，由原型而有所增飾。實際上即使神話的一個混沌的原型，如「人面獸身」「人身龍首」等等，其中早已蘊藏著「人」的因素在內了，也就是在崇拜動物爲神靈的當下，人並沒有將自己置身「神」外。從《山海經》裡就「人」的部份來祭視神的演變，像〈西山經〉玉山的西王母「其狀如人豹尾虎齒而善嘯，蓬髮戴勝」、〈大荒西經〉昆侖之丘記西王母是「有人，戴勝，虎齒，有豹尾，穴處。」而〈海外北經〉則云

> 西王母梯几而戴勝，其南有三青鳥，爲西王母取食，在昆侖虛北。

這裡西王母的身體不但沒有了兇猛虎豹部份，並且其「梯几」的柔弱樣態，有爲取食的僕役，除了三青鳥的參與以外，完全是一人間女子的神情與本色，與虎齒豹尾的西王母相形之下，此一西王母除了人間化也傾向了人格化，並且其中有僕役三青鳥對待主人的動作，反映出一種行事上的秩序。有關神話中的秩序問題，可由關於「帝」的神話去觀察，如人面龍身的鍾山之鼓，因其殺害葆江「帝乃戮之」（第四節引西山經）、人面蛇身的二負之臣危戮殺窫窳，「帝乃梏之疏屬之山」（第五節引海內西、北二經）、又「帝令重獻上天，令黎邛下地」（第八節引大荒西經）、又

> 洪水滔天，鯀竊帝之息壤以堙洪水，不待帝命。帝令祝融殺鯀於羽郊。鯀復生禹，帝乃命禹卒布土以定九州。〈海內經〉

帝的刑戮或者帝令帝命，雖然事跡不同，但從一個宏觀角度來衡量都是含攝在「秩序」層面裡。這樣秩序的呈現正是人世界人文的投影，鯀的事跡只有息壤、復（腹）生禹屬於神祕事，那種人面龍身、蛇身的圖形已消失不見，人文秩序的成份卻在增強，由此足以察知神話發生的進展情況了。

在山經中之神皆有人面人身、鳥獸蛇之身首之類的記述，唯有「帝」的形狀不曾被描繪過，而帝卻有「帝女」「帝之二女」的人倫關係。從這一層與龍身人面「鍾山其子鼓」來比照，帝之女並未載有何面何身，則至高尊神「帝」的出現，應遲於異類併體的諸山神，至少在人世界的部落形成而有首領以後。再去尋思帝俊之妻生十日的「羲和」「浴日于甘淵」，其人倫關係比帝之有女更多了層夫與妻、父和子以及母為子浴的行為，這是從外在身軀人面或人身之神靈體形，進而通於內在的人之情性上。在神話中彰顯親情的情境，也正是人間在生活裡普遍的發之於自然的形態，表示著對血脈相連的重視。這種情況從大荒經海內經所載的一些世系便能得知，如「黃帝妻雷祖生昌意…生韓流…生帝顓頊」「炎帝之妻…生炎居…生節並…生戲器…生祝融…生共工…生后土…生噎鳴…生歲十有二」（第八節引）之類的家譜式敘述，雖然世系中參合著神話而實有強調血脈世代之勢，比起羲和神話的人倫親情，已是從家庭連繫牽長到其源與流，並且也在凸顯其始祖，而其始祖往往是神性人物如黃帝、炎帝、帝俊、顓頊之輩，他們的後代也是非凡者，這在上文第八節論某帝、帝某一節已有說明。神性人物之後世子孫尤其在文明物事的創發上仍有引人關注之處，如炎帝之孫生鼓、延、殳，

殳始爲侯，鼓、延始爲鍾，爲樂風（第八節引）以外，還有

帝俊生禺號，禺號生淫梁，淫梁生番禺，是始爲舟。番禺生奚仲，奚仲生吉光，吉光是始以木爲車。

少皞生般，般是始爲弓矢。

帝俊賜羿彤弓素矰以扶下國，羿是始去恤下地之百艱。

帝俊生晏龍，晏龍是爲琴瑟。

帝俊有子八人，是始爲歌舞。

帝俊生三身，三身生義均，義均是始爲巧倕，是始作下民百巧。后稷是播百穀。稷之孫曰叔均始作牛耕。大比赤陰是始爲國。禹鯀是始布土均定九州。（以上並見〈海內經〉）

總括以上所錄的創發物事，均九州及其有國，呈現出組織和秩序；農作牛耕而有舟車，人不再茹毛飲血且覓得代勞之物；弓、矢、侯以備習武迎敵或者娛樂；徒歌徒舞以外又增添了鍾鼓琴瑟而揚發著樂風；有人爲大地人衆扶恤百艱，所以生活安逸卻無憂慮，這是有相當文明的人文社會之下所反映出來的意識。而且創發出文明物事者皆源自不凡的神性人物，雖則其中具有神祕思維，而能溯源及於始祖，實已顯示出人文的進展，與人獸混沌在一起的蒙昧相較，其時間的距離恐怕是非常遙遠了。

在詭異軀體的動物神靈，也有傾向人文之發展，如上文所引：狀如鯉的龍魚，神聖乘而

行九野；乘之壽二千歲的乘黃，其狀如狐；乘之壽千歲之吉量，縞身朱鬣目若黃金（見第九節㈡2.引），它們已失去了人面或人身部份，也沒出現十身、九尾…等等，幾乎全是自身的原形，竟接受著人的支配而釋放出一己之靈能以予人，人去掌握動物以利用厚生，又何嘗不是人文的發展所致！〈南山經〉有如此說

丹穴之山…有鳥焉，其狀如雞五采而文，名曰鳳凰。首文曰德、翼文曰義、背文曰禮、膺文曰仁、腹文曰信。是鳥也飲食自然，自歌自舞，見則天下安寧。

「其狀如雞」非常接近鳥的原形，鳳凰全身紋路字樣都關涉著道德的指標，實在展示出高度的人文精神，絕非原始蒙昧期的人們所能意識或想像得到的。

根據以上所分析《山海經》神話資料的狀態，有的是比較原始而靜止的簡易圖形之描繪或說明，有的是增添一些動態和聲勢；動物神靈由異類雜揉漸近於原形；也有些是傾於向人間化，甚至其中有人文秩序及生活文明的顯相。關於這種現象實在可以認爲：《山海經》中的神話資料是歷時代的，分別具有時間不同的一些記錄。神話原本就是源遠流長，無論《山海經》成書於何時，其中有來自邃古的神話記載也不是無理之事，像牽牛織女的民間傳說一直流傳到如今一般，有的只是傳說，有的則形諸文字。至於神話人間化和人文秩序生活文明的走向是否已失去了「靈」的性質？實際上，即使文明的人文社會之中，人依舊會發生神祕感應或信仰心理，《山海經》裡帝俊、黃帝等等便是被人信仰的神靈，在人文秩序的世系方

面如黃帝後世的韓流「人面豕喙麟身，渠股豚止」，這類想像出來的異類動物合成的形貌，便是原始信仰動物的心靈之重現。人類文明不斷的在前進，而人的原始心靈並沒有緣於文明而銷爍，否則後世也不會有《聊齋誌異》之類的作品問世了。

十、後語

《山海經》中有關神話的資料極爲零散，神話由口傳到文字記載可能已經歷過長久的時日，或已不能盡合口傳之處，加上諸神話的發生有不同時代的現象，或者其中一些神話曾歷經記錄者甚至編纂的人增損過。所以本文在整理和解析上，很難避免掛一漏萬之失，有再爲愼思明辨的必要。

《山海經》神話資料有許多記事重複的異文，本文中往往將重複的異文並錄，如「燭陰」「燭龍」、「相柳」「相繇」、帝顓頊葬地之山「務隅」「附禺」「鮒魚」皆未辨解其故，是預備未來另作討論。至於本文引用中華文物之圖像作爲神話時代說明的依據，雖然本文的解圖與原圖之下的解說不同，但仍存留其原文以供參考。

【原載國立臺灣大學《文史哲學報》第四十六期，頁一七—七二，一九九七年六月。】

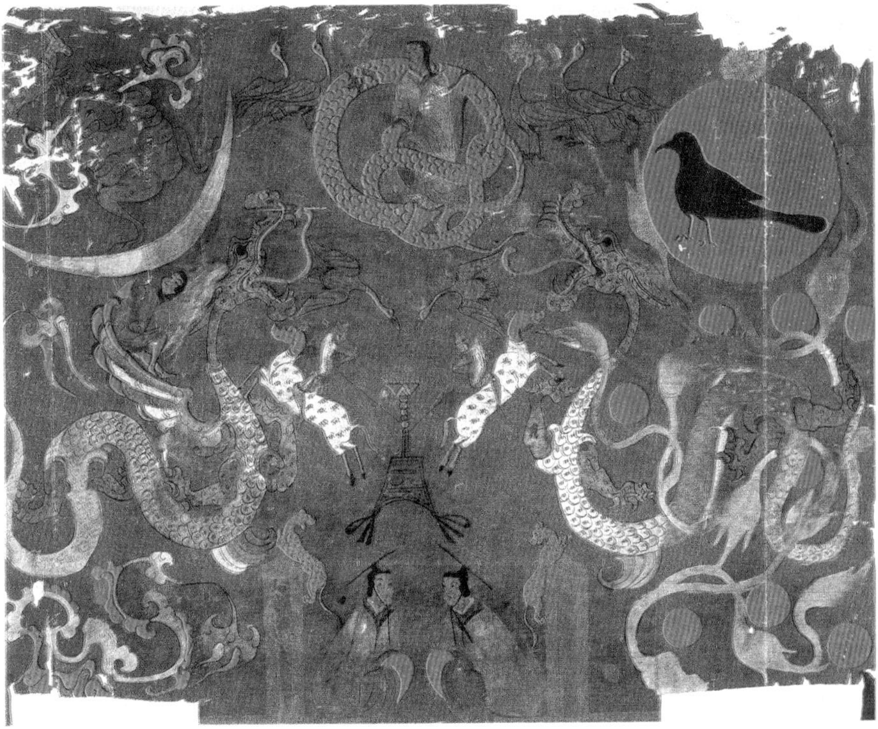

圖一

圖二一　新石器時代　魚紋彩多陶缽　陝西西安半坡出土

彩陶是否全屬禮器，吾人不得而知，但這件半坡的魚紋缽，爲宗教式的禮器殆無疑問。圖案意象，是人與物的合一，人面的五官明顯的透現出一種符咒的特質，嘴的型式，是中國史前時代的一種含有特殊意義的符號，李濟博士稱爲「半西陰紋」，安特生所稱「雙斧紋」都和這人紋的嘴型相同。此類圖案的設計，簡化之極，嘴和額之橫線皆和附添的魚紋相共，帽紋的黑白也互相呼應。魚和菱形紋無疑也是一種具有特殊意義的圖象。

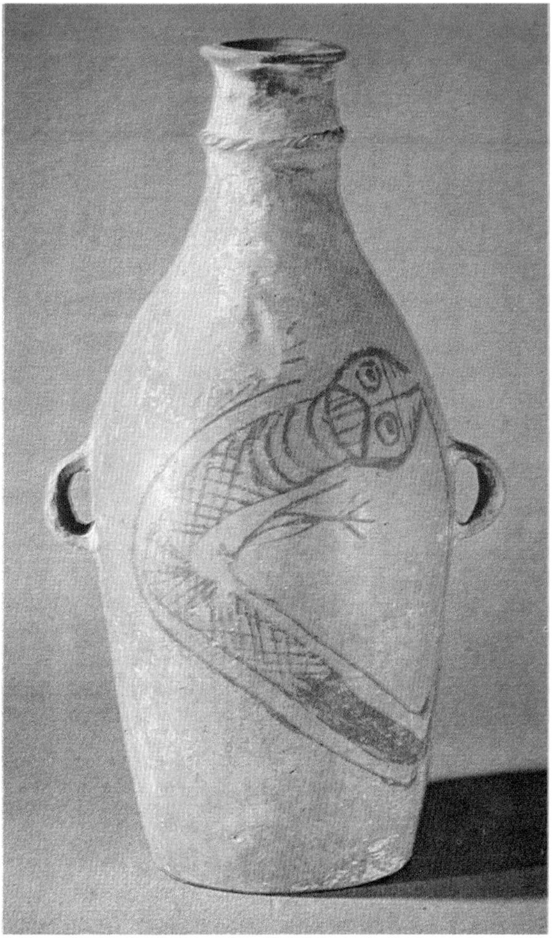

圖三　新石器時代　仰韶式彩陶龍紋瓶　甘肅乾谷出土

高(H.)38cm

就目前所知，這是中國最早的筆繪龍紋，離現在約四至五千年以前。龍頭作正面形，兩隻眼睛都可看到，前端有兩隻足，這種筆繪方式和商周的龍紋是相同的。由此可以看出中國宗教上所崇拜的龍之原始形態。也可見出中國人對龍的崇拜是久遠的，彩陶是龍族的文化，便獲得進一步的證明了。

圖四

圖五

圖六 商晚期 人面盉 美國華府弗里爾美術館藏

高(H.)18.5cm 寬(W.)21cm

青銅容器中的盉，王國維先生認爲是調酒器，其形制多有鋬、有管狀流，及三隻或四隻圓柱狀足的。圈足的盉較少。本器之所以定名爲盉，完全是由管狀流所決定的。本器的裝飾，作成人面蛇身紋，蓋爲人面，人面頭頂有一對且（祖）形角，此類角原爲男根的崇拜，後來演變成幾種尊榮的「圖像動物」（如龍、鳳）頭飾，在蛇龍的頭上可稱角，但在鳥頭則應稱冠。蛇身盤繞身軀有◇形鱗紋。山海經說：「軒轅之國，人面蛇身，尾交首上」，可能即指這類圖像。由此可知此類「圖物」爲黃帝系統的氏族標誌之一。

圖七　商晚期　青銅饕餮虎紋卣　法國巴黎塞努斯基博物館藏

高(H.)35.3cm 重5.31kg

同型器共二件，一藏日本泉屋，一藏法國。由此器可證饕餮面是根源於「食人未咽」的虎紋，虎臉有形紋是重要的證據。本器的虎雕成立體，全身滿裝花紋，虎爪抱著一半浮雕的人，並和鹿、龍等動物結合在一起，或許是饕餮（虎）族的「歷史」故事之象徵。虎之眉、人之袖口及小腿皆刻有代表戎事的刀紋(裝飾花紋詳細的分析參閱「論集」：「饕餮文的界說」。）作爲酒器的虎卣，是實用和審美高度結合的作品。

圖八　商晚期　大理石虎形立雕　河南安陽出土　中央研究院史語所藏

高(H.)37.1cm 寬(W.)21.4cm

石虎的造型全依人的跪坐之姿作成，也是「人」和「物」相結合的作品，但在觀念上這仍然是人文世界中的虎，因虎之顋旁有☾形紋，饕餮面也有，在商代只有作爲宗教性的人文動物之龍、鳳、虎才有大量的☾形符號（牛面也有但不多見），日本學者稱「鱗紋」是不對的（參閱論集——「饕餮文的界說」）。石虎身上另刻了一層與虎皮毛無關的龍紋，這是商文化獨特的形式。石虎、石梟的背上有一條深槽，顯示這件石雕可能是樂器的石趺座。（其用途之推測參閱論集「殷商大理石雕」）（董敏攝影）

圖九　商晚期　大理石雕蹲熊
河南安陽出土　美國西雅圖美術館藏
高(H.)10.3cm

這件三千年前的石雕，其簡潔的線條，近乎半抽象的造型，頗使人以爲是一件現代新派的雕刻作品。中國美術精與簡兩條路子，一直齊頭並進，禮器載「有以素爲貴者，至敬無文」，爲後來的「簡筆」美學從大處著眼的造型。這件蹲坐熊，即屬於「簡筆」雕刻，近乎「道法自然」的道理。和左圖對照，石虎是盡量不露斧鑿痕跡，蹲坐石熊則相反，處處都保留著刀斧痕，從大處著眼的造型，一刀一鑿皆流露了大匠毅然決然的生命力。石梟、石熊、石虎的蹲坐之狀皆象人形，是「人」與「物」揉合爲一的作品。

圖十　商晚期　大理石雕立梟
河南安陽出土　中央研究院史語所藏
（上圖）高(H.)15.7cm
（下圖）高(H.)35.6cm
寬(W.)24.8cm

這二件大理石立梟，是中國雕刻史上最偉大的傑作之一。由此，吾人可以看出當時的雕刻家是如何的克服了材料的限制，而創造出如此雄健有力的藝術品。特別是圖十一的石梟，體積不大，但給人的感受則是碩大無比的，這隻梟鳥的內部似乎存在著一種張力，予人振奮而神秘的感覺。在造型上這二足動物實在像人，有人耳以及人的眉毛，但身軀又像猛獸，眼睛矚望著天空，又具有神秘的味道。這是一尊把獸性、人

性與神性鎔鑄在一起的藝術品。因商人是拜鳥的氏族，這類猛禽或許是商人的神「物」。二件石雕身上都刻了龍紋。小立梟的翅膀是由一種刀身龍重複構成。請注意鳥嘴人字形波狀紋，是鳥紋的特徵之一。

圖十一（圖解見圖十）

圖十二　西周中期　青銅蛟龍紋壺　美國芝加哥藝術學院藏

高(H.)50.0cm　寬(W.)36.4cm

本器和故宮博物院著名的頌壺形制接近。器腹一首雙身之蛟龍尤爲近似。器頸裝飾極爲特殊：①環帶紋頓銼之處有動物的目紋，說明環帶是長龍的變形。②上方的空隙處填一[illegible]字，在金文圖象文字中常見，但不知代表什麼意義。環帶上下皆有象形刀紋(花紋之分析參閱「論集」)。這類銅器予人壯大雄偉的印象。

圖十三　西周中晚期　環帶紋壺　陝西扶風出土

高(H.)59.4cm

西周人發展出來的波狀環帶紋最適合作容器的裝飾，綿延不絕，壯大充實是其特色，孟子曰「充實之謂美」大抵是從這一類裝飾美術獲得的印象。肩腹下方有兩頭龍（虹）紋。

圖十四　西周晚期　青銅環帶紋盂　陝西扶風齊家村出土

高(H.)36cm 口徑(Mouth D.)47cm

除附耳外，本器另有一獸首活環，爲了搬動的需要，兩隻附耳便已夠了，可見獸首活環的設計，是另有目的。活環的週邊間隔了一圈氏字。器腹環帶紋的上方是一對稱的雙龍，下方是兩頭(虹)龍。本器的頸和圈足有所謂竊曲紋，實變形動物紋。

圖十五　甲骨文合集　北京　一九八六

王固曰：㞢(有)祟。八日庚戌㞢各雲自東宦母，昃（亦）㞢出虹自北，飲于河。

國家圖書館出版品預行編目資料

楚辭詮微集

彭毅/著.— 初版.--- 臺北市：臺灣學生，1999 [民 88]
面；公分

ISBN 957-15-0970-1 (精裝)
ISBN 957-15-0971-X(平裝)

832.18　　88007480

楚辭詮微集（全一冊）

著作者：彭　毅
出版者：臺灣學生書局
發行人：孫　善　治
發行所：臺灣學生書局
臺北市和平東路一段一九八號
郵政劃撥戶：○○○二四六六八號
電話：(○二)二三六三四一五六
傳真：(○二)二三六三六三三四
本書局登記證字號：行政院新聞局局版北市業字第捌玖壹號
印刷所：宏輝彩色印刷公司
中和市永和路三六三巷四二號
電話：二二二六八八五三

定價：精裝新臺幣四八〇元
平裝新臺幣四一〇元

西元一九九九年六月初版

82207

ISBN 957-15-0970-1 (精裝)
ISBN 957-15-0971-X (平裝)